UN ÉTÉ EN TOSCANE

Le Secret de la villa Mimosa, Belfond, 1996, et Pocket, 1998
L'Ombre du destin, Belfond, 1999, et Pocket, 2001
Les Pièges du passé, Belfond, 2001, et Pocket, 2003
À cœur perdu, Belfond, 2002

ELIZABETH ADLER

UN ÉTÉ EN TOSCANE

Traduit de l'anglais
par Franck Jouve

belfond
12, avenue d'Italie
75013 Paris

Titre original :
SUMMER IN TUSCANY
publié par St. Martin's Press, New York.

Si vous souhaitez recevoir notre catalogue
et être tenu au courant de nos publications,
vous pouvez consulter notre site Internet :
www.belfond.fr
ou envoyer vos nom et adresse, en citant ce livre,
aux Éditions Belfond,
12, avenue d'Italie, 75013 Paris.
Et, pour le Canada,
Interforum Canada Inc.
1050, bd René-Lévesque-Est,
Bureau 100,
Montréal, Québec, H2L 2L6.

ISBN 2-7144-3970-5

La TOSCANE... Des collines de vignes, des champs éblouissants de tournesols, des horizons d'oliveraies, de vieux villages de pierre et d'aristocratiques villas aux couleurs pastel, des arches ombreuses et des éclatées de lumière, des fontaines sculptées – et tout là-haut, doré au soleil, le paradis sur terre : *Bella Piacere**.

---

* Ce village béni des dieux reçut son nom à la Renaissance, sous la plume d'une Anglaise qui parlait à peine deux mots d'italien. L'orthographe est fantaisiste, mais « Bella Piacere » sonne tellement mieux que le correct « Bel Piacere ». L'essentiel est que ces cinq petites syllabes résument à merveille le *beau plaisir* qu'offre ce lieu envoûtant.

À Anabelle

1

GEMMA

Bonjour. Je m'appelle Gemma Jericho et cette histoire commence un samedi soir aux urgences de l'hôpital Bellevue à New York.

Drôle de lieu pour faire connaissance, me direz-vous. La raison est toute simple : je suis médecin urgentiste. En clair, si vous êtes amené à me rencontrer, c'est probablement que vous êtes allongé sur un brancard en train de vous vider de votre sang. Je ne vous le souhaite pas, bien sûr, mais si vous vous trouvez dans le coin et qu'il vous arrive quelque chose en pleine nuit, alors il y a de fortes chances pour que nos routes se croisent. Le médecin en blouse blanche penchée au-dessus de vous dans la lumière aveuglante des néons, celle qui vous pose des questions stupides – Quel est votre nom ? Où avez-vous mal ? Que s'est-il passé ? –, c'est moi.

Pour ceux qui l'ignorent, travailler aux urgences, dans une ville comme New York, et de surcroît le week-end, sont trois bonnes raisons de devenir fou. Un exemple : j'ai pris mes fonctions hier soir à dix-neuf heures, et depuis je n'ai pas eu une minute... que dis-je, une minute ? *une seconde* de répit.

Quatre accidents de la circulation, deux agressions à l'arme blanche, une blessure par balle, deux femmes battues, une tentative de suicide, plus un bébé anémié à moitié mort dans les bras de sa mère hystérique, sans oublier l'inévitable contingent de drogués en manque ou en overdose, et les épaves imbibées d'alcool et fières de l'être... voilà mon lot de cette nuit.

Tous ces drames, ces vies parfois brisées, font monter mon taux d'adrénaline. Je slalome d'un patient à l'autre, je distribue les ordres à la volée : radio, scanner, tension artérielle, intubation, morphine, augmentez la dose, stabilisez le bébé, bipez le chirurgien en pédiatrie, *vite*!...

La charge de travail est telle, la pression sur mes épaules si éprouvante que je suis assaillie par des questions existentielles. Mais qu'est-ce que je fais ici ? Comment en suis-je arrivée là ? Pourquoi mes nuits sont-elles des cauchemars à répétition ? Et qu'ai-je donc fait de ma vie privée ?

Sur ce dernier point, il me suffit de dix secondes devant une glace pour avoir déjà le début de la réponse. Qui pourrait bien vouloir sortir avec une espèce de fantôme en baskets coiffé d'un bonnet en matière plastique ? *A fortiori* si ledit fantôme n'a pas la moindre envie de sortir avec qui que ce soit. Je suis fatiguée (le mot est faible) et mon visage porte la marque de mes dix heures de garde ininterrompues. Ma vie privée ? Ah ! Pour l'instant, elle se résume à la perspective d'une bonne douche et d'une nuit tranquille.

Dire que Nonna me trouve des faux airs de Meg Ryan – après une rencontre avec un rouleau compresseur, alors ! Il n'y a vraiment qu'une mère pour inventer des ressemblances pareilles. Je vous garantis qu'il n'y a pas la moindre lueur coquine dans mon regard éteint et je ne suis pas – mais alors pas du tout – du style à simuler un orgasme pour rire, comme l'espiègle Sally quand elle rencontre Harry...

Il faut dire qu'il n'y a pas le moindre Harry dans ma vie, et que sous mes dehors aguerris de médecin-qui-assure, j'ai déjà trente-huit ans au compteur, plus un divorce et une adolescente à élever. Et s'il n'y avait que ça ! Mais je dissimule un secret inavouable qui me hante et me hantera toute ma vie – un secret dont nul ne soupçonne l'existence, pas même ma mère ni ma fille. Incroyable, non ? Personne ne connaît la vraie Gemma Jericho, celle qui se cache sous la blouse blanche d'une urgentiste efficace et sans états d'âme.

Parfois, avant de partir pour l'hôpital, je me regarde dans le miroir plus longtemps que la minute strictement nécessaire pour m'assurer que mon nez est toujours bien au milieu du visage et que je n'ai pas oublié de me donner un coup de peigne. Alors, au lieu de contempler l'austère réalité, je me revois au bon vieux temps du lycée et je me dis que je ne devais pas être vilaine.

Gemma Jericho était alors « la reine du bal ». À cette époque, mes copines et moi avions les garçons pour principal souci. J'entends encore Nonna s'évertuer à faire entrer deux grammes de bon sens dans mon crâne – les mêmes que je m'efforce aujourd'hui d'inculquer à ma propre fille, avec aussi peu de succès. Combien de fois m'a-t-elle répété de penser un peu plus à mon avenir et un peu moins à la star de l'équipe de foot du lycée...

Finie, la belle insouciance de l'adolescence. Aujourd'hui, à trente-huit ans, le tic-tac de l'horloge biologique fait un bruit assourdissant. À chaque battement, le séisme de la quarantaine se profile un peu plus à l'horizon... Et alors, *boum*, plus moyen de « réparer des ans l'irréparable outrage ». Le couperet semble si irréel à seize ans. Si lointain. On se dit qu'on a le temps de voir venir, de réagir. Seulement moi, je n'ai plus le temps. Quant à prendre des mesures... quarante, c'est quarante. Pas de tricherie possible. C'est aussi clair et net que deux et deux font quatre.

Vous voulez savoir à quoi je ressemble physiquement ? Vous y tenez vraiment ? Bon, je me situe du côté des maigrichonnes. Comme ma chère maman se fait un plaisir de me le seriner chaque dimanche quand nous allons déjeuner chez elle, ça ne me ferait pas de mal de « mettre un peu plus de viande sur mes os ». Je reconnais qu'une poitrine plus ronde ne nuirait pas à ma silhouette, mais il y a belle lurette que j'ai renoncé à fourrer du coton dans mon soutien-gorge pour me donner de l'importance. Je me suis fait une raison. Et puis, je ne suis quand même pas une planche à pain. J'ai surtout pour moi une taille svelte et de longues jambes, fines et bien faites, mais vu ma garde-robe, ça ne me sert pas à grand-chose.

Dans la vie courante, je suis horriblement maladroite, pour ne pas dire « aussi empotée que mal attifée » (dixit toujours ma sainte mère). Heureusement, dès que j'enfile ma blouse de médecin, je me transforme en une machine de précision réglée à la vitesse maximale.

Mes yeux ? Bleu nuit (là, merci maman). Hélas ! ils sont généralement cachés derrière mes lunettes à monture d'écaille car je suis myope comme une taupe, et je ne supporte pas les verres de contact. Vous vous demandez pourquoi, avec mes relations dans le milieu hospitalier, je n'ai pas succombé à la mode de la chirurgie au laser ? Par manque de temps, encore et toujours.

Quoi d'autre ? Mes cheveux, coupés court, sont d'un joli blond vénitien et bouclent naturellement. J'ai parfois l'impression qu'ils mènent une vie autonome et, en dépit des coups de ciseaux que je leur donne de temps à autre pour les rappeler à l'ordre, ils semblent prendre un malin plaisir à se rebeller.

J'ai un nez modèle standard, avec une très légère déviation à mi-hauteur (souvenir d'un coup de raquette de tennis, le jour de mes treize ans). Ce minuscule défaut me donne un petit air arrogant – une impression architrompeuse, je vous assure. Mes lèvres sont pleines, un peu retroussées aux commissures, de sorte que je parais sourire même quand je n'en ai pas particulièrement envie, mais après tout, tant mieux : ça rassure les patients.

Je passerai très vite sur l'épisode navrant de mon mariage. J'ai fait la connaissance de mon ex au lycée – vous savez : à l'époque où je n'étais pas vilaine et où je brillais dans les bals de fin d'année. Bref, j'avais une cour de chevaliers servants, dont le fameux capitaine de l'équipe de foot locale.

Un conseil : choisissez toujours avec le plus grand soin votre cavalier – fût-il un héros du ballon rond.

Je sortais donc avec ce demi-dieu du stade, transie d'amour et d'admiration. En un mot : stupide. Il m'aurait demandé de lui embrasser les pieds après un match, je crois bien que je l'aurais fait. À mes yeux, il était tout bonnement le plus sexy, le plus séduisant des garçons que la terre ait jamais portée. Tellement sexy et séduisant que je l'ai épousé juste après le bac.

Ensuite, je suis partie pour la fac, comme lui – sauf que nous n'avions pas la même motivation… Pendant que je me lançais à corps perdu dans mes études de médecine, monsieur tapait dans des boules de billard à longueur de journée. J'avais de l'ambition, pas lui. Notre « couple » a continué à faire le grand écart jusqu'au jour où, au beau milieu de mon cursus universitaire, je me suis retrouvée enceinte. C'est le moment que ce parfait gentleman a choisi pour prendre la poudre d'escampette.

C'était il y a quatorze ans. Je ne l'ai jamais revu, et il n'a même pas cherché à connaître sa fille… J'ai divorcé, sans jamais recevoir de lui un seul dollar. De toute façon, il ne me l'a pas proposé, et comme je ne lui ai pas demandé… Donc, j'ai serré les dents, et élevé seule mon enfant en redoublant d'efforts pour décrocher mon diplôme. Et si vous me demandiez la chose au monde dont je suis le plus fière, la réponse tient en un mot : Livvie, ma fille.

Livvie a aujourd'hui quatorze ans et traverse ce que j'appellerais sa période « ado terrible ». En temps normal, ses cheveux sont d'un joli châtain clair – c'est-à-dire quand elle ne les teint pas en vert ou en orange fluo avec un de ces maudits sprays colorants vendus en grande surface. J'ose imaginer qu'il s'agit d'une crise temporaire et qu'elle ne va plus tarder à en sortir. J'espère surtout échapper aux piercings et aux vrais tatouages (pour les faux, les délébiles, le mal est fait). Je me vois mal assise à table en face de mon bébé d'amour en sachant qu'elle porte un morceau de métal au bout de la langue ou une tulipe noire sur la fesse gauche.

Mon estomac de maman se noue à cette pensée, tandis que mon cœur de médecin se serre devant le spectre de la septicémie.

Le troisième membre de notre petite famille est ma mère, Sophia Maria, plus connue sous le nom de Nonna. Comme vous le savez peut-être, *nonna* signifie « grand-mère » en italien et c'est bien ce qu'elle est… une authentique grand-mère italienne. Ce rôle est une vocation chez elle, presque une profession, et elle l'exerce à plein temps.

Nonna habite depuis quarante ans le même pavillon de banlieue dont la façade tranche sur la grisaille de ses voisines comme un fragment de ciel d'été dans un jour pluvieux. Nonna l'a peinte en bleu méditerranéen en souvenir de Bella Piacere, le village de Toscane où elle vécut jusqu'à ce que sa famille émigre à New York. Elle n'est jamais retournée au pays et je doute qu'elle pense encore à sa terre natale, même si quelques photos du temps jadis trônent en bonne place sur son buffet en acajou.

L'une d'elles montre mes grands-parents, tous deux figés à jamais dans un flou sépia sur le pas de leur maison de Bensonhurst. Il y a aussi une photo de Livvie, âgée de sept ans, prise à mes côtés pendant un match de base-ball avec l'équipe « poussin » de son école. Haute comme trois pommes, ma Livvie ressemble à un angelot joufflu, appliqué à taper dans la balle. Quant à moi, je souris justement aux anges sur cet instantané. Dame, j'aspirais encore à rencontrer l'Homme de mes rêves ! J'avais trente ans et la vie me paraissait pleine de promesses. Le coup de foudre, l'amour-toujours, le partenaire idéal…

Et vous savez le plus beau ? J'ai connu ce grand bonheur. Oui, moi. Je l'ai trouvé celui qui aurait pu, qui aurait dû… Mais je ne tiens pas à en parler. Passons.

Et puis, bien sûr, il y a ma photo préférée de Nonna – sauf qu'elle n'avait rien d'une « nonna » à l'époque. Le cliché date des années cinquante, avant son mariage avec papa donc, quand elle s'appelait encore Sophia Maria Lorenza Corsini. Elle a dix-sept ans, et c'est un beau brin de fille, avec des yeux presque violets qui pétillent de malice, et de superbes cheveux châtains qui lui tombent jusqu'à la taille. Elle porte une robe fleurie, largement décolletée, et des sandales à semelles compensées. J'ai toujours un peu de mal à reconnaître ma mère dans cette grande jeune fille en fleur.

Nonna est aujourd'hui une magnifique sexagénaire que vingt années de veuvage ont achevé de transformer en une authentique grand-mère méditerranéenne, toute de noir vêtue, un immense châle sur les épaules. Des lunettes perchées sur le bout de son nez, elle passe des heures dans sa cuisine à préparer le traditionnel déjeuner dominical italien, un rituel qu'elle perpétue depuis des décennies.

Nonna est restée très séduisante même si elle affirme être rangée des voitures depuis longtemps. Ses cheveux, sans l'ombre d'un fil gris (elle se teint, mais chut ! je suis la seule à le savoir), sont toujours coiffés en un chignon impeccable, ses yeux n'ont rien perdu de leur vivacité et elle continue à mener son petit monde à la baguette d'une œillade flamboyante ou d'une remarque bien sentie.

Voilà, vous connaissez la famille Jericho au complet. Ah ! j'oubliais ce gros plein de soupe de Sindbad. Le chat de Livvie est aussi roux qu'il est énorme, mais d'une propreté au-dessus de tout éloge : entre deux platées de pâtée, il fait sa toilette avec une telle application qu'il est impossible de soupçonner la quantité phénoménale de nourriture qu'il vient d'engloutir. Livvie l'a dressé comme un chien. Quand monsieur se sent d'humeur sportive, il nous apporte sa baballe – une vieille balle de ping-pong toute défoncée et mâchouillée – pour qu'on joue aux penalties. Incroyable mais vrai, ce sumo est un gardien de but hors pair !

En fait, Sindbad remplace le chien que Livvie a toujours voulu : le fameux terre-neuve que j'avais commis l'imprudence de lui promettre à l'époque où je faisais encore des projets d'avenir. Eh oui... il y eut un temps, pas si lointain, où notre vie aurait pu être complètement différente. Un temps où l'achat d'un pavillon à la campagne n'avait rien d'une utopie.

En avais-je assez rêvé de cette chaumière de conte de fées abritant une famille normale et heureuse : un mari, des enfants, des chiens, des chats…

Mais qu'est-ce qui me prend ? Je ne suis pas censée me laisser aller aux confidences. Surtout pas sur *lui*. Je me suis entraînée sinon à ne pas penser à lui (impossible), du moins à ne jamais en parler. Ce qui ne l'empêche pas de vivre dans mes souvenirs – plus forts que la réalité et tellement plus beaux qu'elle !

Cash Drummond.

L'homme qui a fait naître la magie dans ma vie. Et qui l'a bouleversée à jamais.

2

J'ignore pourquoi ce qui me revient en cet instant avec le plus de précision est notre escapade en amoureux en Nouvelle-Angleterre. Cash m'avait laissée conduire sa voiture, lui-même se chargeant de nous guider, carte routière à l'appui. Résultat : nous nous sommes complètement perdus, ce qui a eu le don de m'énerver vu le peu de temps que nous avions devant nous et le soin que j'avais passé à concocter un bel itinéraire touristique. J'ai expliqué à mon copilote que c'était sa faute, mais ça l'a beaucoup amusé. Et comme son visage s'éclairait irrésistiblement quand il riait, ma mauvaise humeur s'est envolée.

Vous ai-je déjà mentionné que Cash était blond comme les blés et absolument renversant avec son sourire hollywoodien ? Un mélange détonant de cow-boy texan et de surfer bronzé tout droit sorti d'*Alerte à Malibu*.

Visiblement enchanté à l'idée de se balader au hasard, sans programme, Cash m'a vite suggéré une pause festin. Il avait une faim de loup. Moi aussi j'aurais volontiers déjeuné, mais où ? nous errions au milieu de nulle part ! Et voici que, comme par enchantement – à l'exemple de tout ce que je vivais avec lui –, une adorable auberge campagnarde s'est matérialisée devant nos yeux.

Nous nous sommes extraits de son vieux coupé sport rouge (vous n'imaginiez pas Cash Drummond dans un break, tout de même ?) pour entrer main dans la main dans une annexe du Pays des merveilles, avec murs tendus de tissus chaleureux, chandeliers, appliques-bougeoirs, tapis tressés et tout à l'avenant. Il y avait des coussins douillets un peu partout, des rideaux de chintz à fleurs, et d'antiques dessertes recouvertes d'un bric-à-brac fleurant le bon vieux temps. Le labrador écroulé à l'entrée a soulevé une paupière pour nous inspecter avant de replonger dans la béatitude de sa sieste.

Une avenante matrone aux cheveux bleutés nous a souri de derrière son comptoir en nous examinant par-dessus ses verres demi-lune.

— C'est pour déjeuner ?

Cash pressa fermement mes doigts dans sa main.

— En fait, nous nous demandions s'il vous restait une chambre.

Il perçut mon exclamation étouffée, de même que la dame, j'en suis sûre.

— Naturellement, a-t-elle répondu. Si vous voulez bien me suivre…

J'ai tiré la manche de Cash tandis que nous montions à l'étage, et ai chuchoté à son oreille :

— Je croyais que tu mourais de faim…

Me précédant de deux marches (d'une manière ou d'une autre, il était toujours en avance sur moi), il m'a lancé un coup d'œil par-dessus son épaule et j'ai compris que c'était moi son festin. Je connaissais ce regard ravageur ; il était même à l'origine de notre histoire.

Notre conte de fées débuta dans une banale cafétéria où je dégustais à la paille un *frappuccino* prohibé (censément prohibé à cause de sa dose de sucre, mais je ne peux pas y résister). Scénario banal : un client inconnu m'adresse un sourire au passage, nos regards se croisent, et il m'aborde.

— 'soir, mam'zelle, a-t-il attaqué avec l'accent traînant du Texas. La vie est belle ?

Que c'était drôle, il y avait des lustres que personne ne m'avait appelée mam'zelle.

— Docteur, ai-je tout de même rectifié d'un air pincé.

C'est vrai, quoi ! je n'ai pas l'habitude de lier conversation avec des étrangers. Sauf en service, bien entendu. Mais dans ce cas, mes patients sont généralement trop mal en point pour discuter, encore moins pour me draguer...

— OK. Alors, la vie est belle... docteur ?

Il venait de se jucher sur le tabouret de bar à côté du mien. J'ai vaguement hoché la tête, en feignant de regarder ailleurs, n'importe quoi, par la fenêtre. D'accord, on ne rencontre pas tous les jours de grands et beaux gaillards comme lui, mais ce n'était pas une raison pour le manger des yeux.

Je remarquai cependant la largeur de ses épaules, sa peau hâlée respirant la santé, ses longs cheveux blonds qui brillaient d'un éclat que je lui enviais. Il émanait de toute sa personne une assurance confondante, un véritable charisme. Cet Apollon n'avait rien d'un péquenaud sorti de son bled. Il savait parfaitement où il allait. Et Dieu merci, ai-je songé après vérification, il n'y allait pas en bottes de cow-boy, il ne fallait tout de même pas exagérer !

— Vous venez souvent ici ? m'a-t-il demandé.

Je lui accordai un regard en coin et, pour toute réponse, je tirai sur ma paille.

Il hocha la tête en souriant de plus belle.

— Je vois. Vous aimez le *frappuccino*, doc ?

C'est sûr, le texte était faible, mais il y avait indéniablement en lui quelque chose de fort. Il était... *différent* des baratineurs, et même de tous les hommes que j'avais connus. Je n'aurais su dire pourquoi, mais il me troublait. Je n'en fixai que plus farouchement la fenêtre en me prenant de passion pour le spectacle d'un pot à tabac qui promenait son basset, à moins que ce ne fût le contraire, au bout d'une laisse assez longue pour attraper une girafe au lasso.

— J'arrive à peine de Dallas, a poursuivi l'inconnu sans se

décourager, sûr d'avoir toute mon attention. Je ne me doutais pas qu'il y avait autant de gens bizarroïdes dans la Grosse Pomme. Et ce temps…

La météo, maintenant ! Encore un peu et j'aurais droit à l'inusable « Qu'est-ce qu'une jolie fille comme vous fait dans un endroit pareil ? »… Heureusement, même s'il m'avait donné du mam'zelle, je n'avais plus l'âge pour qu'il se risque à me demander si j'habitais chez mes parents. Il croyait vraiment me faire de l'effet avec toutes ces platitudes ?

C'est alors qu'il s'est mis à rire, de lui-même et de mon air guindé. Un rire franc, aussi naturel et rafraîchissant qu'une source bienfaisante. Et si communicatif que je me suis prise à l'imiter.

— Bon ! Je me présente : Cash Drummond.

Il m'a tendu une main dorée par le soleil, couverte d'un duvet blond – et je l'ai serrée timidement.

— *Cash ?* Vous êtes sérieux ?

Il a haussé un sourcil amusé.

— Oh, ç'aurait pu être pire. J'ai failli m'appeler comme mon grand-père paternel : Wilbur Cash. Mais ma mère s'y est opposée.

J'ai pouffé.

— Sage décision. Vous l'avez échappé belle.

J'ai regardé ma montre. Je devais prendre mon service à l'hôpital dans dix minutes.

— Enchantée, mais il faut que j'y aille, ai-je enchaîné en attrapant la courroie de mon gros fourre-tout noir. Au revoir.

Cash Drummond ne l'entendait pas de cette oreille.

— Ttt, cette besace a l'air bien trop lourde pour vous.

Il faut dire que la besace en question contenait presque toute ma vie : mes papiers d'identité, mes cartes de crédit, mon porte-monnaie, ma carte de Sécurité sociale, mon permis de conduire, mes clés, mon laissez-passer de l'hôpital Bellevue, plus une collection de photos de Livvie allant de la crèche à l'anniversaire de ses neuf ans, la semaine précédente. S'y trouvaient aussi mon carnet de chèques, le sinistre dernier relevé de compte, la recette du carré d'agneau au four rédigée par Nonna à l'intention de mon amie Patty, un peigne, un tube de rouge à lèvres trop rose pour ma mine pâlichonne, et une paire de sous-vêtements de rechange au cas où je devrais rester de garde et où j'aurais besoin de me changer après une bonne douche (et pas pour Dieu sait quelle autre raison que vous iriez imaginer).

— Laissez-moi vous aider, a repris Cash en joignant le geste à la parole.

Je l'ai regardé s'emparer de mon bien sans réagir. *Moi. Une New-Yorkaise avertie. J'ai fait confiance à ce parfait inconnu.*

Nos regards se mêlèrent, et je reçus comme un choc l'éclat de ses yeux bleus dix fois plus clairs que les miens.

— Alors, où allons-nous ? a-t-il dit.

— À l'hôpital, tout en bas de la rue.

— Je vous y dépose.

Il a lancé mon fourre-tout sur son épaule comme un fétu de paille et m'a galamment ouvert la porte de la cafétéria.

— À propos, vous ne m'avez pas dit votre nom.

— Gemma, ai-je articulé, les yeux toujours soudés aux siens tandis que nous nous tenions dans cette embrasure pleine de courants d'air. Gemma Jericho.

Voilà le bref récit du prélude de notre belle histoire d'amour. Mais revenons-en à ces minivacances, un week-end prolongé en fait, où nous nous sommes retrouvés par hasard dans cette charmante vieille auberge...

La dame aux cheveux bleutés nous proposa une chambre mansardée, toute en bois et en poutres apparentes, avec un plafond très incliné. Une couette en patchwork recouvrait un seul et grand lit à baldaquin. Sagement installée sur les oreillers, une tribu de poupées indiennes en chiffon nous accueillit d'un sourire de bienvenue. La fenêtre, décorée d'un coquet rideau à fleurs, donnait sur une prairie où gambadaient un étalon, une jument et son poulain. Les yeux de Cash brillaient, ces chevaux devaient lui rappeler son ranch natal.

Une fois seuls, nous nous sommes accoudés à la fenêtre – oh ! bien trente secondes avant que les anneaux en cuivre des rideaux cliquettent sur leur tringle métallique et que les poupées voltigent dans tous les sens. Cash et moi venions de nous jeter sur le duvet de plume tels les deux amants passionnés que nous étions.

Le cœur gros, j'ai repoussé ce passé devenu tabou dans un coin de ma mémoire pour revenir au présent. Combien de fois déjà me suis-je promis de ne plus évoquer ces jours heureux, cela me fait trop mal. Mais Cash surgit dans mon esprit sans y avoir été invité.

J'avais pourtant juré de tout garder – *tout*, c'est *lui* – secrètement enfoui au fond de moi. J'ai construit ce rempart pour me protéger des sentiments. Mais Cash n'est pas de ceux que l'on peut oublier. Terminé, envolé, le beau rêve. À la place, il ne me reste qu'une culpabilité muette, verrouillée dans le coffre-fort de mon âme.

Tout est fini, il n'y a rien d'autre à dire.

Et depuis, je ne suis plus qu'un médecin et une maman bien seule. Et une femme dont le cœur est pris dans une gangue de glace qu'aucun homme, jamais, ne saura faire fondre.

3

Dans mon travail, je suis une sorte de capitaine de navire – seul maître à bord après Dieu ! En tout cas, c'est ce qu'on attend de moi, que je mène mon équipage à bon port.

Ce samedi soir, mon bâtiment tangue fortement, tous les téléphones sonnent sans interruption et mon biper ne me laisse aucun répit. La routine, en fait.

Les couloirs des urgences regorgent de familles en détresse, effondrées ou tournant comme des fauves en cage. Les blessés sont allongés sur de sinistres brancards ou assis sur de méchants fauteuils roulants à peu près aussi moelleux que s'ils étaient rembourrés de billes. Ma mission se résume à tout mettre en œuvre pour que ces éclopés repartent d'ici sur leurs deux jambes, sinon gambadant, du moins marchant, parlant et... en tout cas vivants.

C'est une nuit d'orage et il pleut des cordes. Ici, nous ne savons que trop bien ce qui se cache derrière ces deux mots, *orage* et *pluie* : quatre fois plus d'accidents, mortels généralement. La preuve : me voici devant le triste devoir de fermer pour l'éternité les paupières d'un jeune motocycliste.

Une heure durant, mon équipe et moi avons tenté tout ce qui était humainement possible pour le sauver. En vain, et je me retrouve ici, vaincue, parmi les éclaboussures de sang et les tubes en plastique jetés à même le sol, dérisoires témoignages de notre lutte acharnée pour arracher ce gamin à son destin. Je me sens couler à pic en le regardant : si jeune, si mignon avec ses cheveux blonds en hérisson, ses grands yeux bleus ouverts sur le néant... Quelle gâchis ! Il avait toute la vie devant lui... Il laisse une mère inconsolable, sans doute une petite amie en pleurs...

Je me répétais que j'étais médecin, que diable ! assez solide pour contrôler mes émotions en toute circonstance... et soudain je me suis éclipsée pour courir m'isoler au bout du couloir. Les portes de verre ont coulissé devant moi, je suis sortie respirer dans la nuit obscure.

La pluie s'écrasait sur le sol en crépitant comme une mitrailleuse avant de se changer en noirs ruisseaux. Je restais là, frissonnante, emplissant mes poumons de l'air glacé, m'interdisant de penser.

Petit à petit, mon cœur a cessé de battre au rythme d'une salsa effrénée. Et, comme un fait exprès, mon biper m'a sommée de retourner à mon poste.

— Ça ira ?

L'infirmière en chef m'examinait avec inquiétude. Je me suis sentie obligée de plaisanter :

— Bien sûr. J'ai juste un peu de mal à supporter la vue du sang. À part ça, tout va pour le mieux dans le meilleur des mondes.

Nous avons ri ensemble. La plus efficace des thérapies, le rire. Malheureusement, le pire restait à venir : prévenir la famille. Ça, c'est l'horreur absolue.

J'étais de service depuis déjà dix heures. La nuit avait été longue et ce n'était pourtant pas fini. Mon biper s'est remis à sonner. Cette fois, c'était Livvie qui avait invité deux copines pour la nuit. Je suis toujours inquiète de la savoir seule à la maison. Heureusement, je peux m'appuyer sur notre femme de ménage, une Philippine. Elle n'est guère plus âgée que Livvie, et sûrement pas la plus redoutable ennemie de la poussière, mais on peut lui faire confiance et, mine de rien, elle garde un œil d'aigle sur ma fille, ce qui compense largement les moutons qu'elle laisse librement prospérer sous les lits.

J'ai rappelé Livvie, en écartant mon oreille de l'écouteur pour protéger mon tympan des basses qui vibraient à plein volume. Mes pauvres voisins… J'ai dû glapir pour me faire entendre.

— Livvie, baisse le son immédiatement ! Et qu'est-ce que c'est que cette histoire de copines ?

En même temps, je courais derrière un brancard transportant une victime qui se tordait de douleur.

— M'man, je ne pourrai pas aller chez Nonna demain, s'égosilla Livvie pour couvrir la batterie déchaînée. J'ai un rancard de rêve, le truc qui se rate pas !

Avec qui ? Il allait falloir que je tire ça au clair, et vite.

— Désolée, mon cœur. Mais tu sais parfaitement que tu n'as pas l'autorisation d'aller à un rendez-vous toute seule.

— Mais…

— En plus, nous déjeunons *toujours* chez ta grand-mère le dimanche.

— Justement, je…

— Bref, nous irons demain comme d'habitude. Ce n'est pas négociable.

La voix de ma Livvie n'était plus qu'un larmoiement de martyre quand elle proféra son sempiternel « J'hallucine ! » Après moult hésitations et expérimentations, cette expression qui voulait tout dire avait fini par détrôner dans son vocabulaire le non moins puissant « J'le-crois-pas ! » Mais qu'elle hallucine ou non, pas question de fléchir.

J'ai juste eu le temps de lui lancer un rapide au revoir avant de me lancer moi-même à la poursuite du brancard qui avait pris deux longueurs d'avance. Ce n'était rien qu'un samedi soir comme tous les autres à l'hôpital Bellevue.

Une heure plus tard, un calme surnaturel plana subitement sur les urgences. Le flot des patients s'était tari. Pour combien de temps ? Un coup d'œil à l'horloge murale m'informa que nous étions *demain* depuis un bon moment et que le déjeuner

27

dominical en famille était en vue. Fatigue ou pas, « rancard de rêve » ou pas, nous irions. C'était une tradition sacro-sainte chez les Jericho – inutile de songer à y déroger.

J'ai reposé mon dos douloureux contre le mur pistache (à ce qu'il paraît, en vérité d'une teinte verdâtre à peu près aussi lessivée que moi, ce qui n'est pas peu dire), le temps d'avaler un autre gobelet de cette mixture brune qu'avec des papilles très imaginatives on pouvait prendre pour du café. Une vague de fatigue déferla sur moi et je fermai les yeux, comptant sur l'effet de la caféine pour repartir.

— Comment va la madone des cas désespérés ?

Une seule personne au monde m'appelle ainsi. Patty, ma consœur et meilleure amie. J'ai soulevé une paupière et lui ai souri.

— Elle désespère.

Patty Sullivan est irlandaise, plutôt bien en chair et très jolie avec ses yeux verts, ses joues roses et ses mèches gingembre qui me rappellent la fourrure de Sindbad (mais ça, je le garde pour moi). Nous nous connaissons depuis douze ans. Eh oui ! déjà douze ans que nous nous côtoyons aux urgences, aux mariages, aux enterrements, à nos divorces et, dans son cas, à son remariage.

Elle se pencha vers moi, un pied en l'air comme un cheval fourbu qui se repose une patte.

— Non, sans blague, comment te sens-tu ?

— Je ne me sens plus. Je suis complètement fourchue.

— Tu veux dire fourbue ! pouffa Patty. C'est ta langue qui fourche !

— Même pas. Je dois être aussi fourchue qu'une vieille sorcière décrépite. Je n'en ai pas l'air ? Je suis sûre qu'il ne me manque plus que le balai !

Patty m'ébouriffa gentiment les cheveux.

— Bah, après une pareille nuit, tu as des circonstances atténuantes.

— Au fond, je me demande si j'ai bien fait de choisir cette profession, ai-je continué en pensant à Livvie. Peut-être devrais-je démissionner de ce travail de fou, aller m'établir à la campagne, bâtir une vie meilleure pour ma fille...

— Tu dis ça, mais tu sais aussi bien que moi...

Avant qu'elle ait seulement pu finir sa phrase, j'ai été bipée et je suis repartie au charbon au triple galop.

La voix de Patty a claqué dans mon dos :

— Gemma, tu es comme le chien de Pavlov : on t'appelle, tu fonces ; on se blesse, tu soignes. Parfaitement conditionnée ! Et le pire, c'est que tu en redemandes !

Non, le pire... c'est qu'elle avait raison. Mais bon, j'avais bien le droit de rêver à autre chose, non ?

4

À cinq heures du matin, j'ai franchi en somnambule les portes automatiques de l'hôpital pour aller m'affaler sur une banquette de métro. Le front collé à la vitre sale, l'œil glauque fixé, sans les voir, sur les premières lueurs du petit matin, je me suis mise à bâiller à m'en décrocher la mâchoire, oubliant même que je n'étais pas seule dans le wagon.

Plus que la fatigue, je subissais le terrible contrecoup dû à la décompression après un total investissement dans le travail. Une minute on est en plein pic d'activité, on tourne à plein régime, et la minute suivante, brusquement, sans transition, on se retrouve à l'arrêt, complètement vidée, comme sonnée, incapable presque de savoir ce qui se passe, où on est, d'où on vient... Et avec cette question lancinante, cette question sans réponse : pourquoi de pareilles horreurs arrivent-elles aux gens ?

Je me suis alors demandé si je devais *sérieusement* penser à aller planter des choux à la campagne pour retrouver mon équilibre et pour arracher ma Livvie à cette vie de fous qu'on voudrait nous faire prendre pour la vie normale.

Mais Patty a malheureusement raison, et je le sais bien. On ne se refait pas. Jamais je ne réussirai à larguer les amarres. Je

30

suis qui je suis et j'ai très peur de devoir le rester à perpétuité. Cette vie de dingue, c'est la mienne. Et si j'envisageais dans un moment de faiblesse de transplanter l'ado-citadine-post-punk qui me sert de fille dans une terre de lait et de miel – ou de prés et de ruisseaux pour être moins biblique – eh bien, je ferais mieux de m'ôter ça de la tête.

J'habite un petit trois-pièces dans un de ces immeubles dits de luxe, mais terriblement anonymes, qu'humanise par bonheur Carlos, le portier, un homme adorable et toujours gai comme un pinson.

— Salut, doc, comment allez-vous par ce beau matin ? me lança-t-il après avoir accouru pour m'ouvrir la porte.

— Parce que c'est le matin ?

J'ai grimacé un sourire et il a ri à cette plaisanterie rituelle entre nous. Bah ! on ne peut pas exiger d'une fille qu'elle soit originale et spirituelle à cette heure indue, n'est-ce pas ?

Dans l'ascenseur, j'ai lâchement tourné le dos au miroir impitoyable ; à quoi bon déprimer davantage ? Au dixième étage, je me suis traînée jusqu'à ma porte couleur crème pralinée comme les six voisines. Quand nous avons emménagé ici, Livvie était petite et je devais l'empêcher de lécher cette porte « trop appétissante ». Ce goinfre de Sindbad a essayé, lui ; il ferait n'importe quoi pour une crème dessert !

J'ai tourné ma clé dans la serrure aussi discrètement que possible, je me suis glissée à l'intérieur, j'ai refermé la porte derrière moi sans faire de bruit et j'ai poussé le verrou.

À l'abri dans mon bunker privatif, je suis restée un moment à écouter le doux silence de la maisonnée endormie, ineffable instant trop éphémère où le temps semble suspendu. Puis j'ai tenté de faire un pas, mais n'ai réussi qu'à trébucher sur une boule de poils furibonde qui a bondi en poussant un miaulement à réveiller tout l'immeuble.

— Oups… désolée, Sindbad.

La colonne en arc de cercle parcourue de frissons, le poil hérissé, la queue hirsute, ma victime avait doublé de volume (un tour de force pour un aussi gros matou !) et s'était transformée en une sorte de dragon chinois.

31

J'ai caressé son épaisse fourrure gingembre, essayant surtout d'apaiser sa susceptibilité froissée. Sindbad m'a foudroyée d'un dernier regard de reproche avant de daigner reprendre peu à peu son apparence normale.

J'ai jeté un coup d'œil à Livvie. Elle était étendue en travers de son lit, vêtue de son vieux tee-shirt fétiche, le visage enfoui dans l'oreiller, mais je pouvais contempler la rondeur de sa joue de bébé, un mignon lobe d'oreille et le tendre pli de sa bouche. Attendrie, je me suis demandé pourquoi ces mêmes enfants qui nous semblent adultes quand ils sont éveillés ont toujours l'air d'avoir trois ans quand ils dorment.

Dans l'autre lit, j'ai deviné la présence des copines de Livvie aux deux masses informes qui soulevaient les couvertures. Je suis ressortie sur la pointe des pieds, en ramassant les canettes de soda et la boîte à pizza qui traînaient par terre. J'ai pensé à laisser la porte de la chambre entrouverte pour que Sindbad ne fasse pas encore un scandale s'il lui prenait l'envie de retrouver sa place réservée sur l'oreiller de Livvie.

De plus en plus éteinte, j'ai gagné la cuisine que commençaient à éclairer les timides rayons d'un soleil blafard. Machinalement, j'ai ouvert le réfrigérateur avant de le refermer aussitôt, bien trop fatiguée pour décider si j'avais faim ou pas.

Dix minutes plus tard, après une bonne douche chaude, je me glissais dans mon pyjama. J'avais à peine posé la tête sur l'oreiller que je suis tombée dans les bras de Morphée. Ce matin-là, mes cauchemars m'ont ramenée au chevet de ce jeune motocycliste accidenté, avec ses cheveux blonds en pétard et son visage poupin qui ne sourirait plus jamais à la vie.

Pauvre gosse ! J'avais tant de peine pour lui... et pour l'amoureuse inconsolable qu'il laissait peut-être derrière lui.

5

NONNA

Nonna Jericho était occupée à mettre la dernière main à son déjeuner dominical. La cuisine était son violon d'Ingres et les préparatifs du festin annoncé l'avaient occupée une bonne partie de la semaine. Mais, pour l'heure, elle se souciait moins de sa sauce tomate que de la santé de Gemma.

Cette pauvre fille vit sous tension, songeait Nonna. Elle travaille beaucoup trop. Où est passée la Gemma d'antan, primesautière en diable, pétillante, flirteuse, si pleine d'énergie et de gaieté ? Au lycée, puis à l'université, les beautés ne manquaient pas, mais Gemma portait en elle quelque chose d'unique. Tous les garçons lui couraient après et patatras ! il a fallu qu'elle choisisse – et épouse ! – celui qu'il ne fallait pas.

Heureusement, cette expérience désastreuse n'avait pas abattu Gemma. La catastrophe ne s'était produite que beaucoup plus tard, par une froide nuit d'hiver, il y avait trois ans de cela. Depuis, Gemma n'avait jamais parlé de ce drame. Pas un mot. Et elle se refermait dès qu'elle sentait qu'on risquait d'aborder le sujet. Nonna le regrettait, mais que faire ? Cette maudite nuit-là avait éteint en Gemma le rire et la joie de vivre… La jeune femme amoureuse de l'existence avait laissé la place au médecin urgentiste dévoué corps et âme à son travail.

Envahie de sombres pensées, Nonna se mit à remuer sa sauce tomate maison. Repoussant en arrière une mèche de cheveux échappée de son chignon, elle se pencha sur la casserole pour humer les arômes d'ail et d'origan, mêlés aux vapeurs d'alcool. Elle n'avait pas lésiné sur le chianti pour corser sa sauce. Hé, hé, ça sentait divinement bon ! Pas étonnant : ça mijotait depuis deux jours. Encore dix minutes et elle couperait le feu pour laisser reposer et permettre aux parfums d'achever de s'unir intimement.

Nonna mettait un peu d'ordre dans la pièce quand, tout à coup, les murs se mirent à tourner autour elle, de plus en plus vite. Les jambes flageolantes, elle se cramponna au dossier de la chaise de cuisine et dut s'asseoir, le temps que sa faiblesse passe.

Ça lui était déjà arrivé, mais jamais devant quelqu'un, heureusement. Depuis quelques semaines, la fréquence des crises avait même tendance à s'accélérer. Le médecin lui avait fermement recommandé de se ménager, lui expliquant que son cœur fatiguait en raison d'une insuffisance mitrale congénitale.

Ce n'était pas le diagnostic du Dr Gemma Jericho, oh ! là là, non ! mais d'un spécialiste qu'elle avait consulté *en cachette* de sa fille. De toute façon, cardiologue ou pas, Nonna se demandait s'il fallait le croire. Si elle souffrait réellement d'une insuffisance cardiaque *congénitale*, elle aurait dû s'apercevoir depuis longtemps que quelque chose ne tournait pas rond de ce côté-là ! Mais non, rien. Depuis sa naissance, elle n'avait jamais éprouvé le plus petit symptôme. Pourquoi ?

Cela vient avec l'âge, avait tranché le médecin. *Mamma mia !* Elle n'avait que soixante ans et des poussières, et il parlait d'elle comme d'une antiquité, juste bonne à mettre à la casse. Oh, mais il connaissait mal Sophia Maria Jericho, née Corsini ! Il ferait beau voir qu'elle s'alite et se transforme en petite vieille invalide ! Elle prendrait docilement ses médicaments, ça d'accord, mais elle continuerait à mener sa barque comme s'il n'y avait rien de changé. Et elle ne soufflerait mot de ses résultats d'examens à personne, surtout pas à Gemma qui en ferait une maladie.

La vie continuerait, jour après jour... jusqu'au dernier, comme avant.

Comme avant ? Nonna tressaillit et son regard tomba sur l'enveloppe bleue barrée de la mention « par avion » qui reposait au beau milieu de la table. Elle effleura rêveusement du doigt le timbre italien, l'adresse calligraphiée à l'ancienne. Puis elle sortit la lettre, ajusta ses lunettes et commença à la lire. Pour la septième fois.

6

GEMMA

À peine étions-nous descendues de voiture qu'un délicieux fumet de viande rôtie et d'aromates nous accueillit devant la maison de Nonna.

Nez au vent, Livvie se mit à humer l'air avec avidité, tel un chien de chasse sur la piste d'un gibier de premier choix. Elle se pencha sur la banquette arrière pour attraper son chat, qui ne sortait jamais déjeuner en ville sans sa laisse bleu lavande cloutée de faux diamants (un choix de sa maîtresse, pas le mien – et certainement pas, j'en suis sûre, de ce rustaud de Sindbad).

Sur un simple signe de mon menton, Livvie allongea en soupirant sa minijupe de quelques centimètres, afin de la descendre à un niveau plus acceptable pour sa grand-mère. Puis elle glissa son inséparable portable dans sa poche de veste, espérant encore – ce n'était pas difficile à deviner – un appel éploré de son « rancard de rêve », lequel risquait fort de rester du domaine du rêve.

Le vent avait chassé les nuages et un soleil frileux montrait le bout du nez. J'ai repéré la Jeep Cherokee garée le long du

36

trottoir. Patty et Jeff nous avaient devancées. Mon humeur s'est éclaircie comme le ciel. Je suis toujours heureuse de les voir, ces deux-là, tout comme j'ai toujours aimé ces dimanches en famille chez Nonna.

Son gros matou dans les bras, Livvie a dédaigné l'entrée officielle du pavillon de sa grand-mère pour s'engouffrer par la porte de la cuisine. Les intimes et autres initiés ne passent jamais que par là ; c'est à la cuisine que se déroulent les choses intéressantes. Une seconde plus tard, elle se jetait dans les bras grands ouverts de Nonna pour leur rituel : un quadruple échange de gros bisous.

— *Carina !* susurra ma mère, tout sourire.

Même de dos, je voyais que Livvie rayonnait, ronronnait même ; en cet instant, toutes ses défenses d'adolescente incomprise et rebelle gisaient à terre, elle redevenait la gamine qu'elle était.

— Tu m'as drôlement manqué cette semaine, Nonna !

— Et toi donc, *ragazza* !

Nous en étions encore à la phase des démonstrations de tendresse de leurs retrouvailles hebdomadaires. Après, les étincelles ne manqueraient pas de crépiter, comme chaque fois qu'elles se retrouvaient enfermées dans la même pièce. Comment en serait-il autrement entre une ado et une sexagénaire aussi capricieuses et entêtées l'une que l'autre ?

Après Patty, Jeff et Livvie, j'arrivais en dernier sur la liste des salutations du jour. Nonna m'a inspectée des pieds à la tête. J'étais blindée : je subissais à chaque visite cet examen de passage pour m'en tirer avec, au mieux, un commentaire du style : « Hum ! tu as une mine de papier mâché, ma pauvre fille ! »

— Tsss ! Ma pauvre fille, tu as vraiment une sale tête, grommela Nonna.

Là, qu'est-ce que je vous disais ! Elle venait de livrer son verdict habituel, et j'ai répondu, comme toujours :

— Merci, maman. Je manque de sommeil, voilà tout. Je n'ai même pas dormi quatre heures cette nuit.

Sur quoi je me suis préparée à subir sans broncher son

sermon dominical sur le thème éculé Quand-te-décideras-tu-à-quitter-ce-travail-qui-t'épuise-pour-penser-un-peu-plus-à-toi-et-à-Livvie ? Avec les inévitables développements sur mes cheveux qui ont grand besoin d'un coiffeur, ma garde-robe indigente, ma vie privée aux abonnés absents…

Mais pour une fois rien ne vint. Pas la moindre critique, pas le plus petit sermon. Bizarre, bizarre… Qu'est-ce que cela cachait ?

Patty dressait la table tandis que Jeff, à califourchon sur une chaise, sirotait un verre de chianti en la mangeant des yeux. Je suis allée les embrasser. Ensuite, fidèle à mes mauvaises habitudes, j'ai foncé droit vers la cuisinière, comme aimantée par la cocotte. J'ai soulevé le couvercle et flairé le contenu, avant d'y tremper en cachette un petit bout de pain italien. Mmm, goût céleste ! Au diable les restaurants gastronomiques, cette sauce tomate était une preuve de l'existence de Dieu !

J'essuyais à un torchon mes lunettes tout embuées de vapeur quand mon regard myope a accroché Patty qui me contemplait en penchant la tête.

— Je trouve que ta mère exagère. Pour une vieille sorcière, tu es plutôt fraîche !

Nous avons ri au souvenir de la nuit passée. Mais son mari m'observait sans rien dire, signe que lui aussi me trouvait une mine affreuse.

Jeff s'est lentement déplié pour nous servir l'apéritif. Ses joues rasées de frais avaient rosi à la chaleur du four, aussi Nonna, toujours très prévenante avec la gent masculine, s'empressa-t-elle d'ouvrir la fenêtre, prétendument pour évacuer la fumée.

Patty déclara que le but recherché était plutôt de faire saliver d'envie ses voisins en leur envoyant le fumet du fameux « gigot à la Sophia Maria ». Jeff abonda automatiquement dans son sens. À les voir ensemble, je me rendais compte à quel point ils se ressemblaient, de vraies âmes sœurs. Ah ! ils étaient bien faits l'un pour l'autre, eux qui poussaient l'osmose jusqu'à la couleur de leurs cheveux roux (bien que ceux de Jeff soient plus pâles que l'acajou de sa femme) semés de mèches gingembre – le même gingembre que Sindbad, comme je vous l'ai dit.

Quand on parle du loup... J'ouvre une parenthèse pour vous signaler que Sindbad avait discrètement opéré une très subtile et stratégique manœuvre de rapprochement. Objectif : la planche à découper en bois d'olivier, où le gigot rôti répandait maintenant son jus dans la rigole. Il s'autorisa un miaulement de protestation indigné quand je lui barrai la route avant que Nonna pousse les hauts cris. Fin de la parenthèse

C'est parce que Jeff est chauffeur-livreur de métier que Patty fit sa connaissance. Il approvisionnait quotidiennement l'hôpital Bellevue en fournitures diverses. Elle eut vite fait de s'intéresser à ce « grand gaillard craquant », comme elle me le décrivit à l'époque, qui allait devenir son second mari. Ce fut un vrai coup de foudre, comme dans les romans.

Sept ans après, ils se tenaient toujours la main comme en cet instant, tels deux amoureux à leur premier rendez-vous. Tandis que je les observais à la dérobée, Jeff planta un baiser sur le visage que sa tendre moitié levait vers lui. Je me détournai discrètement, non sans exhaler un soupir d'envie en mon for intérieur.

— Que puis-je faire pour t'aider, maman ?

— Commence par me faire disparaître ce monstre !

Elle mitraillait du regard un Sindbad qui lui tournait le dos, impassible, trop occupé à hypnotiser le gigot.

— Et vous deux, si vous arrêtiez une minute de vous bécoter, nous pourrions peut-être passer à table ! ajouta Nonna en se tournant vers ses invités. Nous ne vivons pas d'amour et d'eau fraîche, nous !

Jeff éclata de rire pendant que Patty lissait sa jupe comme une adolescente prise en faute. Il embrassa maman sur les deux joues, ce qui l'amadoua instantanément.

— Ma chère Patty, prêtez-moi votre mari : j'ai besoin d'un homme fort pour transporter cette cocotte.

— *Si, signora*, fit Jeff en s'exécutant.

Livvie revint de la véranda en laissant la porte grillagée claquer derrière elle, s'attirant un glapissement de Nonna.

— *Madonnina mia !* Olivia, combien de fois faudra-t-il te répéter de fermer doucement cette pauvre porte ! Elle ne t'a rien fait !

Fort peu impressionnée, Livvie se laissa choir sur une chaise et prit Sindbad sur ses genoux.

— Pauvre chou, Cruella t'a encore disputé ? chuchota-t-elle assez fort pour agacer sa grand-mère.

— Ne m'appelle pas comme ça !

— Tu m'as bien appelée Olivia !

— Il serait temps que tu te souviennes que tu es italienne !

Je trouvais maman bizarrement nerveuse aujourd'hui, et même bizarre tout court. Que nous cachait-elle ?

Pendant qu'elles s'asticotaient toutes les deux, Jeff m'a désignée volontaire pour découper le gigot. Nonna nous servit les raviolis nappés de sa sauce magique et la ribambelle de succulents accompagnements : *pomodòri* grillés au romarin frais, aubergines *alla' mozzarella* cuites au four, beignets de courgettes, sans oublier la salade fraîche et ce pain tiède et croustillant dont je raffole.

Jeff déboucha bientôt une autre bouteille de chianti (Coca-Cola pour Livvie qui gavait – en douce – de lamelles de gigot Sindbad, judicieusement planqué sous la table) et la conversation roula sur les sujets habituels : le bon vin, les inépuisables trésors de la cuisine italienne, les petites manies des voisins, notre travail de fou à l'hôpital, le bagne de Livvie (entendre le lycée), l'incommensurable stupidité des garçons de sa classe...

Enfin sonna l'heure de la *torta della nonna*, autrement dit le « gâteau de la grand-mère », une spécialité sublime (pour qui n'a pas peur du chocolat !) que Livvie a toujours prise pour une recette de *sa* Nonna à elle. Maman déposa religieusement le chef-d'œuvre au centre de la table, sur ce plat à tarte rouge et vert qui était de toutes nos fêtes depuis au moins trente ans.

Puis la maîtresse de maison sortit son service à café du

vieux bahut, la crème glacée du congélateur, et nous servit le *vinsanto* bien chaud. Bref, tout se déroulait parfaitement, comme à l'accoutumée. On aurait pu imprimer le scénario de nos visites chez Nonna – pour notre plus grand bonheur, il ne variait pas d'une ligne au fil des ans. Rien ne changeait jamais... enfin, jusqu'à cette seconde où Nonna s'éclaircit la voix pour déclarer avec une feinte désinvolture :

— *Alorra, bambini...*

Je lui ai lancé un regard méfiant. Maman ne nous appelait ses *bambini* que dans les grandes occasions...

7

— J'ai une surprise pour vous. *Attenzione !* Une grande nouvelle !

Comme un magicien sort un lapin de son chapeau, Nonna tira de la poche de son tablier une enveloppe bleue toute froissée, et l'agita en l'air pour que nous la voyions bien.

— C'est une lettre…, crut-elle bon de préciser pour le cas où nous ne l'aurions pas remarqué.

Elle marqua un temps avant d'ajouter en souriant, très fière de son petit effet :

— Une lettre de Bella Piacere.

Livvie et moi nous sommes regardées, les sourcils en accent circonflexe. Bella Piacere était le village natal de Nonna. Depuis le temps qu'elle en était partie, je n'étais même pas au courant qu'elle avait gardé un contact là-bas. Aucun membre de la famille Corsini n'habitait plus ce village perdu au cœur de la Toscane.

— *Attenzione !* répéta-t-elle.

Elle ajusta ses lunettes sur le bout de son nez, vérifia d'un air sévère qu'elle avait toute notre attention. Alors seulement, avec une infinie lenteur, elle ouvrit l'enveloppe, déplia délicatement la lettre et commença à la lire.

— Signora, sono don Vincenzo Arrici, Parroco della Chiesa di Santa Caterina nel vostro Paese e mi onoro di scrivervi queste notizie...

Notre petite assemblée la regardait, perplexe. Je me suis dévouée...

— Maman, tu sembles oublier que nous ne parlons pas l'italien.

J'écopai en retour d'un coup d'œil courroucé.

— Si ce n'est pas malheureux ! Ah ! j'aurais peut-être dû épouser un Italien, après tout. Au moins vous auriez parlé la plus belle langue du monde. Et Livvie, pour la énième fois, fais descendre ce sac de poils de la table !

— Oui, mais continue, s'il te plaît, la pressa Livvie en éjectant Sindbad.

« Je m'appelle don Vincenzo Arrici, traduisit Nonna. Je suis le curé de la paroisse Santa Catarina de votre village natal. Il m'a fallu des années pour retrouver votre trace, *signora* Sophia Maria, mais j'ai aujourd'hui l'honneur et le plaisir de vous annoncer la bonne nouvelle. Je veux parler de votre héritage. »

Elle marqua une nouvelle pause, très théâtrale, puis acheva :

« Oui, le dernier représentant d'une vieille famille de notre petite communauté vous a légué sa propriété. Il est de votre intérêt de vous rendre sur place sans tarder, ici même, à Bella Piacere, *cara signora* Sophia Maria, afin de découvrir ce qui vous appartient désormais. Venez avant qu'il ne soit trop tard. »

Dans le silence qui suivit, nous nous sommes contentés d'échanger un regard stupéfait. Puis Livvie a demandé :

— Ça veut dire... que tu vas être riche ?

— J'en ai bien l'impression, *ragazza*, a répondu Nonna en se rengorgeant.

Toutes deux avaient l'air ravi, mais moi j'avais la gorge serrée parce que je voyais bien que ma pauvre maman le croyait dur comme fer.

Nonna a replié sa lettre, mais, à voir le papier froissé, j'aurais juré qu'elle avait été lue et relue à maintes reprises.

— J'avais treize ans quand je suis arrivée à New York. Auparavant, je n'avais jamais quitté mon village. Je n'étais pas même allée à Florence, et je ne parle pas de Rome ou de Venise. *Alorra...* le moment est venu pour moi de rentrer au pays. Oui, je pars recevoir mon héritage. Je veux revoir Bella Piacere une dernière fois avant de mourir.

Quatre paires d'yeux écarquillés la dévisagèrent dans un silence de cathédrale tandis qu'elle remettait la lettre dans son enveloppe comme on range une rivière de diamants dans un écrin.

Et c'est là-dessus qu'elle a lancé sa deuxième bombe :

— Naturellement, Gemma et Livvie, vous êtes du voyage.

— Comment ?

— Pardon ?

Nonna avait perdu la tête ! Elle *savait* pourtant que j'avais un travail exigeant. Travail dont je ne pouvais me passer si je voulais subvenir à mes besoins et élever ma fille. J'avais des responsabilités dans la vie, moi. Je ne trouvais même pas deux heures pour aller voir un film au cinéma de mon quartier, alors traverser l'Atlantique...

— Voyons, maman, c'est impossible ! Ni Livvie ni moi ne pouvons t'accompagner. D'ailleurs, je suis très étonnée que tu envisages de te rendre là-bas sur un simple... coup de tête. Depuis le temps, tu ne dois plus connaître personne à Bella Piacere. Sans compter que cette lettre peut être un canular.

Nonna parut choquée, scandalisée même, par ce dernier argument.

— Comment oses-tu ? Tais-toi donc. Un prêtre ne raconte pas d'histoires !

— Si je puis me permettre, pourquoi ne pas lui téléphoner pour lui demander exactement de quoi il retourne ? suggéra Patty, toujours pratique.

Nonna porta la missive à son cœur comme si elle avait été poignardée par une traîtresse à la cause.

— C'est ça ! Et ma surprise ? Vous voudriez me voler la joie de ma belle surprise ?

— Oh, désolée… Non, bien sûr que non, balbutia Patty, déconcertée.

Nonna planta son regard dans le mien.

— « Venez avant qu'il ne soit trop tard. » Don Vincenzo laisse entendre qu'il y a urgence. Nous irons donc toutes les trois, la question est réglée.

— J'hallucine ! couina Livvie. Je ne *peux pas* m'en aller comme ça. J'ai un plan avec un garçon super-mignon et… en plus, je ne vois pas ce que j'irais faire dans un village italien avec ses habitants rasoir que je ne comprendrai même pas.

Au froncement de sourcils menaçant de sa grand-mère, elle opta en catastrophe pour une autre ligne de défense.

— Et le lycée ! Manquer les cours juste avant le conseil de classe, vous vous rendez compte… cela ferait très mauvais effet !

— Ne t'inquiète pas, *carina*, ironisa Nonna. J'ai calculé que nous y serons pour tes vacances d'été. En plus, ce sera éducatif. Les voyages forment la jeunesse !

Elle avait tout prévu.

Jeff se rangea du côté de la maîtresse de maison.

— Le fait est qu'un petit séjour en Italie n'a rien de désagréable. Sophia Maria pourra juger sur pièces de la valeur de son héritage et Livvie découvrira le pays de ses aïeux.

Il se tourna vers moi pour ajouter :

— Et notre Gemma fera enfin le break dont elle a le plus grand besoin.

Avant que j'aie ouvert la bouche, Patty s'engouffra dans la brèche ouverte par son mari.

— Ça, c'est vrai ! Tu n'as pas pris de vacances depuis trois ans. C'est l'occasion ou jamais de te rattraper. Et au soleil de la Toscane encore ! Veinarde, ce n'est pas à nous qu'une pareille chance arriverait !

Je les ai fusillés du regard, tous les deux. Ils sapaient ma défense.

— Maman, tu vas me faire le plaisir d'appeler ce don

Vincenzo pour régler ça avec lui par téléphone. Tant pis pour ta surprise, sois raisonnable.

Que n'avais-je pas dit ? Nonna s'est levée sans un mot, a retiré ses lunettes et s'est mise à débarrasser la table en passant devant moi comme si je n'existais pas. Quand elle a eu fini d'empiler les assiettes à dessert et les tasses à café dans l'évier, elle a échangé quelques amabilités avec Jeff et Patty.

Enfin, elle a daigné remarquer notre présence, à Livvie et à moi.

— Voilà donc le peu de cas que fait de moi ma famille ! La seule que j'aie au monde...

Sa voix baissa d'un ton comme elle achevait sa pensée :

— À moins qu'il me reste quelques cousins éloignés dans mon vieux village de Bella Piacere, là où j'ai maintenant une propriété dont on voudrait me priver...

— Maman !

— Nonna !

Livvie fit dignement écho à ma propre plainte. La peine de maman me touchait, mais quoi, j'étais forcée de camper sur ma position.

— J'ai des obligations, que veux-tu. Essaie de comprendre que je ne peux pas tout laisser en plan pour un caprice. C'est hors de question. Nous n'irons pas en Italie. Point final.

8

Et nous voici toutes les trois à Rome.

Pour l'instant, un taxi nous emmène loin de l'aéroport de Fiumicino. Apparemment pressé d'en finir avec l'existence, notre chauffeur zigzague dans un enchevêtrement de voitures pire qu'à Manhattan, et deux fois plus bruyant. Ici, la conduite au klaxon semble relever d'un sport national, et la prise de risque d'un art de vivre.

À chaque coup d'œil dans son rétroviseur, notre macho de chauffeur semble ravi de voir Livvie recroquevillée sur le bord de son siège, Nonna en train de prier les yeux fermés, et moi crispée, agrippée à ma ceinture de sécurité à chaque embardée.

Je suis épuisée, moins par le voyage que par le stress d'une réorganisation totale de mon emploi du temps jusque-là réglé comme du papier à musique. J'avais dû me résoudre à prendre quatre semaines de vacances sur mes jours de congé accumulés. Vous vous doutez que ce n'est pas la perspective de ce fameux héritage qui m'a décidée (d'autant qu'à mon avis il va se résumer à une paire de vaches dans une étable délabrée), mais le sentiment que Nonna tenait vraiment à retrouver Bella Piacere.

Le soir tombait. Les lumières de Rome allumaient un

million de petites étoiles, nimbant la capitale d'un halo d'or, illuminant les dômes et les monuments antiques, les ruines et les piazzas, scintillant dans les arbres grouillant d'étourneaux bavards. Les célèbres escaliers de la place d'Espagne étaient bondés de touristes. Le dôme immense de la basilique Saint-Pierre (d'ores et déjà, le Vatican est inscrit au programme de demain) semblait bénir la Ville éternelle.

C'était réellement le Colisée là, devant nous ? Il m'a paru plus petit que dans *Gladiator*, quand Russell Crowe combat sous les acclamations de milliers de spectateurs les bêtes fauves, les soldats et cet empereur Comode qui portait si mal son nom. Quand nous l'avons dépassé, je me suis retournée, fascinée, pour le regarder encore. À elle seule, cette ruine grandiose méritait le voyage à Rome – même s'il y avait peu de chance d'y croiser le beau Russell.

Je me suis subitement rappelé que je n'étais pas venue ici pour faire du tourisme, ni même de mon plein gré ! Par quelle aberration avais-je consenti à cet exil ? J'étais pourtant déterminée à ne pas céder à la lubie de ma mère. À présent, je ne voulais plus qu'une chose : rentrer rapidement à New York et reprendre mon poste aux urgences pour continuer à faire ce que je fais de mieux dans la vie. Bien à l'abri derrière cette armure que je me suis fabriquée.

Dans un dernier crissement de pneus, le taxi a pilé à l'adresse indiquée et nous avons lâché un soupir collectif de soulagement.

— *Buona sera, signore.*

Un portier en livrée s'est empressé de nous accueillir. Nous nous sommes levées de notre cercueil roulant pour nous retrouver aussitôt cernées par une nuée de grooms. En un clin d'œil, ils s'emparèrent de nos bagages et de la valise en carton de Nonna, qu'elle conserve depuis l'aube des temps.

Un peu étourdie, j'ai levé les yeux sur la façade imposante de l'hôtel Hassler, et j'ai pâli. Je me suis tournée sans un mot vers ma mère. Elle a évité mon regard, mais devinait parfaitement ma pensée : *ce palace doit coûter une fortune.*

Mon opinion s'est renforcée à la seconde où j'ai posé les

pieds dans le grand hall tout en marbre, décoré de toiles de maîtres, de chandeliers de cristal et d'énormes gerbes de fleurs fraîches. Ma pauvre carte bancaire allait en prendre un coup fatal...

Je suis allée m'asseoir sur un canapé de brocart doré, le temps de chercher dans mon porte-monnaie des pourboires à distribuer à nos porteurs. Livvie s'est affalée à côté de moi en bougonnant que cet endroit était aussi sympa qu'un musée.

Elle empoignait déjà son portable, ne pensant plus qu'à téléphoner à ses copines à New York, indifférente aux regards étonnés, pour ne pas dire scandalisés, des clients de l'hôtel. Difficile de leur en vouloir : son châle rouge vif tricoté au crochet comptait plus de trous que de laine, ses cheveux jaune et vert comme la peau d'une banane pas mûre raidissaient sous le gel, et ses ongles laqués étaient couleur de sang séché, ni plus ni moins. Telle quelle, elle aurait pu tourner sans raccord dans un film de vampires !

Pendant ce temps, Nonna avait foncé vers la réception annoncer notre arrivée au beau ténébreux de service. Elle lui décocha son plus radieux sourire pour se présenter et préciser qu'elle avait réservé ce qu'il y avait de mieux.

— Je suis née en Italie, expliqua-t-elle au réceptionniste, mais figurez-vous que je n'ai jamais visité Rome. Vous vous rendez compte ? Aujourd'hui, il se trouve que j'ai fait un héritage à Bella Piacere...

Comme s'il pouvait connaître ce trou perdu, soupirai-je. Mais le bel Antonio (Nonna l'appelait déjà par son prénom) paraissait tout disposé à accorder son temps et son attention à cette cliente qui avait entrepris de lui raconter sa vie par le menu.

— Mes félicitations, *signora Jericho*, lança-t-il enfin. Ce sera une visite inoubliable. Vous vous souviendrez de votre séjour chez nous. Nous vous avons donné l'une de nos deux suites de luxe. **Tout** est déjà prêt.

— *Bene, bene, e grazie, signor Antonio.*

Nonna lui tapota la main comme s'il était son propre fils, et je retins mon souffle en priant qu'elle ne l'embrasse pas comme du bon pain. Mais non, elle pivota pour emboîter le pas du porteur qui l'attendait patiemment avec sa valise.

Nos propres grooms sur les talons, Livvie et moi les avons rejoints dans le grand ascenseur digne d'un film de l'âge d'or hollywoodien. À l'étage, nous avons traversé en silence un couloir tapissé d'une épaisse moquette et attendu que l'on nous ouvre cérémonieusement une double porte capitonnée. La seconde d'après, nous pénétrions dans une féerie tout en or et vieux rose.

Intimidées comme des godiches à peine débarquées de leur cambrousse, nous avons tout examiné sans oser toucher à rien, pendant que les porteurs s'empressaient d'allumer les lampes, de tirer les rideaux, de nous montrer les deux salles de bains en marbre, le minibar et de nous réciter les divers services mis à notre disposition. Je leur ai distribué gauchement leur pourboire, en espérant que cela suffisait. Toujours souriants, ils nous ont saluées toutes les trois avant de s'éclipser en refermant la double porte avec un soin infini.

J'ai aussitôt croisé les bras en dardant sur la coupable un œil accusateur.

— Est-ce que tu as la plus petite idée de ce que tout ça va coûter ?

Elle a vérifié le moelleux d'un coussin de soie en évitant soigneusement mon regard.

— Bien sûr que je le sais. Tu oublies que c'est moi qui me suis occupée des réservations. Et permets-moi de te dire que je ne suis pas mécontente de moi.

— Ça, je te crois sur parole ! Tu vas nous raconter que tu as fait une affaire ?

— Exactement.

— Et voilà ! La vérité, c'est que Sa Seigneurie a la folie des grandeurs !

Elle m'a gratifiée d'un haussement d'épaules hautain.

— Ne t'inquiète de rien. J'ai décidé de vendre ma nouvelle propriété. Et je compte bien dépenser l'argent avec vous deux, au lieu de vous le laisser par testament.

— Mais…

— Pour que tu le laisses dormir sur un compte jusqu'à la fin des siècles ? Merci bien ! Alors profites-en, Gemma ! Profite !

Sur ces mots, elle m'a plantée là, bouche bée, pour disparaître derrière le lourd rideau de velours qui masquait ses appartements.

Oh, mon Dieu ! ai-je songé, affolée. Dans le meilleur des cas, elle allait royalement hériter d'un lopin de terre planté d'oliviers décrépits où picoraient trois ou quatre poules... Et voilà que maman s'était mis en tête d'en tirer un pactole. Et pire que tout, elle dilapidait à l'avance le magot qu'elle n'aurait pas !

Je pouvais l'entendre s'extasier en italien au fur et à mesure qu'elle découvrait les fastes de sa salle de bains de marbre et robinetterie d'or, les lampes de chevet Art déco, l'épais peignoir de coton et les jolies pantoufles assorties, la descente de lit neigeuse qui n'attendait que d'être foulée par ses pieds de riche héritière...

J'ai commencé à calculer comment je pourrais doubler mes heures de travail à l'hôpital dès notre retour. Il faudrait bien que quelqu'un paie pour tout ce luxe.

9

Je n'avais pas du tout envie de monter dîner au restaurant panoramique ultra-chic du Hassler. Il était déjà tard et, malgré une longue douche, je me sentais encore lasse et totalement déprimée. Mais vous vous doutez bien que Nonna, fraîche comme un gardon, décalage horaire ou pas, n'entendait pas se passer d'un premier bon repas sur le sol de ses ancêtres.

Je me suis donc lavé les cheveux en maugréant contre les caprices maternels. La petite robe noire que je m'étais achetée en quatrième vitesse (pour ne pas changer) la veille du décollage sortit toute froissée de mon sac de voyage, et je n'avais plus le temps d'y remédier. Tant pis. On me prendrait comme j'étais.

— Nous n'attendons plus que toi, Gemma, fit la voix excitée de Nonna. Dépêche-toi !

En deux temps, trois mouvements, j'ai enfilé ma robe et me suis grossièrement maquillée.

— Eh, m'man, active ! J'ai faim, moi !

Si Livvie s'y mettait aussi… J'ai jeté un dernier regard désabusé dans le miroir en pied avant de les rejoindre sans enthousiasme.

La terrasse du Hassler offrait une vue extraordinaire sur Rome, qui brillait de mille lumières. On aurait dit un feu d'artifice pour le nouvel an. Quant à la salle à manger, elle valait à elle seule le détour : vases en albâtre regorgeant de fleurs, chandeliers scintillants sur les superbes nappes en lin, verres en pur cristal... et barman en veste blanche qui agitait des cocktails dans un shaker en argent.

Mine de rien, un maître d'hôtel très distingué nous observait de derrière son pupitre en bois poli. Il resta bien entendu impassible, mais, au léger haussement de sourcils qu'il s'autorisa, je devinai sans mal la désapprobation que lui inspirait la tenue de Livvie. Comme d'habitude, elle se distinguait à la façon d'un oiseau tropical dans un lac de cygnes raffinés.

— *Buona sera*, minauda Nonna.

À peine eut-elle décliné notre identité que les sourcils du maître d'hôtel retrouvèrent leur position normale. Son visage un rien compassé s'éclaira, comme tout à l'heure celui du beau ténébreux de la réception. Le bruit avait dû courir que l'Américaine-qui-a-touché-le-gros-lot était une payse.

— Bien sûr. Vous êtes la *signora* de Bella Piacere qui a fait un héritage. Mes félicitations. J'ose espérer que vous apprécierez notre restaurant gastronomique.

D'un geste virevoltant de prestidigitateur, il attrapa trois cartes et s'inclina devant nous.

— Si vous voulez bien me suivre, *signore*...

Il nous conduisit à une table idéalement située devant la baie vitrée. Nous avons chacune posé un quart de fesse sur notre chaise tendue de soie et Nonna a d'emblée commandé deux cocktails Bellini pour elle et moi, et un coca pour Livvie. Puis elle se plongea dans la lecture du menu avec un petit sourire béat.

— *E allora*, mes enfants ! s'exclama-t-elle en relevant le nez. Que diriez-vous d'un petit *antipasto* pour nous mettre en appétit ? Quoique... hum, non, peut-être pas ce soir. Pourquoi pas un consommé, ou quelque chose de léger et de délicat après notre périple...

Toute rancune envolée, je contemplais ma mère avec

émerveillement. Elle baignait dans le raffinement comme un poisson dans l'eau. Je me rendis compte que, toutes ces années, elle avait caché en elle des goûts de luxe.

Loin de ces considérations, Livvie se trémoussait sur sa chaise en tentant sans succès de joindre ses amies sur son portable, jusqu'à ce que Nonna le lui confisque, purement et simplement.

— On ne téléphone pas à table ! Encore moins dans un palace. J'aimerais que ma petite-fille ait conscience de l'endroit où elle est et se comporte pour une fois en lady !

— Gna-gna-gna et gna-gna-gna.

— Olivia ! Tu me fais honte !

Livvie se tourna vers la baie vitrée pour bouder.

L'œil dans le vague, je bus une gorgée de mon cocktail qui coûtait à lui seul le prix d'un honnête menu dans un restaurant normal. Une question existentielle me taraudait : *Qu'est-ce que je fais ici ?* Je ne rêvais que d'aller me coucher ou, mieux, de rentrer à la maison. Ce voyage était une folie ! Mais ce Bellini…, un mélange de champagne frappé et de jus de pêche, valait le détour. Et encore, j'étais trop épuisée pour apprécier vraiment. La fatigue pesait sur mes paupières créant devant mes yeux un écran de brouillard.

Mais ma vision a retrouvé toute son acuité quand une star du cinéma italien a fait son entrée dans la salle. Et quelle entrée !

Grand, les épaules carrées, suprêmement élégant dans son habit noir, il avait la quarantaine triomphante. Tout en lui respirait l'énergie et la vitalité. Son teint hâlé se mariait avec bonheur à sa chevelure très noire. L'ensemble de sa personne dégageait une époustouflante impression de charme vainqueur et de réussite.

Il tenait la main d'une fillette d'environ treize ans, vêtue d'une robe de velours noir. Avec ses longs cheveux blonds, on aurait dit une petite princesse de conte de fées. Lui non plus n'appartenait pas au commun des mortels.

Je restai bouche bée à les contempler tandis qu'ils passaient devant nous pour s'installer à la table voisine. Ils étaient si loin de ma pauvre vie prosaïque que j'eus l'impression d'être dans une scène d'un film de Visconti. Dans une seconde, Marcello Mastroianni et Vittorio Gassman allaient apparaître à leur tour au bras de Sophia Loren et d'Ornella Mutti...

— Quelle cloche, cette fille ! souffla Livvie. Non, mais vous avez vu comment elle est fringuée ? Elle a même un ruban en soie dans les cheveux !

— C'est très joli, prends-en de la graine, riposta Nonna.

— Peuh ! je n'oserais même pas en mettre un à Sindbad ! Et tu voudrais que je ressemble à *ça* ?

La mine railleuse de Livvie eut le don de braquer sa grand-mère.

— Tu n'as aucun sens de l'élégance ! *Sa* mère à elle doit avoir du goût...

J'ai encaissé – terminé mon Bellini et appelé le garçon pour en commander un autre. Au point où nous en étions ! Comme j'ôtai un moment mes lunettes, j'ai laissé mon regard flotter comme par hasard du côté des nouveaux venus. Lui étudiait le menu, approuvant doctement de la tête les choix de sa princesse, la traitant en adulte. Elle se tenait très droite, comme il faut, sans poser les coudes sur la table, attentive, polie, bien élevée. Où avait-il trouvé une telle enfant ? Je ne me souvenais même pas que cela existait !

— Je me demande où est sa femme..., chuchota Nonna. À mon avis, au chevet de sa maman malade. Voilà qui expliquerait qu'il se retrouve seul avec sa fille.

J'ai rêvé devant cette version d'une parfaite petite famille idéale, oubliant un moment les urgences et leur long cortège de drames qui constitue les trois quarts de mon quotidien.

— Quant à lui, reprit Nonna avec un soupir admiratif, c'est un authentique gentilhomme toscan, pas de doute là-dessus ! Nulle part ailleurs dans le monde, on n'en voit d'aussi racés. Et sa fille est déjà une vraie petite lady. Regarde un peu ses beaux cheveux, Livvie...

Livvie allongea encore sa lèvre de dédain.

— Elle n'a rien d'une lady, et même rien d'une nana, c'est juste une poupée Barbie !

J'ai pris sa main aux ongles laqués sang séché et je l'ai pressée en témoignage de soutien. Livvie pouvait avoir de bonnes manières quand on l'en priait, mais, n'en déplaise à Nonna, elle ne serait jamais une petite fille modèle façon comtesse de Ségur.

À la fin de notre deuxième Bellini, notre serveur était devenu le nouveau meilleur ami de Nonna. Il lui fit goûter le vin blanc qu'il lui avait chaudement recommandé.

— Un pinot Grigio de Vénétie, *signora*. Léger comme un nuage. Vous verrez, il sera parfait avec votre poisson.

Je l'ai dégusté à mon tour, tout en savourant mon consommé de tomate à la sarriette fraîche. Je dois avouer que la suite fut à la hauteur du cadre, surtout le thon mariné aux deux poivrons, aussi copieusement servi que délicieux. Seule Nonna réussit à terminer son plat.

Ajoutés à ma dernière semaine démentielle à l'hôpital Bellevue, le décalage horaire et la fatigue du vol prirent définitivement le dessus. Je fis signe au garçon d'apporter l'addition. Quand elle arriva sur un plateau d'argent avec toute une cour de mignardises, j'ai tendu ma carte bancaire sans même jeter un œil à la note. Quelle importance ? L'héritage allait financer tout cela...

Pour la centième fois de la soirée, j'ai observé en douce le prince charmant. Quel dommage : il se levait pour partir. Comme il passait devant notre table avec sa fille, nos yeux se sont rencontrés. Mon cœur a cessé de battre – oh Dieu ! cet affreux rouge à lèvres, ma robe toute chiffonnée... – puis s'est mis à palpiter car, l'espace d'une seconde, son regard venait de me dire qu'il me trouvait belle.

— *Buona sera*, a-t-il murmuré d'une voix de velours.

À ma grande honte, j'ai piqué un fard. Exactement comme au temps où j'étais la reine du bal et que le plus beau garçon du lycée m'invitait à danser.

Il s'éloignait déjà, mais j'avais eu le temps de voir un sourire flotter sur ses lèvres. J'ai baissé très vite la tête pour dissimuler mes joues en feu tandis que Livvie me soufflait à l'oreille :

— M'man, j'ai comme l'impression que t'as un tiquet !

— Ne dis pas de bêtises...

Nonna exprima tout haut ma pensée en termes choisis :

— Ce gentilhomme a un charme fou. Je me demande bien qui il peut être...

Elle se chargea de satisfaire notre curiosité en posant carrément la question au serveur, qui lui expliqua que ce monsieur était en Italie pour peindre.

— Bien sûr, triompha Nonna comme si elle l'avait su de toute éternité. Un nouveau Michelangelo !

— Vous vous trompez de peintre, rectifia en souriant le garçon. Ce monsieur s'appelle Raphael. Et il est new-yorkais, comme vous.

J'ai ri sous cape en pensant au cinéma que je m'étais fait avec ma star italienne. L'authentique gentilhomme toscan de Nonna était probablement un Yankee pure souche.

— Le « Michel-Ange de Manhattan »..., ironisa Livvie. Il faut changer de lunettes, mère-grand !

10

Il était tôt, mais nous remontions déjà la via di Minerva en direction de la piazza della Rotonda, en quête du Panthéon (objectif de Nonna) et d'un petit déjeuner (objectif de Livvie).

Personnellement, j'aurais bien aimé paresser un peu au lit, mais Nonna m'avait toisée avec commisération. Avais-je oublié où je me trouvais ? À Rome, malheureuse ! Et pour une seule journée : ce ne serait pas trop pour toutes les merveilles à découvrir, les monuments à visiter, les emplettes à effectuer. Bref, il n'y avait pas une seconde à perdre ! Et moi qui avais justement envie, tout à coup, de gaspiller du temps – un luxe que je ne m'étais pas offert depuis Dieu sait quand.

Nous arpentions une rue étroite quand une apparition de toute beauté me cloua sur place. Un portique dont les feux du soleil doraient les colonnes de granit et les chapiteaux de marbre blanc. Une pancarte nous apprit que nous étions face à l'un des joyaux de la Rome antique : le Panthéon bâti par Marcus Agrippa peu avant notre ère.

— Waouh, c'est géant ! souffla Livvie, médusée. Vous avez vu un peu ça ? Et ces Romains, ils passent devant sans lever le nez, comme si c'était une bouche de métro !

Nous nous sommes promenées sur la belle piazza della Rotonda, une de ces grandes places animées, avec leur indispensable fontaine, que collectionne la Ville éternelle. Pour la *prima collazzione*, nous n'avions que l'embarras du choix entre la multitude de cafés alentour. Un délicieux arôme nous a guidées vers le Caffè d'Oro.

Sans chauvinisme aucun, laissez-moi vous dire que les Italiens sont les rois de l'espresso. Il n'est de bon café qu'italien ! Celui du Caffè d'Oro touche au chef-d'œuvre. Et je ne vous parle pas de leurs petits pains à la crème et au sucre. Autre attrait du coin : les hommes d'affaires beaux et bronzés qui s'arrêtent sur le chemin du bureau pour avaler leur espresso au bar. J'ai pris le temps de les z'yeuter, comme dit Livvie, parce que, vous le savez, les seuls représentants de la gent masculine que je côtoie en temps normal gisent sur un brancard, une chaise roulante, ou courent comme des fous dans les couloirs, appelés par trois infirmières en même temps.

— Un autre double espresso, *prego*, avec de la crème, me suis-je entendue commander.

Et sur ma lancée, j'ai repris deux petits pains collants de sucre – probablement le double de calories que ce que j'avale en un jour entier à New York. Tant pis. Je ne me rappelais pas avoir mangé quelque chose d'aussi bon.

Maman m'a approuvée avec son tact coutumier :

— Ça ne te fera pas de mal de t'enrober un tantinet ! Tu as vu comme ces Romaines sont féminines ?

Je m'étais surtout intéressée aux hommes, mais Nonna avait raison. Les femmes – très chic, sophistiquées même, pas une mèche de travers – marchaient avec élégance, vêtues de robes en soie courtes à la dernière mode. J'avais opté pour des baskets plus adaptées aux pavés de Rome, mais toutes ces jolies femmes se déplaçaient en hauts talons sans la moindre difficulté. Admirative, Livvie leur a trouvé une légèreté de gazelle. Du coup, j'en ai (presque) regretté d'avoir commandé d'autres petits pains.

Confortablement adossée à mon fauteuil, face au dôme du

Panthéon, ma tasse de café crème à la main, j'ai offert mon visage aux doux rayons du soleil matinal. Je contemplais, les yeux mi-clos, ma petite famille dans ce cadre où se mêlaient si bien le passé et le présent. Et à ce moment, pour la première fois depuis des années, je me suis sentie heureuse.

Sept heures plus tard, je l'étais nettement moins. Je gravissais péniblement les marches du monumental escalier de la place d'Espagne, les bras chargés de sacs et de paquets.

Nous venions de visiter le Panthéon, où Livvie avait rencontré une petite vieille toute ratatinée, accroupie devant la porte de bronze, la main tendue. Avec sa cape noire et le bâton tordu qui lui servait de canne, elle semblait tout droit sortie d'un conte d'Andersen. Les yeux humides, Livvie avait ouvert la petite bourse qu'elle portait à la ceinture et, avant que nous ayons pu intervenir, donné jusqu'à son dernier billet à la malheureuse. Toutes ses économies, tout l'argent reçu à son anniversaire et à Noël, et qu'elle destinait à l'achat d'une paire de bottes italiennes.

À peine la petite vieille décrépite avait-elle palpé les dollars qu'elle avait filé à la vitesse d'une championne de triathlon.

Nonna leva les bras au ciel.

— Tu n'avais pas vu que c'était une romano déguisée ?

Ses yeux encore pleins de larmes arrondis de stupeur, ma pauvre Livvie s'est mise à geindre d'avoir été roulée et de ne plus posséder un sou vaillant.

Pour la consoler, je lui ai offert une glace chez Giolitti. Cet illustre établissement méritait sa réputation avec ses colonnes de marbre, ses chandeliers, et le ballet de ses serveurs en veston blanc à galons et boutons de cuivre. Entrée dans le *salone* Belle Époque pour prendre « quelque chose de léger », Nonna s'est retrouvée comme par hasard en train de commander un banana split. Livvie a eu droit à une tour-de-Pise à la pistache sur coulis de framboise. Quant à moi, j'ai commandé imprudemment un *tartuffo*, un dôme de chocolat aussi admirable en son genre que celui du Panthéon.

Je fendillai de ma petite cuiller en argent la fine pellicule de chocolat couronnée d'un nuage de chantilly pour découvrir les petites pépites de cacao enfouies dans les profondeurs de la crème onctueuse. J'étais au septième ciel...

Après la deuxième douceur du jour, nous avons sauté le déjeuner pour visiter la basilique Saint-Pierre et la chapelle Sixtine. Mais nous avons eu beau ouvrir grand nos yeux et redoubler d'espoir, le pape ne s'est pas montré. Je dois avouer que les fabuleux trésors du Vatican défilaient devant moi comme nimbés d'irréalité. Je n'étais pas vraiment émue, c'était certes très beau mais... loin de moi. J'aspirais à plus de simplicité, plus de dépouillement.

Plus tard, nous sommes allées voir la fontaine de Trevi, immortalisée par Fellini dans *La Dolce Vita*. Livvie a lancé une pièce dans l'eau, en bonne touriste, en souhaitant y revenir un jour. Puis nous avons pris une boisson fraîche à une terrasse de la piazza Navona, histoire de souffler un peu avant de partir à l'assaut de la via Condotti et de ses boutiques.

Depuis quand n'avais-je pas fait de shopping ? Nonna a sauté sur l'occasion pour remédier à cette lacune.

— Choisis ce qui te plaît, me dit-elle avec munificence. C'est moi qui régale !

Doux Jésus ! ai-je gémi en mon for intérieur. *La riche héritière est de retour !*

— Maman, c'est très gentil, mais achète plutôt quelque chose pour toi.

Elle fit mine d'être choquée.

— Ma garde-robe est tout à fait convenable, merci. C'est toi, ma pauvre enfant, qui aurais besoin de jolis vêtements neufs.

Je lui ai tout de même montré deux ou trois sacs à main très classe signés Gucci. Elle a marmonné successivement « Mmm », « Peut-être... », « Pourquoi pas ? », mais s'est décidée pour un article tout simple avec une poignée façon bambou. La vendeuse l'a enveloppé dans une pochette en feutrine blanche ; malgré son prix raisonnable, c'était probablement l'objet le plus onéreux que maman ait jamais possédé.

Comme Nonna était vraiment en veine de dépenser pour

les autres, nous sommes allées de l'autre côté de la rue, chez Prada, où elle a offert à Livvie son « premier vrai sac à main de jeune fille » (désolée pour le Miss Kitty qu'elle avait eu pour ses sept ans), une sorte de cartable noir plat que Livvie trouvait le comble du cool...

Livvie a repéré dans une autre boutique une paire de bottes rouges vernies en solde (ce qui signifiait qu'elles étaient à un prix à peine moins astronomique) – et je passe sur les « a-do-raaables » tee-shirts, les « fa-bu-leuses » ceintures et *tutti quanti*.

Chez Furla, place d'Espagne, j'ai moi aussi acheté un grand sac à main, mais pour Patty et pour une somme plus décente. Ensuite, j'ai essayé une petite robe de soie rouge chez Alberta Ferretti. En me regardant dans le miroir de la cabine, j'ai trouvé qu'elle avait l'air faite pour moi et j'ai été tentée de l'acheter. Mais à quoi bon engager des frais puisque je ne la mettrai jamais ? Où la porterai-je, je vous demande un peu ? Aux urgences ? En rentrant chez moi au petit matin ?

Tout de même, elle m'allait bien... mais j'ai failli tourner de l'œil en lisant le prix sur l'étiquette. Tant pis pour la robe. Tant pis pour moi.

Je n'en pouvais plus. Mes pauvres pieds devaient chausser deux tailles de plus que ce matin. J'ai abandonné Nonna et Livvie à leur frénésie d'achats pour regagner mon hôtel en ployant sous nos emplettes, mais soutenue par l'idée de retrouver mon lit. Pensée céleste !

Le chasseur du Hassler s'est précipité pour me venir en aide, mais j'ai refusé ses services. Dénouer les anses de tous ces sacs était plus compliqué que les porter. Au point où j'en étais, autant assumer jusqu'au bout. Je parvins tant bien que mal à presser le bouton de l'ascenseur avec mon coude et patientai sur une jambe, en me reposant au moins l'autre.

Bon sang ! cet ascenseur allait-il se décider à arriver ? Je commençais vraiment à désespérer quand la petite sonnerie tant attendue retentit. Je m'engouffrai dans la cabine mais, entravée par mes sacs et avec ma maladresse habituelle, je trébuchai sur quelque chose. Je ne sais pas comment j'ai retrouvé mon équilibre, mais ça n'a pas empêché toutes nos emplettes de rouler par terre.

— Et voilà ! ai-je pesté en bousculant le paquet le plus proche. Satanés paquets, j'avais bien besoin de ça !

C'est alors que j'ai aperçu Ses Pieds.

Bien rangés dans une paire de mocassins en cuir brodé – la quintessence de la classe, provenant à coup sûr d'une de ces boutiques de maroquinerie de luxe que nous avions évitées tout à l'heure –, ils portaient des chaussettes jaune pâle idéalement assorties au brun des chaussures.

Mes yeux remontèrent le long d'un pantalon au pli irréprochable pour arriver à une chemise à manches courtes écrue. J'avais repéré au passage la montre en acier qui brillait au poignet d'un bras du genre viril aux poils très noirs. Mon regard ascensionnel atteignit enfin un cou aussi puissant que bronzé avant de plonger dans les yeux de...

Le Michel-Ange de Manhattan !

Je me suis sentie devenir cramoisie. Bon sang, il allait croire que je passais mon temps à piquer des fards !

Ses yeux gris foncé – éclairés d'une lueur dorée si je ne rêvais pas – étaient magnifiques, mais tout sauf souriants.

— Permettez-moi de vous aider, dit-il fraîchement.

— Je suis désolée. Je ne m'étais pas rendu compte que vous étiez dans l'ascenseur. Je suis si maladroite...

Consciente de la simplicité spartiate de ma tenue et de mes baskets poussiéreuses, je me suis agenouillée au milieu des paquets qui jonchaient le tapis de l'ascenseur pendant qu'il actionnait le bouton d'arrêt. Comme il se courbait pour me donner un coup de main, nos regards se sont croisés par-dessus le sac Prada.

— Ça, on peut le dire, articula-t-il en se redressant et en entassant les paquets dans mes bras ouverts.

— Quoi donc ?

— Que vous êtes maladroite.

— ...

— Quel étage ? enchaîna-t-il en sortant de l'ascenseur.

— Euh... le septième, s'il vous plaît.

Il appuya sur le bouton et continua à me fixer pendant que les portes se refermaient lentement sur moi. J'ai cru déceler un zeste d'ironie, mais je n'aurais pas pu le jurer. En revanche, j'aurais mis ma tête à couper que j'avais l'air d'une gourde.

Une fois dans notre suite, j'ai jeté les paquets en vrac sur le canapé et pris juste le temps de me déchausser avant de m'allonger sur le lit. Au diable M. Parfait-je-sais-tout ! Non mais, pour qui se prenait-il ?

J'ai fermé les yeux, et mon cerveau a eu tôt fait de me ramener à l'hôpital Bellevue, là où j'évoluais en sécurité, trop occupée pour penser à moi. *Ce voyage n'est qu'un interlude,* me répétai-je pour me réconforter. *Tout va bientôt rentrer dans l'ordre.*

Mon travail était toute ma vie, mon identité. Sans ma blouse blanche de médecin, je n'étais plus qu'une femme esseulée qui tentait d'élever sa fille. *J'ai ma profession et j'ai ma Livvie. Cela me suffit amplement.*

Dieu sait pourquoi, une image scintilla dans mon esprit. Le visage de ce Michel-Ange de malheur aux yeux couleur d'orage où brillait un éclair. J'ai revu en pensée sa jolie fillette, et j'ai songé que sa femme était probablement ravissante et leur vie de famille idyllique.

Le sentiment de ma propre solitude a déferlé sur moi comme une lame de fond.

11

Je me suis réfugiée dans la salle de bains pour me faire couler un bain brûlant dans lequel j'ai versé la moitié du flacon d'huile parfumée gracieusement offert par l'hôtel. Je m'y suis immergée jusqu'au menton avec le sentiment de m'enfoncer dans la débauche comme le fier Empire romain avait fini par sombrer dans la décadence.

Ce séjour à Rome ne me convenait pas. Trop de luxe. Je me sentais comme E.T. loin de sa maison, plongée dans une existence de raffinement et de farniente où le temps avait un autre sens. J'étais trop habituée à vivre sur le fil du rasoir, toujours sur le qui-vive, prête à bondir à la moindre urgence. Je jonglais avec les minutes comme si elles étaient trop précieuses pour être gaspillées, et à force de les distribuer à droite et à gauche aux uns et aux autres il ne m'en restait jamais une pour moi.

Et voici que, tout à coup, je me prélassais dans un bain avec pour unique préoccupation de savoir ce à quoi j'allais bien pouvoir m'occuper après. *J'avais commis une erreur quelque part... Je n'aurais pas dû me trouver ici.*

Je me suis emparée de la pomme de douche et me suis lavé les cheveux en me frottant vigoureusement la tête dans l'espoir de stimuler mon cerveau engourdi. Une fois sortie de la baignoire, je me suis enveloppée dans le moelleux peignoir de coton blanc immaculé brodé aux armes du Hassler avant de tordre une serviette chaude en turban autour de mes cheveux mouillés.

J'ai farfouillé dans les paquets éparpillés sur le canapé, et fini par mettre la main sur ce que je cherchais : un masque à l'argile désincrustant avec « effet lifting » garanti. À en croire la publicité, il suffisait de se l'appliquer sur tout le visage, en évitant seulement le contour des yeux et de la bouche, et de le laisser agir quinze minutes pour retrouver son teint de jeune fille...

J'ai suivi consciencieusement le mode d'emploi avec l'impression de me livrer à un rituel magique. Cette bouillie verdâtre allait-elle réparer des ans l'irréparable outrage ? Hum. Si elle effaçait un peu mes cernes, ce ne serait déjà pas si mal. En attendant que s'écoule le quart d'heure fatidique, j'aurais bien bu un Bellini...

Et voilà ! il y avait à peine une minute, je me plaignais que la mariée était trop belle, et l'instant d'après, je me pomponnais en me prenant à rêver d'un cocktail. Mes propres contradictions me déprimaient. Oh, et puis au diable le raisonnable Dr Jericho ! Un instant de honte était vite passé, comme aimait à répéter Nonna.

Écoutant pour une fois la voix maternelle, j'ai sonné le service de chambre pour commander ce Bellini si tentant. Au moment de raccrocher, me souvenant de ma tenue – tête de martienne et toute nue sous mon peignoir – j'ai demandé qu'on le laisse devant ma chambre.

Cinq minutes plus tard on tapait trois petits coups à ma porte. Avant d'ouvrir, j'ai laissé au garçon le temps de repartir à l'autre bout du couloir. J'ai risqué un œil et aperçu un petit chariot portant un seau en argent et mon verre de Bellini bien calé dans son nid de glaçons entre une coupelle d'olives vertes et une autre de pistaches. Personne en vue. Un sourire aux lèvres, je suis sortie de ma chambre pour m'emparer de mon cocktail – et c'est alors que j'ai entendu un claquement dans mon dos.

J'ai failli m'étrangler en découvrant le désastre. La ceinture de mon peignoir était coincée dans la porte. J'ai eu beau tirer, elle ne bougeait pas d'un millimètre. J'ai tiré de toutes mes forces, mais sans plus de résultat. L'abomination.

J'ai respiré un grand coup pour me calmer, puis j'ai ôté la ceinture des passants de mon peignoir. À la suite de quoi j'ai de nouveau essayé d'ouvrir cette fichue porte. Autant vouloir forcer une chambre forte ! Le bout de ceinture pris dans la rainure avait dû tout bloquer. Je poussais comme une folle en tournant la poignée. En désespoir de cause, j'ai même donné un grand coup d'épaule dans ce stupide battant mais, visiblement, ça ne marchait qu'au cinéma !

L'affolement me gagnait. L'esprit en déroute, j'essayai de faire le point sur ma situation : outre que mon peignoir bâillait dangereusement, le masque durcissait sur mon visage ignominieusement prisonnier d'une croûte verdâtre à prise rapide... Un vrai cauchemar. Cela ne pouvait arriver qu'à moi. Pas au Dr Jericho, l'as des urgences. Non, bien sûr que non, une pareille déconfiture était réservée à Gemma, la catastrophe ambulante !

Perdant définitivement toute retenue, j'ai donné un grand coup de pied dans cette idiote de porte... en oubliant que j'étais pieds nus. C'était malin ! À présent, j'avais en plus un orteil en marmelade.

Je jetai un coup d'œil atterré par-dessus mon épaule. Par bonheur, le long couloir était vide et silencieux. Près des ascenseurs, une table en marbre ornée d'un superbe bouquet de fleurs accueillait les journaux du jour et... un téléphone intérieur. Sauvée !

Enfin presque. Il fallait encore l'atteindre sans se faire repérer. À toute vitesse, mon turban jaune canari oscillant sur mon crâne, j'ai remonté l'interminable couloir jalonné de portes susceptibles, elles, de s'ouvrir à tout instant. Mon peignoir dénoué menaçait lui aussi de s'ouvrir à chaque pas.

Ah, la personne qui me croiserait ne serait pas déçue du spectacle : le Fantôme de l'Opéra en goguette !

Enfin, grâce à mes prières, peut-être, j'ai atteint le téléphone salvateur sans encombre. Tout en décrochant le combiné, j'ai risqué un coup d'œil prudent du côté des ascenseurs tout proches. Calme plat. Apparemment, tout le monde faisait la sieste dans cet hôtel. Dieu soit loué ! pas la réception qui a aussitôt décroché. J'ai lamentablement bafouillé que je n'arrivais pas à rentrer dans ma suite et qu'il fallait m'envoyer du secours de toute urgence.

— *Si, signora*, quelqu'un monte sur-le-champ avec un passe.

J'ai exhalé un soupir de soulagement. Et, à la même seconde, le signal de l'ascenseur a cliqueté à mes oreilles. Malheur !

Impossible de fuir. Je me suis enfoncée dans l'une des deux petites chaises tendues de velours qui jouxtaient la table, j'ai attrapé un journal au hasard et l'ai ouvert en grand pour cacher au moins mon visage.

J'ai croisé les jambes, croisé aussi le haut du peignoir sur ma poitrine et demandé au Ciel un miracle : qu'on ne remarque pas une femme à moitié nue, enturbannée et tartinée de boue verdâtre, plongée au beau milieu du couloir dans la lecture d'un article.

J'ai entendu les portes coulisser et quelqu'un sortir de l'ascenseur. Elles se sont refermées, mais le gêneur ou la gêneuse ne bougeait pas d'un pouce, probablement cloué sur place à ma vue...

J'ai fini par couler un regard par-dessous mon journal pour découvrir avec horreur des mocassins en cuir brodé et des chaussettes jaunes. Le Ciel m'a tout de même accordé un miracle : mon masque d'argile ne s'est pas fissuré sous le feu de mes joues écarlates.

— C'est un gag éculé, commença Michel-Ange d'une voix amusée, mais je vous signale que vous lisez cet article à l'envers...

J'ai baissé mon journal et pris un ton digne (pas facile avec cette argile qui m'empêchait d'articuler) :

— Ma po'te s'est 'efe'mée 'vec 'a clé à l'inté'ieur, c'est stupide, 'est-ce pas ? Alo's j'attends qu'on vienne m'ouv'ir.

Mon drame l'amusait apparemment beaucoup.

— Je vois. À votre place, je fermerais mieux mon peignoir : on a si vite fait de prendre froid avec cet air conditionné.

Sur ce, il tourna les talons et s'éloigna en riant.

Quand le goujat eut disparu au tournant du couloir, je retournai faire le pied de grue devant ma porte. Je me sentais ridicule, pire : humiliée. Pour me donner une contenance, je pris mon verre de Bellini et tirai rageusement sur la paille jusqu'à ce que mon sauveur apparaisse avec son passe. Il s'est montré nettement plus poli que le monstre goguenard, évitant soigneusement de me regarder, et de rire bien sûr.

Une fois retranchée dans ma chambre, je me suis débarrassée de cet abominable masque de momie avant qu'il s'incruste à jamais dans mon visage. Et vous savez quoi ? Ça ne m'avait pas enlevé la moindre ride ! Quant au teint de jeune fille prétendument garanti...

Je me suis effondrée sur le divan avec mon fond de Bellini Ah, je m'en souviendrai de ma visite éclair à Rome ! Fasse le Ciel que je ne revoie jamais ce Michel-Ange à la manque !

12

Ce soir-là, nous avons dîné à la terrasse d'Il Volte, une sympathique trattoria de la via della Rotonda, à une petite table idéalement située dans un coin de verdure, sous un éclairage tamisé. La nuit était chaude, le ciel d'un violet profond, constellé d'étoiles.

Les familles flânaient pour échapper à la canicule de leurs appartements, en dégustant des cornets de glace. Les *mamma* portaient dans leurs bras des bébés aux yeux brillants ou empêchaient leurs garnements turbulents de passer sous les roues des Vespa qui pétaradaient si fort qu'elles couvraient un instant le brouhaha des conversations, des embrassades, de la musique en provenance des restaurants... Que d'animation, de couleurs, de bruits, de senteurs (ah ! le parfum des *tagliatelle alla carbonara* !)... on se serait cru dans une scène de *Fellini Roma*.

Les serveurs tournaient autour de nous, avec des plats fleurant bon l'Italie – gratins de courgettes et calmars farcis aux anchois –, quand on apporta à la table voisine un monstrueux plat de spaghettis aux fruits de mer et une demi-douzaine de bouteilles de *prosecco*, ruisselantes de fraîcheur. Des rires et des applaudissements crépitèrent du groupe de convives réunis pour un repas de noce.

La longue chevelure de la jeune mariée, une Anglaise, ravissante dans sa robe de dentelle blanche, flottait dans la brise du soir. Roux comme tout Irlandais qui se respecte, l'heureux marié avait le visage rose et joufflu d'un bébé ; avec cette chaleur, il avait consenti à déboutonner son col mais n'entendait pas ôter son bras de l'épaule de sa femme. Je les regardai en me remémorant malgré moi le jour de mon propre mariage. Au sortir de la mairie, déjà, j'avais eu peur d'avoir commis une légère erreur...

La joyeuse tablée était un microcosme de nationalités européennes, mais tous avaient le même rire perlé, léger et pétillant comme le *prosecco* qui coulait à flots. Le regard de la mariée a croisé le mien et j'ai levé mon verre en son honneur.

— Tous mes vœux de bonheur.

— Venez vous joindre à nous !

Elle m'adressa un sourire radieux avant d'expliquer avec volubilité :

— Vous savez, mon Sean et moi n'avons décidé que la semaine dernière de fêter notre mariage en Italie. On a pensé que ce serait terriblement romantique de célébrer l'événement à Rome. Aussitôt dit, aussitôt fait : nous avons invité nos meilleurs amis, pris les billets d'avion et les chambres d'hôtel – et hop ! nous voici tous réunis ici, à l'improviste !

Nous avons ri avec eux et porté un toast à leur santé et à leur avenir, puis sommes retournées à notre « carpaccio à la Titien » commandé d'office pour nous trois par Nonna. Sublime ! Chaque bouchée était une symphonie de saveurs subtilement dosées. Parfumée par un délicieux mélange d'huile d'olive à la truffe, de jus de citron et d'aromates, la viande rouge finement émincée se mariait à merveille à la chair neigeuse du crabe.

Entre deux bouchées, je trempais mes lèvres dans ce vin blanc de Vénétie légèrement pétillant que les Italiens appellent *frascati*, tout en coulant un regard envieux vers les deux jeunes mariés. Comme ils étaient heureux.

BEN

Ben Raphael observait l'Américaine de l'autre bout de la terrasse de la trattoria.

— Tiens, tiens... la farfelue est de retour, murmura-t-il. Décidément...

— Qu'est-ce que tu dis, papa ?

— Rien. Que le monde est petit.

Beaucoup plus intéressée par son dessert, sa fille picorait des *fragolini*, ces succulentes fraises des bois qu'on ne trouve que pendant une très courte saison. Avant de les grignoter délicatement une par une, Muffie les tournait et les retournait entre ses doigts comme des perles fines. Ben se réjouissait qu'elle ait hérité de son amour pour les bonnes choses plutôt que des gènes de sa mère, dont le principal objectif dans la vie était de garder la ligne quoi qu'il arrive.

Il jeta un énième coup d'œil à la farfelue, dissimulée derrière l'invraisemblable paire de lunettes qui lui mangeait le visage. Elle aussi voyageait avec sa fille, mais la ressemblance s'arrêtait là : la gamine n'avait pas vraiment le look de Muffie avec sa tignasse d'un jaune pas possible et ses vêtements à coucher dehors. Curieux contraste avec la sobre robe noire du dernier élément du trio, la mère du drôle de numéro. Ben sourit à cette expression. On ne pouvait mieux dire : cette femme était *un numéro* ! songea-t-il en se remémorant leur dernière rencontre dans le couloir de l'hôtel. Moitié vamp (le bas)... moitié fiancée de Frankenstein (le haut)...

Mais il se rappela aussi le regard qu'ils avaient échangé au restaurant le premier soir – la veille en fait. L'espace d'une poignée de secondes, il s'était tout bonnement noyé dans ses yeux violets.

Comme elle ressemblait peu aux gravures de mode qu'il fréquentait ! Elle avait l'air... euh... elle faisait *vraie*, voilà, c'était le mot. En ce moment même, avec son chemisier tout simple et sa jupe blanche, ses pieds nus dans ses sandales et ses cheveux dorés par la lampe posée derrière elle, elle était foncièrement naturelle, authentique.

Les bras croisés sur sa poitrine, droit comme un I sur sa chaise, Ben ne détachait plus ses yeux de l'inconnue. Qui était-elle ? Et pourquoi diable donnait-elle l'impression de ne pas s'aimer ? D'où venait sa vulnérabilité ? Pas de sa seule maladresse, tout de même... Non, il y avait autre chose. On ne lui ôterait pas cela de la tête. Une tête où elle allait trotter un sacré moment... il en avait peur.

13

GEMMA

Le lendemain matin, notre petite tribu fonçait cap au nord, direction Florence, dans une Lancia gris métallisé très tape-à-l'œil et hors de prix – cela va de soi, puisque j'ai le privilège d'être la fille d'une riche héritière, comme vous le savez.

J'avoue que, même s'il avait un arrière-goût de faillite, le plaisir de la conduite l'emportait à ce moment-là. Le moteur hyperpuissant ronronnait comme Sindbad devant un steak tartare, le cuir des sièges fleurait bon le neuf, bref, je ne pouvais qu'être une conductrice comblée... à ceci près que je n'avais pas envie – mais alors pas du tout ! – d'aller *où* nous allions. Un détail qui gâchait tout. J'aurais préféré rouler au volant de ce petit bijou sans m'arrêter, surtout sans m'arrêter *là-bas*. Mais Nonna nous avait entraînées jusqu'ici dans ce but, et il était trop tard pour faire marche arrière.

En arrivant à la hauteur de Florence, la circulation tourna au cauchemar. Les petits bolides chargés à bloc qui klaxonnaient derrière moi sur tous les tons (les klaxons italiens !) me forçaient à accélérer de plus en plus pour doubler, et à dépasser la vitesse autorisée. Les chauffeurs des camions arrivant en sens inverse me lançaient de furieux appels de phares pour me remettre dans le droit chemin. L'horreur !

Heureusement, nous atteignîmes enfin les panneaux indiquant Urbino et Pienza, et la route changea du tout au tout. Nous roulions à présent entre des pins parasols et des flancs de coteaux plantés de cyprès. Puis le paysage se modifia de nouveau, offrant le spectacle de vergers de pommiers, poiriers, abricotiers, amandiers, figuiers... Et partout des oliviers, des oliviers à perte de vue.

Nous traversions des hameaux où, assis à la fraîche sur un muret ou sur le seuil de leur vieille maison crépie, des messieurs sans âge devisaient en agitant une canne ou regardaient simplement passer notre Lancia rutilante.

— Nous sommes presque arrivées, maman.

J'essayais d'imaginer ce que Nonna pouvait ressentir à l'approche de son village. Elle en était partie un demi-siècle plus tôt... Il y avait de quoi être émue, non ?

Manifestement plus tendue qu'elle ne voulait le laisser paraître, Nonna regardait le paysage défiler sans aucun commentaire. Je devinais au pli de sa bouche qu'elle reconnaissait tout sur son passage, mais que ce tout avait terriblement changé depuis son enfance.

Ce retour au pays représentait peut-être pour elle le grand événement de sa vie. Remonter dans le passé à la recherche du temps perdu, retrouver ses racines, revoir la maison de pierre où l'on est né et le vieux village qui a bercé nos premiers rêves... n'est pas une mince affaire. D'ailleurs, plus nous avancions, plus Nonna me paraissait inquiète et plus je me tourmentais.

Comment allait-elle réagir si Bella Piacere ne ressemblait plus en rien à l'image qu'elle en avait gardée ? S'il ne restait âme qui vive de sa jeunesse ? Si personne même ne se souvenait de la famille Corsini ? Dans le rétroviseur, je la vis glisser un doigt sous les grosses lunettes de soleil qu'elle s'était achetées à Rome et s'essuyer furtivement les yeux. Oh, mon Dieu ! elle pleurait...

Je savais bien que ce pèlerinage était une erreur !

Une demi-heure plus tard, j'avais l'impression que nous étions revenues au même point à force de tourner en rond sur les indications embrouillées de Nonna.

Je finis par lui poser la question qui fâche :

— Dis, tu es sûre que nous sommes sur la bonne route ?

— Tss ! Tu crois que j'aurais pu oublier le chemin de ma maison ? riposta-t-elle, outrée.

— Maman, après cinquante ans, tu aurais des excuses.

Livvie s'empara de la carte routière et l'étudia un moment. Aussi perdue que moi, elle tourna les yeux vers le village perché au loin sur un escarpement rocheux et décida au petit bonheur que c'était Montepulciano.

— Alors, nous sommes dans la bonne direction, jubila Nonna. En avant ! Je reconnaîtrai forcément l'endroit où il faudra tourner.

J'ai écrasé un soupir en même temps que l'accélérateur et nous avons repris notre errance sur les lacets de cette route blanche de poussière. Le front collé à la vitre de sa portière, Nonna scrutait le moindre brin d'herbe comme un éclaireur sur la piste d'un trésor.

— Ici ! rugit-elle tout à coup. Prends à gauche à l'autel !

— Un hôtel ? Où ?

— L'autel dédié à saint François d'Assise, là.

J'ai tourné juste après la niche de plâtre dressée au bord de la route où trônait effectivement une statuette de saint François, le bras levé comme s'il bénissait le pot de fleurs en plastique que quelqu'un avait placé à ses pieds.

Nous avons alors remonté une route étroite plantée de peupliers, passant devant une petite ferme sans âme qui vive. À moins de compter celle de la malheureuse vache blanche esseulée qui daigna nous honorer d'un regard avant de replonger son museau au fond de son abreuvoir de pierre.

Nonna s'était dressée sur son siège, les yeux écarquillés. Nous avons roulé en silence encore une minute. À chaque tour de roue, le spectacle devenait plus enchanteur, composé de cyprès, de vertes collines, de villas lointaines dans la vallée.

Le charme de la Toscane était aussi saisissant qu'on le vantait, aussi merveilleux que le chantaient les poètes depuis l'Antiquité. Partout des oliviers argentés, des coteaux couverts de vignes, des champs de tournesols éclatant de lumière au soleil.

Au virage suivant, je suis restée bouche bée. Ce fut un choc aussi brutal qu'une révélation. Bella Piacere étincelait devant nous. Un village hors du temps, peuplé de vieilles maisons aux façades colorées, de ruelles pavées traversées de voûtes et d'arches de pierre à l'ombre bienfaisante... C'était trop beau pour être vrai. On aurait dit un site de carte postale, une publicité pour Kodak ! Et le mieux, c'est qu'il n'y avait pas l'ombre d'un touriste à l'horizon, pas le plus petit cliquetis d'appareil photo. Juste le silence, et une sensation de paix absolue.

Je me suis garée sur la place du village éclaboussée de soleil, et nous sommes sorties de la voiture, étourdies. Sans nous concerter, Livvie et moi avons eu le même réflexe : prendre la main de Nonna pour découvrir le lieu où nous étions. Le lieu d'où nous venions. Le berceau de notre famille.

Il régnait sur la place un silence presque palpable. À l'ombre de ses volets clos, Bella Piacere semblait plongée dans une douce torpeur. C'était l'heure de la sieste. Pour les animaux comme pour les humains. Voluptueusement allongés, deux chats aussi bariolés que s'ils étaient tombés dans plusieurs pots de peinture somnolaient à l'ombre d'une énorme vasque de géraniums rouge vif.

Jaunes et roses, ocre et terre de Sienne, les maisons qui encadraient la place laissaient filtrer par leurs rideaux de perles un léger parfum d'ail et de sarriette, de sauce tomate et de basilic. De l'intérieur sombre et frais de la petite église couleur miel émanait une odeur d'encens et de fleurs.

Deux grosses larmes roulèrent sur les joues de Nonna. Nous nous sommes précipitées dans ses bras. Elle vivait son retour au foyer et, pour la première fois de ma vie, je me suis rendu compte à quel point partir d'ici avait dû être un déchirement pour elle. Parce que Bella Piacere m'avait déjà touchée au plus profond de moi-même.

C'était certainement pour cette raison que maman avait tant tenu à y revenir. Afin de prendre une revanche sur un destin qui l'avait forcée à s'exiler. Et plus simplement pour retrouver la paix, le calme inouï qui régnaient dans ce coin du monde.

14

L'Albergo d'Olivia, où nous allions prendre nos quartiers, se dressait sur la grand-place du village, en face de l'église et d'une fontaine où deux chérubins chevauchaient un dauphin.

C'était une bâtisse rectangulaire en stuc rose pâle, parée de volets en bois vert fané et d'un vieux toit de tuiles rouille.

— Il n'y a pas si longtemps, nous expliqua Nonna en se remettant un peu de ses émotions, notre auberge servait d'étable...

Les yeux ronds, Livvie apprit que les paysans toscans installaient traditionnellement leurs vaches au rez-de-chaussée de leur maison, les soignant comme des pur-sang et leur assurant pour leurs vieux jours une vie souvent plus douce que la leur.

Aujourd'hui, l'ex-pension pour bétail à la retraite était devenue un relais campagnard pour touristes en vacances, de larges fenêtres voûtées remplaçant les hautes portes de l'ancienne étable. C'était de toute façon le seul hôtel-restaurant de Bella Piacere. Simple, mais coquet. Et on y mangeait, paraît-il, très bien, soulignait Nonna qui s'était renseignée au moment des réservations.

Une enseigne en fer forgé représentant un olivier veillait sur l'entrée de l'Albergo d'Olivia. Sur le devant, on avait, en toute simplicité, installé quelques tables rondes et des chaises de jardin en métal.

C'est trop beau pour être vrai... allons voir ça de plus près ! me suis-je dit, toujours méfiante. Mettez-vous un peu à ma place : nous nous trouvions face à une auberge de charme dans un décor de rêve. Or toute médaille a son revers.

Nous avons franchi le rideau de perles pour pénétrer dans un couloir en voûte de pierre taillée, au sol couvert de tomettes de terre cuite. Personne à l'accueil. Là aussi, on faisait la sieste ?

Nous en avons profité pour jeter un œil. À notre gauche se trouvait la salle à manger : pas plus d'une demi-douzaine de tables rustiques, toutes parées d'une jolie nappe verte et d'un bouquet d'œillets roses fraîchement coupés, planté dans une petite cruche.

Sur notre droite s'ouvrait une pièce qui devait être le salon : un vieux divan de cuir vert, deux chaises de bois à haut dossier d'un confort sûrement spartiate, des tables basses agrémentées de lampes adorables, et un téléviseur. Une rangée de cactus s'alignait sur le bord des fenêtres et, accrochés au mur du fond, on pouvait encore voir les anneaux métalliques qui évoquaient l'ancienne vocation de l'endroit.

— *Buongiorno*, lança Nonna en tirant le cordon de la clochette qui pendait près de la porte.

La sonnerie déchira le silence engourdi de l'auberge, et une toute jeune fille cachée derrière le comptoir de pin logé sous l'escalier sauta en l'air en poussant un cri. Petite et maigre avec de grands yeux en amande aussi noirs que ses cheveux. À voir son teint pâlichon, elle ne s'exposait jamais au soleil. Et elle ne devait pas voir davantage de clients. La bouche ouverte, comme figée sur un O de surprise, elle nous fixait à tour de rôle d'un air craintif et craquant.

Je voulus la rassurer d'un sourire.

— Désolée. Nous ne voulions pas vous faire peur.

Mais j'aurais aussi bien pu lui dire « La bourse ou la vie » ! Elle a levé précipitamment les mains en l'air, balbutiant :

— *Prego, un momento, signore...*

Sur quoi elle se volatilisa par la porte marquée CUCINA, laquelle se rouvrit presque aussitôt sur une copie conforme de la gamine : mêmes yeux, même bouche, mêmes cheveux mais un peu plus ronde et plus âgée. La nouvelle venue se glissa derrière le comptoir, essuya ses mains sur son tablier et nous considéra avec bienveillance.

— *Prego, signore ?*

Nonna pencha la tête de côté. Dans un silence hitchcockien, elle alla se planter sous le nez de l'hôtelière.

— *Scusi, signora*, mais votre visage ne m'est pas inconnu... Si je ne m'abuse, vous devez être apparentée aux Ambrosini. Carlino et Maria Carmen. Ils habitaient en haut de Vicolo 'Scuro.

— C'est vrai, souffla la femme, estomaquée. Vous parlez de mes grands-parents, *signora*. Je suis Amalia Posoli. Mais comment... ?

Nonna porta la main à son cœur qui battait à grands coups dans sa poitrine.

— Votre maman et moi étions voisines, camarades de classe et surtout les meilleures amies du monde. Je ne l'ai plus revue depuis notre enfance. À l'époque, je m'appelais Sophia Maria Lorenza Corsini. Maintenant, je porte le nom de feu mon mari, Jericho. Je suis venue de New York pour revoir mon cher village.

Elle hocha la tête puis crut bon d'ajouter, une main plaquée sur son sein dans un geste théâtral :

— Une dernière fois avant de mourir...

Livvie et moi avons échangé un regard, mais, au même instant, la placide Amalia ébranla le comptoir d'un coup de poing enthousiaste.

— C'est formidable, *signora* Corsini-Jericho ! Je n'en reviens pas. *Santa madonna !* Maman ne va pas en croire ses oreilles. Bienvenue à la maison, bienvenue chez vous ! Maman va être tout excitée... Mon père est Ricardo Posoli. Vous vous souvenez de lui ?

— Ricci Posoli ?

Nonna rayonnait à présent.

— Bien sûr que je me souviens de Ricci, dit Fil-de-fer. Long comme un jour sans pain, et maigre, alors que Renata était plutôt petite et ronde.

Amalia éclata de rire devant un tableau manifestement très réaliste.

— Mais nous parlons, et vous devez être fatiguées. Je vais vous montrer vos chambres. Tout est prêt.

Elle posait fièrement la main sur le grand cahier d'école qui lui servait de registre d'hôtel.

— Dès que vous vous serez installées, je vous emmène voir maman ! *Madonnina mia !* Elle va en sauter au plafond !

La chambre de Nonna, une vaste pièce carrée, très claire, donnait sur une treille de raisins et un petit jardin potager. Dominant un parterre de laitues, des tomates toutes gonflées de jus brillaient comme des roses écarlates. Livvie hérita d'une adorable petite chambre fleurie donnant sur la fontaine aux chérubins. Ma propre chambre (communiquant avec celle de Livvie par la salle de bains) était toute blanche, des murs aux rideaux de dentelle, en passant par le couvre-lit en lin. On dirait une cellule de religieuse, ai-je songé en m'allongeant sur le lit pour en tester le confort. Le sommier se révélait d'une austérité monacale. J'ai souri en entendant les ressorts grincer et protester. Impossible de faire des folies de son corps ici sans que la moitié de l'auberge en soit informée ! Mais, pauvre esseulée, je ne risquais pas de gêner mes voisins ; ils pourraient dormir sur leurs deux oreilles.

J'ai jeté un coup d'œil dans la salle de bains, elle aussi très épurée : carrelage blanc décoré de minuscules fleurs roses, cabine de douche cachée par un rideau en plastique rose semé d'étoiles. Nous étions loin du luxe de l'hôtel Hassler, et cela me plaisait.

De retour dans ma cellule de nonne, je me suis dirigée droit vers la fenêtre, j'ai ouvert en grand les volets verts pour me pencher au balcon.

Au sommet d'une colline arrondie, je pouvais apercevoir, à

demi cachée dans les arbres, la silhouette altière d'une de ces villas qui font la gloire de la Toscane. Peut-être la villa Piacere, propriété des comtes de Piacere depuis plus de trois cents ans (*dixit* Nonna).

Livvie m'a rejointe pour contempler avec moi le paysage de vignes et d'oliveraies. Rien ne bougeait, ni aux alentours, ni sur la place carrée juste en bas. Seul le doux gazouillis de la fontaine montait jusqu'à nous dans l'air immobile. Nous rêvassions, les rayons du soleil nous dorant le visage, quand l'horloge de l'église voisine sonna trois coups. En écho, un chien aboya quelque part.

Livvie me donna un coup de coude en soupirant :

— Je me demande ce qu'on peut bien faire dans un trou pareil !

15

Comme convenu, Amalia nous emmena rendre visite à sa mère.

Nonna avait passé pour l'occasion sa robe de soie noire, acquise quelques semaines plus tôt à une vente de charité pour quatre-vingt-cinq dollars (un prix scandaleux, avait alors décrété notre future riche héritière). Sa tenue était tout ce qu'il y a de plus convenable pour une grand-mère sexagénaire fraîchement estampillée *jeune senior* : fourreau à col cheminée, tombant presque jusqu'aux chevilles, cintrée à la taille par une fine ceinture et fermée par des boutons dorés. Elle étrennait son grand sac à main acheté à Rome, assorti à ses souliers vernis noirs à talons plats. Les cheveux comme toujours relevés en chignon et les yeux cachés derrière ses lunettes de soleil, elle aurait pu passer pour la digne veuve d'un mafioso sicilien.

Livvie et moi marchions à ses côtés, bras dessus, bras dessous, comme des pleureuses. Livvie en minijupe pour ne pas changer, mais noire cette fois, avec tee-shirt blanc et baskets blanches. Quant à moi, Nonna avait insisté pour que je porte aussi ma « plus belle robe noire », qui n'avait pourtant pas grande allure. Je l'avais jetée dans mon sac marin en quittant le Hassler et, pour l'heure, elle était toute froissée, quasiment immettable.

Nous devions former un drôle de cortège, remorqué par Amalia. Elle avait mis le cap sur le 'Scuro, comme l'appelait familièrement Nonna : abréviation de *Vicolo Oscuro*, c'est-à-dire « l'Allée ombragée », une ruelle serpentant dans le sombre labyrinthe de « la ville haute ».

Des pots de géraniums et de jasmin fleurissaient sur chaque petit « balcon de Juliette » en fer forgé. Ici et là, du linge séchait aux fenêtres le plus naturellement du monde. L'heure de la sacro-sainte sieste touchait à sa fin. Les femmes émergeaient de chez elles, une ribambelle de gamins accrochés à leurs jupes et piaillant à qui mieux mieux. À un virage, un vieil homme au visage buriné qui tressait un panier sur le seuil de sa porte attira l'attention de Nonna. Je l'entendis murmurer :

— Je me souviens... oh ! oui, tout me revient...

La côte était raide, les escaliers irréguliers, et elle respirait péniblement.

J'ai proposé une pause, mais Nonna tenait à rester dans le sillage d'Amalia, qui sautait de marche en marche comme une chèvre grassouillette.

Finalement, la ruelle se rétrécit encore, juste avant que nous arrivions sur une corniche surplombant l'église. De là, on voyait parfaitement, derrière le clocher vert-de-gris, la grand-place du village et « notre » auberge. Amalia se retourna pour voir si nous suivions, et comprit que Livvie et moi nous attardions devant ce spectacle pour laisser à Nonna le temps de reprendre son souffle.

Malgré sa pâleur, maman souriait – d'un sourire heureux et contagieux. Je savais de qui je tenais cette force de vie qui m'avait habitée jusqu'à ce que Cash disparaisse de mon existence.

— *Ecco, bambini*, déclara Nonna en nous montrant le panorama, maintenant, je suis chez moi.

Et, rejoignant Amalia, elle passa devant pour arriver en tête à la dernière maison du 'Scuro. La sienne, jadis.

— Il y a quelqu'un ? lança-t-elle d'une voix enrouée.

Amalia nous poussa sans façon en avant en hurlant à pleins poumons :

— Giuseppe, Maria... venez vite voir qui est là ! Sophia Maria Lorenza Corsini en chair et en os ! Une amie d'enfance de maman qui vient exprès de New York pour revoir Bella Piacere avant de mourir !

Giuseppe – un beau brun bouclé d'environ vingt-cinq ans, en jean bleu et chemise blanche largement ouverte sur un poitrail velu – se matérialisa devant nous. Il portait dans ses bras un bébé vêtu en tout et pour tout d'une couche et d'un nœud rouge dans les cheveux.

Derrière eux apparut presque aussitôt Maria, jeune, la chevelure très noire, un joli minois. Elle accueillit ma mère avec autant de surprise que de plaisir, lui sautant au cou et l'embrassant comme si elles se connaissaient depuis la nuit des temps.

Les effusions terminées, Nonna promena son regard sur son ancienne maison, incapable d'articuler le moindre mot. Comme tout était différent ! pouvait-on lire dans ses yeux. Des dalles de céramique, une cuisinière et une table en Formica avaient remplacé le sol de terre battue, l'âtre et les simples chaises en bois d'autrefois. Mais, si le décor avait changé, les souvenirs – intacts – faisaient battre son cœur au rythme de ses treize ans.

La rumeur s'était déjà répandue comme une traînée de poudre dans le village, et les visages se pressaient contre les carreaux des fenêtres. Incroyable mais vrai : personne n'avait oublié la famille Corsini. Toute la « ville haute » se mit à défiler à la queue leu leu dans la cuisine (la pièce la plus grande), convertie en salle de cérémonie.

Tous avaient évidemment pris un sacré coup de vieux en un demi-siècle, pourtant Nonna les reconnaissait les uns après les autres, suscitant chaque fois larmes d'émotion ou cris de joie.

Livvie et moi n'étions pas moins fêtées que l'héroïne du

jour : chacun voulait voir la fille et la petite-fille de la jeune-Sophia-Maria-qui-s'en-était-allée-aux-Amériques.

Amalia et ses enfants débouchaient des bouteilles de vin blanc bien frais et distribuaient les verres et les paniers de pains. Des plateaux d'olives, de fromages et de tomates coupés en petits dés circulaient déjà de main en main. La musique qui jaillissait d'un poste de radio se mélangeait au flux continu des questions sur notre vie à New York.

La nouvelle que j'étais médecin me valut aussitôt une nuée de promesses de consultations dont je me serais bien passée, mais je fondais en regardant ma Livvie, le bébé calé d'office dans ses bras, prononcer ses premiers mots en italien.

Quand la cohorte de nos fans fut repartie, nous sommes restées assises à regarder le soleil se coucher sur Bella Piacere. Nonna, qui avait renoncé à ses lunettes noires de veuve de mafioso, tenait la main de sa vieille amie Renata Posoli. Elles parlaient entre elles à toute allure – elles avaient tant de choses à se raconter pour rattraper cinquante ans de retard !

J'ai surpris le regard attendri que Livvie posait sur sa grand-mère et j'ai envoyé promener mes derniers doutes. J'avais à présent la certitude que le voyage à Bella Piacere était une bonne décision.

Sophia Maria Lorenza Corsini-Jericho était de retour chez elle.

16

Il était tard quand nous avons regagné l'Albergo d'Olivia. Sur la piazza, la fontaine comme l'église étaient illuminées et, dans la vitrine éclairée de l'épicerie du coin, les jolies bouteilles de chianti dans leur habit de raphia traditionnel, les tranches de pastèque, les poivrons jaunes, orange, verts, rouges brillaient comme des trésors de la caverne d'Ali Baba.

Un peu plus loin, l'enseigne en néon MOTTO clignotait au fronton du petit garage (une seule pompe à essence !) apparemment désert. À côté, la taverne Galileo, tout enfumée, avec ses publicités défraîchies pour bières et grappas, faisait de bonnes affaires pour cause de « soirée foot ». Par la vertu d'un pauvre haut-parleur de téléviseur réglé au maximum, on entendait d'ici la retransmission du match et les hurlements des clients. Hurlements qui se muèrent en beuglements hystériques quand la « Juve » transforma un penalty.

À cent lieues de cette folie collective, un homme seul, tranquillement assis à une table de la terrasse de notre auberge semblait perdu dans ses pensées.

J'ai immédiatement identifié « celui par qui le scandale arrive »… Don Vincenzo Arrici, le correspondant de Nonna. Je n'avais pas grand mérite : sa soutane et ses godillots noirs sortaient tout droit de la garde-robe de Fernandel dans *Don Camillo*. Ce curé de campagne plutôt bedonnant, au visage rose et aux petites lunettes rondes en métal, m'inquiéta pourtant par son expression soucieuse. Allons bon ! les ennuis commençaient...

Il se leva à notre approche et nous tendit la main.

— La *signora* Jericho et sa petite famille, je présume ? Je me présente : don Vincenzo Arrici. J'ai appris votre arrivée.

Nous y voici, c'est l'heure de vérité, ai-je songé tandis que nous nous installions à sa table pour commander trois grappas et un grand sirop d'orgeat. *Allons-y pour l'annonce d'un héritage de deux oliviers rabougris et d'une paire de vieilles poules même plus en âge de pondre...*

Don Vincenzo ne parlant quasiment pas notre langue, Nonna se chargeait de la traduction.

— Je voudrais bien aller droit au but, *signore*, attaqua-t-il après avoir bu une petite gorgée, mais commençons par le commencement. Un hiver, il y a bien des années, votre père, *signora* Sophia Maria, risqua sa vie pour épargner celle du plus jeune fils du comte de Piacere qui, sans son courage, se serait noyé dans la rivière. Les années passèrent, le garçon grandit, vieillit, mais n'oublia jamais à qui il devait la vie.

» Avec le temps, la famille des Piacere s'éteignit peu à peu, jusqu'à ce que, finalement, le fils-sauvé-des-eaux restât le seul survivant. J'insiste sur « le seul » car il ne se maria jamais et n'eut pas d'enfants. Aussi, quand approcha l'heure de rencontrer à son tour son Créateur, il décida de léguer sa maison à la famille de son sauveur.

Nonna traduisit mécaniquement, puis pâlit en comprenant ce que cela signifiait.

— *Mia famiglia ?* balbutia-t-elle en portant la main à son cœur.

— *Si, signora, la sua famiglia.* La villa Piacere est à vous.

— *Dio mio !*

Je n'étais pas moins médusée. Ainsi donc, il ne s'agissait pas d'un attrape-nigaud, cet héritage était véridique ! J'en avalai ma grappa d'une traite en manquant de m'étrangler.

L'alcool me brûla la gorge comme du feu. Un digestif, ça ? C'était assez fort pour guérir un rhume de cerveau, mais pas pour faire digérer la nouvelle !

Livvie me donna un coup de genou sous la table.

— On ne va pas déménager pour venir habiter ici, hein ? me souffla-t-elle, horrifiée.

J'ai secoué la tête et répondu à voix basse :

— Mais non, voyons. Tu penses bien qu'il ne s'agit que d'une vieille propriété à l'abandon dont personne ne veut.

Ce disant, j'essayais surtout de me rassurer moi-même. Car une idée m'avait assaillie : que faire si Nonna se mettait *réellement* en tête de s'installer ici pour de bon ? Elle en était parfaitement capable ! Et moi, et nous là-dedans ?

Don Vincenzo leva une main prudente, comme s'il voulait mettre un bémol à son annonce. Sous sa placidité pastorale, il semblait un peu gêné.

— Avant toute chose, vous devrez contacter le *signor* Donati. C'est le notaire qui s'est occupé de la succession. Lui pourra vous donner tous les détails sur votre héritage, ainsi que sur... euh... les petites complications.

Nous l'avons dévisagé, interloquées. *Des complications ?*

— Quelles complications ? ai-je demandé.

— Oh, presque rien, un simple malentendu, j'en suis persuadé, répondit le curé quand Nonna lui eut traduit ma question. L'ennui, c'est que le *signor* Donati est... en ville.

Évasif au possible, il tournait et retournait son verre de grappa entre ses doigts.

— Autre petit problème. La villa Piacere a été louée pour l'été à un monsieur qui a l'habitude de passer ses vacances ici. Ce qui signifie que vous ne pourrez pas disposer tout de suite de votre bien. Cela dit...

Don Vincenzo redevint tout sourire pour conclure :

— Chaque année, la personne qui loue votre villa organise une grande réception le 4 juillet, pour l'anniversaire de l'indépendance des États-Unis. Car il est américain, comme vous. On vient à cette soirée de tout le village et même des alentours. Votre généreux compatriote invite tout le monde, du paysan le plus humble au notable le plus en vue. Le 4 juillet tombe justement ce week-end, ça va être pour vous trois l'occasion rêvée de visiter votre nouvelle propriété.

Sur cette bonne parole, et avant que j'aie pu refuser, il nous offrit une autre tournée de grappa pour célébrer l'événement.

L'eau-de-vie ne m'empêchait pas de cogiter à toute vitesse. Dès que nous serions entrées en possession de cette villa, il allait falloir la revendre sans tarder, avant que les frais d'entretien et les impôts nous tombent dessus. Avant surtout que Nonna s'y attache ! Je la connaissais...

Seulement, allions-nous trouver preneur rapidement ? Les gens d'ici n'étaient pas fortunés. Combien seraient prêts à se mettre sur le dos la charge d'une villa vétuste, probablement en mauvais état, qui devait avoir besoin d'un nouveau toit, d'une nouvelle plomberie, peut-être... sans parler de l'installation électrique. Intérieurement, j'émis un son rauque, entre gémissement et grognement. Pourvu que les travaux nécessaires ne soient pas un gouffre sans fond...

Pour Nonna, pas de soucis si terre à terre. Rayonnante de bonheur et de fierté, elle se voyait déjà châtelaine d'un manoir toscan trois fois centenaire. Son petit pavillon de banlieue avait sombré dans le passé, j'en avais bien conscience. De même qu'il allait m'incomber la lourde tâche de la dissuader de s'établir ici.

17

Le lendemain, je rêvassais, alanguie sur une vieille chaise longue à l'ombre de la tonnelle du jardin de notre auberge. Un livre ouvert sur les genoux, un verre de limonade glacée à portée de main, je m'abandonnais au bien-être, comptant les grappes de raisin vert qui pendillaient au-dessus de ma tête. Une bienfaisante torpeur m'engourdissait les membres, et je sentais flotter autour de moi le chaud parfum des tomates sur branches, gorgées de sève et de soleil.

Seul point noir à l'horizon : la silhouette de « notre » villa Piacere perchée sur la colline. Dans la lumière déclinante de cette belle fin d'après-midi, son toit de corail scintillait comme un mirage. Un miroir aux alouettes. Je fermai les yeux en exhalant un soupir. La vie était déjà assez compliquée sans qu'on se retrouve avec un tel boulet à traîner.

Maman allait devoir acquitter les impôts fonciers, et Dieu sait ce que devait coûter une résidence secondaire en Toscane ! Certainement plus que ce que nous pouvions elle et moi nous permettre, à moins que le loyer des locations estivales fasse rentrer assez d'argent, ce dont je doutais.

À Rome, j'avais regretté d'avoir mis les pieds en Italie, mais aujourd'hui, en dépit de mes nouveaux problèmes, je me sentais en harmonie avec le monde. Au moins pour l'instant.

Je m'étirai voluptueusement. C'était bien simple, je n'arrivais même pas à me souvenir de la dernière fois où j'avais passé une journée entière à ne rien faire. Rigoureusement rien. Le farniente total, comme dans les romans.

Ce matin, j'avais dormi tard. Puis je m'étais accordé le temps de prendre une longue douche chaude avant de faire honneur à mon petit déjeuner composé de vrais petits pains de boulanger, de confiture de tomates vertes « maison » et de café (frais moulu) avec du lait crémeux.

Ensuite, sourde à leurs remontrances, j'avais laissé ma mère et ma fille partir sans moi dévaliser les magasins de Florence pour la soirée du 4 juillet. Primo, le shopping n'était pas ma tasse de thé ; secundo, j'avais de quoi m'occuper de mon côté.

J'avais en effet résolu de contacter sans attendre le *signor* Donati et d'élucider ces *petites complications* qui entachaient notre héritage.

Résolution du jour (numéro 1) : battre le fer quand il est chaud !

À peine Nonna et Livvie envolées (après moult recommandations de prudence sur la route), j'avais foncé sur le téléphone, mais personne n'avait répondu au numéro laissé par le curé. Même échec une demi-heure et une heure plus tard. À présent, je me levai pour une troisième tentative, sans plus de succès.

Désœuvrée, mais pas fâchée de l'être, je me rendis à l'église Santa Catarina, espérant y trouver don Vincenzo. Il y était, fidèle au poste si j'ose dire, occupé à épousseter avec son mouchoir les chandeliers de cuivre du vieil autel.

Dans un abominable mélange d'anglais et d'italien, je lui expliquai que je n'arrivais pas à joindre le notaire – ce qui n'eut pas l'air de le surprendre. Mais pas besoin de traducteur pour comprendre qu'il était plus ennuyé qu'il ne voulait le laisser paraître.

— Le *signor* Donati est un homme très occupé. Peut-être est-il en déplacement à Lucca. Il brasse beaucoup d'affaires

93

là-bas. Vous aurez plus de chance la prochaine fois. Pourquoi pas *domani* ?

Oui, pourquoi pas *domani*, ai-je pensé en commençant à m'adapter au rythme italien. Demain sera un autre jour... Était-ce le début de la résignation... ou le commencement de la sagesse ?

Résolution du jour (numéro 2) : prendre le temps de vivre !

Comme je flânais sur la piazza, j'eus l'agréable surprise de me voir hélée ici et là par mes nouveaux amis (des connaissances – et encore – d'hier à peine) qui m'embrassaient comme du bon pain, prenant soin de me demander de mes nouvelles. À chacun, je baragouinais que tout allait on ne peut mieux pour moi, *grazie*, pour nous trois, *mille grazie*.

Je m'en voulais de m'exprimer aussi mal. Moi qui savais diagnostiquer un anévrisme au premier coup d'œil, j'étais incapable de manier la langue de mes ancêtres, la langue que parlait couramment ma mère, qui m'avait élevée et chez qui je passais tous les dimanches que Dieu fait !

Résolution du jour (numéro 3) : apprendre l'italien !

Je glissai un œil dans la taverne Galileo. Posé à même le zinc, le poste de télévision en noir et blanc (ça existait encore ?) déversait les résultats des matchs de foot de la veille à qui voulait les entendre. C'est-à-dire personne. Pas plus de patron que de clients dans l'estaminet.

Fort peu affectée, je dois bien dire, par la *terribile e spettacculare* défaite de l'Inter de Milan, j'ai retraversé la grand-place pour aller m'acheter une glace au citron à la *gelateria* d'en face. Un régal.

Mon cornet à la main, je passai en revue les rangées de mortadelle, salami, *rostello* et jambon de Parme, *pecorino*, parmesan, *provolone* et gorgonzola de la charcuterie-fromagerie voisine. Mon inspection terminée, je suis rentrée à l'auberge pour m'affaler sur « ma » chaise longue, épuisée par tant d'activité. À peine avais-je repris mon livre que je me suis sentie glisser dans les bras de Morphée.

C'était peut-être le jour le plus reposant de ma vie. Et pour une fois, le souvenir de Cash ne m'avait pas torturée.

18

C'était le 4 juillet, fameux « jour de gala » à la villa Piacere. Nonna ne tenait plus en place. Pour ma part, j'aurais cent fois préféré traînailler à l'ombre de la tonnelle avec mon livre (je ne désespérais pas de lire plus de deux pages), mais j'étais bien forcée de faire quelques efforts de toilette pour la réception.

Livvie et Nonna étaient revenues de Florence tard dans la soirée, les bras chargés de sacs, mais avaient refusé de me montrer leurs achats. « Tu verras », m'avait seulement répété Livvie sans pouvoir retenir un petit rire nerveux. Je n'allais plus tarder à être fixée.

Je passai ma robe de lin bleu pâle, qui avait dû être à la mode autrefois. Je me mis un peu de rouge à lèvres et me donnai un coup de peigne rapide. Hum ! Pas terrible, cette coupe...

J'ai dérobé un peu de gel à Livvie (avantage de partager la même salle de bains) et tenté de mater mes cheveux récalcitrants à grands coups de brosse. Miroir, mon beau miroir... qui sera la plus vilaine de la fête ? J'avais abusé du gel et chaque mèche collait à mon crâne comme les plumes d'un oiseau pris dans la glu.

Contrariée, j'y plantai mes lunettes de soleil et sortis de la salle de bains en tâchant de me faire une raison. La seule que je trouvais d'assister à cette réception était de voir de près notre propriété. Au moins, nous en aurions le cœur net. Pourvu que cette fichue villa n'ensorcelle pas Nonna !

Je passai une main nerveuse dans mes cheveux aussi à plat que moi. Il n'y avait pas d'article dans le grand livre de la loi qui oblige à conserver un héritage, si ?

Livvie m'attendait devant la porte de ma chambre avec... *maman* ?

La femme qui se tenait devant moi portait de hauts talons et une robe de soie verte cintrée à la taille, très élégante, très décolletée aussi. Une star du bout de ses ongles manucurés à la pointe de ses cheveux savamment coiffés. On aurait dit Sophia Loren partant pour la cérémonie des Oscars ! Elle avait même ôté ses lunettes qui pendaient au bout d'une chaînette en or, ma chère – et qui retrouveraient leur place au bout de son nez quand elle aurait besoin d'inspecter son domaine.

Soufflée, j'empruntai à Livvie son expression favorite.

— J'hallucine ! Maman, c'est vraiment toi ?

La *signora* Sophia Maria Lorenza Corsini-Jericho me gratifia d'un sourire ravi.

— Mon rouge à lèvres te plaît ? La vendeuse a assuré qu'il s'assortirait parfaitement au vert de ma robe.

Je n'en revenais toujours pas. Ma mère faisait dix ans de moins !

— Tout me plaît. Tu es absolument magnifique. Aussi belle que sur la photo qui trône sur ton buffet, le jour de tes dix-sept ans.

Son sourire s'élargit encore. Sous mes yeux médusés, elle mit le chapeau que lui tendait sa complice Livvie – un chapeau de paille noir à large bord –, vérifia ses boucles d'oreilles en perles et consulta une montre en or que je ne lui connaissais pas.

— Les enfants, allons-y, si nous ne voulons pas être en retard.

96

Livvie qui – Dieu merci ! – ressemblait encore à ma fille dans sa nouvelle tenue toute blanche (jupette et débardeur ultracourts laissant les cuisses et le nombril à l'air) lui emboîta le pas, trottinant sur ses éternelles semelles compensées. Je les suivis humblement.

Au moment de quitter l'auberge, Nonna se retourna sur moi pour évaluer ma propre tenue. J'eus droit à son regard navré des dimanches midi...

— Tu tiens absolument à porter cette robe, Gemma ? Le bleu ne te va pas, et le tissu est froissé. Enfin, ce que j'en dis...

Sur cette amabilité, Sa Splendeur la Châtelaine de la villa Piacere prit place dans son carrosse d'argent au côté de Sa Descendance tout-de-blanc-vêtue, laissant la fille indigne remplir la fonction de chauffeur de ces dames.

Il faisait un temps idéal, idyllique même avec ce ciel plus bleu que ma robe et apparemment plus agréable. Des faucons à queue rouge planaient dans les airs comme de petits cerfs-volants libres de toute attache. Notre Lancia filait sans bruit sur le chemin qui escaladait la colline dominant le village.

À chaque virage, la campagne toscane nous révélait de nouvelles beautés avec ses vignes, ses oliviers, ses pins parasols... Nous atteignîmes bientôt un double portail de fer forgé surplombé d'un grand P, l'initiale des comtes de Piacere.

Cette fois, nous touchions au but.

Je me suis garée juste à l'entrée, à côté des voitures des invités. Le cœur battant, nous avons franchi à pied la grille, remonté les derniers mètres de l'allée de cyprès. Enfin, *elle* apparut devant nous.

Ce fut comme un éblouissement. Et pour moi un coup de foudre.

La villa Piacere se composait d'un élégant bâtiment flanqué de deux tours jumelles. La peinture de la façade n'était plus qu'un ensemble de petites taches ocre ; le stuc s'était détaché par endroits pour laisser paraître la pierre. Les volets en bois des hautes fenêtres, bleus à l'origine, avaient pâli au fil des saisons et pris une teinte argentée. Mais qu'importaient les outrages du temps ? L'ensemble irradiait de beauté sous le soleil, enchanteur et magnifique, comme au premier jour.

À gauche, une loggia offrait l'ombre de ses arcades : ses colonnes élancées soutenaient une toiture dont la couleur cuivrée avait viré au vert bronze. Une double volée de marches de marbre menait à des portes-fenêtres en bois patiné, flanquées de part et d'autre d'un citronnier s'épanouissant dans une gigantesque amphore en terre cuite. Don Vicenzo avait parlé à Nonna d'une annexe de la villa, une *limonaia* me suis-je rappelé : une sorte de serre où les jardiniers entreposent les jeunes citronniers pour les protéger des rigueurs de l'hiver.

Au premier plan, au pied du monumental escalier d'honneur, les comtes de Piacere avaient fait aménager un plan d'eau, lumineux miroir où cascadait une fontaine baroque. De voluptueuses sirènes s'y ébattaient innocemment sous le regard de faunes au masque mi-lubrique mi-hilare, non loin d'un Neptune colossal saluant de son trident une Vénus sortant des ondes dans toute la splendeur de sa nudité. Tout l'éclat de la Renaissance italienne dans une propriété privée... il y avait de quoi rêver.

Sur le devant de la villa s'étendait ce qui avait dû être jadis un jardin enchanté, avec ses haies basses taillées, ses carrés de pelouse impeccable et ses allées de gravier blanc. Il y poussait maintenant des touffes d'herbes folles, le lierre s'enroulait autour des arbres, la vigne vierge et les mûriers sauvages envahissaient les bancs et les murets des terrasses... Mais le temps avait beau faire, rien ne pouvait atténuer le charme irréel de cette huitième merveille du monde.

Nonna, Livvie et moi avions esquissé quelques pas avant de nous immobiliser avec l'air intelligent de poules qui ont trouvé un couteau. *C'était à nous, tout cela ?*

Maman a exhalé un gros soupir, j'ai dégluti péniblement, tandis que la plus jeune d'entre nous résumait exactement la situation :

— J'hallucine !

Mon cœur défaillait tandis que je calculais que cent ans de gardes de nuit aux urgences n'arriveraient pas à payer l'entretien de cette propriété, ne serait-ce qu'une année. Quant aux travaux de restauration qui s'imposaient, il n'y fallait pas songer...

Quel malheur !

Car il eût fallu être folle pour renoncer à cette merveille qui portait le joli nom de villa Piacere !

19

BEN

Ben Raphael était content de sa réception. Il s'affairait sur la terrasse, accueillant ses invités. Il n'en connaissait qu'une partie. Les commerçants du village, par exemple. Il salua Nico, le boucher, géant débonnaire aux mains larges comme des battoirs ; Flavia, la marchande de glaces, et ses trois petits diables ; Cesare, le vieux maraîcher, plus ridé que ses pommes reinettes ; Ottavio, le fermier qui le fournissait en œufs extra-frais. Il repéra aussi Sandro, le garagiste qui lui bichonnait sa Land Rover, et Benjamino, le gérant de la coopérative où il avait déniché un délicieux petit vin de pays. Qui d'autre ? les notables du cru, bien sûr. Guido Verdi, le maire ; Renato Posoli, l'instituteur ; don Vincenzo, le curé... Ils étaient tous venus.

Tous sauf un : il manquait encore ce grand gaillard de Rocco Cesani. Il n'allait sûrement pas tarder à débarquer avec ce drôle de chien rose qui le suivait partout comme son ombre. Rocco et Hercule formaient un duo imbattable pour dénicher champignons (spécialité du maître) et truffes (spécialité du toutou). Cette « fine équipe », comme on disait ici, était mieux qu'une institution : une légende.

Ben se sentait à l'aise au milieu de ces villageois si sympathiques. Même s'ils ne le considéraient pas comme un des leurs à cause de sa fortune et de sa nationalité étrangère, ils l'avaient adopté. C'est pour cette raison que chaque année il les invitait pour le 4 juillet : afin de partager cette fête américaine avec eux. Et, pour faire bonne mesure, il y conviait également des gens de tous horizons – sociaux et géographiques –, des femmes de ménage des hameaux voisins aux propriétaires des villas alentour.

Ben se pencha sur la balustrade pour chercher des yeux sa propre princesse. Il l'aperçut toute seule sur la balançoire. Sage comme une image. Trop seule, trop sage. Il faillit aller la chercher, mais après tout elle avait bien le droit de s'isoler un peu si elle le souhaitait. Il regarda sa fille se balancer sans entrain, ses longs cheveux blonds touchant presque terre tandis qu'elle relevait la tête pour suivre l'ascension de la montgolfière. Muffie ne passe pas de bonnes vacances…, s'avoua-t-il. Il regrettait presque de l'avoir emmenée ici avec lui.

À SoHo, il habitait un loft immense, le contraire du cagibi amélioré de ses débuts. Que de chemin parcouru depuis le Bronx où il était né. Il avait dû travailler jeune, très jeune, et dur, très dur, pour s'en sortir. Dire qu'il avait commencé avec rien et qu'en dix ans à peine il était déjà à la tête de sa propre entreprise de bâtiment !

Bon, ce qui devait arriver était arrivé : enivré par sa réussite, il avait claqué son argent dans les clubs les plus huppés, collectionnant les conquêtes féminines. Mais tout avait une fin, on ne pouvait pas jouer éternellement avec le feu. Ben avait été forcé de revenir sur la planète Terre et de redresser son affaire vacillante. Après ces erreurs de jeunesse, il avait gardé la tête froide. Le secret de son succès tenait en trois mots : travail, travail, et travail. Il aimait toujours autant les jolies femmes et les dîners fins aux chandelles, mais le travail passait en premier. Maintenant que les fondations de son empire étaient solides, Ben avait acquis une fortune qui dépassait tous ses rêves.

À trente ans, il avait fait un grand mariage en obtenant la main de Bunty Mellor. Cette jolie fille de bonne famille – vieille dynastie de banquiers dont elle était, soit dit en passant, la seule et unique héritière – avait eu le bon goût de s'enticher d'un jeune homme aussi sexy que brillant (*dixit* l'intéressée), issu pourtant d'un autre monde que le sien. Quant à lui, il était tombé sous le charme de la blondissime et très convoitée Bunty. Même son prénom l'avait emballé.

Ben avait entrepris d'enseigner à sa jeune épouse tout ce qu'il savait en matière de sexe, mais elle ne s'était pas révélée particulièrement douée. Il avait aussi tenu à lui faire rencontrer ses vieux copains, avec qui il avait grandi et qui restaient ses meilleurs amis, mais dire qu'elle les avait peu appréciés était un euphémisme. De son côté, Bunty l'avait introduit dans son propre réseau de relations. Pas vraiment le même genre. Elle lui avait fait découvrir une vie dorée exclusivement consacrée au farniente et aux mondanités. Entre les rallyes dans le Maine et les parties de polo entre élus de la jet-set à Palm Beach, il ne trouvait plus le temps de travailler. Leur mariage n'avait pas duré longtemps.

À peine leur divorce prononcé, cet épisode de son existence lui avait paru une parenthèse complètement irréelle. Par miracle, une petite perle était née de ce ratage. Et Muffie était bien réelle, elle, et très réussie !

Peu de temps avant de s'envoler pour l'Italie, Ben avait reçu un appel de son ex.

Bunty avait commencé par lui annoncer son remariage dans un futur proche : deux jours. Il lui avait dit ce qu'on dit dans ces cas-là, qu'il était content pour elle et qu'il lui souhaitait beaucoup de bonheur. En toute sincérité. Bunty était une gosse de riche égoïste et trop gâtée, mais il ne pouvait la tenir pour seule responsable de l'échec d'une union condamnée d'avance. Puis Bunty avait lâché la vraie raison de son appel : elle partait en lune de miel pour tout l'été et voulait qu'il emmène Fifi avec lui en Italie.

Fifi ! Comme si son prénom n'était pas déjà assez lourd à porter. Pour l'état civil, la pauvre enfant s'appelait en réalité Martha Sloane Whitney Raphael (Martha comme sa grand-mère, Sloane comme son grand-père, Whitney pour faire plaisir à sa richissime grand-tante – et Raphael comme son père évidemment). Mais Bunty l'avait surnommée Muffie dès sa naissance, et cette « trouvaille » lui était restée.

Ben adorait sa fille, et lui consacrait beaucoup plus de temps que sa mondaine de mère, toujours prise entre deux cocktails et quatre défilés de mode, mais il avait toujours été convenu que Bunty garderait Muffie pendant le mois d'été où il séjournait en Toscane. C'était le seul moment de l'année où il s'isolait pour peindre, lire, se ressourcer en paix. Pour essayer de reconstruire sa vie, en quelque sorte.

Et puis... cette année n'était pas une année comme les autres. Ben sentait obscurément que le temps était venu pour lui de *devenir celui qu'il aurait pu être* si son existence ne s'était pas résumée à une foire d'empoigne dans le monde des affaires. En outre, il comptait consacrer une partie de ses vacances à créer quelque chose de nouveau. Une œuvre dont il serait fier, un travail qui ne rapporterait pas que de l'argent, mais qui lui mettrait du baume à l'âme. Il y pensait depuis des mois.

Seulement, quand Bunty avait une idée en tête... Bref, Muffie passait l'été ici. Il en était maintenant le premier ravi, bien sûr, savourant le bonheur d'être toute la journée avec elle, de lui faire découvrir les trésors de l'Italie, de la voir se régaler de fraises des bois et de tiramisu...

Au début, Muffie s'était montrée tout excitée de se retrouver dans un pays si différent, seule avec son père. « Quelle belle aventure, papa ! » lui répétait-elle en riant, et elle avait raison. Puis sa gaieté s'était envolée. Il avait eu peur qu'elle ne s'ennuie – même pas. Muffie n'était pas blasée, mais... désespérément sage, comme *éteinte*.

Ben se faisait beaucoup de souci pour elle. Au contact de sa famille maternelle, sa fille s'était habituée à vivre dans le luxe, loin du quotidien des personnes *normales* (les « gens

103

ordinaires », comme on les appelait à Palm Beach). On avait complètement coupé cette enfant de la vie réelle. Parfois, il avait l'impression que Muffie était verrouillée mentalement, cadenassée. Aussi farouchement protégée de l'extérieur que le château (le mot n'était pas exagéré) de ses grands-parents derrière son double mur d'enceinte. Et Bunty avait la garde de cette clé qui l'enfermait dans l'univers factice de la haute société.

Une chose est certaine, songea-t-il en regardant sa fille se balancer raisonnablement en laissant traîner ses talons dans l'herbe, je vais profiter de nos vacances ensemble pour lui ouvrir de nouveaux horizons. Et Bella Piacere est l'endroit idéal pour apprendre la vraie vie.

20

GEMMA

Je venais à peine de pénétrer dans la villa qu'une sensation de mystère s'empara de moi. Ces meubles vénérables, ces lieux qui avaient vu vivre tant de personnes depuis des siècles étaient tellement chargés d'histoire. Le temps, qui passe si vite ailleurs, n'avait pas la même valeur ici. Même l'air semblait immobile. Subitement, mon service à l'hôpital, ses bruits, ses odeurs, la tension qui y régnait, ma vie en somme, parurent s'évanouir dans un autre monde. Un monde lointain, si lointain…

Le hall d'entrée courait sur la largeur de la villa, jalonné de portes-fenêtres à la française. Elles donnaient sur une vaste terrasse où les invités déjà arrivés discutaient, un verre à la main. En robe noire et tablier d'organdi, des jeunes filles du village proposaient des plateaux d'amuse-gueules et toutes sortes de rafraîchissements.

Notre locataire et compatriote savait recevoir ! Un musicien en frac jouait du piano dans un salon, tandis qu'un quatuor à cordes exécutait un menuet de Boccherini dans un angle de la terrasse. Plus loin, un kiosque érigé sur la pelouse déversait de la musique disco à l'usage de la jeunesse locale. Une mont-golfière à bandes rouges, blanches et bleues était arrimée à proximité du kiosque, et une file d'invités curieux attendaient d'y monter pour une balade en ballon au-dessus des collines. Un barbecue géant était fin prêt pour cuire un régiment de hot-dogs, hamburgers et brochettes en tout genre.

Placée sous le signe de l'amitié américano-italienne, la soirée battait son plein. Nonna se retrouva vite entourée de vieilles connaissances qui se récrièrent d'admiration devant ce qu'elles prenaient à coup sûr pour son « look new-yorkais ». Inutile de vous dire que maman était aux anges, évoluant avec une aisance souveraine dans le rôle-titre du *Retour de la reine mère*. Très star elle aussi, la princesse Livvie m'informa qu'elle partait explorer les environs (entendez : le cheptel de garçons du cru) – et je me suis retrouvée toute seule.

J'essayai en vain de me faire à l'idée que cet endroit était à nous, aux Jericho. Je pensais avec émotion à mon grand-père maternel à qui nous le devions. De lui, je ne gardais que le souvenir d'un noble vieillard barbu (souvenir aussi flou que la photo sépia sur la commode de Nonna). J'ai imaginé son plongeon héroïque dans ce torrent glacé pour arracher un jeune garçon à la noyade. Loin de se douter que le garçon en question finirait un jour par léguer tous ses biens aux descendants de son sauveur. Le destin jouait parfois de ces tours…

Perdue dans mes considérations pseudo-philosophiques, j'errais au hasard. Je traversai un couloir, contournai une colonne, passai sous une arcade qui donnait sur les jardins… et je tombai en arrêt devant un panorama époustouflant. Là, devant mes yeux éblouis, s'étendaient à l'infini les collines doucement ondulées de la Toscane, subtile palette d'or brun, terre de Sienne et vert olive. Je contemplais ce spectacle enchanteur. Je contemplais cette incroyable réalité : *le paradis terrestre.*

Mon cœur se mit à battre la chamade. Oubliés, les frais d'entretien. Engloutis, les soucis d'impôts. Envolées, les craintes des travaux de réparation. Il ne restait que la magie de cet instant et la beauté sublime de la terre de mes aïeux. C'était la Toscane. Notre villa. Notre coin de paradis à nous.

Un peu plus tard, je me lançai dans ma mission initiale : faire le tour du propriétaire, au moins un petit tour.

Le hall d'entrée au carrelage blanc et noir débouchait sur une rotonde qui sentait le renfermé ; un escalier de marbre conduisait à une mezzanine inondée de soleil ; les lattes du parquet étaient usées, les tentures murales en soie vert pomme du *gran salone* se révélaient fortement défraîchies, de même que les tapis d'Orient.

La villa Piacere paraissait sinon laissée à l'abandon, du moins négligée. Elle me donnait l'impression d'une beauté déclinante qui nécessitait plus de soins vigilants qu'elle n'en recevait. Pourtant, quelqu'un s'était donné la peine de la fleurir, de cirer les vieilles tables branlantes, d'épousseter les Cupidon des corniches du *gran salone* et de dissimuler les déchirures des divans sous des coussins un peu mieux conservés. Oui, *on* s'occupait de notre villa.

Poursuivant ma tournée d'inspection, je me suis retrouvée dans une belle salle octogonale qui m'a immédiatement séduite. Une frise murale en trompe l'œil représentait les compagnons favoris des comtes de Piacere à travers les âges : leurs animaux familiers. Un caniche abricot courant après une balle rouge ; un trio d'épagneuls gambadant dans un torrent limpide (peut-être celui du plongeon héroïque de grand-papa ?) ; un danois débordant d'un canapé trop petit pour sa taille ; des siamois cramponnés toutes griffes dehors à deux malheureux fauteuils dont ils déchiquetaient consciencieusement les coussins de brocart...

Mais ces fauteuils... Je tournai la tête : juste derrière moi, ils me tendaient les bras, et je vis que leur tissu portait la marque des griffes des deux chats. Je passai rêveusement un doigt sur cette empreinte surgie d'un autre âge. Je n'aurais su dire au juste pourquoi, mais ce trait d'union entre le passé et le présent, ce *souvenir vivant*, comme arraché au néant, me toucha. Ce lieu avait quelque chose de fascinant.

Une autre peinture attira mon regard. Accrochée dans une niche au-dessus de la cheminée, à la place d'honneur, une toile représentait un perroquet bleu électrique, vert et écarlate. Dressé sur une immense cage dorée, l'animal arborait une expression aussi hautaine que son plumage était voyant. Son regard insolent brillait d'un éclat plus vif encore que les bijoux qu'il portait aux pattes.

Du coin de l'œil, j'ai capté un chatoiement de couleurs – et je me suis retournée pour me trouver cette fois nez à nez avec le modèle du tableau, ou plutôt nez à bec. Juché sur le perchoir de sa cage dorée, le même perroquet, qui avait à l'évidence vieilli, me fixait en inclinant la tête de côté. Il portait toujours ses bijoux et je reconnus avec stupeur des rubis, des émeraudes et des diamants.

Son nom scintillait en lettres d'or sur la plaque scellée à sa cage. *Luchay*.

Je brûlais de connaître l'histoire de ce perroquet que son maître – mais qui était-ce ? – avait couvert de pierres précieuses… Comme s'il lisait dans mes pensées, Luchay émit une sorte de gloussement malicieux. À moins que ce ne fût sa façon de me faire comprendre que ma tête lui revenait.

Je me demandai si nous avions hérité du perroquet en même temps que de la villa, quand…

— Eh bien, très chère, n'est-ce pas la plus exquise des réceptions ?

21

De saisissement, j'ai failli sauter au plafond. Une femme s'était glissée dans mon dos comme une couleuvre. Perdue dans mes pensées, je ne l'avais même pas entendue entrer dans la pièce.

« Une mémé au look d'enfer », aurait dit Livvie. Je ne l'avais jamais vue, c'était sûr (je ne l'aurais pas oubliée !), et pourtant, il s'en fallait de peu qu'elle ne me prenne par l'épaule.

Avec un temps de retard, je réalisai que la vieille dame s'exprimait dans ma langue.

— Bonsoir, reprit-elle, tout sourire. Je me présente : *contessa* Marcessi. Maggie pour mes amis.

Son regard myope plongeait dans le mien, son parfum capiteux m'envahissait – j'ai reculé d'un pas.

— En réalité, je m'appelle Margaret, poursuivit-elle. Margaret Lynch dans une vie antérieure – je veux dire avant ma rencontre avec le comte et mon entrée dans le grand monde. Eh oui, ma chère, d'origine roturière, je suis devenue en même temps maîtresse de mon aristo et de son domaine. *Le mien*, puisque le cher homme m'a épousée et tout légué on ne peut plus légalement. La villa Marcessi... vous en avez forcément entendu parler ! Elle se trouve de l'autre côté de cette colline, et mon domaine s'étend sur... oh, sur plus de collines que vous n'en pourriez compter. Et encore, j'en ai cédé des lots aux fermiers et à cet Anglais qui veut y bâtir des... comment disent-ils dans leurs catalogues ? Ah oui : des « manoirs de prestige ». Pourquoi pas des « castels » pendant qu'ils y sont !

Je l'écoutais, bouche bée. Je n'avais toujours pas prononcé un mot, mais cela ne semblait guère affecter ma toute nouvelle amie.

— Tss, ces gens-là ne savent pas qu'il fait rudement frisquet dans le coin à la mauvaise saison, quand souffle la tramontane. « Vive le vent, vive le vent, vive le vent d'hiver », prétend la chanson. Quelle bonne blague ! Il fait un froid de canard ! Et encore, je peux vous dire que mes canards – je sais de quoi je parle : j'en ai une pleine mare ! –, je les rentre au chaud, sinon ils auraient vite fait de se transformer en canards laqués, les pauvres cocos !

Et la comtesse se mit à fredonner *Vive le vent d'hiver...* d'une voix de soprano trémulante, avant d'éclater de rire.

— Bon, évidemment, ce n'est pas une chanson très appropriée pour un 4 juillet. N'est-ce pas, très chère ?

Elle interrompit son babil une dizaine de secondes, le temps de chausser ses lorgnons en or pour m'examiner d'encore plus près. Je me dandinais d'un pied sur l'autre, avec la nette impression d'être un spécimen rare sous microscope.

— Mais qui êtes-vous, ma chère enfant ?

Elle paraissait subitement si étonnée de me voir que je me suis demandé si elle ne m'avait pas confondue avec une autre.

— Je m'appelle Gemma Jericho.

Tout en me présentant brièvement, je l'étudiai à mon tour. Elle devait avoir quatre-vingts ans bien sonnés. Mais pas bien tassés : perchée sur de hauts talons, elle était plus grande que moi, et deux fois plus large. Un collant en soie moulait des cuisses dodues. Livvie elle-même aurait trouvé un peu juste le bustier (aux couleurs de la bannière étoilée !) qui comprimait son ample poitrine. Des peignes ornés de diamants retenaient ses cheveux crêpés, plus rouges qu'une pompe à incendie, et j'aurais juré qu'elle portait à son cou grassouillet un collier d'émeraudes véritables. Ses doigts, eux, rivalisaient de bagues en diamant et rubis.

La *contessa* Marcessi appartenait clairement à ce club très m'as-tu-vu qui veut que plus on en a, plus on l'étale... Mais je ne pouvais m'empêcher de la trouver sympathique. L'expression de son visage chevalin était gentille, de la même douceur que ses yeux bleu pâle.

Elle me donna une petite tape amicale de la main qui tenait son lorgnon.

— Vous, Gena, vous êtes en train de penser que vous n'avez jamais rencontré une originale comme moi ! Je me trompe ?

Sauf sur mon prénom, elle avait tout bon.

— Non, madam... Comtesse, enfin, je veux dire...

— Pas de panique. Moi non plus, je n'ai jamais vu un look comme le vôtre ! Ma chère, on aurait dû vous préciser que c'était une soirée habillée ! Même jolie comme vous l'êtes, une célibataire est censée faire des effets de toilette. C'est ainsi que l'on attrape un mari, figurez-vous !

J'ai éclaté de rire à mon tour.

— Vraiment, comtesse ?

— Eh, je m'y connais ! a-t-elle répondu avec une moue de spécialiste. Moi qui vous parle, j'en ai déjà accroché quatre à mon tableau de chasse – et chaque fois plus riche que le précédent ! Ha, ha ! vous voudriez connaître mon secret ? *Restez vous-même*, mon petit. Au diable les titres et la fortune, dites-leur le fond de votre pensée ! Carrément, sans fioritures. Ça risque de les surprendre parce qu'ils n'en ont pas l'habitude, mais ils adorent ça et, pouf ! ils tombent à vos pieds et vous mangent dans la main. Et croyez-moi, c'est bon pour le moral, d'avoir un homme à ses pieds. Suivez mon conseil : vous ne le regretterez pas, Gena Jericho.

— Gemma, ai-je rectifié, amusée.

— Vous avez raison : Gemma est plus rare ! J'ai bien connu le comte de Piacere, vous savez, poursuivit-elle sans transition. Nous étions voisins depuis des lustres – près de trente ans ! – et déjà à l'époque il était plus âgé que moi aujourd'hui. Attention : je ne donne jamais mon âge – trop vaniteuse pour ça ! J'ai toujours trouvé que quarante-neuf était un joli nombre, pas vous ? J'ai donc décidé de fêter chaque année mes quarante-neuf printemps. D'ailleurs, mon anniversaire tombe la semaine prochaine, ma chère. Il va sans dire que je compte sur vous. Vous recevrez bien sûr une invitation en bonne et due forme.

J'ai esquissé une révérence en souriant. Cette vieille dame avait plus de jeunesse et de punch que la plupart des authentiques quadragénaires.

— Merci, comtesse, j'en serai très honorée.

— De grâce, mon petit, appelez-moi Maggie !

— Si je puis me permettre... Maggie, comment était le propriétaire de cette villa, le comte de Piacere ?

— Vous voulez savoir de quoi il avait l'air ? Ma foi, le pauvre coco ne payait pas de mine. À moins d'aimer le genre gringalet, haut comme trois pommes et maigre comme un clou. Ce qu'il avait de mieux, c'étaient ses longs cheveux neigeux, très pianiste-romantique-qui-vieillit-bien, si vous me pardonnez le cliché. Sauf que je les lui ai toujours connus blancs et qu'il n'a jamais touché un piano de sa vie. Imaginez plutôt un professeur Tournesol, genre doux dingue un peu dans la lune. Rectification : complètement dingue et tout le temps dans la lune ! Un loufoque, en un mot. Nous nous entendions à merveille.

Rien d'étonnant ! ai-je songé en réprimant un sourire.

— Comme il ne parvenait pas à mémoriser mon prénom (Margaret, ce n'est pourtant pas sorcier !), il m'appelait Eleonora. Allez savoir pourquoi ! Bref, ce cher comte a continué à habiter cette villa après que tous les membres de sa famille ont disparu les uns après les autres. Vous devinez comme on doit se sentir seul, sans femme ni enfants, dans une grande maison comme celle-ci. Brr... Je n'ai jamais su pourquoi il ne s'était pas marié. Il n'a peut-être pas rencontré l'amour avec un grand A... Ça arrive, même en Italie !

Malgré sa myopie, elle m'a transpercée d'un regard acéré pour me demander à brûle-pourpoint :

— Et vous, ma chère, vous avez rencontré l'Amour ?

Avant même que j'aie répliqué quoi que ce soit, elle avait répondu pour moi.

— Que je suis bête : bien sûr que oui ! Cette lueur dans vos prunelles ne trompe pas. Cupidon ne vous a pas oubliée dans son lancer de flèches ! Vous avez aimé, et avez été aimée en retour. Ttt, ne dites pas le contraire, je le sens. C'est que je suis un peu sorcière, vous savez. Sans rire, je pratique le tarot. À propos, pourquoi ne viendriez-vous pas me voir, un de ces jours ? Demandez la villa Marcessi, tout le monde connaît. Je vous tirerai les cartes. Histoire de savoir ce que l'avenir vous réserve.

— Très volontiers, Maggie, m'entendis-je répondre. Mais je ne suis pas sûre de vouloir savoir ce qui m'attend. J'ai déjà assez de problèmes au présent !

— Mmm. Nous verrons. Mon petit doigt me dit que vous changerez d'avis. Votre cœur ne sommeillera pas toujours au bois dormant, ajouta-t-elle en me refaisant le coup du regard qui vous transperce l'âme.

Sur ce, elle m'effleura le bras en guise d'au revoir.

— Mais nous parlons, nous parlons… et ce gros ballon va s'envoler sans moi ! J'ai été ravie de faire votre connaissance, Gemma. À bientôt.

Je la suivis des yeux par la fenêtre. Elle obliqua droit vers la montgolfière qui s'apprêtait à prendre un nouveau départ. Deux minutes plus tard, passant devant tout le monde, la vieille dame montait hardiment dans la nacelle. De là où je me trouvais, je voyais sa chevelure de flamme et ses bijoux étinceler dans le soleil. J'avais encore son rire dans les oreilles et je songeai : « Voilà une femme qui a trouvé le secret du bonheur. » J'avais la moitié de son âge, mais pas le quart de sa joie de vivre. Comme j'aurais aimé lui ressembler !

En quittant la pièce à mon tour, je me suis aperçue que j'avais oublié d'interroger Maggie au sujet de Luchay.

Dommage, elle aurait sûrement eu la réponse. Elle avait l'air d'avoir réponse à tout !

Comment diable avait-elle su pour Cash et moi ? Et pour mon « cœur au bois dormant » ?

22

BEN

Ben avait toutes les raisons de se réjouir. Sa réception se déroulait à merveille. Succès total. À part quelques légers remous dans la file d'attente qui s'allongeait devant la montgolfière.

Ben observa le phénomène et manqua s'esclaffer en repérant la cause du problème. Il fallait s'y attendre : Maggie faisait des siennes ! La sémillante comtesse voulait sa promenade en ballon, sans attendre son tour comme de bien entendu. On l'entendait glapir d'ici : « Pas question de patienter, le plus tôt sera le mieux ! » Sur quoi elle monta d'autorité dans la nacelle sous les rires des autres invités. Maggie n'en faisait jamais qu'à sa tête, mais on ne pouvait pas lui en vouloir.

La *contessa* Marcessi était un personnage, et Ben l'aimait en dépit ou à cause de ses excentricités. Elle avait été la première personne à lui rendre visite lorsqu'il avait emménagé dans la villa Piacere, et elle n'était pas arrivée les mains vides. En guise de présent de bienvenue, elle lui avait apporté une bouteille d'un porto hors d'âge – pensez : 1890 ! – puisée dans la cave de feu son époux. Et elle s'était d'emblée lancée dans une de ces tirades dont elle avait le secret :

— Je suis sûre que vous apprécierez ce vin plus que je n'en suis capable. Mais, de grâce, ne faites pas comme Billy (en réalité, mon dernier mari – Dieu ait son âme ! – s'appelait Benedetto, mais « Billy » est plus chou, vous ne trouvez pas ?) : à force de vouloir garder ses meilleures bouteilles pour une grande occasion, il est parti sans les avoir goûtées. Et comme on n'est pas sûr de revenir sur terre, ce n'est pas malin ! Écoutez plutôt la voix de Maggie-les-bons-tuyaux : à votre tire-bouchon ! Ou plus poétiquement : *carpe diem*, mon cher voisin. Il faut profiter de chaque instant et rire de tout de peur d'en pleurer. Ah, plus positive que moi, on meurt !

Après cette entrée en matière, Ben avait vite découvert que cette femme étonnante mettait sa philosophie en pratique. À peine était-elle repartie à fond de train (comme tout ce qu'elle faisait) au volant de sa Fiat trop petite pour son gabarit (elle roulait fenêtre ouverte pour sortir au moins un coude), qu'il avait entendu un grand crissement de pneus. Maggie-les-bons-tuyaux venait d'écraser un lièvre imprudent.

Ben l'avait vue faire marche arrière, s'extirper de sa voiture, se pencher sur l'animal mort, verser une larme, puis l'attraper et le déposer sur la banquette arrière avant de redémarrer en trombe.

Le lendemain matin, un homme en livrée s'était présenté à la villa Piacere. C'était le majordome de la comtesse. En fait, Ben l'avait appris plus tard, un pauvre hère que Maggie avait secouru des années auparavant et qui, éperdu de reconnaissance, n'avait plus jamais voulu quitter le service de sa bienfaitrice. Toujours simple, elle l'avait bombardé chambellan du domaine. Plus prosaïquement : homme à tout faire. Selon les heures du jour, il remplissait pour sa patronne vénérée les fonctions de jardinier, chauffeur, garde du corps (!) et, comme en cet instant, majordome.

— *Signor* Ben Raphael ? Avec les compliments de la *contessa* Marcessi.

Il apportait sur un plateau une terrine en porcelaine

accompagnée d'un mot disant : « J'espère que vous aimez le pâté de lièvre – c'est fait maison. » Et c'était signé : *Carpe diem.*

Ça, c'est tout Maggie, se prit à penser Ben, amusé rétrospectivement. Il suivait des yeux l'envol de la montgolfière quand son regard accrocha une silhouette sur la terrasse. On aurait dit... la farfelue de l'hôtel Hassler ! Mais oui. Elle-même, en chair et en os. Pas possible ! Il l'avait invitée sans le savoir ? Décidément, cette réception resterait dans les annales.

Très intéressé, Ben épia de loin la jeune femme. Elle ne se mêlait pas à la foule ; elle semblait même ailleurs. Perdue dans ses pensées, elle contemplait le vallon verdoyant. Il en profita pour s'approcher et l'examiner à la dérobée.

Avec sa robe de lin chiffonnée et ses petites sandales toutes simples, l'Américaine détonnait parmi les autres invitées qui avaient fait des efforts de toilette. De deux choses l'une : ou elle se moquait éperdument des mondanités et autres conventions, ou elle vivait cette réception comme une corvée. Mais alors, pourquoi être venue ?

Ben se rapprocha encore en catimini. Dans ce couloir d'hôtel où elle se promenait en petite tenue, il avait bien remarqué qu'elle avait la taille bien prise, la poitrine haute et de longues jambes galbées. À présent, il était fasciné par le pli tendre et vulnérable de cette jolie bouche qu'elle effleurait rêveusement du doigt.

Dieu sait pourquoi, il éprouva soudain la certitude qu'elle était à la fois plus sensuelle que son ex et plus gamine que Muffie. En outre, elle n'était pas du tout le type de femme avec qui il sortait d'habitude.

Raison de plus pour l'aborder !

— Comment trouvez-vous la villa ?

23

GEMMA

J'étais si absorbée dans mes pensées que cette voix chaude dans mon oreille m'arracha un petit cri de vierge effarouchée.

Pivotant sur mes talons, je me retrouvai nez à nez avec... le Michel-Ange de Manhattan !

Encore lui ? Ce n'était pas possible ! Il me suivait à la trace ou quoi ?

Sidérée, je le fixai un moment en silence, les yeux dans les yeux, comme si je voulais vérifier la dilatation de ses pupilles. Déformation professionnelle oblige. Vous pensez bien que c'est l'urgentiste et pas la femme qui plongeait dans ces prunelles d'un gris profond où dansait une flamme d'or.

Planté en face de moi, les bras croisés, lui non plus ne bougeait pas d'un pouce. Il avait roulé les manches de sa chemise d'un blanc éclatant sur ses avant-bras bronzés. Il portait un jean très classe, très élégant. Comme ces mocassins en cuir que je lui connaissais déjà. Je ne peux pas me prononcer sur les chaussettes, n'étant pas cette fois à quatre pattes dans l'ascenseur. En revanche, il ne m'a pas échappé que ses cheveux aile de corbeau s'agrémentaient de fils d'argent aux tempes – très séduisant, ça aussi. Ses sourcils broussailleux dégageaient une impression de ferme assurance que ne démentait pas sa mâchoire carrée, très volontaire. Quant à sa bouche, sensuelle en diable... eh bien, disons qu'elle ne nuisait pas au tableau. Bref, cet homme était... *très tout.*

Attention : je repérai tout cela en un éclair, sans vraiment y prêter attention. D'un œil purement clinique, je vous l'ai dit : de la déformation professionnelle, ni plus ni moins.

— Vous ! Mais que faites-vous ici ?

J'avais à peine prononcé ces mots que je les regrettais déjà. Michel-Ange savait maintenant que je ne l'avais pas oublié. Au lycée, j'avais déjà pourtant compris qu'une fille a toujours intérêt à ne pas montrer à un garçon qu'elle s'est même rendu compte de son existence.

— Comme vous, je suppose. Je prends des vacances.

Il s'assit négligemment sur le rebord de la terrasse, juste à côté de moi.

— Alors, comment trouvez-vous la maison ?

— Comment je la trouve ?

J'ai pris le temps de m'accouder à la balustrade de pierre chauffée par le soleil. Le menton posé dans mes paumes, j'ai confessé dans un soupir :

— Je crois que j'en suis tombée amoureuse. Cette villa est un rêve alangui au sommet d'une colline.

Son rire dévoila des dents d'une blancheur incroyable, et je n'ai pu m'empêcher de le trouver vraiment beau. Trop même pour sa propre tranquillité, songeai-je. Les hommes dotés d'un physique pareil étaient bien souvent la proie de mantes religieuses qui leur grignotaient l'existence. Il avait certainement l'habitude de remporter un succès fou auprès de la gent féminine. Les regards que les invitées coulaient vers lui me donnaient d'ailleurs raison. Et pourtant, si bizarre que cela paraisse, je sentais que lui n'avait d'yeux que pour moi.

— Moi aussi, j'ai eu le coup de foudre pour cet endroit, dit-il. Quand on vient de New York, comme vous et moi, on voit la Toscane comme un éclatement de lumière, Bella

Piacere comme une révélation, et cette villa comme une évidence.

— Comment savez-vous que je suis new-yorkaise ?

Il se permit un haussement de sourcils narquois.

— Ce n'est pas bien difficile à deviner. Vous êtes *légèrement* tendue, pressée, voyez-vous. Symptôme évident d'une vie de stress. Et où une Américaine l'est-elle plus qu'à New York ?

— Hum. Et vous ?

— Pas mieux. Je ne suis pas ici depuis assez longtemps pour être complètement décontracté.

Il fit signe à l'une des jeunes filles en tablier d'organdi qui circulaient entre les convives avec des plateaux de rafraîchissements, choisit deux cocktails rubis et m'en tendit un. J'ai trempé mes lèvres dans cette sorte de sangria italienne aux fruits rouges – un délice. Nonna aurait dit que c'était le bon Dieu en culotte de velours.

Les yeux rivés sur moi, le Michel-Ange de Manhattan leva son verre à ma santé. Sa silhouette athlétique se dessinait dans la lumière du soleil.

— Eh bien, chère concitoyenne, dans quelle branche travaillez-vous ?

J'avalai une autre gorgée sans cesser de soutenir son regard inquisiteur.

— N'est-ce pas une question déplacée en vacances ?

— Peut-être, mais n'oubliez pas que je vous ai vue à demi nue. Ça crée des liens.

C'était un coup bas. Je m'irritai de me sentir rougir.

— Commençons par vous, alors. Que faites-vous de beau dans la vie ?

— De beau ? Je peins.

— Eh bien, vous avez de quoi vous occuper ici. La villa a besoin d'un bon coup de pinceau.

Il hocha la tête.

— OK. Touché.

J'ai souri malgré moi.

— Un partout. Blague à part, j'ai entendu dire que vous étiez un artiste.

Comme il avait l'air de tomber des nues, j'expliquai :

— Ma mère le tient d'un serveur du Hassler. Elle vous avait d'abord pris pour un aristocrate italien. Nonna a été déçue d'apprendre que vous n'étiez pas un gentilhomme toscan. Parce que maman l'est, elle. Toscane, je veux dire, pas gentilhomme... enfin, aristocrate... enfin, vous me suivez.

— J'essaie !

Si seulement il arrêtait de me dévisager comme ça, je m'exprimerais peut-être mieux !

— Ma mère, ma fille et moi sommes venues retrouver nos racines, ai-je ajouté pour tourner la page.

— Ne me dites pas que votre famille est originaire de Bella Piacere ?

— Mais si. « Nous » y vivions il y a encore deux générations. Nonna a voulu revoir son village natal une-dernière-fois-avant-de-mourir, me suis-je entendue réciter.

— Fascinant.

Le plus drôle, c'est qu'il avait l'air sincère, réellement fasciné.

— Mais, à part chercher vos racines, que faites-vous dans la vie, en plus d'être maman ?

— En plus ? Je travaille dans un hôpital.

— Vous êtes infirmière ?

J'ai secoué la tête en battant des cils et c'est à cette seconde que je me suis aperçue que je tenais coquettement mes lunettes à la main. Depuis quand les avais-je ôtées ? Je me rendis compte que je me conduisais comme au temps où je m'amusais à flirter et cette constatation acheva de me décontenancer.

— Non, urgentiste. Ma meilleure amie m'appelle « la madone des cas désespérés ». Je ne mérite pas d'auréole, mais il est sûr que je vois défiler à longueur d'année les accidentés de la vie, des sans-abri qui espèrent un lit pour la nuit, des enfants battus, des femmes violées, des victimes de coups de couteau ou d'arme à feu, sans parler des overdoses, des tentatives de suicide, et j'en passe.

Il paraissait impressionné.

— Fichtre. Ce ne doit pas être rose tous les jours !

J'ai attendu la suite avec résignation. La plupart des gens, dès que vous leur annoncez que vous êtes médecin, se croient obligés d'énumérer leurs petites misères pour vous soutirer un diagnostic. La plupart des gens, pas lui.

Un ange passa, repassa. Il menaçait même de s'installer quand je repris la parole en remettant mes lunettes.

— Désolée, j'ai peur de ne pas être très douée pour les conversations mondaines…

— Rendez-en grâces à Dieu, doc !

Tiens ! C'était gentil ça – mais pas question de se laisser attendrir.

— Pitié, tout mais pas « doc » : ça me donne l'impression de jouer dans une mauvaise sitcom.

— Désolé, mademoiselle… ou madame ? Vous rendez-vous compte qu'on ne s'est même pas présentés : Ben Raphael.

— Gemma Jericho.

J'ai serré la main qu'il me tendait. Elle était chaude et ferme, mais pas douce et manucurée comme je l'aurais cru. Il avait la peau d'un homme qui n'hésite pas à travailler de ses mains.

— Puis-je à présent vous demander ce que vous faites, monsieur Raphael ?

— Vous n'avez pas encore entendu parler de moi ?

Non… pourquoi, j'aurais dû ? J'ai ouvert des yeux ronds.

— Vous êtes un artiste si célèbre ?

— Oh non, pas du tout, répondit-il en buvant une gorgée de son vin.

— Alors ?

Il comprit que je ne le lâcherai pas avant de savoir et eut un rire amusé.

— Mettons que je suis un homme d'affaires qui a réussi, mais un artiste raté ou plutôt un artiste manqué.

— Que voulez-vous dire par « manqué » ?

— Inaccompli, inassouvi.

— Mmm. C'est aussi le drame de ma vie.

Nous avons vidé notre verre de conceit, en signe de communion d'esprit. Puis nous nous sommes accoudés à la balustrade pour contempler la vallée.

— Ainsi donc, la villa Piacere a su séduire la madone des cas désespérés ?

— Je l'admets. Je ne me souviens pas d'avoir jamais vu un endroit me dire *oui* aussi catégoriquement.

Son sourire s'est épanoui.

— Nous sommes sur la même longueur d'onde. J'espère que vous n'hésiterez pas à revenir autant qu'il vous plaira.

— Cela va sans dire. J'aurai besoin d'inspecter la propriété dans les moindres détails, de la faire expertiser.

— Je vous demande pardon ?

— Eh bien, à quoi rimerait de garder une villa toscane qui menace de tomber en ruine si l'on n'a pas l'argent pour l'entretenir.

— *L'entretenir ?*

— Et la restaurer. Il doit y avoir tant de travaux à...

— Vous devez faire erreur, me coupa-t-il.

Son sourire envolé, il se redressa de toute sa taille et posa les mains sur ses hanches.

— Je ne doute pas que la villa vous ait dit oui, mais moi, c'est non. Je n'ai aucunement l'intention de vous la vendre. Ni à vous ni à qui que ce soit d'ailleurs.

Quoi ? Mais qu'est-ce qu'il racontait ?

— Comment ça, nous la vendre ? Cette villa appartient à ma mère ! Le comte de Piacere la lui a léguée par testament.

Ben Raphael prit le temps de digérer l'information, puis m'annonça doucement, comme on parle à une malade qu'il ne faut pas contrarier :

— Oui, oui... je vois... Écoutez, je me demande si nous ne devrions pas remettre cette conversation à...

— Rien du tout ! Pour qui vous prenez-vous ?

— Effectivement, une petite mise au point s'impose.

Sur quoi il m'attrapa par le bras pour m'entraîner de force à l'abri des regards jusque dans le grand salon désert.

— Nous serons mieux dans mon salon pour discuter.

Je me suis dégagée avec humeur.

— Primo, il n'y a rien à « discuter ». Secundo, c'est *mon* salon – enfin, celui de maman.

— Voyez-vous ça ! C'est Donati, le notaire, qui vous a raconté ces fariboles ?

— C'est don Vincenzo, le curé.

— Je rêve !

— Je ne vous le fais pas dire. Ma mère a été informée par lui qu'elle était la légataire universelle du comte. Il a fallu plusieurs années à don Vincenzo pour la retrouver en Amérique, mais cela ne signifie pas que son héritage soit tombé aux oubliettes. Votre notaire a dû commettre une erreur.

Ben Raphael me regardait maintenant avec pitié. En une seconde, je venais de passer à ses yeux du statut d'agitée du bocal à celui de pauvre gourde, et ça ne me plaisait pas davantage !

— Navré de vous détromper, mais l'erreur est du côté de votre mère. Manifestement, elle a été mal renseignée.

Il était si péremptoire, si sûr de lui... Un doute affreux s'est insinué en moi.

Des images de Nonna se sont mises à défiler dans mon cerveau. Maman nous traduisant sa lettre, tout excitée de nous apprendre la grande nouvelle, nous imposant ce voyage, retrouvant son village, ses amis, et une nouvelle jeunesse. Maman écrasant une larme en découvrant sa belle surprise... Et « on » voulait lui détruire sa joie de vivre, la dépouiller de son bien, lui arracher son bonheur tout neuf ?

— Écoutez, monsieur Raphael...

— C'est vous qui allez m'écouter.

Il était sérieux maintenant, mortellement sérieux.

— Cette villa m'appartient. Je l'ai achetée l'an dernier et payée jusqu'à la dernière lire. J'ai le contrat de vente en bonne et due forme, tel que l'a établi le notaire Donati. C'est

124

une affaire signée, réglée, scellée, terminée. J'ai même obtenu de l'État l'autorisation de transformer la villa Piacere en hôtel de luxe. Les travaux sont sur le point de commencer. Je ne vois pas ce que je pourrais ajouter pour vous convaincre.

Je perdais du terrain à chaque mot, mais je ne voulais pas perdre la face.

— Quoi que vous disiez ou fassiez, vous ne me convaincrez pas. Je ne vous laisserai pas voler la villa de ma mère. Nous irons au procès.

Il secoua la tête.

— Allez-y. Mais vous ne gagnerez pas.

— Qui vivra verra. J'aurai cette villa !

Il a pointé vers moi un index menaçant.

— Pour ça, il faudra me passer sur le corps.

Oh, mais moi aussi, je pouvais jouer au petit jeu des intimidations !

— Ça ne me fait pas peur ! Rendez-vous au tribunal !

Très digne, je lui ai superbement tourné le dos pour le laisser en plan, non sans me demander de quel prix j'allais devoir payer cette petite victoire.

La facture ne se fit pas attendre : je me suis pris les pieds dans le tapis en quittant le *gran salone*.

24

ROCCO

Rocco Cesani donna un coup de volant et se gara au bord du terrain défoncé qui avait été une pelouse irréprochable. Il attendit que le nuage de poussière retombe pour sortir de sa camionnette blanche toute rouillée, n'en épousseta pas moins avec soin la veste de son costume noir et l'enfila par-dessus sa chemisette bleue. Puis il rectifia le nœud de sa cravate en soie noire, achetée spécialement pour l'occasion, et siffla son chien.

— Hercule !

Un bull-terrier blanc et rose se précipita à ses pieds en jappant. La nature l'avait doté d'une truffe démesurée, rose, à quoi il devait sa réputation bien établie dans toute la région de grand renifleur de truffes devant l'Éternel.

Rocco et Hercule étaient les meilleurs amis du monde. Pendant que le second se lavait une oreille rose guimauve avec une patte blanc crème préalablement passée sur une langue rose bonbon, son maître, en équilibre sur une jambe, lustrait consciencieusement le dessus de ses chaussures sur le bas de son pantalon.

Rocco s'efforça ensuite de mettre un semblant d'ordre dans

ses épais cheveux gris hérissés. Devant l'impossibilité de la chose, il camoufla son échec sous son « fétiche » : un vieux feutre noir dont il ne se séparait jamais. Pour parachever le tout, il lissa sa moustache et décida qu'il était fin prêt.

Hercule se mit à trotter sur les talons de son maître, l'œil en alerte. Où Rocco allait Hercule irait – avec l'espoir d'une chasse aux truffes, à défaut de lapins.

— Pas aujourd'hui, vieux camarade, lui jeta Rocco par-dessus son épaule. Pour une fois, tu mangeras américain. Toi et moi sommes bons pour les hamburgers...

Il leva les yeux au ciel face à une aussi peu ragoûtante perspective, mais ne grommela pas trop parce que, pour un Yankee, Ben Raphael était récupérable. Ce type gagnait à être connu, et comme il revenait fidèlement chaque été, Rocco avait appris à l'apprécier. L'an dernier, l'Américain avait même débarqué en plein hiver, quand le gel menaçait les canalisations de la villa Piacere.

Rocco avait bravé la neige pour lui apporter des truffes à cuisiner en omelette et Ben lui avait donné en échange une bouteille d'un champagne français pour fêter le réveillon. Rocco en claqua la langue à son seul souvenir. Cette pétillante Veuve Clicquot avait divinement accompagné la traditionnelle soupe de morue aux lentilles.

Oui, cet Américain est décidément très récupérable, digne d'être italien, songea Rocco en cherchant des yeux un visage familier parmi les premiers invités qu'il croisait. Dommage que Ben se soit mis en tête d'aménager sa villa en hôtel cinq étoiles. Une très mauvaise idée. Quelle sorte de touristes ne risquait-on pas de voir débarquer à Bella Piacere ? Et qu'est-ce que le village aurait à y gagn...

D'un seul coup, ses pensées se figèrent et ses jambes le clouèrent sur place.

Elle.

Il venait de l'apercevoir, assise à l'une des longues tables dressées sur des tréteaux, en grande conversation avec cette pipelette de Renata Posoli. Il respira un grand coup, retrouva

127

l'usage de ses méninges, et laissa échapper un « Ah ! » de plaisir.

Sophia Maria avait incroyablement peu changé depuis... mon Dieu ! depuis ses treize ans. Elle avait toujours été plus grande que les autres filles du village, et plus jolie avec ses yeux violets et ses cheveux noirs brillants qui cascadaient en boucles sur ses épaules. Aujourd'hui, elle portait une coiffure de vedette de cinéma, une robe verte de grande dame, et s'éventait avec un chapeau comme une star à la Mostra de Venise. Bien entendu, il se rappelait qu'elle avait déjà de jolies jambes à l'époque, mais pas encore ce beau décolleté. Les années qui fanaient les autres n'avaient apparemment aucune prise sur Sophia Maria.

Tous ses sens en alerte, il s'approcha à pas de loup du marronnier à l'ombre duquel elle s'était installée. Hercule le suivait en rampant, à l'affût de la proie qu'avait repérée son maître.

Mais Rocco s'accouda rêveusement à une branche basse de l'arbre centenaire. Sophia Maria était à la fois fidèle à son image et pourtant différente. Parce qu'à moitié américaine ? Parce que ressemblant à une femme de la haute, habituée à vivre dans le luxe de la capitale du monde ?

Il s'humecta les lèvres. Et si celle qu'elle était devenue n'avait pas de temps à perdre avec un ami d'enfance ? Pas envie de retrouver un vieux soupirant ? Car il lui tournait déjà autour à l'époque, et nul doute qu'il aurait fini par lui demander sa main si elle était restée trois ou quatre ans de plus au village. Mais la belle s'était envolée à l'autre bout du monde et n'avait jamais plus donné de nouvelles. Sophia Maria avait fait sa vie ailleurs, sans lui. Peut-être l'avait-elle complètement oublié ?

Il y avait un bon moyen d'en avoir le cœur net.

— Hercule !

Le chien répondit par un aboiement guerrier signifiant qu'il était prêt à tout.

— *Avanti*.

Hercule bondit, sans trop savoir pourquoi, ni sur quoi. Pas de lapin ni de champignons en vue. Son maître fonçait droit sur une inconnue couleur salade qui s'éventait avec un chapeau.

25

NONNA ET ROCCO

— Sophia Maria...

Nonna se leva vivement et posa les mains sur les hanches.

— Rocco Cesani !

Le gamin débraillé dont elle avait gardé le souvenir, habillé de vêtements toujours trop petits pour son gabarit déjà impressionnant, s'était métamorphosé en un solide gaillard, élégant, qui la saluait galamment, l'œil vif et la moustache conquérante. Il portait une cravate. Et en soie, ma chère. Il avait tout à fait l'air d'un homme d'affaires prospère en villé-giature. Seule sa manière de tourner et de retourner son chapeau entre ses doigts trahissait une certaine nervosité.

— Rocco Cesani, répéta-t-elle sur un ton indéfinissable.

— Sophia Maria Lorenza Corsini...

Son nom de jeune fille coulait de la bouche de Rocco comme de l'or liquide. Dieu qu'elle était belle, et élégante, et rayonnante ! Ses yeux pétillaient comme autrefois. Il eut l'impression de plonger cinquante ans en arrière, quand il imaginait mille stratagèmes pour dérober un baiser à ce beau brin de fille que tous les garçons rêvaient de raccompagner chez elle à la sortie de l'école.

Nonna fit un pas en avant et lui ouvrit ses bras pour une accolade amicale.

À moitié chaviré par son parfum, Rocco s'offrit le luxe de prolonger cet instant céleste de cinq ou six secondes avant de la prendre par les épaules pour lui planter un baiser sur chaque joue.

— Sophia Maria Lorenza Corsini, récita-t-il en savourant chaque syllabe. Une revenante, et une grande dame ! C'est dit, je ne critiquerai plus jamais l'Amérique : l'exil vous a réussi !

— *Vous ?* J'ai vieilli au point que tu ne me tutoies plus, Rocco ?

— Toi ? Tu as l'air d'un top model !

— Et toi d'un golden boy de Wall Street, vieux flatteur ! Je vois que notre Toscane t'a pas mal réussi !

— Enfin... euh... oui.

Renata Posoli s'était éclipsée. Ils restaient face à face, immobiles, ravis et embarrassés à la fois. Aussi heureux l'un que l'autre de se retrouver, mais également contrariés en leur for intérieur de donner une image d'eux peu fidèle à la réalité.

La vraie Sophia Maria se voyait moins dans la peau d'une grande dame que dans celle de Nonna, la veuve sans fortune qui habitait un pavillon de banlieue modeste, à l'image de sa garde-robe, et dont la vie mondaine se limitait aux déjeuners dominicaux en famille. Bon, elle était désormais l'heureuse propriétaire d'un manoir de prestige, mais elle n'avait pas grand mérite : cet héritage lui était tombé du ciel.

Le vrai Rocco, en bon paysan, habitait depuis toujours l'humble ferme paternelle. Les seules affaires qu'il brassait avaient trait à sa petite oliveraie et au vieux moulin qu'il avait mis des années à rénover. Sa production d'huile d'olive n'était pas près d'être cotée à la Bourse de Wall Street !

Quant à son costume de golden boy, c'était le seul qu'il possédait et il le ressortait à chaque mariage, enterrement...

et réception du 4 juillet à la villa Piacere. Le reste du temps, il vivait en tenue de combat – short ou bleu de travail et gros godillots. Son service militaire mis à part, il ne s'était jamais aventuré plus loin que Florence, et si l'on s'en étonnait, il haussait les épaules : « Pour quoi faire ? J'ai tout ce qu'il me faut ici. » Ce qui était du reste la stricte vérité.

Comme un silence embarrassé tombait entre eux, Rocco appela au secours son fidèle compagnon.

— Je te présente Hercule, dit-il, le meilleur dénicheur de truffes du pays.

Nonna haussa un sourcil sceptique. Un chien truffier ? Rocco avait toujours eu un sens très méridional de l'exagération. Mais on ne pouvait nier que cet étrange animal avait quelque chose d'un petit cochon.

— De tout le pays ?

— De la région en tout cas. Hercule, viens dire bonjour à Sophia Maria !

La créature rose et blanche obéit au quart de tour. Nonna la vit s'asseoir devant elle et lui donner la patte tout en la saluant d'un *wouff* assourdi, des plus polis.

— *Ciao*, Hercule, dit-elle en lui serrant rapidement la patte. *Come sta ?*

Tout sourire, Rocco caressa fièrement la nuque de son chien.

— Tu sais, je le considère comme mon enfant, confia-t-il doucement. Un peu comme le fils que je n'ai pas eu.

Nonna glissa son bras sous le sien, et ils se dirigèrent à petits pas vers la terrasse, Hercule sur leurs talons.

— Dis-moi, tu ne t'es jamais marié, Rocco ?

— Si. Mais tu ne la connaissais pas. Son père était fermier à Montepulciano. Une gentille femme, une bonne épouse. J'ai eu de la chance. Mais elle est morte il y a dix ans, me laissant tout seul à porter son deuil car elle n'avait jamais pu avoir d'enfant.

Il n'y a pas de raison que Rocco soit seul à faire des confidences, songea Nonna. Elle lui apprit à son tour qu'elle était veuve, mais qu'elle avait le bonheur d'avoir une fille médecin, Gemma, et aussi une petite-fille, Olivia.

— Un médecin…, releva Rocco, impressionné. Ce n'est pas un hasard si Olivia porte le nom de l'arbre symbole de notre chère Toscane, si ? Tu n'as pas trop eu le mal du pays ?

Comme ils contournaient la fontaine et gravissaient les marches de l'escalier d'honneur, bras dessus bras dessous, Nonna lui conta comment son père avait jadis sauvé la vie du jeune comte de Piacere et comment elle se retrouvait aujourd'hui en possession de son domaine.

Elle vit le regard éberlué de son ami et lui sourit.

— Dire que cette villa de rêve m'appartient à présent ! Je n'arrive pas à y croire !

— Moi non plus, croassa Rocco.

Il hésita, se gratta la tête, puis se décida à lâcher le morceau :

— Sophia Maria, tu ne sais donc pas que la villa Piacere est la propriété de l'Américain ? Oui, celui qui organise cette réception. Il l'a achetée l'année dernière, tout ce qu'il y a de plus officiellement. *Alorra…* je ne comprends rien à ton histoire d'héritage…

26

LIVVIE

Livvie errait comme une âme en peine. Elle avait d'abord flâné du côté des jardins en quête de jeunes de son âge, mais les petits groupes qui se déhanchaient au son d'une musique ringarde au possible la toisaient comme si elle était tombée d'une autre planète. Les filles pouffaient derrière leurs mains et les garçons la gratifiaient d'un *ciao* moqueur.

Offusquée, Livvie planta là cette bande de demeurés pour obliquer dans la direction opposée. C'est ainsi qu'elle se rabattit sur l'exploration de la villa. Passant de pièce en pièce, elle finit par se retrouver dans la salle octogonale ornée d'une frise animalière. Elle faillit avoir une crise cardiaque en voyant le perroquet qu'elle croyait empaillé battre des ailes en poussant un *poppy* tonitruant.

Remise de son émotion, Livvie s'approcha de l'animal qui remit ça :

— *Poppy ! Poppy cara !*

Bon, elle savait déjà que *cara* voulait dire « chère » en italien. Poppy devait être le petit nom de sa maîtresse. Elle avança prudemment la main pour toucher ses plumes ébouriffées, mais il se réfugia sur son perchoir doré. Elle remarqua alors les pierres précieuses qu'il portait aux deux pattes.

— J'hallucine ! Ta Poppy doit te chouchouter un max, petit veinard.

Elle déchiffra son nom sur la plaque.

— *Luchay*. Gentil Luchay.

L'oiseau pencha la tête de côté et la fixa d'un œil rond.

— Bye, Luchay, enfin *ciao* si tu préfères. Mes amitiés à ta Poppy.

Une fois sur la terrasse toujours bondée, elle chercha du regard sa mère et sa grand-mère. Elle les repéra à des endroits opposés, mais toutes deux souriantes et en pleine conversation avec un homme de leur âge, bras dessus bras dessous (couple Nonna-M. X), ou buvant un cocktail (couple Gemma-M. Y).

Eh bien, cette réception n'est pas morne plaine pour tout le monde ! songea Livvie. Elle écarquilla les yeux en reconnaissant l'interlocuteur de sa mère. Leur voisin de table de l'hôtel Hassler ! Qu'est-ce qu'il fabriquait ici ? Mais alors... sa cloche de fille enrubannée ne devait pas être loin !

Livvie aiguisa son regard, scruta les alentours et aperçut finalement sa proie sur la balançoire. Toute de blanc vêtue, comme une première communiante, et toute seule, constata-t-elle avec un sourire mauvais.

Elle dégringola les marches de la terrasse et traversa la pelouse. À son approche, l'autre cessa de se balancer et la regarda avec prudence. Vue de près, elle était encore plus tarte, jugea Livvie. Fraîche comme une pâquerette avec son short blanc, ses sandalettes et ses chaussettes assorties, et ce petit béret couronné d'un pompon neigeux. Ab-so-lu-ment ri-di-cule !

— Salut.

— Salut.

Livvie contourna la balançoire, et commença à encercler la poupée Barbie.

— Je m'appelle Olivia, mais je préfère Livvie. Et toi ?

attaqua-t-elle en se préparant à encaisser un truc du style Anne-Charlotte ou Guillemette de Machintruc.

— Martha Sloane Whitney. Mais tout le monde m'appelle Muffie.

Livvie roula des yeux. Il n'y avait pas à dire, elle était gratinée !

— *Muffin ?* Comme ce qu'on sert avec le thé ?

— Muffie, rectifia dignement l'intéressée en se tordant le cou pour la suivre des yeux. Tu es en vacances ?

— Non, je termine mon doctorat de physique nucléaire... Évidemment que je suis en vacances !

Muffie piqua du nez et entreprit de dessiner du bout du pied des ronds dans l'herbe.

— Moi aussi, mais je n'ai pas eu le droit d'amener ma chienne labrador. Elle a une robe soyeuse couleur fauve, et elle s'appelle Princesse.

Quelle originalité !

— Ah oui ? Eh bien, moi, j'ai un chat couleur gingembre qui pèse dix kilos et qui ne répond que s'il en a envie.

— Comment il s'appelle ?

— Sindbad. Parce qu'il a le pied marin.

Muffie esquissa un sourire.

— J'ai aussi un poney et tu sais quoi ? Il s'appelle Aladdin. C'est amusant, non ?

— En quoi ?

— Ben... Sindbad, Aladdin, ça vient des *Mille et Une Nuits.*

— Ah oui. C'est tordant.

Vexée, Muffie repiqua du nez.

Livvie se hissa sur une branche du vieux châtaignier et s'y installa à califourchon.

— Tu ne montes pas ? On est rudement bien ici !

Muffie continuait à dessiner des ronds dans l'herbe. Soudain, elle abandonna sa balançoire pour s'approcher.

— J'aime bien ta coiffure. Les couleurs, surtout.

Livvie passa nonchalamment la main dans sa chevelure

banane blonde avec une pointe de citron vert au-dessus du front.

— Peuh, ce n'est rien. D'habitude j'ai trois ou même quatre couleurs différentes, mais m'man a dit non. Tu connais les mères...

— Ça, tu peux le dire ! gémit Muffie avec conviction.

Livvie grimpa un échelon plus haut et s'assit sur une grosse branche.

— Je t'ai vue à Rome, au Hassler. Tu es venue seule avec ton père ?

— Oui. Maman vient de se remarier, et comme elle est partie en voyage de noces elle a demandé à papa de me prendre avec lui cet été. Je ne crois pas que ça l'arrange parce que c'est le moment où il aime peindre en silence et réfléchir...

— Pourquoi ? Il ne pense pas le reste de l'année ?

— Lui ? Il passe son temps à travailler !

— Tiens. Ça me rappelle vaguement quelqu'un...

— Ton papa ?

— Ça serait difficile : je ne l'ai jamais vu.

— Oh !

Muffie semblait sidérée.

— Je suis désolée pour toi, ajouta-t-elle poliment.

Livvie haussa les épaules avec philosophie.

— Pas de quoi. On vit très bien sans père. Remarque, le tien a l'air pas mal.

— Il est super ! C'est un chou de m'avoir emmenée avec lui. Les autres étés, il venait ici tout seul.

— Je vois, commenta Livvie qui ne voyait rien du tout, pour mieux draguer.

— Je ne sais pas. En tout cas, il dit qu'une villa toscane favorise l'enrichissement personnel.

— Il n'a pas tort. À propos, il est riche ?

— Oui, je crois qu'on peut dire ça. Mais maman l'est encore plus.

Livvie ne pouvait s'empêcher d'être impressionnée.

— Nous aussi on va rouler sur l'or, à présent que ma

grand-mère a hérité de la villa Piacere. Tu es chez moi en ce moment, tu sais ?

La mine ahurie de Muffie lui donna envie d'en rajouter.

— Ça ne t'empêchera pas de revenir faire de la balançoire tant que tu voudras, lança-t-elle en sautant légèrement à terre. Je te donne la permission.

La mâchoire de Muffie descendit d'un cran de plus.

— Tu parles de cette villa ? Mais… elle est à nous ! Papa l'a achetée pour en faire un hôtel. Tout le monde sait ça.

Livvie se figea un moment en la fixant d'un air stupide, puis réagit avec hauteur.

— Tu délires ou tu es jalouse ?

— Hein ? Mais non, je…

— Alors tu es une sale menteuse !

D'un geste méprisant, Livvie cloua le bec de cette petite pimbêche et fonça chercher sa mère.

27

GEMMA

Nonna, Livvie et moi avons organisé une cellule de crise dans ma chambre.

L'heure était grave. Ce qui n'empêchait pas Nonna de s'extasier en long en large et en travers sur la mousse crémeuse des chocolats chauds que venait de nous servir Amalia sur sa demande.

— Maman, arrête avec cette mousse, ai-je tempêté en écumant d'énervement la mienne dans la soucoupe. C'est *ta* villa qui est en jeu !

Livvie était presque aussi remontée que moi.

— Quand cette pauvre cloche de Muffie s'est vantée de ce que son père s'était offert notre maison, elle en a pris plein les dents.

— Tu as parlé un peu vite, ma petite, commenta Nonna. Tiens, passe-moi le sucre. Mon ami Rocco Cesani m'a lui aussi assuré que la villa Piacere appartenait à cet Américain.

J'ai haussé le ton, étonnée par le fatalisme de Nonna.

— C'est trop fort ! Je voudrais bien qu'on m'explique comment Ben Raphael peut prétendre disposer d'un bien qui te revient de droit. Don Vincenzo a lu le testament, il ne l'invente pas ! Où a-t-on vu qu'un locataire se targue d'être le propriétaire ?

— Je sais, mais ce document comporte peut-être une clause spéciale, une date limite. Il s'est écoulé du temps depuis la disparition du comte...

— Un testament est un testament, et il ferait beau voir qu'on ne respecte pas les dernières volontés d'un mort ! Je suis sûre que dans ce pays comme ailleurs on ne peut pas régler une succession sans avoir tout mis en œuvre pour retrouver les héritiers désignés. Nul n'a le droit de s'attribuer ainsi la propriété d'autrui... fût-il un Raphael ou un Donati ! Parlons-en de celui-ci ! Où se cache-t-il ? Monsieur a toutes les réponses mais reste aux abonnés absents. Hum ! Plutôt bizarre, un notaire qui ne répond jamais au téléphone. Oh ! mais s'il croit que nous allons nous décourager pour si peu... Tiens, je réessaie de ce pas.

Négligeant l'effet de mon petit monologue sur ma mère et ma fille, je bondis hors de la chambre pour gagner la cabine du couloir. Je sortis de ma poche le bout de papier où le curé avait gribouillé le numéro de Donati et composai les dix chiffres.

Une sonnerie. Deux. Dix. Vingt. Je serrai les dents de colère. Où avait encore filé ce notaire de malheur ? Et, plus important, où était passé le testament ? Nous n'en avions même pas vu une copie ! En fait, ai-je subitement réalisé avec effroi, nous ne pouvions nous appuyer que sur le témoignage de don Vincenzo.

J'ai regagné notre quartier général pour y trouver une Nonna apparemment très détendue, ou alors elle cachait bien son jeu. Allongée sur mon lit, elle contait par le menu à Livvie ses retrouvailles avec Rocco Cesani. Curieuse conception d'un conseil de guerre... Heureusement, moi, j'avais les pieds sur terre !

— Ne t'inquiète pas, maman, je prends les choses en main. Dès que j'aurai coincé l'homme invisible – ce qui ne saurait tarder –, je bouterai les Raphael père et fille hors de ta villa. Moi vivante, personne ne te la volera.

Deux jours durant, j'ai rappelé Donati à peu près toutes les quarante-cinq minutes – en pure perte.

Le dos bien calé dans leurs chaises longues, Nonna et Livvie me regardaient m'agiter sans bouger le petit doigt. Pire : je les ai une fois entendues faire des paris sur la tête que j'allais avoir à mon prochain échec ! Il paraît que je passais par toutes les couleurs de l'arc-en-ciel : rouge de colère, violette de fureur, verte de rage... Elles trouvaient ça drôle !

Nonna n'avait plus que deux mots à la bouche (trois, en comptant son Rocco dont elle nous rebattait les oreilles) : *Détends-toi !* Un pic de sagesse que suivait immanquablement la formule magique censée me remonter le moral : *Tout finira bien par s'arranger !* Quand ? Comment ? Pourquoi ? Mystère et boule de gomme, mais qu'importe puisque je n'avais qu'à me détendre !

— Maman, décontracte-toi un peu. Il fait trop chaud pour s'énerver, décréta Livvie en s'enduisant le visage de crème solaire.

Si elle s'y mettait aussi ! Je leur ai dit à toutes les deux ma façon de penser, mais l'idée que nous avions un *gros problème* et qu'il fallait *travailler* d'*urgence* à trouver une solution n'avait pas l'air de les traumatiser.

— Ttt, les mots « problème », « travailler » et « urgence » sont interdits ici, protesta Nonna en ne plaisantant qu'à moitié. L'ennui avec toi, c'est que tu n'as jamais appris à regarder passer le temps...

Ça, c'était la meilleure ! Je m'allongeai dans ma chaise longue en bougonnant. Après tout, pourquoi serais-je plus royaliste que le roi ? Moi aussi, je n'avais qu'à me tartiner d'écran protecteur et *inch Allah* !

Je fermai les yeux, mais impossible de me laisser aller avec ce Donati qui me trottait dans la tête. Je l'imaginais en train de se goinfrer de langoustes, ou de jouer au golf, ou encore vautré sur une plage privée, les doigts de pied en éventail...

s'offrant dans tous les cas des vacances de rêve aux frais de la princesse... avec l'argent que lui avait rapporté sa transaction frauduleuse !

Trop révoltée pour supporter l'inertie de mes prétendues alliées, gagnées par l'indolence locale, je suis allée me promener dans le village à l'heure sacrée de la sieste. On pouvait entendre bourdonner le silence. Mes pas m'ont conduite à l'église Santa Catarina où je restai un moment à regarder les atomes de poussière flotter dans un rayon de lumière.

Nonna avait été baptisée en ce lieu, devant cet autel où scintillaient des chandeliers en cuivre. Et sa mère avant elle, et la mère de sa mère. Mes grands-parents, mes arrière-grands-parents s'y étaient mariés et l'on pouvait ainsi remonter très loin.

Lorsque j'avais quitté New York, mon identité familiale se limitait à une ligne : Dr Gemma Jericho, divorcée, fille de Sophia Maria, mère d'Olivia. À présent, je prenais conscience d'être un maillon d'une longue chaîne vivante. Une chaîne dont je n'avais jamais jusqu'ici soupçonné l'existence ; ce sentiment puissant d'appartenir à une lignée faisait de moi quelqu'un de différent. Je suis ressortie de la petite église rassérénée et enrichie par cette « révélation ».

Le soleil qui m'attendait dehors m'a éblouie. Il faisait chaud, très chaud, et j'ai eu envie d'une boisson fraîche. La taverne Galileo m'attirait irrésistiblement. Aujourd'hui, le patron était au bar, hypnotisé par le téléviseur qui diffusait un match de foot, pour changer. Je me suis demandé comment il arrivait à suivre quoi que ce soit à travers une telle fumée. J'ai salué timidement de la tête la demi-douzaine de clients qui s'étaient retournés sur moi comme un seul homme, les yeux écarquillés, la mine émoustillée... et je suis vite ressortie sans demander mon reste.

Je me suis rabattue sur la *gelateria*, infiniment plus accueillante – et tenue par une femme – qui se dressait à l'autre bout de la place. Quelle canicule ! Je portais en tout et pour tout un short kaki, un débardeur et une paire de tongs achetée dans l'épicerie-droguerie du village (on y trouvait de tout, des gressins aux filets à papillons et aux posters de Pavarotti), mais, le temps de traverser la place, j'étais déjà en nage.

Je poussai la porte de verre et me glissai avec délice dans cette oasis de fraîcheur où tremblaient frileusement des congélateurs.

— *Buongiorno.*

Au même instant, je me suis hérissée comme un chien de chasse devant un gibier débusqué en terrain découvert. *Ben Raphael !* Quelle déveine !

J'ai eu un bref mouvement d'hésitation, puis je lui ai fait face en maudissant la légèreté de ma tenue. Lui et sa fille étaient installés à une table ronde dans le coin « salon de thé ». La gamine plongeait une cuiller démesurée au fond d'une fabuleuse coupe aux boules de glace multicolores, nappées d'une débauche de chantilly.

Muffie (je savais son nom par Livvie) se leva poliment en m'apercevant, imitée par son père, toujours **aussi** princier d'allure et d'apparence. J'ai pensé à Arsène **Lupin**, le gentleman cambrioleur !

— Bonjour, monsieur Raphael, ai-je articulé sur un ton aussi chaleureux qu'une banquise.

— C'est le Ciel qui vous envoie, miss Jericho – *docteur*, rectifia-t-il tout en évaluant mes jambes nues d'un insupportable regard de connaisseur. Nous n'allons pas rester sur un regrettable malentendu. J'ai essayé de contacter Donati pour tirer cette affaire au clair, mais...

Il esquissa un geste d'impuissance.

— ... jusqu'ici sans succès, je l'avoue. Que puis-je dire – sinon qu'il y a forcément une explication.

Je haussai les sourcils avec une indifférence calculée.

— Il vaudrait mieux.

— En attendant de la trouver, je pourrais peut-être... vous offrir une glace ? Muffie dit le plus grand bien de la coupe Everest.

Ce sourire ravageur... Un picotement bizarre me parcourut

l'échine, mais je me raidis. Ben Raphael était beau comme un dieu, soit, mais il n'en restait pas moins l'Ennemi.

— Merci, mais je suis assez grande pour m'acheter une glace toute seule.

Joignant le geste à la parole, je lui tournai le dos pour passer ma commande. Je m'arrêtai sur le pas de la porte, le temps de déclarer :

— Pour votre gouverne, j'ai moi aussi tenté de joindre votre notaire. Quand il daignera refaire surface, il sera le premier à vous conseiller d'arrêter vite fait vos travaux dans *notre* villa. Avant que la justice s'en mêle.

Et je suis sortie en poussant la porte vitrée d'un grand geste théâtral. Droite comme la statue du commandeur quand elle a terrassé Don Juan. L'ennui, c'est qu'en claquant dans mon dos cette traîtresse de porte a vibré si fort qu'elle m'a arraché un haut-le-corps. Et ma boule de glace a tangué avant de finir lamentablement sur le sol.

Alors que je contemplais mon cornet vide, j'ai entendu la porte se rouvrir. La tête hilare de Ben Raphael s'infiltra par l'entrebâillement.

— Voulez-vous que je vous offre une autre glace ou bien êtes-vous toujours assez grande ?

— Ha, ha, ha ! Très drôle.

J'ai flanqué mon cornet à la poubelle et me suis drapée dans le peu de dignité qui me restait pour m'éloigner, la tête haute. Malédiction ! pourquoi fallait-il que je rate systématiquement ma sortie ?

28

Un courrier m'attendait à l'albergo d'Olivia.

— Déposé par porteur spécial…, chuchota Amalia en me le remettant avec des mimiques de conspiratrice.

J'ai décacheté l'enveloppe couleur crème qui portait en en-tête un paon faisant la roue, la crête couronnée d'une tiare de diamants. Elle contenait un carton d'invitation. Un épais bristol dentelé, rédigé à la plume à l'encre violette dans une belle écriture fleurie.

La Contessa Marcessi requiert le plaisir
de la gracieuse compagnie de la signora Jericho,
de la dottoressa Jericho et de la signorina Jericho
pour fêter avec elle ses quarante-neuf printemps.
Les festivités célébrant l'Événement débuteront
mercredi 10 juillet à 18 heures.
Dîner dansant. Tenue de soirée de rigueur !

La comtesse n'avait pas manqué à sa parole.

Tenue de soirée de rigueur avec un point d'exclamation comme un clin d'œil de Maggie. Et moi qui n'avais rien à me mettre… Un *dîner dansant* en plus ! Une veine que Ben

Raphael ne soit pas de la fête, me suis-je prise à penser. Je pâlis aussitôt. *Il serait de la fête*, c'était écrit dans les désastres ! Maggie Marcessi se devait de lui rendre son invitation. Ils étaient voisins, probablement en bons termes... Conclusion : je n'avais pas l'ombre d'une chance d'y échapper.

Ah si ! une : ne pas y aller. J'expliquerais tout simplement à Maggie que la guerre était déclarée entre les Raphael et les Jericho. Elle comprendrait que ma famille et moi, nous ne tenions pas à pactiser avec le diable.

Nous ? Restait à en persuader Nonna et Livvie...

— Comment ça, on n'y va pas ? Et pourquoi ? s'étrangla Livvie. Pour ce que j'ai vu de la vieille comtesse, elle est complètement déjantée : ça risque d'être une super-fête ! Il va y avoir un monde fou, rien ne nous obligera à parler aux Raphael. Oh, m'man, s'il te plaît, sois chic !

— Je ne vois pas pourquoi nous nous priverions de cette soirée, approuva Nonna. Si elle peut donner à Livvie l'occasion de rencontrer des jeunes gens de bonne famille...

— De bonne famille, je n'en doute pas, mais jeunes... Maggie Marcessi doit en être à son trentième quarante-neuvième anniversaire ! Je ne crois pas que la moyenne d'âge de ses invités sera du goût de Livvie.

— Qui vivra verra, je réponds de ce pas à la comtesse que nous acceptons son invitation de grand cœur, annonça Nonna. J'en profiterai pour lui demander si je peux venir avec un ami.

Je penchai la tête de côté avec un regard mi-moqueur, mi-soupçonneux.

— J'ignorais que tu avais déjà un cavalier...

— Oh, tu sais...

— Ben oui, son Rocco Cesani, m'expliqua Livvie avec un clin d'œil appuyé. C'est son chevalier servant. Elle est folle de lui, tu n'es pas au courant ?

— Olivia !

Nonna la mitrailla des yeux.

— Rocco est un vieil ami. Nous étions à l'école ensemble. Il doit venir nous chercher tantôt pour nous montrer ses oliviers et son pressoir à huile.

— Chouette, depuis le temps que j'en rêvais ! persifla Livvie.

— Tais-toi donc ! Il produit la meilleure huile d'olive de toute la région, révéla fièrement Nonna. Il va même en exporter aux États-Unis !

— Ouais, en attendant, son Rocco d'amour vit dans une ferme avec une vache et un chien qui a l'air d'une mortadelle...

— Olivia !

— Quoi ? C'est pas vrai peut-être qu'il habite avec une mortadelle sur pattes ?

— Euh, si, mais...

— Même qu'il sait renifler des truffes ! Pas Rocco, sa mortadelle. Lui m'en a montré une. Une truffe, pas une mortadelle. C'est dé-goû-tant. Comment peut-on avaler un truc pareil !

— Si ce n'est pas malheureux d'entendre ça ! Petite sotte ! s'est énervée Nonna, les truffes sont l'un des mets les plus délicats qui soient. En France, les gourmets paient des fortunes pour les déguster dans les meilleurs restaurants.

— Tant mieux pour eux ! Du moment que je ne suis pas obligée de faire pareil... Alors, tu es d'accord, m'man, on va aller danser ?

— Tu iras au bal, Cendrillon, ai-je marmonné, toujours déterminée à ne pas m'y rendre moi-même.

Pas de panique : j'avais le temps de trouver un moyen de me défiler.

Plus les heures passaient, plus la magie de Bella Piacere opérait sur moi.

Festina tarde, disent les Italiens. « Il faut se hâter lentement »... Moi, j'étais arrivée ici sur ma lancée des urgences, à trois cents à l'heure ; j'avais peu à peu ralenti, et voici que je voguais à présent à une vitesse de croisière qui menaçait de

147

décroître encore jusqu'à l'arrêt pur et simple. Mais je ne culpabilisais plus. *Chi va piano va sano*, dit-on encore au pays de la *dolce vita*. Je prenais enfin le temps de respirer, de savourer la vraie vie. D'apprécier à sa juste valeur un dîner simple mais savoureux, « à la fraîche », sur la piazza. Salades et fruits rafraîchis encadrant un superbe soufflé au fromage improvisé, que pouvait-on demander de mieux ?

J'aimais aussi mes promenades en tête à tête avec moi-même dans les collines et les hameaux des environs. En ce moment, par exemple, je me trouvais dans le vieux cimetière inondé de lumière qui fleurait le thym et la marjolaine. Un havre de paix souriant où des angelots veillaient sur les pierres tombales nichées dans la verdure. Les stèles portaient souvent la photographie encadrée de la personne défunte, et partout l'on voyait de petits bouquets de fleurs fraîches ou des compositions artificielles presque aussi belles. Ce lieu n'avait rien de morbide, au contraire, il était vivant.

J'ai bu à petites gorgées l'eau glacée qui coulait de la fontaine et me suis assise sur le banc de pierre, en fermant les yeux pour mieux écouter le chant des oiseaux. Quel merveilleux endroit pour un repos éternel… J'entendais les grillons frotter leurs pattes, les abeilles bourdonner dans la lavande.

Je me sentais gagnée par une douce torpeur, quand…

— Ah, *dottoressa* Jericho, quelle heureuse rencontre !

En clignant des yeux, j'ai reconnu le visage rose et avenant qui se penchait sur moi.

— Bonjour, don Vincenzo. Je suis contente de vous voir, ai-je prononcé dans mon italien de cuisine.

— Moi aussi ! Je comptais justement vous rendre visite.

— Ah bon ?

— J'ai ce qu'il vous faut, fit-il sur un ton mystérieux.

Il fouilla la poche de sa soutane dont le soleil impitoyable accusait l'âge et les raccommodages. La grosse tache sur sa manche était probablement due à de la sauce tomate. Il finit par trouver ce qu'il cherchait : un bout de papier froissé qu'il déplia sur son genou avant de l'exhiber comme un trophée.

— *Ecco*, le nouveau numéro de téléphone du *signor* Donati. J'ai pu lui parler ce matin, et j'ai arrangé une rencontre. Voilà, vous avez rendez-vous à Florence, au Café Gilli, piazza della Repubblica, mardi prochain à 10 heures. *Alorra*, vous aurez toutes les réponses à vos questions. *Capito* ?

Capito, capito... j'espérais bien avoir compris !

— Attendez une minute. Vous êtes en train de me dire que j'ai un vrai rendez-vous avec Donati ? Le notaire ?

— Oui, avec Donati en personne.

— À Florence ?

J'ai rapidement récité dans ma tête le nom des jours de la semaine en italien.

— Mardi ?

— *Si.*

— C'est *sûr* ? ai-je insisté pour le plaisir de l'entendre me répéter la bonne nouvelle.

— *Si, dottoressa Jericho*. Mardi, 10 heures du matin, chez Gilli, piazza della Repubblica. Donati m'a assuré qu'il s'agissait d'un simple malentendu. Il vous expliquera tout.

— Il a intérêt !

Je pensais à notre pauvre villa Piacere tombée dans les griffes de ce rapace de Ben Raphael. Comment avait-il dit ? Ah oui : *C'est une affaire signée, réglée, scellée, terminée.* Hé, hé ! C'est ce qu'on allait voir !

J'ai chaudement remercié don Vincenzo, et suis partie comme une flèche annoncer la nouvelle à Nonna et Livvie. Avec interdiction d'en parler à quiconque. *Secret-défense !*

Les jours qui me séparaient de mardi s'écoulèrent à une vitesse d'escargot. J'étais si impatiente de clarifier la situation et de valider une fois pour toutes l'héritage de ma mère.

Dans l'intervalle, notre vie de farniente suivait son cours tranquille. Nous allions d'invitations à goûter chez Renata Posoli et autres vieux amis de Nonna en dîners sous les étoiles. Le midi, nous nous contentions (!) de délicieux *antipasti*, du duo melon-jambon de Parme ou du tiercé gagnant

pomodori-anchois-*mozzarella* nappés d'un filet d'huile d'olive.
« Toute la saveur de la Toscane de mon enfance ! » s'extasiait Nonna (surtout depuis que Rocco Cesani la fournissait en
huile de ses oliveraies et de son moulin). Le soir, nous nous
régalions de pâtes fraîches et de bons petits plats cuisinés où
s'invitaient les légumes du potager de notre auberge, grillés,
sautés, soufflés, farcis, transfigurés par l'inépuisable imagina-
tion d'Amalia.

Seul nuage noir dans ce ciel dégagé : Ben Raphael. Je
tombais tout le temps sur lui. À croire qu'il traînait partout :
au marché de bonne heure ; en promenade matinale avec sa
fille, un carton à dessin à la main ; à la *gelateria* l'après-midi ;
à l'épicerie le soir ; devant le garage n'importe quand ; à la
taverne Galileo à l'heure de l'apéritif...

Quand je ne pouvais vraiment pas faire semblant de ne pas
le voir, je le saluais d'un bref mouvement du menton, auquel
il répondait invariablement par une petite courbette railleuse.

Le plus ennuyeux dans l'affaire, c'est que j'en arrivais à le
chercher des yeux partout où j'allais.

Comme vous vous en doutez, je m'étais bien gardée de
parler à l'Usurpateur de notre rendez-vous avec Donati.
Dame ! Est-ce qu'on livre une information classée secret-
défense à une puissance étrangère ?

29

Enfin le mardi fatidique arriva.

Nous roulions sur l'*autostrada* en direction de Florence. Nous étions parties assez tôt, la circulation était encore fluide, le ciel déjà d'un bleu... aveuglant, et l'air d'une chaleur... prometteuse.

Assises sur la banquette arrière pour mieux parler chiffons, Livvie et Nonna étaient en train de monter le casse du siècle, celui de notre compte en banque, naturellement : elles manigançaient de dévaliser les magasins pour trouver de quoi briller à la Grrrande Soirée dansante à la villa Marcessi, demain.

La comtesse par-ci, la comtesse par-là... Elles en avaient plein la bouche. Moi, je m'inquiétais surtout d'aujourd'hui, dont dépendait tout l'avenir ! Qu'allait nous annoncer le *caro signore* Donati ?

Don Vincenzo nous avait confirmé qu'en sa qualité de notaire de feu le comte de Piacere, Donati détenait l'original – et apparemment le seul exemplaire existant – du testament. Le document n'avait malheureusement pas été enregistré auprès du tribunal, l'héritier désigné n'ayant pas été retrouvé à l'époque. L'héritière plutôt, puisque c'est de

Nonna dont il est question. Curieusement c'était moi, la plus réticente à venir à la pêche au trésor en Italie, qui étais à présent la plus déterminée à sauver cet héritage...

Aujourd'hui, nous ne traversions pas vraiment Florence en touristes (surtout moi), mais la beauté de la cité phare de la Renaissance italienne nous coupa le souffle. Les arcades, les palais, les cloîtres, les rues anciennes, les places ornées de statues (ah ! le *Persée* de Benvenuto Cellini, le *David* de Michel-Ange !), les marchés aux étals multicolores, et jusqu'aux bouquets de jasmin et de glycine sur les heurtoirs de porte des maisons, tout nous séduisait. Même Livvie, bouche bée, en oubliait de faire du lèche-vitrine !

Nous avons longé les rives de l'Arno, nous arrêtant pour admirer les statues des Quatre Saisons sur le ponte Santa Trinita. Mais le temps fort de notre visite a été le ponte Vecchio, avec ses échoppes de bois du XIVe siècle.

Attirées par le scintillement de l'or, nous sommes restées collées devant la fenêtre d'un minuscule atelier de joaillerie. Impossible de détacher mon regard d'un anneau torsadé où brillait un cristal clair cerclé de diamants. Un bijou ancien qui renfermait toute une histoire. J'ai imaginé la jeune et belle Florentine qui avait eu le bonheur de recevoir cette bague en gage d'amour...

Pour une fois dans ma vie, j'avais terriblement envie de m'offrir un cadeau, cette bague, mais je me suis refusé ce plaisir trop coûteux malgré les encouragements de Livvie. D'ailleurs, un coup d'œil à ma montre m'indiqua qu'il était temps de revenir aux choses sérieuses.

Tandis que nous traversions le pont et que je me penchais pour regarder couler l'Arno, mon attention fut attirée par un éclat métallique au niveau de la troisième arche. Sous le pilier se dressait une tige de fer bardée de cadenas – des centaines de cadenas. J'avais lu quelque part que deux noms étaient gravés sur chacun d'eux. Peut-être (en tout cas, l'interprétation me plaisait) les noms d'amoureux qui avaient voulu, par ce geste symbolique, concrétiser leur désir de s'unir à jamais.

Passe le temps... coule le fleuve... leur passion resterait ancrée au ponte Vecchio.

D'un coup, je me suis sentie affreusement triste : aucun cadenas, nulle part, ne porterait jamais mon prénom scellé à celui d'un autre.

J'ai pressé le pas, le visage fermé, pour gagner le lieu de notre rendez-vous. La piazza della Repubblica accueillait jadis le grand marché de Florence. Aujourd'hui, elle était envahie par les terrasses des cafés – dont le Gilli, fondé en 1793, aujourd'hui le rendez-vous chic de la ville. Assises à l'ombre de parasols jaune et bleu, de jolies Florentines, raffinées jusqu'au bout des ongles, y dégustaient un espresso ou un cappuccino en feuilletant les journaux du matin.

De l'autre côté de la place, le grand magasin Rinascente hypnotisait déjà Nonna et Livvie. Tout à l'heure, ce serait le lieu de perdition où sombreraient nos cartes de crédit. Pour le moment, nous cherchions des yeux « un petit moustachu très maigre aux cheveux frisés noirs, un peu comme Charlot, mais toujours habillé d'un costume de lin blanc », d'après don Vincenzo.

« Le *caro signor* Donati ne se refuse rien », avait soupiré le bon curé avec une indulgence toute chrétienne. Une précision qui m'avait fait froid dans le dos. Si ce Crésus n'était jamais dans son cabinet, avec quel argent menait-il la belle vie ? Ne serait-ce pas par hasard en puisant dans les fonds qu'avait déboursés Ben Raphael pour s'offrir une certaine villa ?

Nous avons passé en revue chaque client du Gilli, dans les recoins des salons acajou comme sur la terrasse. Il y avait bien une douzaine de moustachus en costume et chemise blanche, mais pas un seul maigrichon frisotté... Comme je passais entre les tables, ces messieurs me décochaient des œillades censées me subjuguer. Draguer est une habitude chez les Italiens, pour ne pas dire un réflexe. Pourtant, j'avoue que cela ne me déplaisait pas. J'en repérai même deux ou trois qui auraient donné des idées coquines à toute femme normalement constituée. Je ne parle pas de moi, bien sûr, puisque j'ai fait vœu de chasteté il y a trois ans.

— Il n'est pas encore arrivé, ai-je pesté en retournant m'asseoir à notre table stratégiquement située à l'entrée.

Nonna haussa les épaules, très décontractée.

— *Festina tarde...* Il vit à l'heure italienne, voilà tout. Il viendra. Don Vincenzo l'a affirmé.

Le Ciel l'entende ! En attendant que l'heure locale rattrape l'heure exacte, je me suis commandé la *tortine Gilli* et un espresso qu'on m'a servi avec un petit pot de crème. Livvie s'est pris une énorme *coppa Amaretto* en plus de son sempiternel coca, tandis que Nonna optait pour une pâtisserie sous prétexte de « faire passer » son café. Tandis qu'elle épluchait les nouvelles régionales dans le quotidien du matin en grignotant son gâteau, je scrutais la piazza à l'affût de Donati.

Une demi-heure passa. Quarante-cinq minutes.

Je connaissais par cœur chacun des tableaux représentant vues anciennes et croquis de Florence. J'avais compté toutes les bougies des deux lustres en cristal, inspecté les moulures du plafond.

— Ça fait une heure qu'on attend ! se plaignit Livvie. Qu'est-ce qu'il fiche ?

— Ne bougez pas, ai-je articulé avec un calme qui me surprit moi-même tant je fulminais intérieurement. Je vais l'appeler.

J'ai attrapé mon sac à main et j'ai retraversé le salon du Gilli en direction du téléphone. J'ai composé le numéro donné par don Vincenzo. Au bout de la dixième sonnerie, j'ai raccroché en achevant de m'aspirer la joue.

Je ne devais pas avoir l'air très aimable, car Nonna et Livvie se sont sagement abstenues de s'amuser au petit jeu des couleurs de l'arc-en-ciel sur mon visage...

— Bon, on ne va pas continuer comme ça. Je vais devoir régler le problème directement avec Ben Raphael. Il se débrouillera pour trouver une solution !

Nonna a poussé un soupir qui semblait venir des profondeurs de ses cogitations.

— Et si jamais il ne bouge pas, a-t-elle dit posément, je connais un bon moyen de le secouer un peu...

J'aurais bien aimé savoir à quoi elle pensait, mais elle a aussitôt changé de sujet.

— Venez, *bambini*, nous avons besoin de nous changer les idées, et pour ça, rien de tel que d'acheter une robe de bal !

— Vous ne pouvez pas imaginer à quel point je n'ai pas envie d'aller à cette soirée !

Livvie m'a dévisagée avec consternation, non pire : avec pitié. J'ai eu l'impression de voir sa grand-mère : même regard, même manière de poser les mains sur les hanches – et même façon de me parler comme à une gamine.

— Tu sais que, normalement, le shopping est un truc de filles...

— Oh ! Alors, si c'est un truc de filles, allons-y...

30

Nous avions la chance d'être à Florence. Glorieuse cité des Médicis. Fleuron de la Renaissance. Florence la Magnifique. Florence l'Immortelle. Bien. Mais avons-nous pris le temps d'admirer le Duomo ? À peine. La cathédrale Santa Maria del Fiore ? Pas mieux. Les trésors du musée des Offices ? Juste un coup d'œil en passant.

Et pourquoi ? Parce que ces dames n'étaient pas venues admirer des œuvres d'art mais faire les magasins. Moi qui ai ça en horreur ! Et c'était vrai aussi de Nonna – enfin, la Nonna *d'avant* son retour en Italie – car, à présent, elle se rattrapait ! Pas moyen de la freiner, elle était pire que sa petite-fille, pourtant championne du lèche-vitrine. Elles deux devant, moi derrière, nous avons donc arpenté la via de' Tornabuoni à la vitesse d'abeilles en quête de nectar, butinant goulûment de boutique en boutique.

Assise, ou plutôt écroulée, sur une banquette de velours à l'orée des cabines d'essayage, je regrettais le calme, la paix, le silence que j'avais appris à goûter à Bella Piacere, pendant que mes deux tortionnaires défilaient devant moi exigeant mon avis sur leur dernière « trouvaille ».

Tout en leur donnant mon opinion (dont elles ne tenaient

d'ailleurs aucun compte), je pensais à la villa. Je passais en revue la disposition des pièces, leur décoration, leur éclairage naturel... Étrange comme mes souvenirs étaient précis. À croire que j'y avais résidé toute ma vie... ou dans une vie antérieure, qui sait ? Il y avait plus de probabilités qu'un de mes ancêtres y ait servi en qualité de domestique d'un des comtes de Piacere. Qu'importe, cette villa m'obsédait. Tout à coup, la vérité s'imposa à moi : je ne revendiquais pas la villa Piacere pour Nonna. Je la voulais égoïstement pour moi.

Je mijotai le moyen de coincer Ben Raphael demain soir chez Maggie. Le début de mon plan était simple : l'attirer à l'écart dans un coin. Et une fois que je le tiendrai « entre quatre z'yeux », eh bien... je n'aurais plus qu'à... Qu'à *quoi* ? Lui dire que je le tenais pour un menteur et Donati pour un escroc ? Que je voyais clair dans leurs manigances ? Qu'ils étaient de mèche et aussi fripouilles l'un que l'autre ? Pas facile, cocotte !

Non, une attaque frontale ne me mènerait nulle part. Mieux valait l'entreprendre en douceur pour mieux percer ses défenses. Demain, je plongerai dans ses yeux couleur d'orage pour trouver la faille. Pour me rassurer, je me suis remémoré son tête-à-tête avec sa fille, au restaurant. Pour être si bon père, il n'était pas si mauvais homme. Enfin, pas forcément. Je pouvais lui accorder le bénéfice du doute... tout en fourbissant mes armes. Un battement de cils par-ci, un jeu de mèches en arrière par-là (j'avais remarqué que le regard de ce don Juan s'attardait volontiers sur mes cheveux). Sans oublier le parfum, les hommes sont si bêtes ! Oui... mais lequel ? Je n'en avais pas. Pas de panique, je m'en procurerai un dès que nous en aurons terminé avec ce défilé de mode.

Je reportai mon attention sur ma propre fille qui virevoltait devant moi. Sa robe aigue-marine la moulait comme les écailles d'une sirène, révélant chaque courbe, chaque détail de son corps. Je n'avais jamais vu Livvie ainsi auparavant. J'ai soudain pris conscience qu'elle devenait tout simplement une femme. *Non*, soupira mon cœur de mère. *Pas tout de suite, s'il te plaît. Reste encore un peu mon bébé...*

Sortie de sa propre cabine pour jeter un œil, Nonna claqua la langue et secoua la tête avec désapprobation.

— Tu n'as rien trouvé de plus vulgaire ?

— Mais..., voulut protester Livvie.

— Fais-moi le plaisir de retirer ça tout de suite.

— Nonna !

— Tu m'as entendue ? Retire ça, Olivia, ou je me fâche.

Sourde à cette menace, Livvie se mit à évoluer devant la psyché en bombant le torse pour nous montrer qu'elle avait des seins.

— Dites donc, toutes les deux, il serait temps que vous vous rendiez compte que je suis une femme !

— Mais pas une poule ! Ôte-moi cette horreur, répéta Nonna, les lèvres pincées.

— Oh, N-o-n-n-a !

Vaincue, elle piqua du nez en rougissant jusqu'à la racine des cheveux. Je remerciai le Ciel de ce fard et de la bouderie qui s'annonçait : Livvie était encore une petite fille, après tout.

Pendant que Nonna continuait à fureter dans les rayons, impassible, je me suis rappelé que j'avais moi aussi besoin d'une tenue pour cette réception. Qu'allais-je bien pouvoir mettre ? J'ai quitté ma banquette à regret pour farfouiller dans les cintres.

La vendeuse n'attendait que cela pour fondre sur moi comme l'aigle sur un pauvre lapin.

— La *signora* doit faire un *trenta-sei, trent'otto*...

Elle sélectionna d'autorité quelques articles censés correspondre à mon style. Je secouai la tête. Je tenais à choisir moi-même, et sans m'éterniser. J'optai pour une robe de soie beige que je tins devant moi en m'inspectant dans le miroir. De coupe classique, décolletée en V, cintrée à la taille et bouffante. Voilà, pas la peine de chercher plus loin. Et puis, le beige va avec tout, n'est-ce pas ?

— Maman, tu ne vas pas mettre ce truc !

Livvie avait une mine atterrée.

— Pourquoi pas ?

— Parce que c'est *beige*, voilà pourquoi. Regarde cette jupe gonflante, tu veux avoir l'air d'une montgolfière ? Nous sommes en Italie, maman ! Choisis donc quelque chose de coloré, enfin ! Tu crois qu'il y aura beaucoup de femmes en beige à cette soirée ? Je parie que tu seras la seule !

Misère ! voilà que ma fille haute comme trois pommes m'expliquait ce que je devais porter. J'aurais mieux fait de venir toute seule !

— Je ne me sens pas d'humeur très colorée.

Joignant le geste à la parole, je me suis emparée d'une robe blanche à col montant qui m'arrivait pile aux genoux. Ni trop courte, ni trop longue.

— Celle-ci fera parfaitement l'affaire, ai-je tranché en ignorant fermement les protestations de Livvie. Pas la peine de l'essayer, je sais qu'elle m'ira.

Il fallait en finir. Sans prêter davantage attention à l'étiquette qui indiquait un prix honteusement élevé, j'ai demandé à la vendeuse de l'emballer.

— La *signora* aura besoin de sandales. J'ai justement un modèle qui...

Et avant que je comprenne ce qui m'arrivait, je me suis retrouvée juchée sur de hauts talons comme je n'en avais pas porté depuis... depuis Cash.

Bon, je n'étais pas sûre d'arriver à faire plus de dix pas avec ça sans chavirer, mais, après tout, je ne partais pas pour une randonnée. Je n'aurai à marcher que de la voiture à la villa de Maggie, puis je me planterai devant Ben Raphael et ne bougerai plus d'un pouce. Et de nous deux, c'est bien lui qui sera dans la position la plus inconfortable !

Pressée de partir, j'ai approuvé – au grand dam de sa grand-mère – le choix final de Livvie : une robe moulante en Lycra couleur framboise écrasée. Nonna aussi faisait dans le dessert avec sa robe de soie sorbet fruit de la passion. Je voyais mal comment elle allait pouvoir la porter une fois de retour dans sa banlieue new-yorkaise, mais je n'ai pas osé émettre la moindre réserve (le sourcil froncé de maman aurait dissuadé une kamikaze).

J'ai capté la lueur dans son regard quand elle évaluait son reflet dans la psyché. Qui cherchait-elle ainsi à impressionner ? La comtesse... ou ce Rocco Quelque chose ? Se pouvait-il que... mais non, bien sûr que non. J'ai repoussé l'idée que ma mère puisse tomber amoureuse d'un vieil ami d'enfance. Qu'elle puisse tomber amoureuse tout court. Il ne manquerait plus que ça !

Dieu sait pourquoi, le visage moqueur de Ben Raphael a visité mon esprit. Cela m'a rappelé que j'avais besoin d'un parfum.

J'ai épluché mon guide pour trouver l'adresse d'un type de boutique bien précis. Ce fut vite fait. Là, j'aurais peut-être une chance de dénicher cette merveille que j'avais respirée une fois, des années plus tôt, aux urgences. Une touriste italienne, arrivée pour une foulure de la cheville, le portait. Comme je la complimentais sur son parfum, elle avait lâché le nom magique entre deux gémissements de douleur : *Violetta di Parma*. Une fois son pied bandé, elle m'avait expliqué qu'on ne le trouvait qu'à Parme ou dans certaines pharmacies-herboristeries spécialisées, dans certaines villes comme Florence. C'était le moment où jamais de vérifier la véracité de mes souvenirs.

L'*Officina Profumo-Farmaceutica di Santa Maria Novella* faisait partie d'un vieux monastère du même nom, niché au fond de la via della Scala. Après le luxe moderne des magasins de la via de' Tornabuoni, nous avons eu l'impression de reculer dans le temps en poussant la porte de cette très vieille officine d'apothicaire.

Une impressionnante collection de fioles aux formes torturées somnolait sur des étagères tandis qu'un bataillon de pots en faïence bleue luisait sur les rayonnages d'énormes placards en chêne. Des fresques anciennes et des carreaux en verre colorés décoraient les autres murs et, partout, régnait une odeur d'herbes et de parfums. Ici, on trouvait aussi bien des « remèdes de grand-mère » pour calmer les nerfs ou retrouver sa vitalité que des baumes, onguents, élixirs... na-tu-rels. Tous confectionnés d'après des recettes ancestrales écrites à la main par les dominicains et transmises de génération en génération jusqu'à aujourd'hui.

Ils avaient le parfum en question. J'en vaporisai un nuage en l'air pour le tester. Mmm. Il sentait aussi divinement bon que dans mes souvenirs.

Dans cette caverne d'Ali Baba, nous avons également déniché un cadeau pour les « quarante-neuf printemps » de notre hôtesse : un grand panier rempli de savons parfumés de toutes les couleurs et de crèmes de beauté joliment emballées dans du tulle blanc, le tout enveloppé dans un volumineux dôme de satin. C'était à la fois chic et authentique. Pour le peu que je connaissais Maggie, cela lui plairait sûrement.

Nous sommes ressorties en croulant sous tous nos paquets. De la seule main libre qu'il nous restait à nous trois, Nonna héla un taxi. Nos tenues de soirée, le cadeau d'anniversaire, mon délicieux parfum et toutes les images sublimes de Florence que nous avions dans les yeux... on ne pouvait pas dire que nous revenions bredouilles !

Sauf pour l'essentiel. Donati nous avait bel et bien posé un lapin.

31

BEN

Un cahier à dessin et une boîte d'aquarelle à la main, Ben montait le sentier pentu qui menait en haut de la colline située au sud de la villa.

Muffie le suivait en gambabant, sautant à pieds joints par-dessus les touffes d'herbe et criant à tue-tête dès qu'elle apercevait un lapin. Avec ses cheveux blond argenté attachés en queue de cheval, son short rose et blanc et ses baskets, elle faisait très américaine. Ce qui n'empêchait pas son père de voir en elle un elfe, un lutin des prairies. Elle illuminait de sa gaieté bondissante ce paysage magnifique, elle l'enchantait de son rire cristallin. Radieuse jeunesse ! Comme il l'aimait ! C'était bien simple, sans Muffie, sa vie n'aurait pas eu de sens.

— Papa, d'ici on peut voir le monde entier !

Il la rejoignit sur le sommet et la prit par les épaules pour contempler le panorama.

— Tu as de bons yeux, princesse. Moi, il me manque un ou deux continents.

— Ce que tu es bête ! Je parle de l'horizon. Il est... infini.

— Si c'est ce que tu ressens, alors il faut le peindre.

162

— Qui ? Moi ?

— Oui, toi. Tiens : je te donne un pinceau, une feuille et à toi de jouer.

Elle le regarda timidement préparer le matériel.

— Mais… je ne sais pas faire…

— Comment ça, tu ne sais pas ? Tu ne vois pas clair ?

— Bien sûr que si. Simplement, je suis incapable de le reproduire.

— Si, Muffie, tu le peux. Qu'importe si ce n'est pas parfait. Ce qui compte, c'est d'essayer et d'y prendre plaisir.

Ils se mirent à plat ventre dans l'herbe, côte à côte, et Ben demanda à sa fille de lui décrire ce qu'elle voyait.

— Il y a un cyprès. Là-bas, juste au milieu.

— Bon. Donc, cet arbre ira au centre de ton dessin. Et ensuite ?

— Mmm… une église, un village, une ferme, des oliviers, les vignobles sur les coteaux…

— À présent, vas-y. Lance-toi. Je ne te regarde pas.

Il roula sur lui-même et s'allongea confortablement sur le dos, les mains croisées derrière la nuque, les yeux vers le ciel. Un ciel d'un bleu azur qu'on ne risque pas de voir en ville, se dit-il. C'était comme si quelqu'un, là-haut, avait tout nettoyé à grands coups de balai, tout astiqué pour obtenir cette couleur légère et brillante. Ici, même au creux de l'hiver, il en avait fait l'expérience à Noël, la lumière restait incroyablement claire, pure, d'une qualité qui faisait ressortir les contours des êtres et des choses, et jusqu'aux sentiments.

La qualité de vie aussi était indéniablement différente en Toscane. On y vivait plus intensément, en profitant de chaque jour et de chaque moment. Rien que l'achat d'une miche de pain au marché prenait une nouvelle signification, de même que le plaisir d'un verre de vin à une terrasse ou le sourire d'une jolie femme. Tout était plus neuf et plus beau, plus palpable et délectable.

Ce qu'il ressentait sous le ciel de Toscane, il n'avait aucune chance de l'éprouver à New York. Ne serait-ce que le

163

bonheur tout simple de rester allongé sur le dos en haut de cette colline à contempler le spectacle même de l'éternité.

Quand il avait acheté son appartement de quatre cents mètres carrés à SoHo, il s'était dit : « Voilà le symbole de ma réussite. À présent, il ne me manque plus rien. » Dame ! que pouvait-on rêver de mieux ?

Mais Ben n'avait pas mis longtemps à comprendre son erreur. Il avait besoin de bien plus qu'un appartement de luxe. Même gigantesque, même à SoHo. De tellement plus ! En fait, il avait tout... sauf l'essentiel.

Ses journées démentielles le voyaient voler de réunion en déjeuner d'affaires, et courir de séance de travail au bureau en négociation de contrats et autres discussions où on ne parlait qu'argent, prévisions, réinvestissements, futurs marchés, prochains contrats... Les affaires, toujours les affaires, rien que les affaires.

Après quoi il remplissait ses soirées et, ma foi, assez souvent ses nuits, avec telle ou telle créature de rêve, invariablement ravissante, invariablement interchangeable. Tout bien considéré, son existence – que tant de gens lui enviaient, il le savait – n'était qu'un feuilleton-marathon à succès, une sorte de soap opera où chaque épisode ressemblait comme deux gouttes d'eau au précédent.

Il devait pourtant y avoir sur terre une vie différente. Il y avait forcément quelque part autre chose que cette vie de fou ! se répétait Ben quand, au hasard d'un voyage en Italie, il avait atterri dans ce petit coin de paradis. Bella Piacere portait bien son nom. L'été suivant, il y louait la villa et cela avait marqué le début d'une idylle. Quelle région ! Et cette demeure... un incroyable coup de foudre !

Ben tourna la tête, incapable de résister au plaisir de la contempler de la colline. Elle se dressait devant lui dans sa beauté nonchalante, avec la force sereine d'une évidence. Nous étions faits pour nous rencontrer, semblait lui murmurer la vieille maison, auréolée d'une lumière sans cesse changeante. Selon l'heure du jour, sa façade se parait de teintes or, ocre, terre de Sienne...

Quelle chance qu'elle ait été à vendre ! Il l'avait payée cash, rubis sur l'ongle, mû par une incontrôlable impulsion. Son cœur lui disait que c'était la meilleure affaire qu'il ait jamais faite. On ne s'offrait pas tous les jours « un rêve alangui au sommet d'une colline », comme résumait si bien Gemma Jericho. Et voici que cette agitée lui mettait des bâtons dans les roues…

Bien sûr, il était immédiatement allé trouver le vieux curé du village, à l'origine de tout. C'était par lui que le scandale était arrivé sous la forme d'un trio d'Américaines en vadrouille. Qu'avait eu besoin don Vincenzo de leur faire miroiter ce pseudo-héritage ? Le prêtre jurait ses grands dieux qu'il avait vu le testament, de ses yeux vu ! Alors quoi ?

Ben lui avait rapporté avec force détails les opérations de la vente. Il lui avait même montré les talons de chèque qu'il avait signés. Ce n'était pas une preuve, ça ? Mais le curé s'était contenté de branler du chef avec apitoiement. Il prenait un requin de la finance comme Ben pour une malheureuse victime. Un pauvre gogo, abusé, berné, roulé dans la farine par Donati. Quand la seule et authentique dupe de l'histoire n'était autre que miss Catastrophe ambulante, alias Gemma Jericho.

— Papa… J'ai presque terminé…

Gemma Jericho… Ses pensées le ramenaient une fois de plus à l'empêcheuse de tourner en rond. Il lui trouvait tout de même au moins trois circonstances atténuantes : 1) elle aussi avait une fille à élever ; 2) elle aussi était tombée amoureuse de la villa Piacere ; 3) elle aussi avait un métier difficile et accaparant.

— Papa…

Il fallait espérer qu'elle se montrât moins maladroite dans son service qu'au quotidien ! Ben avait un peu de mal à l'imaginer dans la peau d'une héroïne de la série *Urgences* ! Ce qu'il avait beaucoup moins de mal à visualiser, c'était sa bouche. Il adorait le tour que prenaient ses jolies lèvres quand elle souriait (un plaisir rare !) et cette façon qu'elle avait de les mordiller de ses dents blanches quand elle était contrariée (un plaisir beaucoup moins rare) ou qu'elle agitait de sombres pensées...

— Papa !

Ben cligna des yeux et découvrit le dessin que sa fille lui plantait sous le nez. Il secoua la tête pour chasser l'image de Gemma et se concentrer sur Muffie.

— Formidable, bébé ! Ton cyprès est le point focal de ton paysage, et la couleur de tes oliviers parfaitement rendue. Tu comprends maintenant : ce n'est pas ce qu'on voit qui compte, mais *comment* on le voit. Tu te souviens de ce qu'enseigne le Renard au Petit Prince ? *L'essentiel est invisible pour les yeux..*

32

GEMMA

En comparaison de toutes ces heures passées dans les magasins, il ne me fallut que onze minutes vingt secondes de préparatifs pour la réception. Cinq minutes pour me doucher, me faire un shampooing et me parfumer aux endroits stratégiques avec ma petite folie. Une pour me coiffer en espérant que mes cheveux auraient le temps de sécher avant d'arriver chez Maggie. Trois pour me poudrer le nez, me colorer les pommettes avec le blush de Livvie et dessiner mes lèvres avec le stick de Nonna. Plus une minute pour le mascara et une touche – à peine une touche, attention ! – du fond de teint emprunté lui aussi à Livvie.

Comment n'avais-je pas découvert plus tôt que ma fille disposait d'un véritable arsenal de maquillage ? Décidément, j'ignorais beaucoup de choses à son sujet. La dernière minute me servit à enfiler ma robe et à batailler avec la fermeture Éclair (c'est dans ces moments-là qu'une femme se rend compte qu'elle a *réellement* besoin d'un homme !).

Quant aux vingt secondes, c'est le temps qu'il m'a fallu pour me glisser dans mes sandales dorées et vérifier le résultat dans le miroir. Du moins, essayer, parce qu'il était trop petit pour moi, surtout avec mes hauts talons. J'ai dû me casser en deux pour voir plus haut que mes épaules. Et quand ma tête est apparue dans la glace, je n'ai pas été particulièrement ravie. Je me suis mordillé la lèvre inférieure avant de m'aviser que je mangeais mon maquillage.

La robe m'avait paru idéale sur le cintre ; c'était très différent *sur moi*. Livvie avait raison, j'aurais dû l'essayer avant de l'acheter, mais j'étais trop têtue, trop pressée, et maintenant j'en payais le prix. Cette robe était parfaite, mais pas pour moi qui étais loin de l'être...

On dit qu'une femme n'est jamais plus belle qu'enceinte et amoureuse. Je ne suis pas sûre d'avoir été particulièrement jolie quand j'attendais Livvie, sans doute parce que je n'étais pas amoureuse. Plus tard, quand je l'ai été de Cash, le miracle s'est produit. Je flottais alors dans un état de ravissement total. Des détails tout simples : j'avais au moins essayé de troquer mes lunettes pour des verres de contact, je me maquillais, je portais de la lingerie fine... Bref, j'avais l'air d'une femme et pas seulement d'un médecin. Mieux : je me sentais femme jusqu'au bout des ongles, comme jamais plus depuis. Comme jamais plus à l'avenir.

Nonna et Livvie m'appelaient du rez-de-chaussée. Tout en pensant encore à Cash, j'ai remis mes lunettes, rassemblé mes clés de voiture, mon sac à main et mes esprits, et me suis dépêchée de descendre.

Amalia et sa fille accoururent pour nous admirer dans nos tenues de soirée et, croyez-moi sur parole, Nonna avait fait ce qu'il fallait pour être à la hauteur ! Elle était flamboyante dans sa robe jaune, avec son collier de perles, et ses talons hauts. Élégante comme la mère de la mariée, pensez-vous ? Que nenni ! on aurait dit la mariée en personne !

— *Che bella figura, signora !* s'extasiait Amalia. Vous allez faire des ravages !

Eh oui, Nonna était... sexy, il n'y avait pas d'autre mot. Je m'étonnais de penser ça de ma propre mère, mais je n'étais visiblement pas la seule :

— J'hallucine ! Nonna, t'es super-canon ! s'écria Livvie.

Elle, elle ressemblait à une starlette avec sa petite robe de Lycra rouge, ses cheveux jaune banane et citron vert, et sa boucle en forme de crucifix qui lui pendillait à l'oreille gauche. « Comme Madonna », lâcha-t-elle en guise d'explication. Elle conjuguait encore sensualité et innocence – et je me surpris à croiser les doigts pour qu'elle garde longtemps la part d'innocence.

Évidemment, à côté d'elles deux, j'avais l'air d'une première communiante dans ma robe blanche virginale... Sous le prétexte d'avoir oublié le carton d'invitation, je remontai quatre à quatre dans ma chambre m'asperger de *Violetta di Parma*. Histoire de me donner un peu plus de féminité.

Tandis que nous descendions de voiture, une superbe fontaine de bronze nous accueillit de son gracieux gargouillis, et un serviteur en grande livrée se chargea de garer la Lancia. Notre cadeau d'anniversaire enrubanné dans les bras, je restai bouche bée devant la façade grandiose de la villa Marcessi.

C'était l'une de ces monumentales et magnifiques villas-palais de style palladien dont s'enorgueillit la Toscane, avec un double escalier de pierre central et deux ailes symétriques percées d'une multitude de hautes fenêtres. Le tout peint dans un bleu paon que son architecte n'aurait certainement jamais approuvé. J'y devinais l'empreinte de Maggie. De vrais paons se pavanaient d'ailleurs sur le gravier rose des allées, faisant complaisamment la roue pour épater les visiteurs.

Nous avons lentement gravi les marches de l'escalier de marbre que décoraient des jardinières d'hortensias bleus. Par les fenêtres ouvertes d'où sortait une musique royale, je pouvais voir scintiller les bougies des chandeliers de cristal et des torchères dorées. Une armée de valets en perruque poudrée et costume d'époque présentaient canapés et rafraîchissements sur des plateaux d'argent. Pas une seconde je n'avais imaginé que Maggie était aussi riche. Maintenant, je me sentais vraiment une Cendrillon allant au bal !

À peine avions-nous rejoint les invités déjà présents que Nonna partit à la rencontre de son ami Rocco, tandis que Livvie m'abandonnait pour se mettre en quête de... Dieu sait qui.

Toujours encombrée par mon panier de savons et parfums, j'acceptai une coupe de champagne en scrutant les environs à la recherche de ma proie. N'oubliez pas que j'étais venue ici dans un but bien précis.

— Aaahhh, vous voici enfin, très chère ! Je commençais à croire que vous n'arriveriez jamais !

La voix inimitable de la comtesse Marcessi résonna sous la voûte de l'immense salle. Tout le monde se retourna sur nous tandis qu'elle fonçait vers moi, les bras grands ouverts et l'œil allumé, comme si j'étais le Messie redescendu sur terre pour honorer sa réception de Sa présence.

Maggie avait un petit côté bizarre, il fallait bien le reconnaître, mais, quand l'excentricité se combinait au charme et à la gentillesse, cela donnait un cocktail irrésistible.

Pendant qu'elle se récriait d'enthousiasme devant son si-merveilleux-cadeau-mais-il-ne-fallait-pas-voyons, je souriais en détaillant sa tenue. Dans sa robe rose bonbon à paillettes et juchée sur ses talons aiguilles argentés, elle étincelait comme un arbre de Noël. En guise d'étoile dudit sapin, elle avait piqué dans ses cheveux de feu une tiare de diamants (l'en-tête de son courrier) haute d'au moins quinze centimètres. Ajoutez au tableau un collier long comme une guirlande et une paire de boucles d'oreilles en perle presque aussi grosses que des boules de Noël, et vous aurez une petite idée de l'effet qu'elle pouvait produire.

Comme elle se pâmait devant ma propre tenue, je lui dis sans mentir :

— Maggie, vous êtes à couper le souffle. Cette robe...

— Oh, cette vieille chose... Je l'ai portée à l'occasion d'une exposition à Las Vegas dans les années... eh bien, je ne vous dirai pas exactement quand, mais sachez qu'il y a belle lurette ! Sans me flatter, vous connaissez beaucoup de femmes capables d'entrer dans une robe qu'elles ont mise des décennies plus tôt ? Moi pas !

Elle me prit les mains et parut se rendre compte que je ne portais ni bague ni bracelet.

— Ttt, ma chère, une femme sans bijoux, c'est comme un steak sans moutarde – mettons comme un gâteau sans son glaçage pour être plus poète.

Avant que j'aie pu dire quoi que ce soit, elle retira les boules de Noël qui lui servaient de boucles d'oreilles et me les tendit sans façon. Je me voyais mal avec de tels ornements et refusai sous le premier prétexte venu.

— Oh non, j'aurais bien trop peur de les perdre !

— Tatatata ! Est-ce que je m'inquiète, moi ? Vous avez besoin d'éclairer votre visage. D'ailleurs, je me demande si...

Sans plus attendre, elle m'ôta mes lunettes et recula d'un pas pour juger du résultat comme un peintre évalue son œuvre.

— C'est bien ce que je pensais. Rangez-les dans votre sac ou je les confisque ! Maintenant, mettez vos boucles et dites-moi tout : comment trouvez-vous mon logis ?

— À votre image : inouï !

— Hi hi ! Venez, que je vous présente à quelques amies...

Elle m'entraîna au cœur d'un petit comité de mondaines invariablement belles, blondes, bronzées et couvertes de bijoux. Après ces dames, Maggie m'introduisit dans un cercle non moins raffiné d'aristocrates mâles. Le port altier et la fine moustache conquérante, ces gentilshommes toscans (j'avais l'impression d'entendre Nonna) avaient fière allure en veste de smoking blanche. Ma coupe de champagne à la main, je recommençais à échanger des politesses en me sentant surtout très seule. Nonna et Livvie ne daignaient pas donner signe de vie.

Ni Ben Raphael.

Ce n'était pas qu'il me manquait, vous vous en doutez ! Je n'avais pas envie, mais *besoin* de le voir pour la raison que vous savez. Aussi, dès que j'ai pu m'échapper, suis-je partie à sa recherche.

Dans la salle à manger, les chefs cuisiniers mettaient la dernière touche au buffet royal. Une véritable symphonie de couleurs avec ses plats d'or et d'argent, ses compositions de fleurs fraîches, baies rouges et fruits verts, ses salades exotiques, ses montagnes de homards écarlates et de crevettes roses, ses coupelles de caviar gris-noir...

C'était comme une bacchanale romaine, une débauche de luxe et d'apparat. Tout dans la villa Marcessi, de ses boiseries aux moulures des plafonds peints en trompe l'œil, était le *nec plus ultra*. Ici, on ne risquait pas de découvrir un tapis élimé, un divan fatigué, ou des murs de stuc nécessitant un bon coup de pinceau. Pas besoin d'être grand clerc pour deviner que Maggie était à la tête d'une grosse fortune. En comparaison de cette magnificence, la villa Piacere était une maison de poupée.

Je me suis penchée à une fenêtre pour humer la brise tiède du soir. Le sirocco, m'avait expliqué Nonna. Le soleil se couchait derrière les collines aussi douces que des plis de velours sombre. La pleine lune scintillait déjà dans le ciel d'une pureté, d'une profondeur uniques. Nous étions entre chien et loup. Cette expression me glaçait quand j'étais petite. J'avais grandi, mais cette heure sereine rimait toujours pour moi avec tristesse et peine. Pourquoi ?

Quelques vers d'un poème me revinrent en mémoire :

> *Nuit sans aucune nuit... Pleine d'oiseaux mystérieux... et*
> *du bruit de l'eau lointaine qui tombe et du vent qui fuit...*
> *Ciel sans nulle souillure, azur que la large lune emplit...*
> *Heure sereine... tristesse et peine.*

Mais pourquoi ? ai-je réfléchi. Ce spectacle enchanteur aurait réjoui tout autre que moi. La vie ici était un rêve. Seulement ce n'était pas ma vie. Il fallait que je m'arrache à cet environnement dangereux parce que trop séduisant. Que je revienne à la réalité, la mienne en tout cas : cette vallée de larmes qu'on appelle les urgences où je m'acharnais à accomplir mon devoir de mon mieux. Mon destin sur cette terre, rectifia amèrement le Dr Jericho qui sommeillait en moi. Étais-je née pour être heureuse ? Bien sûr que non, le départ de Cash me l'avait prouvé une fois pour toutes. Alors, autant aider mon prochain et au moins jouer mon rôle de « madone des cas désespérés ».

J'ai flanqué mes états d'âme par la fenêtre en entendant des pas dans mon dos. Les énormes boucles de Maggie se balancèrent à mes oreilles tandis que je me retournais.

Ben Raphael se dressait devant moi dans sa veste de smoking blanche, les mains dans les poches et la fleur au fusil. Il avait l'air si bien dans sa peau que je l'enviai du fond du cœur.

33

BEN

En arrivant chez Maggie avec Muffie, Ben était fermement décidé à passer une soirée tranquille et détendue. Et pour cela, il avait concocté un plan d'une simplicité biblique : demeurer à l'écart de l'agitée qui finissait par lui gâcher ses vacances à force de lui trotter dans la tête.

Il tint ses bonnes résolutions au moins trois minutes, puis il se prit à la chercher du regard dans l'assistance avant d'aller à sa rencontre. Il eut vite fait de repérer la blancheur de sa robe dans l'embrasure d'une fenêtre près du buffet.

À première vue, l'agitée... ne l'était pas trop. Prudence, toutefois ! Ben se rapprocha de la créature compliquée qui rêvassait au clair de lune.

Ses cheveux blonds dansaient doucement dans la brise du soir et il remarqua que ses petites oreilles portaient d'énormes perles. Il n'avait fait aucun bruit, comment s'était-elle aperçue de sa présence ? Elle s'était retournée brusquement et, pendant une fraction de seconde, il eut l'impression qu'elle avait pleuré.

— Pour cette villa aussi, vous avez le coup de foudre ?

lança-t-il machinalement tout en pensant qu'elle avait des yeux merveilleux.

Dommage qu'ils soient occupés à le fusiller !

— Je n'ai pas un cœur d'artichaut, rétorqua-t-elle d'une voix plus froide que la glace pilée dans laquelle se nichait le caviar.

Ma foi, cette image lui allait comme un gant, songeait-il, amusé. Pour le peu qu'il avait appris à connaître d'elle, cela correspondait tout à fait à Gemma Jericho : du caviar dans de la glace.

— La villa Marcessi est une pure splendeur, reprit-elle plus légèrement. J'aime surtout les fresques de l'entrée. Pas vous ?

Tiens, tiens… La tigresse s'adoucissait. Après lui avoir déclaré la guerre, peut-être envisageait-elle une trêve, qui sait ? Les femmes étaient si imprévisibles… Surtout celle-ci ! Il saisit en souriant le rameau d'olivier qu'elle lui tendait.

— Vous n'avez pas mauvais goût. Elles sont de la main de Véronèse ! Vous saviez que les fresques remontent à une époque où la plupart des gens étaient illettrés ? C'est pour eux que les artistes peignaient des histoires sur les murs, un peu comme des livres d'images.

— Je l'ignorais. C'est très intéressant.

Ils se regardèrent un moment en silence, puis Gemma lui demanda :

— Où est votre fille ?

— Avec la vôtre. Je les ai aperçues tout à l'heure en train de prendre en douce une coupe de champagne.

— Et vous n'êtes pas intervenu ? bondit-elle.

— Pour quoi faire ? Nos deux coquines se sont étranglées à la première gorgée, ont renversé la moitié de leur coupe à force de tousser et se sont vite rabattues sur un soda. Il leur faut apprendre par elles-mêmes ce qui est bon et… moins bon pour elles.

— Tout de même… Vous auriez pu leur dire que l'alcool est très mauvais !

Ben éclata de rire.

175

— Ça, je crois que Livvie et Muffie s'en sont aperçues toutes seules.

Un ange passa. Était-ce l'effet de son parfum ou de son charme naturel, Ben considérait Gemma avec un intérêt manifeste.

Cherchant à se donner une contenance, elle regardait autour d'elle pour voir si elle ne reconnaissait pas un visage ami. Il lui demanda si elle avait envie de boire ou de grignoter quelque chose. Elle refusa d'un signe de tête.

— Écoutez, doc, pourquoi ne pas faire un tour dans le parc, nous serions plus tranquilles pour évoquer notre petit différend au sujet de la villa Piacere...

Il vit qu'elle tiquait au « petit différend » qui les opposait, mais elle acquiesça.

— D'accord.

Ben lui prit le bras et ils traversèrent les salons en se faufilant discrètement parmi les invités. Ils s'enfoncèrent dans l'ombre des jardins en humant la brise nocturne. Sans échanger un mot, ils flânèrent le long d'un bosquet de buis taillé tout près d'un beau bassin de marbre où chuintait un jet d'eau.

Le criaillement d'un paon invisible troubla l'atmosphère, suivi d'un autre et d'un autre encore jusqu'à ce que la nuit semble s'emplir de cris d'oiseaux. Il faisait bon, mais Ben sentit que la jeune femme frissonnait.

Pour la détendre, il récita à mi-voix quelques vers de circonstance :

— *Au calme clair de lune triste et beau,*
Qui fait rêver les oiseaux dans les arbres
Et sangloter d'extase les jets d'eau...

— *Les grands jets d'eau sveltes parmi les marbres*, acheva-t-elle sur le même ton.

Elle eut à nouveau ce regard troublé qu'il lui avait vu à la fenêtre tout à l'heure.

— Vraiment vous m'étonnez, monsieur Raphael...

— Ben.

— Je vous savais déjà peintre amateur, et maintenant

176

amateur de poésie. J'ignorais que l'univers impitoyable des affaires était une pépinière de nobles artistes... Si vous ne vous étiez pas jeté sur notre villa, j'aurais presque cru que les vacances limaient les dents des requins de la finance !

Ben éclata de rire.

Ce n'était pas la première fois qu'il remarquait qu'elle montait à l'assaut aussitôt après avoir révélé une faiblesse. Normal : l'attaque était la meilleure des défenses. Mais de quoi se défendait-elle ? Qu'est-ce qui avait fait d'elle une écorchée vive ?

— En tout cas, l'air de la Toscane n'adoucit pas les mœurs de tout le monde ! riposta-t-il malicieusement. Si j'ai gardé mes dents de requin, vous n'avez pas perdu vos griffes !

— Navrée, il y a trop en jeu pour que je les rentre.

Ben soutint tranquillement son regard.

— J'aimerais que vous sachiez que j'ai acheté la villa Piacere de bonne foi. Je n'ai jamais voulu spolier qui que ce soit. Donati a encaissé mon chèque et m'a remis les actes officiels en échange. La vente s'est effectuée en bonne et due forme. Faites-moi confiance là-dessus : je ne suis pas un débutant. J'ai même acquitté au fisc des arriérés d'impôts qui remontaient à la mort du comte. Les opérations se sont déroulées en toute légalité, loyalement.

— De votre part, je le crois volontiers. Mais ce cher notaire s'est bien gardé de vous montrer le testament du comte.

Il se permit un geste de lassitude, comme s'il en avait assez qu'on lui rabâche la même rengaine.

— Vous en avez une copie ?

Gemma se raidit. Ça, c'était la question qui tue... aussi imparable qu'inévitable.

— Non, je n'en ai pas.

— Ce fameux testament... vous ne l'avez jamais vu ?

Elle secoua la tête.

— Non, mais don Vincenzo l'a eu en main et l'a lu de A à Z.

— Où ? Quand ? Comment ?

— Dans la sacristie, je crois, juste après les obsèques du

177

comte. Don Vincenzo m'a affirmé que le document que Donati lui a montré était entièrement rédigé de la main du défunt.

— Un testament olographe, réfléchit tout haut Ben. Mais pourquoi Donati l'aurait-il soumis au curé ?

— Pour savoir qui était ce Paulo Corsini, légataire universel du comte de Piacere. Don Vincenzo lui a raconté le sauvetage effectué jadis par mon grand-père, mais il ne restait plus un seul Corsini au pays et votre notaire en a conclu un peu vite qu'il n'y avait plus d'héritier en vie. Ce n'est que bien plus tard, à force de ténacité, que don Vincenzo a retrouvé la trace de ma mère aux États-Unis.

— Écoutez... J'ai essayé de contacter Donati, mais il ne répond jamais au téléphone. En conséquence...

Il marqua une pause avant de poursuivre.

— La balle est dans votre camp, doc. Jusqu'à preuve du contraire, je reste le seul et unique propriétaire légal de la villa Piacere.

Les yeux perdus dans le vide, elle fit un pauvre signe de tête.

— Je regrette, Gemma, ajouta Ben d'une voix changée.

C'était la vérité. Il était vraiment désolé de ce conflit lamentable.

Une fois encore, elle se reprit aussitôt pour secouer la tête avec défi.

— Vous avez raison, la balle est dans mon camp !

Sous-entendu : *Les Jericho tireront les premiers ! À bon entendeur...*, traduisit-il sans mal.

En même temps, il se demanda comment des lèvres pouvaient former un tel sourire, à la fois timide et provocant. Cette bouche si proche... Soudain, il eut envie de l'écraser sous la sienne. En réalité, il en mourait d'envie depuis qu'il l'avait vue à l'hôtel Hassler. Il brûlait de savoir comment Gemma Jericho embrassait. Il voulait même bien plus : savoir qui elle était vraiment, percer son secret, découvrir pourquoi elle se réfugiait derrière une paroi de glace.

En moins de temps qu'il n'en faut pour le dire, Ben glissa

une main dans la chevelure de Gemma, sentit la chaleur de sa nuque frémissante sous ses doigts et l'attira contre lui. Il vit la bouche désirable s'ouvrir dans un « Oh ! » de surprise – et en profita pour s'en emparer.

34

MUFFIE

Muffie suivit Livvie sur la terrasse pour assister au feu d'artifice. À vrai dire, elle la suivait comme son ombre depuis le début de la soirée, dans l'espoir de lier conversation, mais l'autre s'obstinait à ignorer sa présence.

Pour tenter de l'impressionner, Muffie s'était emparée la première d'une coupe de champagne. Pouah ! mais quelle horreur ! Ce qu'il ne fallait pas faire pour amadouer une rebelle comme Livvie – laquelle n'avait pas plus apprécié cet abominable breuvage.

Malheureusement, s'étrangler à deux avec des petites bulles ne suffisait pas à créer des liens. Muffie avait taché sa robe pour rien, Livvie la plantant là sans un regard.

Muffie la retrouva dehors, accoudée à la balustrade, à moitié cachée par une rangée de citronniers en pots. Elle lui envia sa tenue rouge sang ; c'était autre chose que sa ridicule toilette rose bonbon. Elle avait horreur de ce corsage en taffetas et de ces larges manches en satin qu'on lui imposait. Elle n'avait jamais voix au chapitre dans le choix de ses vêtements ! « Ta maman sait mieux que toi ce que doit porter une jeune fille de ta condition », et patati et patata. Toujours la même rengaine. Et quand ce n'était pas sa mère qui s'y mettait, sa grand-mère prenait le relais !

Tout le monde savait mieux qu'elle ce qu'il lui fallait ! Même son père, qui n'avait pourtant pas la plus petite idée des goûts vestimentaires d'une fille de son âge. C'était pas normal ! Cette veinarde de Livvie avait le droit de s'habiller comme ça lui chantait, elle ! Et même d'avoir les cheveux de quatre couleurs à la fois ! Ah ! ce jaune banane et ce citron vert si originaux ! Oui, la vie était trop injuste.

Dégoûtée, Muffie opta pour une nouvelle tentative de rapprochement, mais Livvie semblait prodigieusement intéressée par quelque chose. Vu l'angle de son visage, ce n'était pas le feu d'artifice. Alors quoi ? Pour en avoir le cœur net, elle vint se placer juste à côté et suivit son regard.

Ses yeux plongèrent dans le parc, coururent près du bassin et s'arrondirent devant le spectacle qui s'y déroulait. Son père enlaçait une femme et s'apprêtait à...

— Oh ! Mince ! souffla-t-elle.

Cette fois, Livvie daigna l'honorer d'un bref coup d'œil.

— Je te signale que c'est ma mère que ton père est en train d'embrasser, énonça-t-elle froidement.

— Je te ferai remarquer que c'est plutôt ta mère qui embrasse mon père.

— Ça m'étonnerait, maman n'embrasse pas les hommes – en tout cas, pas depuis Cash.

Muffie se pencha par-dessus la balustrade pour avoir un meilleur point de vue.

— Ah oui ? Pourtant, on dirait que ça ne lui déplaît pas tant que ça !

Livvie parut apprécier la repartie, ce qui ne l'empêcha pas d'arborer une petite moue hautaine.

— Comment le sais-tu ? Tu t'es déjà laissé embrasser, peut-être ?

— Euh... pas trop. Enfin, si... une fois. Pendant une partie de colin-maillard. Tu sais comment ça tourne toujours...

— Évidemment, qu'est-ce que tu crois ? Mais ça ne

compte pas ! décréta souverainement Livvie. Alors évite de parler de ce que tu ne connais pas.

— Je maintiens que ta mère a l'air d'aimer ça, s'entêta Muffie, vexée. Sinon, ça ne durerait pas si longtemps !

Et toc ! Elle venait de marquer un point.

— Maman doit sûrement préparer une trêve avec ton père, marmonna Livvie en perdant du terrain.

— Elle n'a pas du tout l'air en grève !

— Une *trêve* ! Un armistice, pauvre gourde !

— Gourde toi-même ! Vous avez une drôle de manière d'enterrer la hache de guerre dans ta famille !

Elles se regardèrent encore dix secondes en chiens de faïence, puis éclatèrent de rire.

Muffie se détendit d'un coup.

Si elle ramenait Livvie à de meilleurs sentiments, elle pourrait lui soutirer des informations de la plus haute importance. Où elle achetait ses vêtements, comment elle se coiffait, quels colorants elle utilisait, pour commencer. Enfin cette sorte de renseignements essentiels que son père était incapable de lui fournir.

En ce moment, le pauvre s'était mis en tête de lui apprendre plein de trucs intéressants, comme de planter un cyprès au milieu d'une page et de deviner ce qu'il y a derrière ce qu'on voit... Mais ça ne pesait pas lourd à côté de ce qu'une fille comme Livvie pouvait lui enseigner. Comment réussir à se faire voler un baiser sans jouer à colin-maillard par exemple...

Elle adorait son père, plus que sa mère même, mais il n'en était pas moins adorablement étouffant – et vieux jeu. La vérité, c'est qu'elle manquait de liberté et de fantaisie. Quant aux garçons... ce n'était sûrement pas dans les musées où il l'emmenait, à Florence comme à Broadway, qu'elle percerait les grands mystères de la Vie. Livvie, elle, avait peut-être la clé...

— Ta mère est super-belle ce soir ! s'exclama Muffie en toute sincérité.

Livvie esquissa un geste de philosophe désabusé.

— Le problème avec maman, c'est qu'elle n'en est même pas consciente. Qu'elle puisse plaire à un homme ne lui vient pas à l'idée. Parfois, je me demande si elle se voit dans le miroir. Faut avouer qu'elle n'y passe pas des heures. « Pas le temps. »

— J'aime bien ton look, enchaîna Muffie.

Livvie la détailla des pieds à la tête et se permit une petite grimace.

— Désolée, mais je n'arrive pas à en dire autant du tien. Où as-tu trouvé cette robe ? On dirait *Heidi dans les Alpes* !

Muffie poussa un soupir à fendre l'âme.

— M'en parle pas... Je le sais bien !

Elle se dandina un moment en silence, puis se jeta à l'eau :

— Comment tu te colores les cheveux ?

— Facile. Tu veux que je te montre ?

— *Sérieusement ?* Tu accepterais ? Dis, tu veux bien ?

Ses yeux brillaient d'excitation. Livvie lui entoura les épaules d'un bras amical et protecteur.

— Et comment, Muffie ! On va te tirer de là !

35

GEMMA

Savez-vous ce que l'on ressent à embrasser un homme pour la première fois après trois ans ? Surtout un homme comme Ben... C'est fou-dro-yant !

Un coup de tonnerre en plein dans votre cerveau, un choc électrique à haute tension qui se répercute dans vos veines à la vitesse de l'éclair, un incendie qui vous dévore le corps, un cœur qui s'emballe comme un fou dans votre poitrine, un éclatement de points lumineux sous vos paupières closes, des genoux qui se mettent à trembler, des jambes qui se dérobent, des mains moites et j'en passe. La foudre, je vous dis !

Je me sentais aussi chavirée qu'une héroïne de Jane Austen. Mais *elle* aurait succombé à une attaque de vapeurs tandis que moi, j'en voulais plus. J'aurais aimé que ce baiser de feu ne s'arrête jamais, que ce torrent de lave me consume tout entière.

Les lèvres conquérantes de Ben étaient fermes sur les miennes, chaudes et offertes, nos langues emmêlées, nos souffles confondus. Je savais pourtant qu'on ne doit pas se laisser embrasser de la sorte par un étranger, et encore moins lui rendre son baiser avec cette flamme. C'est presque comme se donner le premier soir, pas vraiment recommandé. Mais que voulez-vous, recommandé ou pas, je ne pensais plus qu'à ça. Ben était proprement irrésistible et puis, j'avais des circonstances atténuantes : trois années de célibat dans la plus complète abstinence, cela aurait rendu vulnérable la moins sensuelle des femmes – et Dieu sait que ce n'était pas mon cas.

Bref, c'est Ben, et non moi, qui a rompu notre baiser. Sa bouche vorace, exigeante, a fini par quitter la mienne, et j'ai levé les yeux vers lui, haletante. J'aurais dû alors le repousser en feignant au moins l'indignation. Me composer une attitude outragée, histoire de sauver les apparences, ma réputation et aussi l'avenir de nos relations.

Eh oui ! voilà ce que *j'aurais dû* faire... et que je n'ai pas fait. Au risque de vous décevoir, je crois même que j'ai aggravé mon cas...

Ben avait toujours ses doigts perdus dans mes cheveux, c'est comme ça qu'il m'avait attrapée. Mais je me suis rendu compte que mes deux bras à moi étaient eux aussi noués autour de sa nuque. Quand et comment étaient-ils arrivés là ? Mystère – et le pire, c'est que je n'avais pas du tout envie de les retirer. Non, je restais là, pendue à son cou, perdue dans une sorte de stupeur ravie.

Un feu d'artifice a explosé devant mes yeux et j'ai vu trente-six chandelles. Un moment, je me suis demandé si c'était un effet secondaire de notre baiser. Puis j'ai pris conscience que ces trente-six chandelles n'étaient autres que les quarante-neuf bougies de l'anniversaire de Maggie. On tirait un vrai feu d'artifice. Dans le ciel, pas dans ma tête !

Les détonations m'ont aidée à sortir de mon engourdissement. J'ai vite récupéré mes bras et me suis forcée à repousser « mon agresseur » en osant à peine le regarder. J'ai remis un peu d'ordre dans mes cheveux, et quand il a bien fallu que je l'affronte j'ai vu qu'il souriait.

— Je ne sais pas ce qui m'a pris, a-t-il commencé.

— Merci du compliment.

— Non, je voulais simplement dire que... je n'ai pas pu résister. J'ai eu envie de vous embrasser à la seconde où nos regards se sont rencontrés, au restaurant du Hassler.

Moi non plus, je n'avais pas oublié cet échange muet où il m'avait donné l'impression flatteuse d'être la plus belle, d'être pour lui la seule femme au monde. Il me couvait du même regard en cet instant et je suis devenue pivoine comme la première fois. Il fallait que je me reprenne, et pas plus tard que tout de suite.

Cet homme était mon ennemi, il avait dérobé l'héritage de ma mère. Et il venait de me voler un baiser à mon corps défendant. *À mon corps défendant ?* Certainement pas. Je le savais bien et lui aussi, hélas ! Je venais de me fourrer dans une situation épouvantable ! Ma faiblesse était cent fois pire que de pactiser avec le diable – c'était presque coucher avec lui !

Dans le ciel aussi, c'était le bouquet. Le feu d'artifice déchirait la nuit de grandes gerbes multicolores d'une fabuleuse beauté. Je devais être encore secouée parce que j'y voyais autant d'orgasmes cosmiques...

Je me suis penchée pour ramasser mon petit sac doré qui avait glissé au sol pendant le tremblement de terre. J'en sortis mes lunettes et les chaussai pour dresser une barrière dérisoire entre le Tentateur et moi. Mauvais calcul : à présent, je voyais plus nettement sa séduisante apparence. Cet homme avait la beauté du diable, et un sex-appeal pas moins satanique. Il représentait un obstacle pour l'héritage de ma mère et un danger pour ma propre tranquillité d'esprit. Double raison pour ne pas tomber dans ses filets !

— Je trouverai Donati, et rira bien qui rira le dernier, ai-je lancé.

Sur ce, j'ai pivoté sur mes hauts talons et me suis éloignée dignement. Et, pour une fois, je n'ai pas trébuché. En arrivant à l'escalier, j'ai tout de même jeté un regard par-dessus mon épaule. Ben essuyait les marques de mon rouge à lèvres avec un mouchoir en arborant un sourire qui me hérissa. Je lui trouvais la mine gourmande et repue d'un chat qui a lapé un bol de crème...

36

ROCCO ET NONNA

Rocco Cesani était un peu perdu sans son chapeau et son brave Hercule, resté dans la camionnette. Il avait ressorti son costume noir, sa cravate de soie assortie, et choisi des souliers vernis et une chemise blanche pour l'occasion. Résultat : il avait l'impression d'assister à un enterrement plus qu'à une soirée d'anniversaire, mais l'important était de faire honneur à Sophia Maria qui l'avait prié d'être son cavalier.

Comme la dame de ses pensées n'était naturellement pas encore arrivée (normal, une jolie femme se fait toujours désirer, songea-t-il), Rocco se mêla aux invités qui se pressaient devant le somptueux buffet. Fichtre ! La comtesse savait recevoir !

Il goûta le champagne et le caviar – hé, hé ! pas mal du tout ces petits œufs ! – et chercha dans les monticules de bonnes choses une petite gâterie à rapporter discrètement à son pauvre Hercule.

Les fastes de la villa Marcessi en impressionnaient plus d'un, mais pas lui. Il faut dire qu'il n'était pas ici en pays inconnu. Tout gosse, Rocco avait joué à cache-cache dans ce parc avec les fils du jardinier. Par la suite, il avait fait le service bien des fois pour des fêtes, cérémonies et autres sauteries. Aucune n'avait dépassé en splendeur les noces de Maggie et de M. le comte. Il la revoyait comme si c'était hier, tellement emperlée, voilée et enrubannée de satin blanc qu'on ne distinguait plus la mariée de son gâteau !

Plus tard encore, il lui était arrivé de braconner sur les terres du domaine Marcessi. C'est d'ailleurs la piste d'un faisan et d'un lièvre qui l'avait providentiellement attiré dans un coin riche en truffes. Tout jeune alors, presque encore un chiot, Hercule y avait mis en pratique pour la première fois son don.

Cette propriété regorgeait de souvenirs. Des années durant, Rocco avait livré chaque matin à la villa le meilleur lait de vache du monde, le lait crémeux de sa douce Chianana qu'il gardait jalousement dans son étable et dorlotait comme une princesse...

Sophia Maria se matérialisa devant lui et cette vision le ramena brusquement au présent.

— *Madonnina mia*, souffla-t-il pour lui-même, *che bella* !

L'Apparition s'avança vers lui, tout sourire. Il lui tendit les deux mains avant de s'incliner galamment devant elle et de lui déposer un baiser sur chaque joue.

— *Principessa.*

Sophia Maria le remercia d'une petite révérence et d'un mot :

— *Principe.*

Fier comme Artaban, son prince la conduisit sur la piste de danse et l'entraîna dans une valse.

— Rocco, chuchota-t-elle tandis qu'ils tournoyaient, tu te souviens de ce dont nous avons parlé l'autre jour ?

— L'autre jour... ?

— Oui. À propos de la villa Piacere.

— De la villa Piacere... oui.

— Tu n'as pas changé d'avis ?

— Si j'ai changé d'avis ?

Depuis une minute, Rocco, perdu dans les yeux de sa

dulcinée, ne faisait que répéter ce qu'elle disait. Elle éclata de rire.

— Eh bien, je pense que le moment est venu de passer à l'action, Rocco.

Il faillit s'arrêter, manqua un pas, retrouva le rythme de leur valse et redressa le menton.

— Tes désirs sont des ordres, Sophia Maria.

D'un geste typiquement italien, il se frotta une narine de deux doigts.

Les prunelles de Sophia Maria brillèrent d'une douceur étrange en reconnaissant ce signe surgi de leur enfance qui scellait leur pacte.

37

MAGGIE

Tiens, tiens, qui revoilà ? De la fenêtre, Maggie regardait Gemma remonter l'allée du parc, la démarche saccadée et le front trop haut pour être honnête. *Mmm. À quoi ou à qui pensait-elle ?*

À peine la revenante eut-elle posé le pied dans le salon que la comtesse la harponna.

— Tout va bien, très chère ? Passez-vous au moins une bonne soirée ?

— Une charmante soirée. Tout est parfait, vraiment.

— C'est ce que me disait votre maman il y a une minute.

— J'allais justement la chercher.

— Vous la trouverez encore sur la piste de danse avec son cavalier attitré. Je crois qu'ils s'en donnent à cœur joie. Quant à votre fille, elle a l'air de s'être fait une nouvelle amie. Il n'y a que vous qui m'ayez l'air bien seulette...

Gemma battit deux fois des paupières.

— Pas du tout, je vais, je viens...

— Vous avez remis vos lunettes.

— Oui, euh... pour mieux profiter du feu d'artifice.

Mais rien n'échappait à l'œil aiguisé de Maggie qui prit sa tête de voyante extralucide et allongea la lippe en signe de reproche :

— Mon enfant, ce n'est pas à un vieux singe comme moi qu'on apprend à faire la grimace. Pour mettre une femme dans un état pareil, il n'y a qu'un homme.

— Je vous assure que...

— Tss, vos lèvres vous trahissent. Et cette petite lueur dans vos yeux me souffle que ce fut un baiser grandiose !

— Mais je... Ça se voit tant que ça ? capitula Gemma, atterrée.

Le rire de Maggie déferla avec un bruit de galets roulés par une vague géante.

— Hi hi ! Moi, on ne me trompe pas, ma chère. Allons nous repoudrer le nez dans mon petit boudoir privatif et vous me raconterez tout. Entre filles, on se comprend et on se soutient. Dieu que c'est excitant ! J'ai l'impression de retrouver mes vingt ans !

Dans son enthousiasme, elle fit un geste brusque de la main. Tous ses bracelets lancèrent des éclairs en glissant sur son bras.

Gemma vit qu'une bonne vingtaine de paires d'yeux les épiaient avec curiosité et s'empressa de filer sur les talons de l'incorrigible comtesse.

GEMMA

La pièce que Maggie appelait son « petit boudoir privatif » était aussi vaste que les toilettes pour dames d'un hôtel cinq étoiles. Je me laissai choir sur un coin de divan en face d'un miroir encadré par des ampoules roses. Même dans cet éclairage flatteur, je fus frappée par ma pâleur, surtout en comparaison de mes lèvres cramoisies qui avaient effectivement ce je ne sais quoi de sensuel qui n'avait pas échappé à Maggie.

— Entre nous, mon cher docteur, vous auriez autant besoin d'une douche froide que d'un coup de crayon. Et

191

qu'est-ce qui est arrivé à vos cheveux ? On dirait qu'un régiment de hussards y a bivouaqué !

— Oh, là là ! ai-je gémi en résumant la situation.

— Bon, pas de panique. Que se passe-t-il ? Vous pouvez tout avouer à votre amie Maggie, vous savez. Nous sommes entre nous, personne ne risque d'entrer – ils sont bien trop occupés à engloutir mon caviar ! plaisanta-t-elle pour me détendre.

— Ce n'est pas facile à dire...

Elle vint s'asseoir à côté de moi pour me tapoter la main avec sollicitude.

— Ce n'est jamais simple.

J'ai ouvert la bouche pour préciser et conclure que dans mon cas, c'était vraiment compliqué, point final. Et je me suis entendue lui raconter ce que je ne racontais à personne.

— Il m'est arrivé quelque chose il y a trois ans. J'ai eu le bonheur de rencontrer l'amour avec un grand A. Et le malheur de ne pas garder mon amant... Désolée, je m'exprime mal, mais... je l'aimais tant, Maggie ! Vous ne pouvez pas savoir comme je l'adorais ! Quand notre belle histoire a pris fin, j'ai eu le cœur brisé, et j'ai juré que jamais je ne m'attacherais à un autre. Je suis la femme d'un seul amour, je le sais. Et puisqu'il n'y a pas de place dans mon existence pour un homme, j'ai décidé de me consacrer à ma profession et à ma fille. C'est ce que je fais depuis. J'ai à peu près retrouvé un équilibre : ma nouvelle vie n'a plus de jours qui chantent, mais pas non plus de lendemains qui déchantent...

J'ai lu de la compassion dans ses yeux rivés sur moi.

— Et voilà comment je suis devenue celle qui a « le cœur au bois dormant », comme vous dites.

— Un cœur qu'aucun prince charmant ne réveillera.

Elle avait achevé ma pensée pour moi, et j'ai acquiescé de la tête.

— Laissez-moi deviner qui vous a embrassée au clair de lune, reprit-elle. C'est Ben Raphael, n'est-ce pas ?

— J'ai fait une énorme bêtise, Maggie, ai-je chuchoté en

piquant du nez comme une gamine. Je l'ai laissé me voler ce baiser et, bien pire, je le lui ai rendu.

— J'espère bien ! Je ne vois pas où est le mal, et puis, tant qu'à accorder un baiser, autant en profiter, ma fille ! Et je gage que ce grand gaillard de Ben embrasse à merveille.

Mon silence valait un aveu, mais Maggie n'en avait pas fini avec mon interrogatoire.

— Attendez une seconde... ne me dites pas que cela ne vous était pas arrivé depuis trois ans ?

— Je me suis promis de rester célibataire.

Elle a secoué la tête avec effarement. Elle comprenait manifestement mieux les histoires d'amour brûlantes que les vœux de chasteté.

— Eh bien, je pressens que l'heure de sortir de votre retraite sentimentale a sonné. Je ne sais pas ce qui a cassé entre vous et votre amant de cœur...

— Maggie, je ne...

— Rassurez-vous, je ne vais pas vous le demander. Mais la vie continue, Gemma. Et l'abstinence, comme tout renoncement, c'est si triste... Brr ! Vous êtes jeune, il vous faut regoûter au plaisir, dans tous les sens du terme !

Maggie s'était levée. Je l'imitai et acceptai sans un mot le rouge à lèvres fuchsia qu'elle me tendait.

— À présent, refaites-vous une beauté et repoudrez-moi ce joli minois. La semaine prochaine, je vous tirerai les cartes. Nous verrons bien ce que l'avenir vous réserve...

38

BEN

Le lendemain de la soirée d'anniversaire de Maggie, Ben fit la grasse matinée.

Les rayons du soleil traversaient les vieux rideaux de sa chambre, si usés qu'on en voyait la trame. Il faisait déjà chaud et le souvenir torride de la bouche de Gemma ne lui rafraîchissait pas les idées. Une douche glacée s'imposait.

Il passa une robe de chambre et traversa pieds nus le couloir jusqu'à la chambre de Muffie. Il trouva la porte ouverte et le lit vide. La robe rose toute neuve qu'elle portait la veille gisait par terre, en tas. Si sa mère voyait ça ! Décidément, il y avait un problème de ce côté : leur fille détestait les vêtements qu'ils lui achetaient.

Il supposa qu'elle était descendue prendre son petit déjeuner dans la cuisine avec Fiametta. En bonne *mamma*, la gouvernante avait l'habitude de lui préparer de grosses tranches de pain grillé qu'elle tartinait d'une bonne confiture de fraises maison. Muffie se régalait aussi d'un grand bol de lait crémeux à peine sorti du pis de Chianana, la vache de Rocco Cesani. Difficile de trouver plus frais, plus naturel.

Après toutes les cochonneries industrielles dont la gavait sa famille maternelle, ces produits sains lui faisaient le plus grand bien.

Ben gagna la salle de bains qui constituait sans aucun doute le point faible de la villa Piacere. Un coin d'intimité capable d'accueillir une commission de douze personnes, un décor rudimentaire, un confort spartiate, le tout datant de 1904. La plomberie se révélait hors d'âge. La baignoire, ou plutôt le sabot qui en tenait lieu, était une vénérable antiquité où avaient trempé des générations de comtes et comtesses de Piacere.

Il avait eu le malheur de raconter ça à Muffie, qui refusait catégoriquement d'y glisser ne serait-ce qu'un orteil. Ben lui-même devait reconnaître que l'aspect très « vieillerie dégotée aux puces » (*dixit* Muffie) de l'engin n'était guère ragoûtant. Ils se rabattaient donc l'un et l'autre sur la douche, à peine moins vétuste avec son câble rouillé et son embout en forme de pomme d'arrosoir à gros trous. Par un insondable mystère, ce traître de pommeau tirait dans les coins ; il fallait drôlement bien viser pour ne pas tout inonder.

Ben s'enferma dans la pièce, retira sa robe de chambre et s'enduit de savon liquide. Puis il attrapa le pommeau et ouvrit le robinet de cuivre en prenant soin de le braquer sur ses orteils. Il y eut un *cling* bizarre dans les tuyaux. Comme l'écho d'un hoquet lointain. Et puis plus rien. Pas la moindre goutte.

Il referma le robinet, le rouvrit, attendit patiemment. On était en Italie, l'urgence n'était pas d'usage ici. Mais, au bout d'un moment, Italie ou pas, il apparut évident que rien ne viendrait.

Ben jura entre ses dents et envoya promener le câble vide qui se tordit sur le carrelage avec la souplesse d'un hippopotame arthritique. Rien à proximité pour se rincer, pas même une bouteille de San Pellegrino. Il essuya de son mieux les traînées de savon mais se sentait tout poisseux. La journée commençait bien !

— Nous ne pouvons rien pour vous, *signore*, expliqua-t-on tranquillement à Ben quand il réussit enfin à joindre au téléphone un responsable de la Compagnie des eaux.

— Comment ça, rien ?

— Avec la vague de chaleur, et tous les touristes qui prennent des douches, nous manquons de réserves. Cela arrive souvent l'été. Il va falloir vous armer de patience, l'eau finira bien par revenir.

— Oui, mais quand ? À la saint-glinglin ?

Il obtint en réponse un rire amusé.

— *Piano, piano, signore. Con calma.* Ce petit incident ne sera bientôt plus qu'un mauvais souvenir...

Ben raccrocha le combiné et le regarda d'un air songeur. Il venait ici depuis des années, et c'était sa première coupure d'eau. Bizarre, cette coïncidence...

Il gagna la porte-fenêtre qui donnait sur le jardin et observa pensivement la fontaine tarie où gazouillaient de petits oiseaux. Plus une goutte ne s'écoulait de la bouche des faunes et des sirènes, mais leurs masques narquois le frappèrent. Il se rappela une autre sirène qui l'avait quitté sur un « Rira bien qui rira le dernier ! » de mauvais augure.

Se pourrait-il que Gemma... ?

39

GEMMA

Cette nuit-là, à ma propre surprise, je dormis comme une souche.

Nous étions rentrées vraiment très tard de la villa Marcessi et je m'étais aussitôt écroulée sur mon petit lit en prenant à peine le temps de me déshabiller. Il faut dire qu'après ma confession dans le boudoir, et sur prescription de Maggie, j'avais beaucoup dansé pour me changer les idées – pas avec Ben, évidemment...

De toute façon, monsieur ne se montra quasiment pas – ce que je me pris un instant à regretter car je n'avais pas perdu ma réputation de reine du bal et je n'aurais pas été fâchée qu'il me voie pour une fois à mon avantage.

Je me réveillai à onze heures trente pour m'étirer de bien-être, les narines chatouillées par une bonne odeur de cuisine et les oreilles charmées par un concert de moineaux sur le rebord de ma fenêtre ouverte. Quelle belle journée ! eus-je le temps de penser en me dressant sur mon séant avant de me laisser retomber sur mon oreiller, effondrée.

Ben... le baiser !

Seigneur, qu'avais-je fait ? J'avais rompu ma promesse et prouvé que le Dr Gemma Jericho n'était qu'une faible femme, aussi embobinable qu'une collégienne en mal d'histoire de cœur ! Quelle honte !

— Gemma ?

J'ai ouvert ma porte à une Nonna fraîche comme un gardon et pimpante dans sa robe-chemisier en coton bleu et ses sandalettes blanches. L'air du pays lui réussissait ! Jusqu'où allait-elle rajeunir comme ça ?

— Où est Livvie ? attaqua Nonna.

— Dans sa chambre, je suppose.

— Non, figure-toi !

— Alors elle est probablement sortie retrouver la fille de Ben Raphael. Tu as vu comme elles étaient inséparables hier soir.

— Une charmante enfant, cette Muffie. Je suis ravie qu'elles soient devenues amies toutes les deux.

Elle me gratifia d'un regard beaucoup moins indulgent.

— Tu devrais prendre ta douche tout de suite, Gemma, la matinée est déjà très avancée. Je t'attends en bas pour prendre le café.

— Maman, j'ai trente-huit ans. Tu n'es pas obligée de me dire ce que j'ai à faire !

D'autant que je n'aspirais qu'à une chose : me mettre en boule dans mon lit et y rester jusqu'à la fin des siècles.

— Bien sûr que si. Je suis ta mère, non ? Allez, dépêche-toi un peu ! J'ai dans l'idée que cette journée pourrait se révéler très intéressante...

Elle descendit et je restai à me demander ce que cela pouvait bien signifier. En traînant les pieds, je me suis glissée sous la douche avec l'espoir que le jet d'eau effacerait mon erreur de la veille.

LIVVIE

Levée de bonne heure, Livvie avait quitté l'Albergo d'Olivia en cachette pour dévaler la grand-route et arriver pile à l'heure à son rendez-vous avec Muffie.

Avec le sentiment enivrant de vivre un épisode de la résistance à la gestapo parentale, elles avaient fait du stop.

Dans leur plan, un cabriolet n'allait pas manquer de s'arrêter pour s'empresser de conduire deux jeunes filles à Montepulciano. Mais en guise de Ferrari, c'est une vieille camionnette fleurant l'engrais et le bétail qui les chargea à l'arrière, dans un tapis de poussière et de débris divers non identifiés.

— Qu'importe le fourgon, pourvu qu'on ait l'ivresse ! claironna Livvie, radieuse.

Effarée, Muffie était trop occupée à se boucher le nez pour sentir l'air de la liberté.

Quand l'abominable camion les eut déposées en bas de la côte qui menait au village, elle continua à s'éventer avec sa main tout en marchant.

— C'est affreux, mes vêtements empestent le cochon !

— Tu ne les aimes pas. Raison de plus pour en changer.

— Mais mes cheveux aussi sentent...

— C'est provisoire : nous sommes là pour faire quelque chose pour eux. Essaie de ne pas te conduire en bébé !

Muffie se traîna lamentablement dans les derniers lacets, en essayant de régler son pas sur celui de Livvie.

— En tout cas, je prendrai une douche d'au moins deux heures dès mon retour à la maison, marmonna-t-elle.

Elle perçut en écho le soupir irrité de Livvie, et se tint bouche cousue en se jurant croix de bois, croix de fer, de ne plus se plaindre de cette horrible odeur.

Sur la grand-place, Livvie obliqua vers la terrasse du café le plus proche. Elles s'assirent sous un parasol à l'abri de la canicule, et Livvie leva le bras pour commander :

— *Due cappuccini, per favore.*

Muffie parut très impressionnée. Livvie lui expliqua

négligemment qu'elle commençait à se débrouiller pas mal en italien.

— Quand même pas au point de demander *la chose* à la *farmacia* ? chuchota Muffie en regardant autour d'elle pour s'assurer que personne ne risquait de les entendre.

— Bien sûr que si. De toute façon, le nom est écrit sur la boîte, nous n'aurons rien à expliquer.

— Oh ! Bien vu.

Livvie cueillit la mousse de son cappuccino et la dégusta à la petite cuiller.

— Tu comptes aussi t'acheter de nouvelles fringues ?

Muffie tapota la poche de son short.

— J'ai ce qu'il faut sur moi.

— Bon. Alors grouille avec ton café. On a du pain sur la planche !

L'estomac de Muffie se mit à gargouiller et elle pensa avec regret à son bol de lait et aux grandes tartines de confiture de Fiametta. L'œil de Livvie la dissuada d'ajouter un quatrième sucre dans son cappuccino. Ainsi elle ne passerait pas pour un bébé : elle vida sa tasse en se brûlant et trotta derrière Livvie, qui avait déjà mis le cap sur les boutiques de la jolie cité Renaissance.

Deux heures et une belle somme d'efforts plus tard, elles ressortaient d'un magasin portant le nom de *La Gata Cioccolata* quand Muffie faillit lâcher ses paquets de saisissement.

— J'hallucine ! émit-elle sur un ton d'alerte maximale. Papa... il est là !

Rapide comme l'éclair, Livvie la propulsa dans l'antre d'une *pasticceria* providentielle. D'une voix de général sur un champ de bataille, elle lui ordonna de s'asseoir à une table dos à la fenêtre et de ne pas bouger d'un millimètre. Négligeant l'expression sidérée de la vendeuse, le soldat Muffie obéit au quart de tour et se pétrifia devant une armée de choux à la crème, le cœur battant. Elle réussit à retenir sa respiration jusqu'à ce que Livvie, qui faisait le guet à l'ombre d'un œuf en chocolat géant, émette un sifflement.

— La voie est libre.

— Ouf ! Tu es sûre ?

— Oui. N'empêche qu'on ne va tout de même pas moisir dans ce trou.

— Euh… je crois qu'il faudrait peut-être acheter un gâteau, murmura Muffie en avisant le visage peu aimable de la patronne. Tu aimes le *tiramisu* ?

La plus élémentaire prudence leur dictait de ne pas s'éterniser à Montepulciano. Pour échapper aux foudres paternelles, Muffie était prête à remonter dans le camion aux cochons, c'était tout dire. Par chance, un couple de touristes français eut pitié d'elles en les voyant ployer sous leurs emplettes et les conduisit jusqu'au portail de la villa Piacere.

— À quelque chose malheur est bon, comme dit Nonna, se félicita Livvie pendant que Muffie alignait les paquets sur son lit. Nous savons que ton père est en ville, donc nous avons tout notre temps. On y va ?

Muffie n'en menait pas large, mais pas question de se défiler.

— Et comment, crâna-t-elle. Quand faut y aller, faut y aller.

40

BEN

— Ouh ouh, Muffie ! Papa est de retour !

Ben referma la porte derrière lui non sans jeter un œil maussade à la fontaine figée dans une funeste immobilité. L'eau n'avait pas été rétablie, il fallait s'y attendre.

— Muff', où es-tu, ma puce ? Je suis rentré.

Fiametta avait quitté son service, à cette heure, et il s'en voulait un peu d'avoir abandonné sa fille toute la matinée. Pauvre chou.

— Tu ne m'entends pas ? Ou tu boudes ?

Il attendit quelques secondes, appela encore – rien. Vaguement inquiet, il poussa le battant de la cuisine : personne. Il jeta un œil sur la terrasse : déserte. La balançoire : vide.

Peut-être Muffie dessinait-elle dans la salle des fresques ? Elle aimait bien recopier les motifs animaliers en tenant compagnie à Luchay. Mais il trouva le perroquet solitaire et ronchon, signe qu'il manquait de visites.

Où pouvait-elle bien se cacher ? Pas dans l'allée, il l'aurait vue en arrivant. Tout de même pas dans sa chambre, par ce beau soleil ! Il monta l'escalier quatre à quatre pour en avoir le cœur net.

— Muffie, tu es là ?

Il tambourina à sa porte, tourna la poignée et se heurta à un nouveau problème. Cette fichue porte était verrouillée de l'intérieur. Une douzaine de scénarios envisageables se bousculèrent dans son cerveau, tous aussi mauvais les uns que les autres.

— Muffie ! hurla-t-il. Je sais que tu es là. Réponds-moi !

— Bonjour, papa.

— Bon sang !

Il appuya ses deux mains contre le chambranle et lâcha un long soupir de soulagement. Puis la colère prit le dessus.

— Pourquoi ne me répondais-tu pas ? Tout va bien ?

— Mais oui, papa.

— Tu me le jures ?

— Juré : je ne me suis jamais sentie mieux.

— Mmm. Pourquoi t'es-tu barricadée ? Qu'est-ce que tu fabriques ?

Pas de réponse. Il se passait quelque chose ! Ben colla son oreille contre la porte... et blêmit en surprenant des chuchotements.

— Avec qui t'es-tu enfermée ? Je te préviens, Muffie, si à trois tu ne m'as pas ouvert, je défonce la porte ! Un... deux...

Rien. Même plus l'ombre d'un chuchotement. À « trois », il entendit le plancher craquer, la clé tourner dans la serrure, et un bruit de pas qui s'éloignaient prudemment.

Ben entra en trombe dans la pièce et tomba en arrêt devant sa fille.

— Muffie ! rugit-il. Mais qu'est-ce que tu as fait ?

Sa longue chevelure blonde n'était plus qu'un souvenir. Horrifié, il contempla la créature extraterrestre qui s'était emparée du corps de son bébé d'amour.

C'était une abomination. Un massacre !

On aurait dit qu'une main criminelle avait couvert la tête de sa victime d'un bol pour couper à grands coups de ciseaux tous les cheveux qui dépassaient avant de dresser les survivants en épis au milieu du crâne et près des oreilles. Et, comme si cela ne suffisait pas, la même main perfide avait peinturluré le tout en vert pomme !

Incapable de soutenir la vision de sa Muffie changée en hérisson démoniaque, il baissa les yeux – et tomba sur son short en Lycra hypermoulant.

Son regard effaré remonta lentement vers le mini-boléro incrusté de brillants qui lui servait de tee-shirt, vacilla sur les tatouages du nombril et des bras puis se figea au comble de l'horreur sur l'anneau doré qui lui ornait le nez.

Trop, c'était trop ! Dans un éclair, Ben recouvra l'usage de son cerveau. Quand on a touché le fond, rien ne peut plus vous arriver et on est obligé de réagir. Il croisa les bras dans un silence sépulcral et vit que l'épouvante avait changé de camp.

Muffie dansait d'un pied sur l'autre. À son côté se tenait la fille de Gemma. Il aurait dû s'en douter ! Rien qu'à voir sa mine faussement dégagée, n'importe quel jury d'assises l'aurait condamnée sans la moindre hésitation.

— Muffie, ta mère va te tuer, énonça Ben d'une voix dangereusement calme. Elle t'étranglera, après quoi elle m'arrachera les yeux, c'est aussi sûr que deux et deux font quatre.

— Alors elle devra me tuer moi aussi, intervint Livvie. C'est moi qui l'ai poussée à passer à l'acte.

— Ne la crois pas, ce n'est pas sa faute ! couina une Muffie au bord des larmes. J'ai *voulu* le faire. J'en étais malade, tu sais, d'avoir toujours l'air d'une pauvre cloche !

Ses yeux, sa voix, tout son corps tremblait de rébellion.

— J'en ai marre du taffetas rose et des rubans dans les cheveux ! Marre d'habiter derrière des portails fermés à double tour et qu'on me commande de faire la sieste ou d'enfiler des colliers de nouilles ! J'ai demandé à Livvie de m'aider – et elle a eu la gentillesse d'accepter.

Elle prit la main de son amie et, comme enhardie par ce simple contact, s'avança vers son père.

— C'est ma faute. Ne la punis pas. Je n'ai pas voulu te

choquer ni te défier, mais il fallait que je me débarrasse de ça et de cc qui va avec ! expliqua-t-elle en montrant du pied sa robe de la veille. J'hallucine quand je vois ces trucs cucul-la-praline que m'man m'oblige à porter !

Malédiction ! pesta Ben en son for intérieur, non seulement Muffie avait le look de la petite Jericho, mais voilà qu'à présent elle parlait comme elle.

— Je comprends ton point de vue, dit-il dans le silence qui suivit la tirade de sa fille. Mais ce n'est pas une raison pour tomber dans l'excès inverse ! Nous aurions pu aller toi et moi t'acheter de nouveaux vêtements...

— Tu parles ! J'aurais même pas eu le droit de choisir ce qui me plaît, répliqua Muffie, remontée. Et puis, j'aurais eu le temps de prendre racine avant que tu te décides à m'emmener dans les magasins. Tu ne penses qu'à ta villa et à la mère de Livvie – je veux dire à ton problème avec les Jericho.

Ben n'essaya pas de nier.

— D'accord, j'ai eu tort – mais il n'empêche que je suis très, très fâché contre vous deux, jeunes filles. Et je vous prie de croire que ça ne va pas se passer comme ça ! Livvie, prends tes affaires et rejoignez-moi à la voiture. Je vous attends. Allez, zou, exécution !

Il se retourna sur le seuil de la porte.

— Et... Muff' ?

— Oui, papa ?

Elle le regardait d'un air de chien battu, comme s'il allait lui réclamer la tête de Livvie. Mais il se contenta de secouer la sicnne en grommelant :

— Fais-moi le plaisir d'enlever cet anneau de ton nez !

41

GEMMA

Je fouillais dans les rayons de l'*alimentaria* à la recherche d'un remède magique capable de chasser et ma migraine et mes remords, consciente des regards indiscrets qui me suivaient. Je ne devais pas avoir bonne mine, car la jeune vendeuse m'a dirigée sur une bouteille d'un bizarre liquide saumâtre.

— *Buono per il fegato. La medicina eccellente !*

J'ai déchiffré l'étiquette. De l'extrait d'artichaut ? Bien sûr que c'était bon... pour le foie ! J'ai mieux compris le sourire entendu qu'échangeaient les vieilles dames en noir plantées près de la caisse. « *La dottoressa* a la gueule de bois ! » À peine aurais-je tourné le dos qu'on allait jaser sur la place de Bella Piacere !

— *Ciao, dottoressa*, ont marmonné en chœur les commères quand je les ai saluées en tenant ostensiblement ma boîte d'aspirine à la main pour leur éviter un torticolis.

Loin de me contrarier, leur curiosité bien inoffensive m'a amusée. Après le redoutable anonymat new-yorkais, il n'était pas désagréable de se sentir connue et observée. C'était même sécurisant.

Je venais de quitter le magasin quand la Land Rover de Ben Raphael a traversé la piazza pour aller se garer juste devant mon hôtel. Sans m'en rendre compte, j'ai pressé le pas. Il venait me voir, *moi* ?

L'idée me vint, absurde, qu'il allait me demander de sortir avec lui. Plus absurde encore, la pensée m'effleura de dire oui.

Ma surprise redoubla quand je le vis ouvrir la portière à ma propre fille et à... mon Dieu, c'était Muffie ? J'ai porté une main catastrophée à ma bouche grande ouverte. *Livvie, qu'est-ce que tu as encore fait ?*

En arrivant prudemment sur le théâtre du drame, mon regard a percuté celui de Ben. Aïe ! C'était celui du temps d'orage ; le mien devait refléter un temps voilé et incertain.

— Je serais charmé d'entendre votre diagnostic, docteur, attaqua-t-il d'une voix tranchante comme un scalpel. Dois-je vous mettre les points sur les *i* ?

J'ai simplement jeté un coup d'œil à Livvie qui se tenait à carreau dans son coin, signe évident de sa culpabilité.

— Inutile. Je pense avoir une petite idée de la situation...

— De la catastrophe, vous voulez dire ! Et c'est votre adorable bambine qui est responsable de ce carnage !

Pour mieux me montrer l'étendue du désastre, il me colla sa fille sous le nez. Vue de près, c'était encore pire. Avec les tatouages au henné qu'elle avait sur le dos et les bras, sans parler de ses ongles couleur sang séché, la douce Muffie avait rejoint les rangs des clones de Vampirella. Ah ! Livvie avait fait du beau travail...

— Olivia ! Tu te rends compte de ce que tu...

— J'ai voulu lui rendre service, m'man. La laisser avec son ancien look, c'était carrément de la non-assistance à personne en danger !

J'ai cru que Ben allait s'en étrangler, mais Muffie est montée au créneau.

— C'est vrai, madame, je rêve de ressembler à Livvie et

d'être à la page comme elle. Je suis fatiguée qu'on ne me prenne pas pour une vraie personne.

— Une *vraie personne* ? répéta son père, surpris.

— Parfaitement ! Ça me rend malade d'être seulement la petite fille modèle de maman, la poupée sage et docile que grand-mère sort de sa boîte pour ses réceptions ! Toi, papa, tu es pourtant bien placé pour comprendre puisque tu as divorcé pour échapper à ce cirque ! Je ne suis pas parfaite et je ne veux surtout pas l'être ! Livvie est la meilleure amie que j'aie jamais eue, elle devrait être décorée, et si on ne me laisse pas vivre ma vie...

La pauvre était à court de souffle sinon d'arguments. Je volai à son secours avant qu'elle fonde en larmes.

— Tu sais, Muffie, ce vert pomme va plutôt bien avec ton bronzage.

Zut ! Qu'est-ce que je n'avais pas dit ? La gamine ouvrit des yeux extasiés, mais Ben explosa littéralement de rage.

— Félicitez-la pendant que vous y êtes ! J'aurais dû me douter que vous prendriez leur défense. Belle éducation ! J'ignore ce que vous envisagez pour punir votre fille comme elle le mérite, docteur Jericho, mais je vous conseille de la tenir éloignée de la mienne. Livvie a une mauvaise influence. Je ne veux plus la voir rôder près de chez moi.

Là, il y allait fort ! Je me cabrai et nous échangeâmes un regard meurtrier.

— J'élève ma fille comme je l'entends, je n'ai aucun conseil à recevoir de vous, monsieur Raphael. Et je vous rappelle que votre « chez vous » est « chez nous » : vous oubliez que vous squattez la villa de ma mère !

Ben fit un effort visible pour se contrôler, et se contenta de me massacrer d'un ultime regard plus noir que l'enfer. Les dents serrées, il attrapa la main de sa fille et s'engouffra avec elle dans sa voiture.

La Land Rover démarra dans un crissement de pneus rageur. Livvie et moi avons juste eu le temps de voir le bras tatoué de Muffie se faufiler par la vitre pour nous dire au revoir.

42

— Tu as eu tort, trancha Nonna.

Elle jouait négligemment avec l'œillet rose qui trônait dans une bouteille de San Pellegrino, mais je connaissais cette ride à son front. Pour la première fois depuis notre arrivée en Italie, je crois bien, elle était contrariée.

Nonna et moi étions assises en face l'une de l'autre à notre table habituelle, dans la petite salle à manger de l'auberge. En tête à tête, car j'avais consigné Livvie à la cuisine : corvée de nettoyage et d'épluchage de légumes jusqu'à nouvel ordre !

Troublée par la tension anormale qui divisait notre trio, Amalia s'approcha sur la pointe des pieds pour nous servir notre entrée sans un mot. Des poivrades, ces tout petits artichauts violets au goût inimitable, si tendres qu'on les mange crus.

J'en saisis un en songeant que c'était sûrement ma fille qui l'avait lavé et préparé – mais je refusai de m'apitoyer sur son sort. Elle s'en sortait plutôt bien ! D'autant que nous entendions d'ici des rires en provenance de l'office. Je me suis demandé si je n'avais pas récompensé Livvie en la confinant dans cet antre... Je soupçonnais Amalia de la traiter comme un coq en pâte.

— Tu as eu grand tort, surenchérit maman, offusquée de mon manque de réaction à sa sentence.

J'ai pris le temps de tremper et retremper les feuilles de ma poivrade dans ma coupelle de sauce faite à base d'huile d'olive de Rocco (Nonna n'en voulait aucune autre), d'un délicat vinaigre de framboise et d'une pincée de sel au romarin.

— Et en quoi, je te prie ?

— Que tu le veuilles ou non, c'était entièrement la faute de Livvie. Elle est plus âgée que Muffie, elle aurait dû se montrer plus raisonnable au lieu de lui fourrer ces idées dans le crâne. Et tu le sais aussi bien que moi ! À présent, tu n'as plus qu'une chose à faire : aller t'excuser auprès de M. Raphael.

— Pardon ?

— Oh, ne fais pas ta tête de mule, Gemma ! Tu lui dois des excuses. Olivia est fautive, mais toi aussi, d'avoir traité cette affaire à la légère. Ben Raphael est un père responsable qui était venu chercher du renfort auprès d'une mère. Et au lieu de ça, il a trouvé une irresponsable qui s'est empressée de se ranger du côté de ces petites délinquantes !

— Des *délinquantes* ? Écoute, maman…

— Rien du tout. Tu aurais dû lui demander pardon sur-le-champ pour ce qu'a fait Livvie.

J'ai grignoté deux, trois autres feuilles d'un air dégagé, mais ses reproches portaient. J'ai fini par grommeler :

— Et la façon qu'il a de s'approprier ta villa, ça ne te dérange pas ?

— Écoute-moi…

Nonna s'était figée, sa fourchette piquée dans un cœur d'artichaut suspendue dans l'air à mi-chemin de sa bouche.

— Nous sommes peut-être en guerre avec Ben Raphael, mais cela ne nous empêche pas de nous conduire en gens civilisés. La loi est la loi. Nous sommes dans notre bon droit en réclamant notre bien à cet homme ; lui a le droit d'être fâché contre Livvie – et contre toi qui te montres si intraitable à son égard.

— Moi ? Intraitable ?

J'avais l'impression d'être retournée sur les bancs de l'école, quand maman me disputait pour un bulletin de notes sur lequel un professeur avait écrit : « Élève frondeuse et indocile, qui gagnerait à admettre que, même brillante, elle n'a pas forcément toujours raison ! » Ne vous étonnez pas que je me souvienne par cœur de cette phrase. Cela fait plus de vingt ans que Nonna me la ressert pour stigmatiser ma prétendue intransigeance...

— Tu te rappelles ce que tes professeurs disaient déjà de toi à l'époque ? commença justement ma chère mère comme si elle lisait dans mes pensées.

— Ah non, tu ne vas pas recommencer !

Elle s'interrompit en secouant la tête, puis se renfonça dans sa chaise, vexée pour de bon cette fois.

— Comme tu voudras, ma fille. Simplement, je t'aurai prévenue : si tu ne vas pas trouver Ben Raphael pour faire amende honorable, tu peux faire une croix sur vos relations.

— Ça, quelque chose me dit que je m'en remettrai ! ai-je sifflé entre mes dents.

Nonna me regarda d'un drôle d'air.

Ma belle assurance ne m'empêcha pas de reconsidérer la question. J'y pensais en me couchant, j'y pensais en me tournant et me retournant dans mon lit sans parvenir à trouver le sommeil, j'y pensais encore en me réveillant aux aurores.

J'allai m'accouder à ma fenêtre. Le soleil s'était à peine levé sur la place silencieuse où folâtraient seulement les chérubins et les dauphins de plâtre de la fontaine. Les petits parasols vert et blanc de la *gelateria* ondulaient comme des brins de muguet dans la brise légère.

Bientôt apparurent les premiers êtres humains. Un balai à la main, don Vincenzo me fit de loin un signe amical. Il nettoyait consciencieusement le parvis de son église que la lumière de ce beau matin parait d'une teinte de miel ambré. Le jeune garagiste Sandro Maresci surprit le geste du curé et

211

me salua à son tour, d'un sourire assez large pour que je le voie d'ici.

Je me suis sentie… bien, en famille, chez moi.

Je me suis rendu compte qu'à cette même heure, à Manhattan, je serais écroulée sur la banquette lacérée d'un métro, le front collé à une vitre sale reflétant mes traits tirés. J'aurais encore l'odeur âcre du sang et de l'éther dans les narines, des gémissements de souffrance plein les oreilles, et le spectacle des misères du monde au fond des yeux. À quoi s'ajoutait ma crainte continuelle, obsédante, que Livvie ne se fasse racketter à l'école ou agresser sur le chemin du retour.

Tout cela, c'était ma vie en temps *normal*… si l'on peut dire ! Ici, rien de tel, les ombres s'effaçaient comme ces cauchemars qui s'estompent au petit matin.

Mes yeux se tournèrent malgré moi vers la campagne toscane, et mon regard courut par-delà les cyprès, les oliviers et les pins parasols jusqu'à la colline où se dressait la villa Piacere. Tout bien réfléchi, Nonna avait raison. Ben était dans son droit. Je devais ravaler ma fierté et aller lui présenter des excuses.

Maintenant que ma décision était prise, il me tardait de la mettre à exécution. Je rongeai mon frein jusqu'à une heure plus civilisée pour une visite. À dix heures, n'y tenant plus, je me garai derrière la fontaine de Neptune et Vénus. J'ai été étonnée de voir les sirènes à sec. Drôle d'idée d'avoir coupé l'eau, ai-je songé en tirant la cloche, bien que la porte soit grande ouverte.

— Bonjour ! Il y a quelqu'un ?

Je m'humectai les lèvres, en m'irritant de sentir mon cœur cogner dans ma poitrine. Le soleil cognait, lui aussi. J'avais bien fait de m'habiller léger : chemisier de coton blanc décolleté et jupe kaki courte mettant en valeur mon bronzage tout récent.

— Bonjour ! C'est moi, ai-je bêtement lancé à tue-tête avant d'agiter la cloche à toute volée.

Personne ne répondit. Pourtant il y avait sûrement quelqu'un, rien n'était fermé. Je pénétrai dans le couloir en hésitant. Un cliquetis de ferraille provenait du côté de la salle octogonale, au fond.

— Ben ? Muffie ? Vous êtes là ?

Je grattai timidement à la porte entrebâillée avant de risquer un œil dans la pièce. Ce cliquetis était l'œuvre du perroquet qui aiguisait allégrement son bec sur les bagues de ses pattes.

— Coucou, Luchay ! Tu me reconnais ? Je suis revenue...

— Inspecter votre propriété ? acheva une voix entre toutes reconnaissable. J'espère que vous avez un mandat de perquisition !

Je me suis retournée lentement pour me trouver nez à nez avec un Ben qui n'était manifestement pas dans les meilleures dispositions à mon égard. S'il le prenait sur ce ton... Non, me suis-je reprise instantanément. Ne pas lui voler dans les plumes ! Aujourd'hui, ne pas oublier que je suis supposée jouer les miss Amabilité.

Je le gratifiai de mon sourire le plus suave, celui que je réservais à mes patients des urgences pour leur annoncer que « tout est bien qui finit bien ».

— Bon, qu'est-ce que vous voulez ? grogna Ben. Je suis occupé...

J'ai suivi son regard et aperçu un tableau en chantier sur un chevalet dressé près de la fenêtre. La toile représentait la salle où nous nous trouvions et, pour ce que je pouvais en juger, cela promettait d'être vraiment réussi. Sa palette et ses pinceaux étaient encore humides : j'avais dû surprendre l'artiste en plein travail. Peut-être était-ce pour cela qu'il ne m'avait pas entendue... à moins qu'il n'ait pas voulu me répondre. De toute façon, je ne pouvais pas plus mal tomber.

J'ai avalé ma salive, pris mon courage à deux mains, et j'ai débité ma leçon (ou plutôt celle de Nonna) :

— Je suis venue vous présenter des excuses, pour Livvie comme pour moi. C'était sa faute, je le reconnais. En tant qu'aînée, elle n'aurait jamais dû entraîner Muffie dans cette histoire. Je veux que vous sachiez qu'elle est punie et qu'elle le restera jusqu'à nouvel ordre.

213

Réfrigérée par son mutisme, je me lançai ensuite dans de profondes considérations sur les ados qui ont leur cap Horn à franchir et ses turbulences à dépasser... Muffie m'aurait embrassée ; lui en revanche resta de marbre.

Pensif, il alla essuyer ses doigts tachés de peinture au chiffon accroché à son chevalet, sans se douter que je le mangeais des yeux. Que voulez-vous ? Je dois reconnaître qu'il était infiniment craquant en jean, baskets et chemise bleue ouverte sur un large torse. Quant à sa bouche, dont le souvenir me hantait jour et nuit, elle était à damner une sainte – et je n'en étais pas une.

— Cela a dû vous coûter, a-t-il commenté.

Je savais qu'il parlait moins de la punition de Livvie que de ma démarche. Je me contentai d'acquiescer de la tête.

— Que diriez-vous d'une tasse de café ?

— Cela veut dire que vous acceptez mes excuses ?

— Je les accepte, bien que je ne sache toujours pas ce que je vais faire des cheveux de ma fille, ni comment je vais m'en sortir quand sa mère verra ça.

— Avec un peu de chance, la couleur sera partie d'ici là.

— Dieu vous entende ! soupira-t-il en se déridant.

C'était son premier sourire depuis... depuis un certain baiser.

Je le suivis dans la cuisine où une Thermos de café attendait sur la table. Il remplit deux tasses, me demanda si j'aimais la crème et le sucre, et disposa le tout sur un plateau. Nous sommes passés par la porte-fenêtre pour nous installer sous le petit auvent bleu nuit qui formait sur nos têtes comme une seconde voûte céleste.

Il faisait frais sur la terrasse dallée. Les parfums du jardin montaient jusqu'à moi. Des roses qui sentent... je ne me rappelais même plus que cela existait !

Nous avons bu notre café à petites gorgées en silence. Puis :

— Ce n'était pas uniquement la faute de Livvie, Gemma.

— Ne soyez pas trop dur avec Muffie, elle...

Nous avions parlé en même temps. Ben me rendit mon sourire.

— Honneur aux dames : vous d'abord.

— Nos filles ont beaucoup de points communs. Toutes les deux souffrent en particulier d'avoir des parents trop absents. Oh ! nous avons des excuses : mon poste de nuit et mes heures supplémentaires me permettent de gagner de quoi l'élever, et vos propres fonctions assurent probablement le gagne-pain de centaines de collaborateurs et autres employés. Il n'empêche que nos vies sont trop remplies, et les leurs pas assez.

— Le parallèle ne s'arrête pas là, continua Ben : vous et moi aussi, nous nous ressemblons. Tous les deux bien trop impliqués dans notre profession. Travail, travail, travail... Je me demande ce qui se passerait si nous levions un peu le nez du guidon...

J'ai esquissé un geste de regret.

— Ça, je ne le saurai jamais.

— Pourquoi pas ?

— Parce que je ne peux pas me le permettre, tout simplement. J'ai besoin de cet argent. J'adorerais vivre ici, mais je ne suis pas milliardaire, comme vous.

— Je n'ai pas toujours été riche, vous savez.

Non, je ne savais pas. En fait, j'ignorais à peu près tout de lui. Je n'avais appris que la veille, par exemple, qu'il était divorcé.

Ben se leva pour nous servir un autre café et j'en profitai pour observer son profil penché près de mon visage. Il ne s'était pas rasé. Une barbe naissante ombrait son visage mat. Ça lui allait bien.

Sa tasse à la main, il retourna s'asseoir en face de moi et me dévisagea avec toujours cette même expression au fond des yeux : un intérêt mêlé d'étonnement. Comme si j'étais une bête curieuse. Je ne le laissais pas indifférent, mais... c'était plus intimidant qu'autre chose.

J'ai croisé les jambes, les ai décroisées parce que ma jupe était trop courte, en m'agaçant de sentir mon cœur tictaquer

215

comme ça dans ma poitrine. J'avais l'impression qu'on devait l'entendre à dix pas à la ronde.

— Qu'est-il arrivé à votre mari ? lança Ben tout à trac.

— Ah ! Vous voulez parler de Celui-dont-il-vaut-mieux-ne-pas-parler ? Il m'a plaquée avant la naissance de Livvie. À l'annonce qu'il allait être papa, il a fui à jamais. Il n'a même pas essayé de la voir une seule fois.

— Quel crétin ! Il aura manqué la meilleure chose de sa vie.

Sa réaction m'a fait plaisir.

— Eh bien, lui ne nous manque pas, en revanche !

— Tant mieux.

Un temps.

— Divorcée alors ?

— Comme vous.

— Eh oui.

Tout à coup, je me sentais bien, fraîche et dispose. La caféine, sans doute.

— Et... après ? demanda négligemment Ben.

— Mmm ?

Il étendit ses longues jambes devant lui, sans cesser de me fixer du regard.

— Après le pauvre type... que s'est-il passé dans votre vie ? Vous n'avez pas trouvé l'âme sœur ?

S'il n'avait pas perçu mes battements de cœur, là, pas de doute, il aurait fallu qu'il soit aveugle pour ne pas me voir rougir. Piquer de pareils fards, à mon âge !

— J'étais *légèrement* trop occupée pour la chercher, voyez-vous. Entre mon bébé, les petits boulots ici et là, tous les examens pour décrocher mon diplôme de médecin, il ne me restait pas une minute pour penser à l'amour.

— Admettons, mais... *après* la faculté, *après* avoir trouvé un travail ? Vous avez rencontré l'amour ?

La réponse a fusé tandis que je me fermais automatiquement à double tour.

— Désolée. Ça ne vous regarde pas.

Ben leva les yeux au ciel.

— Bon sang de bonsoir ! Vous savez ce qui ne va pas chez vous, ma pauvre Gemma ? À force de vous recroqueviller sur vous-même comme un bigorneau, vous regardez les gens s'agiter autour de vous comme des crustacés derrière la vitre d'un aquarium ! Et dès qu'un malheureux crabe s'approche un peu trop – autrement dit un homme, moi en l'occurrence –, vous rentrez dans votre coquille et hop ! plus personne ! Qu'est-ce qui ne tourne pas rond chez vous ?

43

Je le dévisageai, les yeux écarquillés, sidérée. Personne ne m'avait jamais parlé sur ce ton. Pas même Nonna.

Devançant ma réaction, Ben m'attrapa par la main pour m'entraîner à travers le jardin jusqu'à sa voiture.

— Montez, ordonna-t-il en m'ouvrant la portière.

— Pour aller où ? Où voulez-vous m'emmener ?

— Vous verrez bien, je vous enlève.

J'étais trop abasourdie pour songer même à protester ; il en profita pour me pousser littéralement à l'intérieur de la Land Rover.

— À présent, je vais vous montrer la Vie, la Vraie, avec deux majuscules. Celle que votre coquille vous empêche de voir, ma pauvre Gem...

— Ne m'appelez pas comme ça !

Il eut un de ses sourires horripilants et tourna la clé de contact. Le moteur vrombit.

Nous étions partis.

— Donc, vous avez eu le coup de foudre pour cette villa. Et vous adoreriez y habiter, à vous entendre. Bien, mais au juste, que connaissez-vous de cette région ? De la *vraie* Toscane ? Je viens ici depuis des années. C'est mon havre, mon coin à moi. Chaque fois que je me prépare à y revenir, je me demande – et on me demande ! – si je ne suis pas un peu bizarre de ne pas m'évader ailleurs. Le monde est si vaste… Mais, dès que je pose le pied ici, je sais que j'ai eu raison.

Je m'étais lentement détendue sur mon siège, le visage tourné vers le paysage qui défilait sous mes yeux par ma vitre ouverte.

La voix de Ben continuait de m'accompagner, résonnant doucement à mes oreilles :

— Regardez autour de vous, cher docteur. Que voyez-vous ? Une route blanche, déserte, et un petit sentier qui serpente jusqu'à ce hameau, tout là-haut sur la colline. Ici, une vieille fontaine étrusque. Là, une chapelle romane. Une villa majestueuse au bord d'une voie romaine. Des terrasses plantées d'oliviers qui vibrent au chant des cigales. Les peupliers allongent leur ombre sur notre passage. Les cimes des cyprès dansent dans le vent.

» Le soleil, l'air, le terroir… les éléments éternels qui nous donnent les raisins, le vin, et les tournesols, et… Bon sang, Gemma, vous êtes une femme ! Ouvrez-vous à la beauté pure et simple de ce paradis terrestre, laissez-la vous pénétrer par tous les pores. Goûtez la Nature, savourez ses parfums. Emplissez vos poumons de cette douceur de vivre. Sentez… Sentez quelque chose, pour l'amour du Ciel !

Je restais à contempler le paysage sans savoir que dire. Chacun de ses mots trouvait un écho au fond de mon cœur. Et ces images, ces couleurs, ces fragrances effaçaient en moi des années d'hôpital et de stress, comme un baume apaise une blessure.

Nous avons roulé quelques minutes en silence. Puis j'ai coulé un regard vers mon ravisseur qui venait de franchir un portail pour entrer dans une cour de ferme.

— Où allons-nous ?

Il se gara entre une étable et une mare pas plus grande qu'une serviette de plage où barbotaient deux canards et un caneton. Comme nous descendions de voiture, un couple de chats vint nous flairer. Le mâle se frotta en ronronnant contre la jambe de Ben ; la femelle se contenta d'un coup de langue sur sa main, trop occupée à surveiller la ribambelle de chatons qui la suivait. Une vache blanche passa la tête par la porte de l'étable. Je lui trouvai de grands yeux noirs, très beaux avec leurs cils recourbés.

— Nous sommes ici pour elle, m'expliqua Ben en prenant un bidon sur le siège arrière.

Nous nous approchâmes de l'étable de pierre.

— Je vous présente Chianana, la vache de Rocco Cesani. Je ne sais pas si elle est bien consciente de la qualité supérieure de son lait, mais le fait est qu'il est imbattable.

Il souleva le couvercle d'un bac réfrigéré, ouvrit le robinet et remplit son bidon.

— Ici, c'est libre-service, « à la bonne franquette », commenta-t-il en riant. Tenez, goûtez-moi un peu cette merveille.

C'était épais et crémeux, aussi riche et parfumé qu'une crème glacée à la vanille, avec un arrière-goût de foin pas désagréable du tout. Un lait comme on ne risquait pas d'en trouver dans le commerce.

Rocco passait à travers champs en compagnie de son drôle de chien rose et blanc. Il nous salua de loin avec son bâton.

— Quelle est la suite du programme ? ai-je demandé en rendant joyeusement son bonjour à l'ami de Nonna.

— On continue ? fit Ben, surpris.

— Pourquoi pas ? Il est à peine onze heures.

— Alors que diriez-vous d'un petit tour au marché ?

— Allons-y gaiement.

Nous étions dimanche. La place du village le plus proche grouillait de monde. Les cloches de l'église sonnaient à toute volée pour annoncer le début de la messe aux âmes chrétiennes. Des âmes majoritairement féminines – les mâles, tous âges confondus, restant plus volontiers attablés à la *Cantinetta della Chiesa* devant un apéritif ou la gazette des sports. D'autres nourritures terrestres s'étalaient à profusion tout autour de la maison de Dieu.

Ben et moi avons flâné entre les étals très colorés des

commerçants, tous plus chaleureux – et sonores ! – les uns que les autres. Je suis tombée en arrêt devant une pyramide de *lamponi* : de petites framboises plus chatoyantes que des rubis. La *signora* qui nous expliqua qu'elle les avait cueillies le matin même ne répondait pas du tout à l'idée que l'on se fait habituellement d'une vendeuse de marché. C'était une dame d'un certain âge, sophistiquée jusqu'au bout de ses ongles parfaitement manucurés, portant un carré en soie signé Versace. Elle nous vanta les mérites de sa moutarde à la framboise (« spécialité maison ») et de son vinaigre de framboise « artisanal ». Avec son accent racé de Florentine, je l'aurais écoutée me lire le Bottin !

Cinq barquettes de framboises et deux pots de moutarde plus tard, nous sommes passés au rayon des primeurs, où brillait une variété de brocolis qu'on appelle joliment là-bas *romanesque*.

— Ben, vous avez vu leur couleur ? Si on en achetait ?

— Merci bien, j'ai déjà ma dose de vert pomme à la maison ! répondit-il avec une petite grimace.

À cette évocation des cheveux de Muffie, j'ai dû me pincer pour ne pas pouffer, diplomatie oblige. Je ne m'étais pas sentie aussi détendue depuis… oh, depuis un temps infini.

À la place des brocolis, j'ai pris des tomates cerises jaunes et des fleurs de courgettes (un délice en beignets ou en omelette, qu'Amalia se ferait un plaisir de nous préparer). Ben, lui, acheta de petits fromages de chèvre frais et des melons.

Au rayon boulangerie, la vendeuse – une gitane aux yeux de braise – parlait l'anglais. Elle me raconta que son mari et elle avaient mis sept ans à trouver une ferme avec un moulin. Maintenant qu'ils les avaient enfin, ils y travaillaient leurs pains de A à Z, comme au bon vieux temps.

— Mon Mario cuit le pain « à l'ancienne », avec amour ! proclama-t-elle fièrement, une main sur le cœur.

Je l'ai crue. Je lui achetai une boule rustique au levain, si croustillante que nous avons commencé à la grignoter en continuant notre chemin à travers la foule.

Prochain arrêt : la *Cantinetta*. Café crème pour moi, noir

pour Ben. Nous les avons pris au bar car la terrasse était bondée. Il fallait hurler pour se faire entendre.

— Gemma, avez-vous jamais *vraiment* vu Florence ? articula Ben dans mon oreille.

Je secouai la tête.

— Alors, allons-y sans perdre une minute.

— Quoi ? Tout de suite ? Mais..

— Mmm ?

— Non, rien. Je vous suis.

Que voulez-vous ? Il aurait pu m'emmener au bout du monde. J'étais sur un tapis volant, flottant sur mon petit nuage...

44

C'est ainsi que je me suis retrouvée à descendre le quai delle Grazie, main dans la main avec mon ennemi juré.

Je pensais avec ravissement qu'il n'y avait rien de plus charmant en Italie que les bords de l'Arno, les bâtiments de pierre qui longeaient les quais... et l'homme avec qui je me promenais. Pour découvrir Florence la Magnifique, j'avais le guide idéal. Ben savait tout de la cité, jusqu'au moindre détail, il était imbattable sur les dates, l'histoire de chaque monument, la petite histoire de chaque statue...

Nous sommes arrivés sur l'immense piazza Santa Croce, bordée de palais florentins aux superbes façades en encorbellement.

— J'ai quelque chose de spécial à vous montrer, m'a dit Ben.

Toujours sans me lâcher la main, il m'entraîna dans la basilique Santa Croce. Nos pas résonnèrent dans le silence de ce lieu de paix et de prière tandis qu'il me conduisait à la deuxième travée. Il s'immobilisa devant un monument funéraire, et je lus qu'il s'agissait du tombeau de Michel-Ange. Malgré la gravité du lieu, je ne pus m'empêcher de sourire en pensant à Nonna voyant en Ben *la réincarnation de Michelangelo.*

— Qu'y a-t-il de si amusant ? chuchota le réincarné.

Quand je le lui ai avoué, il sourit lui aussi.

— Je suis très flatté !

Nos regards se mêlèrent. La lumière d'un vitrail parait son visage d'une aura bleutée.

Nous avons mis le cap sur le Duomo, la cathédrale de Florence. De loin, le baptistère avait l'air d'un gros gâteau à deux parfums avec ses murs de marbre blanc de Carrare et de marbre vert foncé de Prato. Mais de près, quelle splendeur !

À l'intérieur, je faillis attraper un torticolis à force de lever le nez vers la coupole pour détailler les mosaïques des maîtres vénitiens du XIIIe siècle. Dehors, je restai bouche bée devant les portails de bronze ciselés. Surtout la sublime *Porte du Paradis.*

— Chef-d'œuvre de Lorenzo Ghiberti : 1378-1455, récita mon guide personnel, décidément incollable.

Sur ma demande, Ben commenta les onze premiers panneaux en bronze représentant autant d'épisodes clés de la Bible, avant d'attirer mon attention sur le douzième et dernier. Je le trouvai encore plus intéressant parce qu'il montrait vingt-quatre têtes d'artistes de l'époque, dont Ghiberti lui-même.

Les choses se gâtèrent quand Ben se mit en tête de me faire monter tout en haut du Duomo, jusqu'à la coupole de Brunelleschi. De peur de paraître stupide, je n'ai pas osé refuser. L'escalier en colimaçon était aussi raide qu'étroit, et plus nous progressions, plus je me sentais gagnée par le vertige et la claustrophobie. Enfin, après ce qui me parut durer une éternité, nous atteignîmes le sommet. Mon cœur battait comme un fou quand je posai le pied sur la quatre cent soixante-quatrième marche.

Je fixai avec effroi le mince rebord qui me séparait du vide, les toits de Florence, minuscules au-dessous, et les collines de la Toscane à l'horizon. J'eus beau m'adosser à la lanterne en marbre qui se dressait sur la plate-forme, le monde se mit à chavirer autour de moi dans un tourbillon de couleurs.

— Venez voir. C'est magnifique ! me lança Ben qui se penchait par-dessus bord pour mieux profiter de la vue.

— Je... n'y tiens... pas trop...

Au son de ma voix, il se retourna vers moi et me sourit.

— Oh oh ! tétanisée ?

— Euh... un peu...

Était-ce mon timbre ? Ou ma pâleur ? Toujours est-il qu'il eut pitié de moi et me laissa le temps de reprendre mon souffle avant de m'aider à redescendre en me précédant dans cet affreux boyau en spirale qui n'en finissait pas.

Pour se faire pardonner cette escalade, mon guide – jouant à fond son rôle de M. Charme – me conduisit jusqu'à la piazza della Signoria, juste en face du palazzo Vecchio. Il me fit m'asseoir à la terrasse du Caffè Rivoire, une institution à Florence. Comme l'air fraîchissait, nous avons commandé deux chocolats chauds et partagé une assiette de petits-fours. Ces gâteaux étaient si délicieux que, nous pâmant à chaque bouchée, nous nous les fîmes goûter mutuellement en nous amusant à leur attribuer une note. Cette intimité nouvelle me donnait l'impression que nous nous connaissions depuis des années.

Je savais parfaitement que cette journée ne serait qu'une parenthèse dans nos relations et que, tôt ou tard, notre concurrence pour la villa Piacere nous jetterait à nouveau dans deux camps opposés. Mais je n'avais pas envie de gâcher cet instant. En ce moment, j'étais heureuse, voilà tout ce qui comptait. Il serait bien temps, demain, de reprendre les hostilités.

De là où nous étions, nous pouvions admirer la façade majestueuse du palazzo Vecchio, cette forteresse. Ben m'apprit que nous nous trouvions au cœur de la Florence historique. J'ai fini mon chocolat en admirant les jolies naïades de la fontaine de Neptune. Le bruit de l'eau s'écoulant inlassablement par cet après-midi ensoleillé avait quelque chose d'ensorcelant. J'ai songé que c'était un bien bel endroit pour attendre la fin du monde.

Ben me demanda à brûle-pourpoint :

— Dites, vous avez pris une douche aujourd'hui ?

Il avait fait chaud, nous avions pas mal marché, plus la montée à la coupole... mais, enfin, je ne transpirais pas particulièrement. En tout cas, pas au point de m'attirer une telle remarque.

— Vous plaisantez ?

— Pas le moins du monde. C'est même très sérieux.

Le fait est qu'il avait l'air grave, tout à coup.

— Mais... bien sûr. Je me suis douchée ce matin. Pas vous ?

— Si. Mais avec les pires difficultés, figurez-vous.

— Je crains de ne pas vous suivre...

Il me fixa droit dans les yeux pour m'expliquer :

— Nous n'avons plus une goutte d'eau depuis deux jours à la villa Piacere. Il a fallu que j'achète des bouteilles d'eau minérale.

C'était ennuyeux, mais je ne comprenais pas trop pourquoi il me racontait ça maintenant. À moins que les naïades inondées de la fontaine de Neptune lui aient rappelé ses propres sirènes privées de leur élément naturel... Les sirènes de Nonna ! me suis-je reprise. J'avais un peu trop tendance à oublier qu'il louait seulement notre villa.

— Je suis désolée, ai-je dit par politesse.

— À la Compagnie des eaux, on veut me faire croire que les coupures sont monnaie courante pendant la haute saison. Qu'est-ce que vous dites de ça ?

Rien. Qu'aurais-je pu en dire ? Et pourquoi haussait-il le ton ?

— Ma foi... C'est peut-être bien une question de trop grande consommation d'eau, ou de gaspillage, ou... je n'en ai pas la moindre idée.

— C'est tout de même curieux, vous ne trouvez pas ?

— Euh... non, pourquoi ? Je devrais ?

— Je ne sais pas. Ça n'était jamais arrivé *avant*.

Avant... *quoi* ? Avant même qu'il rouvre la bouche, j'ai su que je n'allais pas apprécier la suite.

— Jamais avant que vous et votre famille débarquiez à Bella Piacere pour réclamer ma villa.

Ce fut à mon tour de le transpercer du regard.

— Vous osez... vous osez soupçonner que nous ayons quoi que ce soit à voir avec cette affaire ?

— Je constate seulement une troublante coïncidence. Et je vous en parle, rien de plus naturel.

— Rien de plus naturel ? Ben voyons ! M'accuser de... de sabotage !

Il s'humecta les lèvres, et j'aurais juré qu'il avait pâli.

— Tout de suite les grands mots, je n'accuse personne.

— Ah non ? C'est trop facile de lancer une bombe et puis de...

— Je vous présente mes plus plates excuses, là. Je suis réellement désolé de vous avoir froissée.

Je gardai un silence de marbre.

— Gemma...

Mon indignation avait dû plaider en ma faveur car Ben affichait à présent une expression gênée, penaude même, que je ne lui connaissais pas. Il m'a demandé pardon. Il ne s'expliquait pas cette coupure d'eau, mais il avait régularisé certains arriérés et tout allait sûrement rentrer dans l'ordre. Ce ne serait plus qu'un mauvais souvenir.

— Tant mieux pour vous, articulai-je froidement. Vous pourrez vous doucher en paix. Et grand bien vous fasse.

Il voulut me prendre la main comme tout à l'heure, mais je la retirai. Elle était loin, notre belle complicité !

— Gemma, je m'en veux... Bien sûr, vous êtes au-dessus de tout soupçon. Je sais que vous êtes trop noble pour vous abaisser à ce genre de manœuvre. Même pour me disputer la villa.

Je l'ai remercié d'un sourire aussi doux qu'une lame d'acier.

— Vous ne croyez pas si bien dire. Je n'aurai pas besoin de tricher pour vous la reprendre dès que j'aurai mis la main sur Donati et sur le testament. Et c'est comme cela que ça va finir.

45

Nous étions passés sur l'Oltrarno, littéralement : « L'autre côté de l'Arno », un quartier moins touristique et pourtant pittoresque. Ben avait insisté pour me dévoiler les charmes de la rive gauche de Florence. Il connaissait comme sa poche les méandres de ces rues sombres et populaires qui débouchent subitement sur des places éclatantes de lumière.

Ni lui ni moi n'étions revenus sur l'incident qui avait bien failli gâcher la journée. Ce matin, il avait fait une croix sur l'incartade de Livvie, j'aurais eu mauvaise grâce à me montrer plus rancunière. D'ailleurs, ses soupçons m'avaient valu le prestige d'une victime et ce n'était pas pour me déplaire, je l'avoue. Il se montrait aux petits soins pour moi et ne savait manifestement pas quoi faire pour effacer ce « stupide malentendu ».

Nous nous sommes promenés non plus main dans la main, mais côte à côte, dans un dédale de ruelles jalonnées de petites *botteghe*. Partout des échoppes d'artisans, des magasins d'antiquaires, des ateliers d'art... Ici, des sculpteurs sur bois confectionnaient de magnifiques cadres dorés pour miroirs et tableaux ; plus loin, des céramistes œuvraient dans le respect d'une tradition millénaire ; à côté, des tanneurs confectionnaient des sacs à main de cuir et des gants d'une peau superbe ; là encore, des orfèvres créaient les bijoux qu'on retrouverait en vente sur le ponte Vecchio et la via de' Tornabuoni...

Il y avait tant et tant de jolies choses – je ne savais plus où donner de la tête ! Nonna et Livvie auraient ricané en me surprenant en flagrant délit de lèche-vitrine... moi qui étais censée dédaigner ces « trucs de filles ». Aujourd'hui, je ne me reconnaissais plus moi-même.

Ben se moquait gentiment de mon enthousiasme et l'ambiance entre nous était revenue au beau fixe. Nous nous amusions à présent à choisir ce que nous achèterions si nous étions riches. Règle du jeu : pas plus de trois objets par boutique ! Bien sûr, Ben avait suffisamment de fortune pour s'offrir tout ce qu'il désirait, mais qu'importe : c'était pour s'amuser.

Au coin d'une rue, j'ai acheté un sac de cerises noires. Elles étaient sucrées à ravir et si mûres qu'il fallait prendre garde à ne pas se tacher. Ben a essuyé de l'index le jus qui coulait sur mon menton et l'a porté à sa bouche. Je me suis sentie toute chose devant ce geste simple qui se chargeait pour moi d'un érotisme torride. L'a-t-il senti ? Toujours est-il qu'il s'est incliné pour poser un baiser sur mes lèvres juteuses.

Quand il s'est redressé, je l'ai regardé en frissonnant des pieds à la tête. Je songeai : « J'aurais tellement envie de tomber amoureuse. » Cette découverte – car c'en était une pour moi, je le jure – m'a ébranlée. *Crashing into love !* Ces mots m'ont traversé l'esprit. Où les avais-je entendus ? Ah oui, dans une chanson de Marc Anthony. S'écraser dans l'amour... comme un avion victime d'un crash. Voilà le risque. Voilà ce que je ne pouvais pas me permettre.

Un coup de tonnerre au loin nous fit sursauter. Au même instant, un déluge s'abattit sur nos têtes et nous n'eûmes que le temps de nous abriter sous une porte cochère.

— Comment se fait-il que nous n'ayons pas vu venir la pluie ? s'interrogea Ben.

Moi, je savais bien pourquoi, mais je ne l'ai pas dit. Nous

étions serrés l'un contre l'autre pour ne pas être trempés. Son bras s'est enroulé autour de mon épaule. Dix secondes plus tard, nous nous embrassions avec une fougue dévastatrice.

Ma bouche collée à la sienne, les mains nouées à son cou, je souriais au souvenir de ces couples de Romains que j'avais vus s'enlacer dans des embrasures de porte. Je n'avais plus à les envier. Juste avant que s'évanouissent mes dernières idées claires, j'ai tenté de me persuader que c'étaient les sortilèges de l'Italie qui opéraient sur moi, et non le charme de cet homme. Cet homme irrésistible dont le corps pressé contre le mien m'affolait.

Quand nous sommes remontés à la surface pour reprendre souffle, des éclairs zébraient les nuées. Ben leva les yeux vers le ciel gris ardoise qui s'assombrissait toujours.

— Nous ferions mieux de filer d'ici.

— Non, je ne préfère pas...

Je déteste les orages ; le déchaînement de la nature me terrifie. Ben m'a pris le menton entre deux doigts, le sourire aux lèvres.

— Tétanisée ?

— Oui, ai-je avoué pour la deuxième fois de la journée.

— Il n'y a pas de raison, vous ne risquez rien avec moi. Vous vous sentez de courir ? Alors, allons-y !

Aussitôt dit, aussitôt fait. Mais le temps d'atteindre l'angle de la rue, nous étions déjà trempés. Par chance, un vendeur à la sauvette nous fit signe pour nous monnayer un de ses parapluies.

Sous prétexte de mieux me protéger de la pluie, Ben m'enlaça par la taille et nous marchâmes ainsi à la recherche d'un taxi libre.

— Tant pis, il va falloir y aller à pied.

Quand je lui ai demandé où, il a simplement répondu :

— Faites-moi confiance. C'est à deux pas.

Nous avons continué à avancer en bravant le vent et en sautant par-dessus les flaques d'eau. J'étais glacée jusqu'à la moelle. Après la via dei Vellutti, nous avons remonté la via Toscanella, tourné dans le Borgo San Jacopo...

— Ben, c'est encore loin ?

— Normalement, nous devrions y être... mais je crois que je vais demander mon chemin...

— Ah, bravo ! Nous sommes perdus, à présent.

— Je me suis juste trompé de côté. Demi-tour !

— Heureusement que vous connaissez Florence comme votre poche !

— C'est vous qui me troublez. Il n'y a qu'à retourner sur nos pas, retraverser l'Arno, couper par la piazza della Repubblica, faire trois fois le tour du Duomo et...

Il éclata de rire devant ma mine déconfite.

— Je plaisante. Nous sommes arrivés.

Il leva notre parapluie pour me montrer l'enseigne du restaurant – *Il Paradiso* – et me propulsa à l'intérieur de l'établissement.

Il y faisait délicieusement chaud, ça sentait divinement bon, et c'était éclairé aux chandelles. L'endroit portait bien son nom !

Sauf que saint Pierre risquait de ne pas vouloir de nous. Avec ma jupe courte, ce chemisier qui me collait à la peau et mes cheveux dégoulinants, je n'étais guère présentable et Ben ne valait pas mieux. Je m'arrangeais un peu devant la glace de l'entrée quand mes craintes fondirent comme neige au soleil :

— *Signor Raphael, che piacere !*

Souriant jusqu'aux oreilles, un géant ventru couronné d'une haute toque blanche s'avançait à notre rencontre. Il me salua galamment avant de gratifier Ben d'un clin d'œil aussi appuyé que son accent.

— *Ma !* En charmante compagnie, comme d'habitude !

— Vous allez donner une fausse idée de moi à mon invitée, protesta Ben.

— *Scusi, scusi.*

D'un claquement de doigts, il signifia à la caissière de me donner des mouchoirs en papier pour me sécher un peu le visage. Lui-même s'empressa de nous débarrasser de nos affaires mouillées, puis s'inclina :

— Si vous voulez me permettre...

231

Il nous donna sa meilleure table, près de la cheminée. Nous nous sommes assis l'un en face de l'autre en riant de nos mèches plaquées sur le front, sous l'œil réprobateur d'un duo de matrones américaines aux cheveux bleus. Nous avions fait une entrée remarquée.

Ben jeta un regard épanoui aux tables voisines, puis me souffla :

— Oh oh ! voilà deux dames qui ne nous apprécient guère.

— Elles nous en veulent de faire baisser le standing du *Paradiso*, ai-je répondu sur le même ton tout en adressant un charmant sourire à nos voisines.

— Dites plutôt qu'elles ont avalé un balai !

Balai, balai… ça m'a rappelé Amalia, tellement maniaque… donc l'Albergo d'Olivia, donc Livvie et Nonna. Je ne leur avais pas donné signe de vie de la journée !

— J'ai complètement oublié d'appeler la maison, ai-je balbutié, je veux dire l'auberge.

— Moi aussi ! Muffie va s'inquiéter.

— Alors vous d'abord.

Il disparut dans le hall pour revenir quelques minutes plus tard, tout sourire.

— Il n'est pas tombé une goutte à Bella Piacere. Mais au cas où l'orage arriverait, Maggie Marcessi a invité ma fille à passer la nuit chez elle.

— Muffie a si peur de l'orage ?

— C'est Maggie qui en a peur ! pouffa Ben.

— À mon tour.

Je me suis levée en sentant les regards critiques de nos deux voisines se ficher dans mon dos. Au moins, ça les occupait ! Amalia décrocha le téléphone et me passa Nonna.

— Comment ça, tu es retenue par l'orage ? Il fait beau comme tout !

— Eh bien, ici, c'est le déluge. Je ne sais pas à quelle heure je vais pouvoir rentrer. Mais ne t'inquiète pas, je suis avec Ben Raphael, nous trouverons une solution.

— Tu parles de la villa ?

— Évidemment, maman. Tu diras à Livvie que je lève sa punition pour ce soir. Elle pourra te tenir compagnie.

— D'accord. Mais Rocco sera là lui aussi pour le dîner.

— Parfait, il n'aura qu'à prendre ma place à notre table. Dis-moi, vous ne vous quittez plus, tous les deux...

Pendant qu'elle marmonnait quelque chose, j'ai subitement visualisé Rocco en suspect numéro un. Mais oui, pour les beaux yeux de sa dulcinée, il serait bien capable de...

— Dis-moi, maman, tu ne saurais pas par hasard pourquoi il n'y a plus d'eau à la villa Piacere ?

— Parce qu'on a coupé l'eau ? Comment veux-tu que je le sache ? Bon, je te laisse. Amalia a besoin de moi pour le dîner.

Ben se leva galamment pour tirer ma chaise.

— Tout va bien ?

— Parfaitement.

Je pensais encore à Rocco Cesani et à la coupure d'eau.

— J'ai déjà commandé du vin rouge, m'annonça Ben en remplissant mon verre de chianti.

À peine m'étais-je assise qu'un délicieux arôme d'origan et de pâte à pizza me rappela que j'avais une faim de loup. Mis à part les petits-fours et une poignée de cerises, nous n'avions rien mangé de la journée.

Je bus une gorgée de ce vin jeune et fruité puis, sans reposer mon verre, je jetai un regard vif à Ben.

— C'est le coin réservé à vos conquêtes ?

— En entrée, je vous conseille les *tagliatelle* aux fruits de mer, c'est une spécialité qui plaît toujours, marmonna-t-il en s'absorbant dans la lecture de la carte.

Je ne résistai pas au plaisir de l'embarrasser.

— Et comme dessert ? Quel est le péché mignon de ces dames ?

— La coupe Amarena. Mais ne me faites pas dire ce que je n'ai pas dit. Je ne suis pas un play-boy.

Comme il se défendait mal ! Mais pourquoi tenait-il tant à se justifier à mes yeux ?

L'arrivée du garçon avec son carnet de commandes m'empêcha d'approfondir la question.

Nous avons choisi pour commencer, lui des *gnocchi* au **basilic,** moi les fameuses *tagliatelle* aux fruits de mer, en nous promettant de nous faire goûter nos plats.

— Pour la suite... nous verrons après, dit Ben après avoir quêté mon approbation.

Le garçon reparti, nous nous sommes retrouvés en tête à tête à la lueur des chandelles. Comme par enchantement, la main de Ben se retrouva sur la mienne, chaude et ferme. Je ne l'écartai pas, me contentant de la fixer des yeux. Quand je revins à lui, il m'observait avec une curiosité teintée de malice. Je me suis demandé à quoi il pensait.

46

BEN

Ben pensait que les boucles d'or de Gemma séchaient en petites torsades, un peu comme les poils d'un caniche de luxe avant un concours de beauté.

Difficile de le lui dire, elle aurait pu s'en offusquer. Il fallait y aller doucement avec Gemma ! Tout à l'heure, il avait failli tout gâcher et se le tenait pour dit : sous son assurance de « doc Jericho » dure à cuire se cachait le cœur d'une femme hypersensible et vulnérable.

Par-dessus la flamme des chandelles, les yeux de Ben épiaient ses moindres gestes. Quand elle lécha d'un bout de langue la sauce qui restait sur ses lèvres, il dut se retenir pour ne pas l'embrasser en plein restaurant. Il ne pensait plus qu'à cela.

En cet instant, il se fichait pas mal de la villa Piacere, de la coupure d'eau – il se fichait même complètement de savoir si elle était impliquée ou non dans cet embrouillamini.

— Bien. Et maintenant ? demanda Gemma quand ils eurent terminé leur entrée.

Il éclata de rire, ravi de son bel appétit.

— Que diriez-vous d'une salade ?

Elle secoua farouchement la tête.

— Ah. Alors est-ce qu'une côte de veau vous séduirait davantage ? Moi je penche pour le pigeonneau désossé.

— Moi aussi, tiens ! Il n'y a pas de raison !

Ses yeux pétillaient et il se sentit heureux.

— Garçon, deux pigeonneaux, s'il vous plaît !

Elle haussa un sourcil en l'entendant commander une deuxième bouteille.

— Il y a une éternité qu'un homme n'a pas essayé de me faire boire...

— Loin de moi cette idée, Gemma.

C'était la vérité, il n'avait pas l'intention de l'enivrer ; il la voulait alerte, souriante, attirante, aimante.

Les matrones aux cheveux bleus se levèrent de table pour partir.

— Petit, veuillez nous appeler un taxi, commanda l'une d'elles.

Ainsi interpellé, le garçon secoua la tête et leva les paumes vers le ciel.

— Désolé, *signore*, mais il pleut trop : pas de taxi.

Pendant que les deux harpies poussaient les hauts cris, Ben et Gemma échangèrent un sourire.

— J'éprouve une joie perfide, chuchota-t-elle, à l'idée qu'elles vont déambuler sous une pluie battante avant d'échouer à leur hôtel dans le même état que nous.

— Ça leur fera les pieds !

Elle partit d'un rire sonore comme s'il était l'homme le plus spirituel du monde. La flamme de la chandelle arracha des éclats rubis au chianti quand elle porta son verre à ses lèvres.

Dieu ! songeait Ben, on ne peut pas faire autrement que d'aimer cette femme.

D'un commun accord, ils prirent en dessert la charlotte à la florentine avec son délice de crème aux amandes, noisettes, pignons et pistaches. Parfumée à l'amaretto et servie avec un fin coulis au chocolat, leur expliqua le chef en personne.

Suivirent pour finir deux espressos qu'ils dégustèrent en se regardant tranquillement en silence.

La lumière de la chandelle cachait à présent le bas du visage de Gemma, mais Ben devinait son sourire à l'éclat de son regard.

— Je me demande quelle heure il peut être, murmura-t-elle enfin.

Ben posa le coude sur la table et hocha la tête, évasif :

— Je n'en ai pas la moindre idée.

Elle se décida à consulter sa montre de médecin, hyperlisible avec ses chiffres énormes et sa grande trotteuse qui semblait prendre un malin plaisir à comptabiliser le temps qu'ils passaient ensemble.

— Moi, je me demande si la pluie a cessé, reprit Ben en priant pour que ce ne soit pas le cas.

Comme si c'était le Tout-Puissant en personne qui se donnait la peine de lui répondre, un coup de tonnerre fit vibrer les carreaux des fenêtres.

Ben régla l'addition et ils se retrouvèrent, immobiles, sous le porche du restaurant, à observer le rideau de pluie qui leur barrait le passage. Les éclairs et le tonnerre se répondaient comme deux complices.

Ben affirma que ce serait de la folie de reprendre la route par un temps pareil. En outre, la Land Rover était garée à l'autre bout de la ville. Bref…

— La seule chose raisonnable à faire est de chercher un hôtel.

Gemma lui saisit la main, moins effrayée par l'orage qui se déchaînait au-dessus de leur tête que par cette simple suggestion.

— Un hôtel ? souffla-t-elle en cherchant ses yeux.

— Vous êtes d'accord avec moi ?

Gemma repoussa d'un doigt la mèche qui avait glissé sur son front. Il l'embrassa doucement sur sa joue ruisselante de pluie.

47

GEMMA

Nous ne nous sommes même pas donné la peine de courir ; et puis, dans quelle direction ? Nous étions complètement perdus, pour de bon cette fois. Non, nous avons marché au hasard, en nous contentant de slalomer entre les flaques et d'enjamber les caniveaux, et c'est ainsi que nous nous sommes retrouvés devant un petit hôtel providentiel – exactement comme cela m'était arrivé jadis avec Cash.

Une pancarte lumineuse clignotait en lettres vertes avec les mots magiques : *Chambres libres*. Sur la porte en verre dépoli, une plaque en cuivre portait le nom *Hotel Dottore*. Nous avons ri, et Ben a déclaré que c'était un signe du destin. La main dans la main, nous avons tourné la poignée de cuivre pour nous faufiler à l'intérieur.

N'allez pas croire que je ne me demandais pas ce que je faisais ici. Mais le vin chauffait mes veines, une boule de feu s'était logée dans mon ventre. J'éprouvais l'envie irrépressible de toucher Ben, de caresser son corps et d'être possédée par lui, de me fondre dans l'ardeur de notre étreinte, de me consumer à la flamme de notre désir – moi, la femme de glace...

La femme de glace s'apprêtait à oublier sa promesse, à renier son vœu. Impossible. Je ne pouvais pas. J'allais me salir à mes propres yeux. Et me ridiculiser à ceux de Ben. Je n'étais plus toute jeune, ni belle comme les créatures de rêve qu'il devait fréquenter. Je me suis rappelé que je portais mes sous-vêtements de coton tout bêtes. Il n'allait pas être déçu, lui qui devait certainement être habitué aux mannequins sophistiqués en lingerie fine... Mais... trop tard. Il me couvait encore de ce regard dévastateur qui me faisait croire que j'étais la seule femme au monde.

La fenêtre de notre chambre donnant sur l'Arno grossi par la pluie offrait un saisissant panorama sur une Florence par temps d'apocalypse. Mais Ben ferma les grands volets de bois. À quoi bon se voiler la face ? Nous n'étions pas ici pour le tourisme, la tourmente était dans nos corps.

L'éclairage tamisé de la table de nuit nous baignait d'une lumière ocre tandis que nous nous tenions l'un en face de l'autre, les yeux dans les yeux.

— Vous êtes trempée... Vos cheveux...

Il effleura tendrement mes tempes.

— Vous aussi.

Qu'importait mes cheveux ou mes sous-vêtements ? Je désirais la même chose que lui. J'ôtai mon chemisier mouillé, défit ma jupe qui glissa sans bruit sur mes chevilles. Lui avait déjà retiré sa chemise, son jean. Nous étions pieds nus, presque déshabillés, tout dégoulinants de pluie.

Ben s'éloigna vers la salle de bains, et j'observai son dos musclé, ses épaules puissantes, sa peau cuivrée. Il revint aussitôt avec une serviette de bain et commença à me frictionner les cheveux. Je courbai la tête en riant nerveusement. Je pris la serviette pour le sécher à mon tour. Les cheveux, le torse, plus bas... Je frissonnais longuement.

Glissant un doigt sous mon menton, Ben leva doucement mon visage vers le sien.

— Tétanisée ? murmura-t-il en sondant mes yeux.

C'était la troisième fois de la journée qu'il me posait la question. Mais là, j'ai répondu :

— Non...

Ben me souleva dans ses bras comme un fétu de paille et me porta vers notre lit. D'une main, il arracha les couvertures et me déposa sur les draps avant de se jeter sur moi.

Tandis qu'il couvrait de baisers mon visage, mes épaules, le creux de ma gorge palpitante, je sentais ses doigts qui dégrafaient mon soutien-gorge. Je frissonnai de plaisir en sentant ses mains voraces se refermer sur ma poitrine nue.

Ses lèvres brûlantes remplacèrent bientôt ses mains et je m'entendis exhaler un long gémissement venu du fond de mon être. J'étais choquée par la violence de mes émotions.

— Vous êtes belle comme un ange... un ange de Botticelli.

J'ai rouvert les yeux pour vérifier si c'était bien de moi qu'il parlait. Le désir qui sourdait de sa voix était le plus merveilleux des aphrodisiaques.

De sa bouche avide, Ben commença à parcourir chaque centimètre de mon corps. Insatiable, comme s'il mourait de soif et que j'étais la fontaine de Jouvence. Je tremblais de plaisir sous ses lèvres qui traçaient des sillons de feu dans ma chair.

Quand il me pénétra dans une explosion de lumière, je me suis cambrée pour le sentir toujours plus profondément en moi. C'était si bon, si fort que je m'agrippai à ses épaules en criant. Puis la spirale du désir m'a emportée, et je n'ai pu retenir des larmes de joie.

Je me suis réveillée dans la pénombre. La pluie martelait toujours les volets, le tonnerre grondait vaguement dans le lointain.

Après m'avoir fait l'amour trois fois, Ben avait fini par s'endormir. Je me pelotonnai contre lui pour que son corps s'ajuste plus étroitement au mien. Je n'avais pas la moindre idée de l'heure. Je savais simplement que j'aurais voulu que cette nuit n'ait jamais de fin.

D'habitude, je n'aime pas la nuit. J'ai toujours eu peur du noir et dormi avec ma lampe de chevet allumée. La nuit est si dense, si opaque, elle se glisse autour de vous comme une couleuvre. Oui, je sens la nuit qui rôde en profitant de ma faiblesse pour me chuchoter des regrets à l'oreille. Quand je suis seule. Sinon, c'est un moment magique entre tous.

J'ai tourné mon visage vers Ben et vu ses prunelles qui me fixaient dans l'obscurité.

— Mon Botticelli…, murmura-t-il d'une voix rêveuse.

L'instant d'après, nous nous abandonnions à une nouvelle étreinte.

Une seconde, je me suis demandé où j'étais. J'ai soulevé une paupière pour distinguer une lumière grise qui filtrait entre les volets. Ben gisait sur le côté, la tête tournée vers moi, les yeux clos.

Écrasé sous son corps, mon pauvre bras me picotait de mille aiguilles, mais je n'ai pas bougé d'un centimètre. Il pouvait m'écraser tout entière s'il le voulait. L'important, c'était d'être là, contre lui, et de me laisser envahir par sa force.

J'ai profité de son sommeil pour contempler son visage. Si beau, si détendu, si paisible, ai-je songé en suivant mentalement la ligne de sa bouche, de ses pommettes, de sa mâchoire bleue de barbe naissante…

De l'autre côté de la fenêtre, le vague bourdonnement de la circulation chassait déjà le joyeux concert d'oiseaux qui m'avait délicatement réveillée. Dans la rue, les roues d'une motocyclette crépitèrent sur les pavés. Une portière de voiture qui claque. Un moteur qui toussote poussivement. Puis le chuintement des portes d'un autobus. Des gens partaient au travail. Nous étions lundi, et tout le monde n'avait pas la chance d'être en vacances.

J'ai pensé à Patty, aux urgences de l'hôpital Bellevue, au métro qui me ramenait chez moi à cette heure, trop fatiguée pour me doucher ou pour avaler quoi que ce soit avant de m'écrouler sur mon lit. Mon grand lit vide pour moi toute seule.

Je me suis interdit de penser à Cash.

J'ai exhalé un soupir en me retrouvant dans la peau de la Gemma d'avant cette nuit. Mon armure s'était fendue l'espace de quelques heures, mais la réalité reprenait ses droits en me rappelant mes responsabilités. J'ai vite cherché refuge dans la chaleur du corps de mon amant. Tant pis s'il ne m'offrait qu'un oubli fugitif. J'avais toujours aimé faire l'amour à l'aube. Après, il serait bien temps de retrouver la vie normale.

48

Nous avons pris notre *prima collazione* sur la piazza Santo Spirito, face à une ravissante petite église, dans un cadre de fresques, d'acajou et de cuivre mêlés. Affamés, nous avons fait honneur à notre *pane tostato con marmellata e burro* et notre *caffé con latte*, sans nous soucier de l'image que nous donnions aux Florentins, tirés à quatre épingles, qui dégustaient leurs espressos avant d'aller au bureau.

Mes vêtements étaient presque secs, mais aussi froissés que si j'avais dormi dedans. Quant à mon visage... les joues râpeuses de Ben y avaient laissé des traces, mes lèvres étaient encore toutes gonflées de ses baisers, mes yeux cernés par une nuit... agitée. Livvie n'étant pas là (heureusement ! je ne tenais pas à ce qu'elle voie sa mère dans cet état) pour me dépanner, je n'avais même pas un crayon à paupières pour réparer un peu les dégâts.

Sa barbe de deux jours mise à part, Ben avait l'air frais et dispos, lui. En bien meilleure forme que moi, en tout cas. Comment faisait-il après les heures torrides que nous avions vécues ? Pourvu qu'il ne me trouve pas trop affreuse !

— Comment va mon ange de Botticelli ?

Au diable ce que les autres pouvaient penser de ma tenue

et de mes cernes ! Un seul sourire de Ben dissipa mes craintes et me réconcilia avec moi-même.

— Botticelli ? Où avez-vous pêché cette idée ?

Je revoyais en pensée les *putti*, ces angelots dodus et joufflus chers à la Renaissance. Je lui faisais vraiment penser à ça ?

— Oh, dans plusieurs toiles de la galerie des Offices. Rappelez-vous l'Amour qui décoche une flèche à l'une des trois Grâces du *Printemps* : vous avez les mêmes boucles d'or.

J'aurais préféré qu'il me voie en Grâce, mais enfin...

— Il n'est pas un peu grassouillet, votre angelot ?

— Si, mais comme je ne peux pas le mettre au régime, c'est vous que je dois remplumer !

Sur quoi il me tendit en riant le toast chaud qu'il avait beurré pour moi.

Couvée par ses yeux, je me sentais suprêmement bien. Mais les meilleures choses ont une fin...

— Il est temps de rentrer, ai-je déclaré à regret.

— La réalité nous rappelle à son bon souvenir, mmm ?

— Mes responsabilités, oui.

— Idem pour moi.

Ben me dévisageait, subitement très sérieux.

— Vous... n'avez pas de problème, Gemma ? Je veux dire... avec ce qui s'est passé entre nous ?

— Mais non.

Je me suis levée, inquiète. C'était à la femme de donner la réplique maintenant, n'est-ce pas ? Mais j'avais si peu l'habitude de ce genre de situation.

— Vous savez, ce sont des choses qui arrivent, ajoutai-je maladroitement.

— *Des choses qui arrivent ?*

J'ai avalé ma salive en me remémorant mon comportement inconvenant de la veille au soir. Inconvenant ? Voilà que je me croyais encore dans un roman de Jane Austen ! N'ayons pas peur des mots, je m'étais montrée carrément dévergondée !

— Je suppose que oui, ai-je répondu avec une feinte désinvolture.

Le regard de Ben s'est détourné de moi pour se poser sur notre petite table de marbre.

— Vous avez raison, a-t-il enchaîné en sautant sur ses pieds. Rentrons. Il est grand temps.

Ben et moi avons fait tout le chemin jusqu'à la Land Rover sans échanger plus de trois mots. Une tension presque palpable s'était glissée entre nous.

C'est dans un silence total qu'il conduisit jusqu'à Bella Piacere. Enfoncée dans mon siège, je n'avais qu'une pensée en tête. *Oh mon Dieu ! Cash… qu'ai-je fait ?*

49

BEN

À peine rentré à la villa, après avoir déposé Gemma devant l'Albergo d'Olivia, Ben brancha son rasoir électrique – le débrancha, le rebrancha. Rien. Il donna une chiquenaude sur le commutateur de lumière. Rien non plus.

De mieux en mieux. Maintenant il n'avait plus l'électricité !

Il attrapa une serviette, la noua à sa ceinture et dévala l'escalier pour se ruer sur l'unique téléphone de la maison, dans la bibliothèque. Il se jeta dans le fauteuil, chercha le numéro de la Compagnie d'électricité, tapota les touches d'un air mauvais. Pas de sonnerie.

Il appliqua l'écouteur contre son oreille. Pas de tonalité. La ligne était coupée elle aussi.

Sans prendre la peine de s'habiller, il fonça à la recherche de Fiametta. La cuisine était sombre et silencieuse, la porte de la cour fermée. La cafetière ne chauffait pas sur la gazinière, et pas la moindre odeur de *ciabatta* grillée...

La mâchoire serrée, il alla sur la terrasse, s'asseoir à la table où il avait pris le café avec Gemma... Quand était-ce ? Hier ? Seulement hier ?

Le souvenir brûlant de Gemma envahit subitement tous ses sens : son parfum naturel, la douceur et la chaleur de sa peau sous ses doigts, le timbre de sa voix, l'adorable petite ride au coin de sa bouche...

Il fronça les sourcils. « On » s'était à nouveau attaqué à la villa. Ce n'était pas le moment de se laisser attendrir. Il fallait qu'il réagisse, qu'il se concentre sur des choses plus essentielles. La bouche de Gemma, par exemple... Bon sang, voilà que ça le reprenait !

Que lui arrivait-il ? Aucune femme ne lui avait jamais fait cet effet-là, pas même la mère de Muffie.

Il revit avec une précision confondante le visage ruisselant de pluie que Gemma avait levé vers lui au moment d'entrer dans cet hôtel, son refus touchant d'avouer ses craintes. Et ses longues jambes si fines, ses seins tendus, son corps offert, ses reins cambrés, ses gémissements de plaisir...

Ben se passa une main sur le front. Gemma Jericho était si complexe... brûlante et passionnée une minute, réfrigérante celle d'après. Ça lui ressemblait bien de se compliquer l'existence avec une femme, alors qu'il était venu ici chercher la paix et le calme. Peindre, rêver, commencer à transformer la villa en hôtel de luxe, échapper le temps des vacances au stress et aux problèmes en tout genre qui composaient le plus gros de sa vie. Voilà ce qu'il voulait.

C'était bien la peine d'avoir traversé l'océan pour se retrouver obnubilé par une compatriote, complètement tordue qui plus est ! Mais rien à faire pour la chasser de son esprit. Elle l'obsédait, cette... cette empêcheuse de farnienter en rond !

Furieux contre lui-même, il monta passer un vêtement et se rendit à l'ancienne *limonaia* pour vérifier l'avancement des travaux. À cette heure, ce lundi, les ouvriers devaient être au travail.

Un silence anormal lui fit froncer les sourcils – lesquels se dressèrent de stupeur quand il découvrit que la pelleteuse et la bétonnière s'étaient envolées ! Les ouvriers eux aussi étaient portés disparus.

Ben resta pétrifié, les bras ballants, les yeux rivés sur les sacs de ciment tous intacts et le malheureux tas de sable abandonné.

Puis il fit demi-tour, s'assit au volant de sa Land Rover et fila d'une traite chez Maggie récupérer Muffie. En espérant qu'elle ne se serait pas volatilisée !

Il trouva sa fille et la comtesse lancées dans une partie de croquet sur la pelouse immaculée de la villa Marcessi. Muffie agita gaiement dans sa direction un maillet du même vert que ses cheveux. Ben lâcha un grognement : il avait oublié cette abomination. Pour aggraver son cas, elle portait une jupette scandaleusement courte, une espèce de chapeau rouge à paillettes trois fois trop petit, et d'horribles semelles compensées qui la grandissaient de dix centimètres. Enfer ! Son bébé s'était métamorphosé en minivamp !

— Salut, p'pa ! Maggie m'apprend à jouer au croquet.

Muffie courut l'embrasser. Il la souleva dans ses bras en l'examinant sous toutes les coutures. C'était bien elle et, pas de doute, même attifée de la sorte, il l'adorait.

— Salut, mon cœur.

— Ouille, tu piques ! Tu ne te rases plus ?

— Bonjour, Maggie.

— Bonjour à vous, Ben.

Maggie frappa sa boule d'un coup de maillet bien ajusté, et la regarda passer impeccablement sous la cloche faite de deux arceaux. Satisfaite, elle inspecta Ben des pieds à la tête avant d'esquisser une moue coquine.

— Vous vous êtes bien amusé hier soir ?

Flûte ! Non seulement Maggie avait un flair infaillible pour repérer les intrigues, mais en plus elle se révélait aussi une vraie commère.

— Il est bien question de cela, éluda-t-il prestement. On m'avait déjà privé d'eau. À présent, je n'ai plus ni téléphone ni électricité. Fiametta n'a pas mis les pieds à la villa ce matin et les travaux sont au point mort. Vous avez bien entendu :

plus d'ouvriers, plus de matériel. À ce stade-là, il n'y a pas de coïncidences qui tiennent : je suis victime d'une conspiration !

— Une *conspiration* ?

— Parfaitement, et je me suis dit que vous, vous auriez peut-être eu vent de quelque chose...

Maggie porta distraitement deux doigts à ses cheveux, rectifia la position de son collier de perles, se pencha sur son maillet en le balançant savamment.

— Je sais bien qu'on ne prête qu'aux riches, mon cher Ben, mais pourquoi devrais-je être informée de ce qui se trame ? À supposer qu'il se trame quelque chose !

Elle eut beau fermer un œil et sortir un bout de langue pour mieux viser, elle frappa mal la boule qui rata l'arceau de plus d'un mètre.

— Manqué ! pesta-t-elle.

Ben applaudit ironiquement.

— C'est le doigt de Dieu qui vous a punie ! Pour mensonge et dissimulation ! Car vous savez ce que ça cache, n'est-ce pas ? Vous savez pertinemment que la famille Jericho est dans le coup !

— Oh, p'pa, arrête avec les Jericho ! intervint Muffie. Si on t'écoutait, elles seraient responsables de tout. T'es lourd !

— Et toc ! renchérit Maggie en abattant son maillet sur les orteils de Ben.

Elle afficha un sourire vainqueur tandis qu'il sautait à cloche-pied sur la pelouse en couinant de douleur.

— C'est pour m'avoir traitée de menteuse, monsieur le calomniateur ! Je n'ai pas la moindre idée de qui vous fait des misères et pourquoi. À part ça, Muffie et vous serez les bienvenus chez moi le temps que les choses redeviennent normales dans votre villa.

Elle lui lança un regard en biais.

— Ce qui arrivera en temps et en heure, comme de bien entendu.

— Qu'entendez-vous par « en temps et en heure » ?

— Mon garçon, nous sommes en Italie. Pire : au cœur de l'Italie *rurale* ! Vous n'avez pas remarqué que nos amis de

Bella Piacere ont une conception du temps bien à eux ? Rien ne sert de les bousculer… au contraire. Bon, vous voulez mon conseil ? Allez donc plaider votre cas devant le maire.

— *Plaider mon cas ?* suffoqua Ben en en oubliant son orteil. C'est le comble ! Je n'ai rien à me reprocher, *moi* !

— À cette heure, vous le trouverez au Galileo, en train de siffler sa grappa quotidienne. Pourquoi n'iriez-vous pas lui demander ce qui se passe ?

Assis à califourchon sur sa chaise habituelle en plastique vert, Guido Verdi suivait passionnément un match de foot sur le poste de télévision préhistorique de la taverne Galileo. Un verre de grappa dans la main gauche, une canette glacée de Peroni (sa bière préférée) dans la main droite, le maire s'aidait du son pour reconstituer l'image des valeureux chevaliers du ballon rond, noyés dans un épais brouillard de confetti noirs et blancs.

À ses côtés se tenait son grand copain Rocco. Un vieux de la vieille ! L'un travaillait dans les vignes (maire, c'était en plus, pour le prestige social), l'autre au milieu des oliviers, mais, depuis qu'ils avaient usé leurs fonds de culotte sur les mêmes bancs de l'école communale, la vie ne les avait jamais séparés plus de quarante-huit heures (service militaire excepté).

Pour ne pas rater le début du match, Guido et Rocco étaient rentrés directement des champs et portaient la même tenue de travail estivale : bermuda rapiécé, tee-shirt troué et boots Wellington.

Un pack de bières maintenait ouverte la porte du bar pour que chacun sur la piazza puisse profiter des beuglements du téléviseur. Au moment où Ben entra dans le bar, les deux copains profitaient d'un écran publicitaire pour rigoler comme des bossus.

Derrière son comptoir en Formica, Carlo, le patron – un brave homme bourru au visage triste –, rinçait des verres. Ben nota en passant qu'il n'avait pas de problème d'eau ni d'électricité.

Les trois compères saluèrent l'Américain d'un signe de tête

poli avant de revenir au choc Florence contre Milan. Mais Ben attrapa une chaise et vint se planter devant le poste de télévision.

— Signor Verdi, Rocco, je suis ici pour une affaire importante...

En haussant le ton pour couvrir la voix du commentateur sportif, il exposa la situation à la villa et conclut en tonnant :

— J'exige de savoir ce qui se passe.

Rocco et Guido échangèrent un regard. Dans un enchaînement parfaitement synchronisé, ils levèrent les mains en signe d'impuissance, les paumes tournées vers le ciel, et récitèrent d'une seule voix :

— *Ma*, ce n'est qu'une question de malchance, *signor*. Un hasard. Ou alors il y a un problème de factures...

— De ce côté-là, tout est réglé. Et maintenant, je suis supposé supplier la Compagnie d'électricité ? celle du téléphone ? l'entreprise de travaux ? Et puis quoi encore ?

Le maire se leva et prit une pose de grand sage, digne d'un élu du peuple.

— Ma foi, j'ai peur que vous n'ayez pas le choix, *signor* Raphael. Il va falloir vous déplacer...

Ben les regarda l'un après l'autre dans le blanc des yeux et en conclut qu'ils en savaient plus long qu'ils n'en disaient. Au fond, ces deux lascars n'avaient pas l'air tellement à l'aise, surtout Rocco.

— Tout finira bien par s'arranger, assura justement ce dernier pour le calmer. Ce n'est qu'une question de temps.

— *Combien* de temps, Rocco ?

Ben se leva brusquement et envoya promener sa chaise d'un coup de pied qu'il regretta aussitôt. Il venait de se cogner l'orteil déjà massacré par Maggie.

Nullement impressionné, Rocco eut pour seule réaction ce petit mouvement des épaules et ce sourire entendu qui signifiaient tant de choses.

— *Signor*, vous êtes en Italie.

Ben commanda au patron une tournée générale de grappa.

Jetant un billet sur le comptoir, il quitta l'estaminet, les dents serrées.

Il se retourna sur le pas de la porte.

— L'Italie a bon dos, Rocco. Moi, je maintiens que c'est du sabotage et je sais bien qui est derrière.

Sur quoi, il traversa la place à grandes enjambées. Cap sur l'Albergo d'Olivia où résidait cette famille de malheur !

50

GEMMA

Toute seulette dans le jardin de notre petite auberge, allongée sur « ma » chaise longue à l'ombre de la tonnelle, je ne faisais strictement rien. Si ce n'est contempler sans les voir les grappes de raisins verts qui oscillaient mollement au-dessus de ma tête dans les rayons filtrés du soleil.

Une insidieuse torpeur s'était emparée de mon corps et de mon esprit. Je restais là, parfaitement immobile, sans la moindre velléité de réaction. Quand mon bras glissa de l'accoudoir, je le regardai pendre dans le vide un moment avant de finir par le soulever et le remettre en place sans troubler ma rêverie.

Je ne pensais pas à Ben ; je pensais à Cash.

J'étais revenue au temps où il m'avait emmenée dans son ranch, au Texas, faire la connaissance de ses parents. Où il *nous* avait emmenées, car Livvie nous accompagnait, excitée comme une puce par son premier voyage en avion.

Cash et moi « étions ensemble », comme on dit, depuis presque un an. Nous ne *vivions* pas ensemble, excepté les week-ends où nous avions l'impression de former une vraie famille tous les trois — tous les quatre avec Nonna, le dimanche. À l'époque, ma semaine à l'hôpital avait une perspective autre que le déjeuner dominical chez ma mère.

Cash jouait dans une pièce à Broadway, je travaillais dur de mon côté, et nous jonglions avec nos emplois du temps respectifs pour nous occuper de Livvie tout en nous ménageant de tendres tête-à-tête. Nous nous aimions. J'avais trouvé le bonheur, et dans ces jours d'euphorie il paraissait éternel.

À l'aéroport de Dallas-Fort Worth, nous avons été accueillis par un homme qui était la copie conforme de Cash, avec vingt ans de plus et des cheveux argentés. Son père, bien sûr. Il m'a embrassée gentiment avant de soulever Livvie à bout de bras.

— Vous êtes trop grande pour qu'on vous porte sur les épaules, jeune dame ?

J'ai encore dans les oreilles le rire de Livvie, enchantée de se découvrir un grand-père.

Eux devant, nous deux derrière, nous avons marché main dans la main jusqu'à « la bagnole » : une fourgonnette blanche de poussière, remplie d'un invraisemblable bric-à-brac où je repérai des cordes, un vieux plaid, des outils et autres instruments typiquement masculins. Tout était si viril – Matt Drummond, son fils, et jusqu'à cet atelier sur roues – que je pouvais presque sentir de la testostérone dans l'air. Et j'aimais ça. Oh oui ! Je ne m'étais jamais sentie plus en sécurité.

— Alors, comme ça, vous êtes médecin, a attaqué Matt avec son accent à couper au couteau.

C'était plus une constatation étonnée qu'une question, et je me contentai de hocher la tête, intimidée. Cash avait tenu à me présenter à ses parents qu'il adorait : il fallait que je réussisse l'examen de passage et l'enjeu me paralysait.

— Et en plus, il paraît que vous êtes une pointure dans votre domaine !

— Cash vous a dit ça ? Il exagère, je...

— Z'êtes trop modeste, coupa Matt qui m'épiait dans le rétroviseur. J'ai toujours su que ce petit verni de Cash

254

mettrait le grappin sur une fille maligne. Un cerveau bien rempli, ça compte tellement plus que le physique !

Sous l'œil hilare du petit verni, j'ai vérifié mon reflet dans le miroir, atterrée. J'étais si moche que ça ?

— Et comme mon garçon a oublié d'être bête, a heureusement ajouté Matt, l'intello de son cœur est en plus une vraie beauté, ce qui ne gâche rien !

Livvie l'a mitraillé de questions. Quand pourrait-elle voir les chevaux ? Il en avait beaucoup ? Le ranch était-il grand comme South Fork, dans *Dallas* ? Et un chien ? Il avait un chien ? Ce ne serait pas un terre-neuve, par hasard ?

— … Parce que, nous, on va en avoir un ! Un grand terre-neuve ! Bientôt, dès qu'on habitera dans un super-pavillon à la campagne. Maman me l'a promis !

Nous avons roulé un bon moment avant de bifurquer sur la gauche pour passer sous un portail au sommet duquel se dressaient les deux initiales *D & R* en fer forgé. La route s'allongeait comme un ruban ocre entre des collines et de verts pâturages. Au bout de deux kilomètres, nous étions arrivés à destination.

J'avais devant moi une maison de ranch typique, tout en bois avec un toit de tuiles ; une façade blanche et verte dont les fenêtres brillaient comme des miroirs dans le soleil.

Sous le porche, se tenait Marietta Drummond, la mère de Cash.

— Bienvenue, bienvenue, lança-t-elle en nous ouvrant les bras.

Après des effusions aussi chaleureuses que si nous nous connaissions depuis dix ans, elle nous fit faire le tour de la maison et nous montra nos « quartiers ». Cash et moi avons hérité de son ancienne chambre de « garçon », conservée pieusement en l'état : avec ses trophées de natation alignés sur une étagère, de chaque côté de son diplôme (encadré) de l'École supérieure d'agriculture du Texas.

Comment Cash avait-il eu le courage de quitter ce toit accueillant, cette famille aimante, l'avenir tout tracé qui s'ouvrait devant lui pour aller tenter sa chance comme acteur ? Je ne le saurai jamais. Je crois bien qu'à sa place je n'aurais pas lâché la proie pour l'ombre. On était si bien, ici...

Quel bonheur pour moi de me trouver avec lui dans ce cadre idyllique en tant que petite amie et future femme. Officiellement, nous n'étions pas fiancés ; aucune bague ne scellait notre engagement ; mais c'était « écrit dans nos étoiles », comme disait Cash, et il avait raison. J'avais bel et bien l'intention de changer d'existence, de déménager dans le Connecticut, de prendre un poste dans un hôpital local où j'aurais des horaires plus souples. Livvie profiterait davantage de sa maman – en plus de la compagnie de son terre-neuve – et moi, j'aurais moins à chronométrer mes rendez-vous avec l'homme de ma vie. Oui, tout s'annonçait pour le mieux dans le meilleur des mondes.

Cash... mon beau Cash aux cheveux d'or. Avec ses yeux bleu pâle comme un ciel de printemps, ce corps qui s'harmonisait si parfaitement au mien, sa folle passion pour moi... et la mienne pour lui. Je n'avais jamais désiré personne comme lui, je n'ai eu de cesse de le lui répéter cette nuit-là. Et de le lui prouver. C'était étrange de faire l'amour dans sa chambre de garçon, sous le toit familial, avec ses parents à deux pas dans le couloir. Nous veillions à nous montrer discrets, bien sûr, mais ce n'était pas évident, dans l'embrasement de notre flamme...

Le lendemain matin, Texas oblige, nous avons joué aux cow-boys en chevauchant dans la prairie. Cela n'avait rien d'un rôle de composition pour Cash. Il aurait pu incarner un héros de western sans répétition ni raccord de maquillage et, croyez-moi sur parole, plus d'une spectatrice se serait pâmée dans les salles obscures ! À si bonne école, Livvie se montra une élève très douée ; quant à moi, je ne tardai pas à avoir les fesses endolories et un début d'insolation ; je comprenais mieux à présent pourquoi les cow-boys ont ces larges chapeaux et ces yeux plissés.

À la grande joie de Livvie, un des cinq chiens du ranch s'était attaché à elle au point de la suivre comme son ombre.

Le soir, les Drummond organisèrent en notre honneur un barbecue monstre auquel ils convièrent tous leurs cousins, amis, voisins.

Ce fut un impressionnant défilé d'hommes en Stetson blanc et de femmes en bottes de crocodile pointues. Livvie et moi n'étions pas habituées à de tels rassemblements et tout le monde se montrait si gentil avec « les petites protégées de Cash » que nous avions l'impression de faire partie de la tribu.

Ce fut cette nuit-là que Cash m'annonça « la » nouvelle. Hollywood venait enfin de lui proposer un rôle dans un film – son premier rôle à l'écran ! Il n'en serait pas la vedette, mais son personnage était intéressant. Il allait incarner un détective privé dans un film noir, dans le genre des héros de Raymond Chandler. Évidemment, cela signifiait qu'il devrait séjourner à Hollywood...

— Ce ne sera que temporaire, mon cœur, souligna-t-il en m'enlaçant par la taille. Au fond, je suis un comédien de théâtre. Je serai bientôt de retour sur les planches, plus près de chez nous.

J'avais tout de suite senti une boule se former au fond de ma gorge à la pensée d'être séparée de lui, même provisoirement. Mais nous avions une absolue confiance l'un en l'autre et notre amour était si fort... Je savais que rien ne pourrait l'abattre.

Rien ?

La voix de Ben m'arracha à ma rêverie sur Cash et le passé s'évanouit dans le présent.

Mon cœur se mit à battre comme celui d'une jeune fille vivant les affres de son deuxième amour quand je volai le rejoindre.

Je le trouvai assis en face de Nonna sur le méchant divan de cuir vert du petit salon, les bras croisés sur la poitrine, et tout sauf souriant.

À mon entrée, son regard se leva vers moi, sans que son visage ne s'éclaire pour autant. *Allons bon, qu'est-ce qu'il y avait encore ?* Du coin de l'œil, j'aperçus Amalia qui rôdait comme par hasard devant sa cuisine, l'oreille aux aguets. Scotchée dans le couloir, Laura, sa fille, ne se donnait même pas la peine de feindre de ne pas écouter. J'avais raté le début mais, manifestement, Ben n'était pas ici en visite de courtoisie. Que voulait-il à Nonna ?

— Madame Jericho, je serai franc : j'ai de bonnes raisons de croire que vous êtes à l'origine de mes ennuis à la villa Piacere.

— Ben ! Maman ! De quoi parlez-vous ?

Je me suis immédiatement placée à côté de Nonna, ma main posée sur son épaule en un geste protecteur.

— Ce n'est pas encore cette sombre histoire de coupure d'eau, j'espère ? Ben, je vous ai déjà dit que nous n'avions rien à voir là-dedans !

Il planta son regard dans le mien.

— Parfait. Et je suppose que votre chère maman et ses complices, Rocco Cesani, et le maire, Guido Verdi, n'ont rien à voir non plus avec ma coupure d'électricité, celle de mon téléphone, et la disparition subite de mes ouvriers et de leurs outils de travail ? Tout cela est arrivé par l'opération du Saint-Esprit ?

Sur le coup, j'étais trop étourdie pour répondre quoi que ce soit. Je remarquai que Nonna en restait coite elle aussi. La pauvre devait être choquée de s'entendre ainsi mise en cause !

— Je suis donc venu vous avertir que, si ce sabotage généralisé ne cesse pas immédiatement, je me verrai dans l'obligation de porter plainte contre vous.

Il voulait la guerre ? Il allait l'avoir ! C'était comme si hier soir n'avait pas existé. Nous étions redevenus des étrangers, des ennemis.

— Et moi, je vous préviens que si vous continuez à accuser ma mère, je vous traînerai en justice, monsieur Raphael.

Il s'est levé, très raide. Il paraissait encore plus grand dans ce minicoin salon.

— Vous ne réussirez pas à nous intimider, ai-je ajouté avec véhémence. Maintenant, sortez.

Il m'a dévisagée, d'un long regard indéchiffrable de ces yeux gris foncé où ne dansait plus aucune flamme d'or.

— Navré si je vous ai semblé... impoli, mais...

— *Impoli ?* Odieux, oui ! Ce que vous faites est ignoble.

— C'est vous qui m'y forcez. Je maintiens ce que j'ai dit.

Dans le silence tendu qui s'ensuivit, les yeux de Nonna couraient de lui à moi.

Puis Ben se détourna et quitta la pièce.

Oh, mon Dieu ! ai-je songé en sentant le sol se dérober sous mes pieds, *il vient de sortir de ma vie...*

51

Jusqu'ici, Nonna n'avait pas paru particulièrement troublée par notre passe d'armes. Elle savait que chaque fois que je rencontrais Ben ou que je parlais de lui en termes d'Ennemi ou d'Usurpateur, il y avait de l'électricité dans l'air. Mais cette fois, ma réaction amena sur son visage un froncement de sourcils.

— Gemma... il y a quelque chose entre vous deux ?

Maman et ses intuitions... Dieu sait comment, j'ai réussi à exécuter un haussement d'épaules à peu près détaché.

— Comme tu as pu le voir : il n'y a rien. Absolument rien.

— À d'autres, ma fille ! Je ne suis pas aveugle !

Elle pianotait sur les bras de son fauteuil.

— Tu aurais dû tout me dire. Nous aurions pu essayer de régler ça... d'une autre manière.

J'ai fait face.

— Régler... quoi ? C'est de la villa que tu veux parler ? Au nom du Ciel, maman, ne viens pas m'annoncer maintenant que tu es impliquée en quoi que ce soit dans ce sabotage !

— Pour qui me prends-tu ? *Moi*, je n'ai pas levé le petit doigt contre cet homme. N'empêche, on ne m'ôtera pas de la tête qu'il n'a que ce qu'il mérite. Après ton geste d'hier, il n'avait pas à te traiter de la sorte !

Piquée au vif, je lui lançai un regard furtif, mais Nonna n'y avait apparemment mis aucune malice. J'ai compris : elle en était restée aux excuses que j'étais allée lui présenter. Ouf ! Pour autant, ce n'était pas le moment de moisir ici ! D'ailleurs, il fallait que je fasse le point, que j'essaie de voir clair dans ce qui venait de se passer, dans ce qui allait se passer. Et pour cela, mieux valait rester en tête à tête avec moi-même. À moins que...

— S'il y a vraiment sabotage, continuait Nonna sur sa lancée, si le village se retourne contre Ben Raphael, je ne donne pas cher de ses chances d'y implanter le palace de ses rêves. Un hôtel dans *ma* villa, je te demande un peu ! Mais... tu pars ?

— Oui, je file voir Maggie Marcessi.

— Ça te prend comme ça ? Pourquoi vas-tu chez elle ? me demanda maman anxieusement.

— Pour me faire tirer les cartes. Là, tu es contente ?

Le « chambellan du domaine » m'introduisit auprès d'une comtesse voluptueusement lovée sur le divan de chintz de son « petit » salon.

Le visage de Maggie s'illumina à ma vue.

— Eh bien, ma chère enfant, en voilà une surprise !

Aujourd'hui, elle donnait dans le violet : du nœud dans ses cheveux à ses mules en passant par sa robe à fleurs. Jupe bien au-dessus du genou (elle était si fière de ses jambes) et décolleté en V orné d'un papillon en améthyste. Une ceinture myosotis soulignait sa taille grassouillette. Comme tout ce qu'elle portait, cet ensemble devait valoir une véritable petite fortune.

Elle tapota le divan pour que je vienne m'asseoir à côté d'elle.

— Vous êtes très en beauté, la complimentai-je en me coulant entre deux coussins duveteux.

— Violet, mauve, parme, lavande, pervenche... je crois en

l'harmonie des couleurs, ma chère. Je suis assez calée sur le sujet, vous savez, autant que pour le tarot. Le marc de café non plus n'a pas de secret pour moi.

Elle caressa le ruban qui enserrait ses cheveux rouges en me lançant un regard pénétrant.

— En réalité, je vous attendais.

— Vraiment ?

— Ben sort d'ici.

— Oh !

Mal à l'aise, je fixai mes pieds.

— Mmm, votre parfum ravit mes narines, reprit Maggie sur un ton engageant.

— *Violetta di Parma.*

— Naturellement. Tout à fait de circonstance.

— Maggie, j'aimerais que vous consultiez le tarot pour moi, ai-je avoué, une note de désespoir dans la voix.

— Bien sûr, mon petit. Vous voudriez connaître votre avenir. Et peut-être mieux comprendre le présent.

Elle se leva et marcha vers une vieille écritoire d'où elle sortit un paquet de cartes. Elle me demanda de prendre place en face d'elle au guéridon qui se trouvait devant la fenêtre.

— Maintenant, passons aux choses sérieuses. Vous êtes prête à tout entendre ?

— Je pense savoir déjà ce que vont nous révéler les cartes.

Maggie secoua gravement la tête.

— Le sort est inconstant, ma chère, ne l'oubliez jamais. Nul ne sait exactement ce qui est écrit sur la page suivante du Grand Livre de la Vie.

Elle me fit tirer des cartes.

— Et maintenant, voyons voir...

Elle les étala une à une sur la table, en accompagnant chacune d'un commentaire qui n'avait pour moi aucun sens.

— Oh oh !

— Alors ? Qu'en est-il ?

Elle se lança dans un discours sur les Arcanes majeur et mineur, avant de tapoter d'un index inspiré un personnage féminin qu'elle appelait la Papesse. Et le verdict tomba :

— Vous vous trompez sur vous-même, mon petit. C'est votre défaut : vous ne regardez pas la réalité en face.

— Moi ? Je l'affronte tous les jours de ma vie ! m'écriai-je en pensant à mon travail à l'hôpital.

— Celle des autres peut-être, pas la vôtre, rétorqua Maggie avec une belle assurance. Le tarot est formel : vous fuyez votre propre vérité. Voyez plutôt...

Je m'agitai sur ma chaise tandis qu'elle pointait du doigt une autre carte pour me montrer un personnage pendu la tête en bas.

— Aïe ! aïe ! aïe !

— C'est si mauvais que ça ?

Elle écarquilla les yeux comme le commandant du *Titanic* quand on lui annonça : « Iceberg droit devant ! »

— Je vois un lieu de douleur et de séparation, associé à une grande rivière qu'il vous reste à traverser.

Un lieu de douleur et de séparation ? Je ne savais que trop bien de quoi il s'agissait... Je dissimulai mon malaise sous une moue plus que sceptique.

— Que me chantez-vous là, Maggie ? C'est ce pendu qui vous raconte tout ça ?

— Ça et beaucoup d'autres choses. Trop de difficultés vous attendent sur cette rive... Il faut vous jeter à l'eau et franchir la rivière.

J'aurais mieux fait de me dispenser de cette petite consultation !

— Tiens donc ! *Mais qui voilà ?* poursuivit Maggie en s'illuminant au vu d'une carte représentant un soleil.

Elle me regarda triomphalement.

— Un héros solaire... Ben Raphael, bien sûr !

— Vous vous moquez de moi.

— Femme de peu de foi ! Je lis réellement dans les cartes. Je suis un peu sorcière, vous savez bien. Feu mon deuxième mari en était d'ailleurs convaincu. Oh, mais regardez ces étoiles, ma belle ! Vous avez rendez-vous avec votre destin !

— Allons bon ! Vous n'auriez pas en magasin un rendez-vous plus agréable ?

Je ne me montrais guère positive, pour ne pas changer, mais Maggie conclut la séance en jurant ses grands dieux que le sort m'était favorable.

Nous avons pris le thé en parlant d'autre chose (j'avais décliné son offre de lire la suite de mes aventures dans les feuilles de théier !). Je croquais un de ces délicieux cookies qu'elle faisait venir de Londres, quand Maggie me demanda à brûle-pourpoint où j'en étais avec Ben.

— Dans l'impasse. Pire : la guerre est ouverte.

Je lui ai raconté de quoi ce monstre avait osé nous accuser, mais elle n'a pas parue choquée outre mesure.

— Vous ne pensez pas que Ben pourrait avoir un peu raison ?

— Bien sûr que non ! Je ne ferais *jamais* une chose pareille !

Maggie porta sa tasse à ses lèvres d'un air pensif.

— *Entre tous mes ennemis*, dit un vieux dicton, *le plus dangereux est mon ami*. Je sais qu'il y a eu quelque chose entre Ben et vous. Je l'ai lu sur son visage comme sur le vôtre. Faites la paix, tous les deux.

En rentrant à l'auberge, je tentais de comprendre ce qu'elle avait bien pu vouloir dire.

52

Deux jours passèrent sans que Ben donne signe de vie.

Je traînaillais dans ma chambre avec un bon rhume, attrapé sous la pluie ce soir fatal. J'essayais de faire le ménage dans mes pensées, mais impossible de mettre en accord ma conscience et la monumentale erreur que j'avais commise cette nuit-là.

À l'évidence, ces heures d'égarement avaient été une pure folie. Mais que voulez-vous ? La chair est faible, et c'était si merveilleux, si sensuel, si affolant de se sentir tomber amoureuse. *Amoureuse ?* Moi ? Pouvait-on vraiment parler d'amour ? Comparer cette fièvre des sens à ce que j'avais éprouvé pour Cash ? Bien sûr que non.

Avec Ben, il ne s'agissait que d'une toquade, comme ça, en passant. Pareille à ces flirts de vacances terminés à peine commencés. Une aventure d'un soir.

Je me remémorai chaque mot, chaque regard de notre dernière confrontation, et j'en conclus que Ben me tenait réellement pour responsable de ses problèmes à la villa. Dès le début, nos relations s'étaient mal engagées. Et la faute à qui ? À ce cher Donati, bien sûr ! Ce notaire de malheur avait tout gâché.

Écumant de rage, je dévalai l'escalier afin de composer pour la énième fois le numéro de l'infâme canaille. Et, comme de bien entendu, personne ne répondit. Il ne faisait plus aucun doute que cet escroc avait empoché l'argent de Ben et disparu avec son magot, emportant du même coup le testament du comte de Piacere.

Je ne voyais plus qu'une solution : aller trouver Ben pour lui suggérer de lancer la police aux trousses du fuyard. S'il ne craignait pas de découvrir la vérité, il se rangerait à mon idée.

Comme je raccrochais le téléphone mural, je vis Amalia qui s'affairait comme par hasard à balayer le couloir.

— *Buona sera, dottoressa.* J'espère que votre rhume va mieux.

Elle s'exprimait en italien, mais je me débrouillais assez bien maintenant pour comprendre, à défaut de parler. Je secouai la tête en pointant du doigt mon nez rouge et mes yeux larmoyants.

— J'ai vu le *signor* Raphael ce matin, a-t-elle enchaîné négligemment.

Je me suis figée, les oreilles en alerte pendant qu'elle ajoutait en articulant exagérément pour être sûre que je saisirais le sens :

— Il était à Rome ces jours derniers, pour affaires. À présent, il est de retour.

— Oh ! *grazie.*

Mes petites cellules grises s'agitaient à plein régime. Je tendis la main vers le combiné, avant de me rappeler que la ligne de Ben était en dérangement. Pardi, j'étais censée l'avoir coupée !

Il était quatre heures de l'après-midi, moment idéal pour une visite improvisée. D'autant que Nonna et Livvie étaient parties en excursion dans les jardins de La Foce, à Sienne. Oui, c'était le moment ou jamais. Tant pis si je n'avais pas la voiture, je monterais à pied à la villa. Il faisait beau, mais pas trop chaud : le Ciel était de mon côté.

Pour la première fois depuis deux jours, j'abandonnai ma robe de chambre pour enfiler un short et un tee-shirt blanc.

Je me donnai un coup de peigne et mis mon chapeau de paille. Encore un peu de *Violetta di Parma* et me voilà prête. *Pour mon rendez-vous avec le destin*, ai-je songé en me remémorant la prophétie de Maggie.

La villa Piacere était plus éloignée que dans mes souvenirs, et surtout plus en hauteur. Malgré ma tenue légère et mon chapeau, j'arrivai en nage.

Je vis la Land Rover garée près de la fontaine. Ben était bien au logis, en train de peindre peut-être, ou de prendre le frais.

— Bonjour ! Ben, c'est moi ! Vous êtes là ?

J'ouvris la porte-fenêtre qui donnait sur la terrasse et avançai d'un pas sur ma lancée avant de me pétrifier.

Ben sirotait un thé glacé en galante compagnie. Une fille sortie tout droit d'un magazine de mode. Grande et mince, comme il se doit, style beauté nordique. Ses longs cheveux blonds, ramenés à l'arrière d'un visage à l'ovale parfait, lui tombaient au-dessous des épaules. Elle portait un tailleur d'une blancheur éclatante, aussi court qu'une jupette de tennis, d'où émergeaient des jambes cuivrées, longues à n'en plus finir. Tout en elle respirait l'aisance et le raffinement, jusqu'à la touche de vernis à ongles pêche sur ses pieds chaussés de fines sandales.

J'ai fermé les yeux un quart de seconde. Cette femme était scandaleusement ravissante. Quel homme ne rêverait pas de... J'ai chassé de mon esprit l'image des draps d'une certaine chambre d'hôtel à l'éclairage ocre. Comme cette nuit pluvieuse semblait loin, loin...

Ben s'était dressé, visiblement contrarié, tandis que la belle blonde me regardait comme une curiosité. Elle m'avait paru très belle au premier coup d'œil. J'en eus la confirmation quand elle se leva à son tour en croisant les bras dans le dos, ce qui eut pour effet de mettre encore mieux en valeur les courbes de sa poitrine sous son chemisier blanc largement échancré.

Dans le silence gênant qui avait suivi mon entrée, je ne trouvai qu'à bredouiller lamentablement :

— Excusez-moi, je... je ne voulais pas vous déranger... Je vous verrai plus tard, Ben.

Il prit la parole.

— Gemma, permettez-moi de vous présenter Solène Lohengrin.

— Enchantée, ai-je balbutié en me sentant encore plus minable à côté d'un tel patronyme.

— Tout le plaisir est pour moi, susurra l'heureuse propriétaire de ce nom et de ce corps de rêve.

Elle me tendit une main délicate, élégante, parfaitement manucurée, que je serrai du bout des doigts.

Je ne pus m'empêcher de remarquer la Rolex en or et le bracelet en ivoire qui ornaient son poignet, contrastant superbement avec sa peau bronzée. Ah, j'avais belle allure avec mon short et mon chapeau de paille ! *Je n'aurais jamais dû venir ici.*

Tournant les talons, je suis rentrée de plein fouet dans la porte-fenêtre qui s'était refermée derrière moi. Il y eut un bruit de vitre, mes lunettes de soleil voltigèrent dans les airs. *Oh, mon Dieu, je vais mourir de honte !*

Ben rattrapa mes lunettes au vol. Il me les tendit en fronçant les sourcils et je les remis sur mon nez endolori en souhaitant que la terre s'entrouvre sous mes pieds pour m'engloutir tout entière, moi et ma maudite maladresse. La seconde d'après, je m'enfuyais comme une voleuse.

J'ai entendu Ben crier mon nom, mais j'étais déjà loin, en train de dévaler l'allée de gravier, trébuchant sur les cailloux que masquaient les herbes folles, et me traitant d'idiote à chaque foulée.

Bien sûr, il se fichait pas mal de moi. Je n'avais jamais compté. Je n'étais pour lui qu'une aventure d'une nuit. Il suffisait de voir avec quelle vamp il s'affichait à présent... et il ne lui avait fallu que deux jours pour la trouver.

Au diable Ben Raphael et les hommes de son espèce ! Je continuais à courir, blessée, meurtrie, plus seule que jamais. Je n'aurais pas dû succomber à son charme, coucher avec lui, le laisser entrer dans ma vie... L'image du lit où avaient roulé nos corps m'a encore assaillie. Seigneur ! je ne pouvais pas supporter cette vision. J'étais humiliée comme je ne l'avais jamais été de toute mon existence.

Je regardai par-dessus mon épaule la silhouette de la villa Piacere, si noble et paisible dans son écrin de verdure. Dire que la première fois que je l'avais vue, j'avais cru trouver le paradis…

Eh bien, maintenant, ce n'était plus qu'un paradis perdu, et moi j'étais chassée du jardin d'Éden.

De retour dans l'abri de ma chambre monacale, je me suis jetée à plat ventre sur mon lit, la tête nichée entre les coussins. Je pensais à Cash. Je n'avais pas pleuré depuis longtemps, trop longtemps sans doute, parce qu'à présent mes larmes coulaient à torrents.

Au bout d'une heure, je me suis assise au pied de mon lit. Pourvu qu'Amalia ne m'ait pas entendue, je ne tenais pas à ce qu'elle fasse un rapport à Nonna. Je me suis mouchée avant d'ouvrir la porte de la vieille armoire qui occupait tout un pan de mur. J'en retirai un chandail auquel je tenais comme à la prunelle de mes yeux. En cachemire gris. Le préféré de Cash. J'y enfouis mon visage en cherchant vainement son odeur. Elle avait disparu. Là encore, il ne me restait que des souvenirs.

J'ai pressé le chandail contre ma joue et je me suis remise à sangloter, sans pouvoir m'arrêter.

Nonna et Livvie ne rentrèrent pas de bonne heure, ce qui me laissa le temps de prendre une longue douche et de me ressaisir un peu. Mais, si j'avais espéré donner le change, c'était raté.

Elles ouvrirent des yeux horrifiés en découvrant mon visage. J'étais trahie par mon nez rouge et mes yeux battus – trop rouge et trop battus pour un simple rhume.

Livvie s'approcha de moi en se prenant la tête à deux mains.

— Maman ! Qu'est-ce qui t'est arrivé ? Ça va ?

Mon pauvre petit bout de chou était au bord des larmes rien qu'en me voyant dans cet état. Je la serrai fort contre mon cœur en lui disant de ne pas s'affoler. J'allais très bien.

— Que s'est-il passé, Gemma ? murmura Nonna avec une sobriété rarissime chez elle.

Pour une fois, elle ne jouait pas à la mamma italienne – signe que je l'inquiétais vraiment.

— Il va falloir que je m'éloigne un peu d'ici, ai-je annoncé en m'efforçant de maîtriser le tremblement de ma voix. Je veux dire… juste quelque temps. Pour moi, c'est… c'est nécessaire.

Nonna ne m'a pas questionnée, elle s'est contentée de hocher la tête.

— Très bien, Gemma. Nous partirons toutes les trois demain matin. J'ai toujours voulu voir la côte d'Amalfi, et la plage fera du bien à Livvie.

53

Nous sommes descendues au San Pietro, un charmant hôtel situé à Positano, sur la route de la corniche, entre Naples et Salerne. Ce village, accroché miraculeusement à une falaise de roche verte entre ciel et mer, domine le golfe de Salerne.

Ma chambre à coucher, aussi spacieuse que fraîche avec son carrelage aigue-marine, s'ouvrait sur un balcon privatif fleuri d'où je jouissais d'un fabuleux panorama sur la côte amalfitaine. La fenêtre de ma salle de bains donnait elle aussi en à-pic sur la mer. Le soir de notre arrivée, alors que je prenais un bain pour me délasser de la fatigue du voyage et de la chaleur étouffante, j'ai eu l'impression de me détendre non pas dans une baignoire, mais sur le pont d'un des bateaux que je voyais en contrebas.

Nous avons dîné sur la terrasse d'une *osteria* surplombant la *spiaggia Grande*, la plus longue plage de Positano. La brise marine se mêlait aux parfums des bougainvillées du restaurant et des champs de citronniers qui partaient à l'assaut de la montagne environnante. C'était l'heure magique où le soleil décline mais où il ne fait pas encore nuit. Hélas ! ce soir, mon cœur ne laissait aucune place à la magie.

Je ne vous étonnerai pas en vous confiant que je n'étais pas

271

au diapason de ce cadre enchanteur. Nonna non plus n'avait pas l'air dans son assiettc. Je lui trouvais un teint gris, cireux même, que je n'avais pas remarqué auparavant. J'ai mis ça sur le compte de la fatigue du trajet, ajoutée à celle de son excursion de la veille. J'avais trop tendance à oublier qu'elle n'avait plus vingt ans – et elle aussi ! Quant à Livvie, elle ne profitait même pas de la vue. Elle contemplait d'un œil morne le fond de son verre de limonade.

Il était évident que ce paysage époustouflant, cette symphonie de couleurs ne parvenaient pas à la séduire. Elle s'ennuyait. Livvie avait besoin de s'amuser, de bouger, de rire avec des jeunes de son âge. Que faire ?

Le serveur – un sosie d'Al Pacino de l'époque du *Parrain*, mais en plus jovial – est venu prendre notre commande avec un entrain qui détonnait à côté de notre morosité ambiante.

— *Per favore*, ne fatiguez pas vos jolis yeux à éplucher la carte, *signore*, dites-moi plutôt ce qui vous fait envie… et vous l'aurez. Nous nous ferons un plaisir de transformer vos rêves en réalité.

Si cela pouvait être vrai, ai-je pensé tristement.

Livvie a relevé la tête :

— Parfait, alors je voudrais un gâteau de semoule, *per favore* !

Je lui ai adressé un regard perplexe. Je savais qu'elle lui lançait un défi.

— Mais bien sûr, mademoiselle, si c'est là ce dont vous rêvez.

Il parut déçu que ce soit son vœu le plus cher, et je lus sur le visage de Livvie qu'elle le regrettait également.

— Eh bien… je pourrais peut-être commencer par une pizza exotique, ajouta-t-elle d'une toute petite voix.

Là, le serveur lui décerna une moue d'approbation.

— Vos désirs sont des ordres, *signorina*.

Nonna et moi passâmes notre commande. Quelques minutes plus tard, il réapparaissait avec nos trois plats, dont une fine pizza à l'ananas et aux crevettes cuite au feu de bois.

Je vous assure que Livvie en fut sacrément impressionnée.

La preuve : elle sourit et lui dit « merci » sans que Nonna ait eu besoin de le lui rappeler.

Ce fut un repas absolument délicieux. Nous finissions notre dessert quand un feu d'artifice illumina le golfe.

— Ça ne vous rappelle pas cette soirée dansante chez la comtesse ? demanda rêveusement Nonna.

Oh si ! Ça me rappelait même un autre feu d'artifice, dans les bras de Ben.

Comme si j'avais besoin que l'on ravive mes souvenirs !

L'image de notre premier baiser me hantait encore lorsque je suis enfin montée me coucher, épuisée. La nuit était très chaude. Toute nue dans mon immense lit vide, je m'agitais sans parvenir à trouver le sommeil, avec le bruit des vagues et le chant entêtant des grillons en fond sonore. Je n'avais pas l'habitude de dormir sans rien sur moi. Je ne l'avais pas fait depuis longtemps – depuis dimanche dernier avec Ben, réalisai-je soudain.

Il n'y avait pas une semaine, et cela me sembla appartenir à une autre vie.

54

LIVVIE

Il faisait très beau ce matin-là, et la journée promettait d'être chaude. Livvie se pencha par-dessus la balustrade pour regarder l'écume des vagues bleues scintiller contre la roche verte de la falaise. Elle prenait la *prima collazzione* avec sa mère et sa grand-mère sur la terrasse privative de Nonna. Un petit déjeuner royal, avec toutes sortes de fruits frais, croissants, petites brioches à la crème, toasts grillés, tranches de *panettone, e tutti quanti*. Il y en avait pour tous les goûts.

Pourtant, Livvie remarqua que Gemma ne prenait que du café. À en croire Nonna, elle souffrait du *mal d'amour*... « Ta maman est amoureuse de Ben Raphael, c'est clair comme de l'eau de roche. Et c'est ça qui lui fait peur ! »

Livvie était bien d'accord. Le problème, pensait-elle, c'est que depuis Cash, maman est atteinte de célibatose aiguë. Et les chances de Ben Raphael de la ramener à de meilleures dispositions vis-à-vis de la gent masculine avoisinaient le zéro. Dommage.

D'autant plus dommage qu'un rapprochement Ben-Gemma aurait évidemment favorisé sa propre amitié avec

Muffie. Livvie aurait bien aimé que son amie soit du voyage, pour parler de trucs de filles. Après des débuts difficiles, Muffie était montée très haut dans son estime en osant affronter son père.

Livvie contempla sans joie la mer translucide et la plage tant vantée par Nonna. Aller se baigner toute seule, nager toute seule, bronzer toute seule, ce n'était pas drôle. Elle se voyait déjà flotter sur son matelas pneumatique, sans personne de son âge avec qui rire et papoter, perdue dans un océan d'ennui. Quelle plaie !

Seule lueur à l'horizon de cette morne journée, le choix existentiel d'un maillot de bain. Aucune d'entre elles n'en avait apporté, il faudrait donc écumer les magasins de ce village touristique. Rien de tel qu'un peu de shopping pour chasser les idées noires. Et qui sait ? peut-être feraient-elles une merveilleuse rencontre sur les quais de Positano ? Il n'y avait pas que des croûtons par ici, se répétait Livvie, l'œil aux aguets.

Le soleil cognait déjà comme un forcené quand elles montèrent dans la navette de l'hôtel pour effectuer les deux kilomètres de lacets qui les séparaient du petit port de plaisance. Livvie dénicha rapidement le bikini rouge de ses rêves. Comme de bien entendu, le peu de tissu horrifia Nonna, mais – incroyable ! – sa mère consentit à l'acheter. Par peur certainement que son « bébé d'amour » passe de mauvaises vacances.

Du coup, Livvie se promit d'afficher un peu plus souvent sa tête de martyre, puisque ça marchait.

Elle jubila beaucoup moins quand elle vit que sa mère avait choisi pour elle-même un maillot une pièce des plus classique, *mais* bleu roi, tandis que Nonna avait jeté son dévolu sur un modèle à la mode dans les années cinquante, *mais* blanc !

— J'hallucine ! gémit-elle. Bleu, blanc, rouge... pile les couleurs de la bannière étoilée !

Décidément, il n'y avait rien à espérer des générations consternantes qui avaient précédé la sienne sur terre ! Mais le pire restait à venir : loin de culpabiliser, les deux inconscientes l'entraînèrent à l'écart de la via dei Mulini et de ses boutiques de mode pour aller s'extasier au fond d'une vieille église humide devant une icône byzantine ab-so-lu-ment fa-bu-leuse, paraît-il. Le moral de Livvie chuta au-dessous du niveau de la mer.

Tandis que ses tortionnaires entraient dans un bar du port pour se remettre de leur crise artistico-mystique devant un double espresso, elle erra sur le quai comme une âme en peine.

C'est alors qu'elle le vit.

En équilibre sur la coque d'un hors-bord, frottant les cuivres d'une main nonchalante. Il était à l'image de son canot de course, estima-t-elle en s'humectant les lèvres : vif, svelte, agile. Ab-so-lu-ment fa-buleux !

J'hallucine ! proféra Livvie en son for intérieur. Les garçons de sa classe (même le plus mignon) n'étaient encore que des gamins et tout le monde sait qu'au même âge, les filles l'emportent largement en maturité. Mais *lui* était plus vieux. Et tellement viril avec ses cheveux longs décolorés par le soleil, ses bras musclés, son torse nu hyperbronzé, son short moulant et ses jambes à faire trembler Hollywood...

Elle en était à ce point de son analyse quand l'Apparition tourna la tête vers elle, croisa son regard et se fendit d'un sourire qui lui mit l'estomac à l'envers.

— *Ciao.*

Transpercée par ces yeux couleur de golfe clair, Livvie déglutit péniblement. L'onde de choc de son *ciao* dévastateur se répercutait dans tout son corps. L'Inconnu venait de l'aborder par le plus merveilleux mot du monde.

— *Ciao*, parvint-elle à répéter.

Voilà qu'elle était prise d'une attaque de timidité, *elle* – subitement consciente de son corps d'adolescente poussée en graine et de sa poitrine trop plate ! Elle se prit à espérer que ses seins allaient grossir à la vitesse grand V et qu'elle ne serait pas obligée, comme sa mère à son âge, de rembourrer son soutien-gorge de coton.

Le jeune dieu la dévisageait avec un calme olympien.

— *Che bella...*

La mâchoire de Livvie descendit d'un cran et elle fixa ses pieds, gênée. Évidemment, ce n'était pas la première fois qu'un garçon la baratinait mais, là, il s'agissait d'*un homme.*

— Tu veux faire un tour ? reprit-il en l'invitant d'un geste à monter à bord. Je t'emmène à Capri en une demi-heure.

Elle releva le nez et s'approcha d'un pas, se protégeant les yeux de la main, comme pour mieux soutenir l'éclat de son regard.

— Tu vas à Capri ?

— *Per te*, j'irai n'importe où.

Une demi-heure en compagnie de ce capitaine de charme, les cheveux au vent dans son hors-bord ? Un pareil bonheur n'avait pas de prix !

— C'est combien ? *Quanto ?* s'enquit Livvie d'un ton qui se voulait dégagé.

Ouille, ouille, ouille ! grimaça-t-elle intérieurement en entendant le chiffre. Le bonheur n'avait peut-être pas de prix, mais il avait un coût. Si seulement elle n'avait pas dilapidé ses économies à Rome pour alléger les souffrances d'une fausse paralytique !

— Bon. Je reviens tout de suite.

— *Bene*, va demander à la *mamma*, lança la voix moqueuse du capitaine tandis qu'elle filait comme une flèche.

Pourvu qu'il m'attende ! Mon Dieu, faites qu'il n'embarque pas d'autres touristes ! priait Livvie qui déboula dans le bar, hors d'haleine.

— Vite ! Il faut partir pour Capri tout de suite ! C'est une occasion unique !

Nonna et Gemma tiquèrent quand elle leur annonça le prix de cette petite virée, mais Livvie reprit sa tête de martyre et vit sa mère sur le point de céder.

— Oh, merci, merci, merci, maman ! s'écria-t-elle en se jetant à son cou.

— Dis à ton marin qu'il passe nous prendre à quatorze heures devant le San Pietro.

— OK, quatorze heures au San Pietro, claironna Livvie qui s'était déjà élancée sous l'œil attendri de Gemma.

Grâce au Ciel, il était encore là, à astiquer le pont, et, le temps de retrouver son souffle, elle l'observa à la dérobée. Pas de doute possible, décida-t-elle au bout de cinq bonnes secondes, cet homme avait tout pour lui. Et comme il était absolument parfait, il ratifia leur rendez-vous d'un sourire lumineux et d'un mot digne de Lagardère :

— J'y serai !

Après un silence passé à jouer avec les branches de ses lunettes de soleil, Livvie prit son courage à deux mains :

— Comment tu t'appelles ?

— Tomaso. *E tu ?*

— Livvie.

— OK, Livvie. *Alorra*, à deux heures.

— OK.

Il vit qu'elle restait plantée là à le regarder et esquissa un autre de ses sourires ravageurs.

— Bien, *ciao, bambina.*

— *Ciao.*

Sur ce, il se remit au travail en sifflotant sans plus lui accorder le moindre regard.

De retour à l'hôtel, Livvie essaya son bikini tout neuf. Pas mal. Ce qui allait moins bien, c'était ce que lui annonçait son réveil : à peine midi ! Et ces aiguilles qui avançaient à la vitesse d'un escargot par temps de verglas ! Deux heures à patienter, autant dire l'éternité.

En attendant qu'on l'appelle pour le déjeuner, elle se mit à tourner en rond dans sa chambre comme un hamster dans sa roue, en repassant dans sa tête le film de l'Événement de la matinée avec moult ralentis et arrêts sur image. Tomaso de trois quarts, rejetant ses cheveux en arrière. Tomaso de profil, le torse bombé. Tomaso de face, souriant de toutes ses dents. Tomaso lui coulant un regard de braise. Tomaso... Elle ne tiendrait jamais jusqu'à quatorze heures !

55

GEMMA

Pourquoi avais-je accepté d'aller à Capri ? Je ne désirais qu'une chose : rester sans bouger à fixer la mer, en ne pensant à rien. Zéro. Le néant. Mais mon esprit était trop agité pour faire le vide, et trop engourdi pour me permettre de voir clair en moi-même. Alors autant faire plaisir à ma fille.

Livvie m'inquiétait. Tendue, crispée, elle ne touchait quasiment pas à sa pizza, regardant sa montre toutes les cinq minutes. Elle ne se plaignait pas, mais je savais que la vie d'une adolescente n'est pas drôle tous les jours (à vrai dire, ça ne s'arrange pas après…). Toujours est-il qu'elle avait l'air de tenir à cette excursion à Capri. Tant mieux. Si cela pouvait la distraire un moment…

À deux heures moins dix, alors que le capitaine n'était pas encore à son poste, Livvie avait déjà sauté dans le hors-bord. Les deux mains en visière sur son front, elle scrutait les environs comme une femme de marin-pêcheur guettant le retour de son homme parti en mer et pris dans une tempête. Hum ! il y avait anguille sous roche…

Nous avions troqué nos maillots de bain pour des shorts,

279

chemisiers et chapeaux de paille. La tenue adéquate pour une traversée. Mais, sur les quais comme au restaurant et dans les bars, je voyais bien que les Italiennes s'arrangeaient pour rester chic et élégantes en toutes circonstances, toujours impeccablement coiffées, subtilement maquillées, et avec ce petit quelque chose de sexy qui fait la différence. Je me suis remémoré la bombe anatomique qui s'épanouissait tout contre Ben sur *ma* terrasse (un comble !) et la jalousie me dévora de nouveau.

Je déteste être jalouse. C'est indigne de moi de réagir de façon aussi épidermique, mais on ne se commande pas. La vision de cette Solène Lohengrin étalant ses appas sous les yeux de Ben m'avait poignardée en plein cœur.

Je me tournai brusquement vers Nonna.

— Une fois à Capri, j'irai faire quelques courses. J'ai besoin de renouveler ma garde-robe.

Elle rumina la nouvelle, puis déclara sobrement :

— Bien. Mieux vaut tard que jamais.

Le visage de Livvie pâlit quand elle vit notre capitaine monter à bord et s'asseoir aux commandes.

— Mais... je croyais..., balbutia-t-elle en reculant comme devant un *alien*.

Qu'avait-elle pensé ? me suis-je demandé. Le capitaine avait lui aussi l'air surpris. Avec sa trogne de marin buriné par le soleil, le vent et les embruns, il ressemblait au vieux loup de mer dans *Le Vieil Homme et la Mer* de Hemingway.

Et puis j'ai compris en voyant arriver son jeune second. Blond, beau et sexy. Un cocktail dangereux ! Je fronçai les sourcils en observant ma fille qui avait retrouvé le sourire, comme par enchantement.

— *Ciao*, Tomaso, minauda-t-elle.

Ledit Tomaso nous aida gracieusement, Nonna et moi, à prendre place à bord, pendant que le capitaine larguait les amarres. Nous étions à peine installées que le hors-bord s'élançait dans un hurlement de moteur. Cramponnée à la barre de notre siège, je constatai que Livvie préférait s'agripper au bras de Tomaso.

Voilà ce qui la motivait tant pour cette minicroisière ! J'esquissai une moue ironique à l'intention de ma fille, qui y répondit par un clin d'œil complice. Traduction : « Que veux-tu ? Il est craquant, non ? » Nous nous sommes adressé un sourire de femme à femme.

À la vitesse à laquelle nous filions, nous avons atteint l'île de Capri en moins d'une demi-heure. Livvie avait fait toute la traversée debout, à côté de son chevalier servant. Son chapeau à la main, elle avait laissé ses cheveux flotter au vent et les embruns lui fouetter le visage.

Quand le vieux loup de mer ralentit et manœuvra pour accoster, Tomaso plongea comme un dauphin dans les eaux bleues d'une transparence cristalline. Avec un petit cri, Livvie se pencha par-dessus bord pour le suivre des yeux, éperdue d'admiration. La tête du nageur émergea quelques secondes plus tard, mais c'est le visage de mon bébé que j'épiais. Un visage transfiguré qui confirmait mes soupçons. Pour la première fois de sa vie, Livvie était amoureuse.

Je me suis finalement offert cette robe qui m'avait fait tellement envie à Rome. Rouge et sexy – exactement le genre de tenue que je ne pourrai plus porter nulle part à New York. En outre, elle coûtait une petite fortune. Mais tant pis, je l'ai achetée.

Au point où j'en étais, j'ai aussi pris les escarpins assortis, avec des talons si hauts que j'avais l'impression de tanguer à chaque pas, mais ils mettaient mes jambes en valeur. C'était peut-être ridicule – et c'était surtout un peu tard, je vous l'accorde – mais j'éprouvais le besoin de me sentir plus femme.

Contrairement à son habitude, Nonna se garda d'intervenir, se bornant à me couvrir d'un regard sidéré. Elle sortit de la boutique pendant que je réglais mes articles, mais je la vis se figer sur le seuil.

Elle fixait quelque chose en hochant la tête avec incrédulité, comme si elle allait de surprise en surprise.

— Viens vite voir, chuchota-t-elle. Je crois rêver.

Je l'ai rejointe pour découvrir Livvie tombée en arrêt

devant une vitrine. Grande merveille ! Sur quelle nouvelle horreur avait-elle flashé ? J'ai suivi son regard... et me suis vite ravisée.

Une minute plus tard, avec l'approbation de Nonna (ce qui était déjà un événement en soi), j'offrais à ma Livvie l'article qui lui avait tapé dans l'œil. Une robe du même vert que les cheveux de Muffie, mais là c'était de bon ton. Une vraie robe de jeune fille, pas trop courte, ni moulante, ni même fendue. Pas provocante pour un sou. Très classe au contraire, d'une élégance sobre qui la vieillissait un peu. Pas besoin d'être grand clerc pour deviner l'effet recherché...

— *Santa Madonna*, c'est un miracle ! me glissa Nonna à l'oreille. Notre petite Olivia a mûri au soleil de l'Italie...

Oui, Olivia devenait une femme. Ce Tomaso y était pour quelque chose. Et à présent, je craignais qu'il ne la serre de trop près.

— Maman, je pourrai sortir avec Tomaso ce soir ?

Et voilà, c'était parti ! Ils avaient passé le trajet du retour à comploter. Le résultat des courses me tomba dessus à l'arrivée.

— Il connaît une boîte supercool, pas loin. Tu veux bien, hein ?

J'ouvrais déjà la bouche pour dire non, mais elle guettait ma réponse avec tant d'espoir. Je me suis revue à son âge.

— Pas question de te laisser seule avec ce garçon. Vous serez en groupe ?

— Ouh ! là là, tu penses ! Il y aura plein de copains à lui, et des filles en pagaille !

Elle était hors d'haleine et dansait d'un pied sur l'autre, excitée comme une puce. Je me suis sentie faiblir, mais j'ai pris mon air sévère.

— Et tu seras rentrée pour onze heures !

— Oh, m'man... minuit ?

— Onze heures trente. Et pas une minute de plus.

— Youpi ! Merci, m'man. J't'adore !

Radieuse, elle se jeta dans mes bras comme quand elle était

toute petite, avant de se frapper le front, saisie d'une inspi-
ration subite.

— Tu sais quoi ? Je pourrais peut-être mettre ma nouvelle
robe !

56

C'était son premier vrai rendez-vous. Je rongeais mon frein pendant que Livvie se préparait, mais quand je la vis sortir de sa chambre, légèrement maquillée et ravissante dans sa robe verte, je cédai à la panique.

Je la conjurai de ne rien faire qu'elle pourrait regretter. Je lui dis même que Nonna la tuerait si elle ne se comportait pas bien, et que moi je m'en voudrais toute ma vie.

Livvie leva les yeux au ciel :

— J'hallucine ! Maman, de quoi vous avez peur ? Je vais seulement danser en boîte.

Je me suis trouvée bête. Je l'étais sûrement.

À l'heure dite, Tomaso vint la prendre en bas de l'hôtel, dans la plus minuscule voiture que j'aie jamais vue, blanche, avec ici et là des raccords en forme de pansement et des pois rouges comme si le capot avait la scarlatine ou la varicelle. Bon, du calme ! On ne s'emballe pas ! Examinons ce petit séducteur en toute objectivité.

Le fait est que ce Tomaso avait l'air des plus convenable. Tout de blanc vêtu, on pouvait même lui trouver belle allure. C'est peut-être idiot, mais le voir tout bonnement habillé et revenu à la civilisation (sur son hors-bord, il était quasiment nu et totalement hirsute), rasé de près et courtois, m'a rassurée. Ma fille avait bon goût.

— Si Olivia doit absolument sortir avec un garçon, marmonna Nonna, autant que ce soit avec un beau gosse comme lui. Il m'inspire confiance.

Avec une fausse décontraction, je les ai suivis jusqu'à la voiture.

Les amis de Tomaso, un jeune homme comme il faut et une très jolie fille, ont fait l'effort de s'extirper de la banquette arrière pour venir me saluer. Puis Tomaso a aidé galamment Livvie à prendre place dans son pot de yaourt. Il a refermé la portière avec d'infinies précautions, comme s'il venait de mettre un trésor au coffre. Et c'était tout à fait cela.

J'ai assisté à leur départ en croisant les doigts. Pourvu que Nonna ne se trompe pas !

Comme la veille, mais à deux, nous avons dîné sur la terrasse de l'*osteria*. Je regardais scintiller les lumières de Positano en me demandant lesquelles brillaient pour Livvie.

— Voyons, tu n'as pas de raison de t'inquiéter comme ça, assura Nonna qui était aussi nerveuse que moi. Tu l'as élevée avec des principes, n'est-ce pas ?

— Bien sûr, mais tu m'avais donné la même éducation, et regarde ce qui m'est arrivé.

Nonna se mordit la joue en pensant au bellâtre dont je m'étais entichée au lycée. Elle appela le sosie d'Al Pacino et commanda deux doubles martinis-vodkas bien tassés.

— Bison, la vodka !

Décidément, elle m'étonnait toujours. Je lui en fis la remarque en souriant.

— Tu dis ça à cause de la vodka à l'herbe de bison ? C'est fou ce qu'on apprend dans les magazines.

— J'ai pensé qu'une boisson un peu corsée s'imposait ce soir. Tu as été pas mal secouée ces derniers temps.

— Oui...

Il s'ensuivit un silence que ni l'une ni l'autre ne chercha à rompre. J'ai bu une petite gorgée de l'apéritif glacé qu'on venait de nous servir. Finalement, ce fut Nonna qui se lança la première.

— Tu veux m'en parler ?

Je lisais dans ses yeux la même anxiété que j'éprouvais au sujet de Livvie. Une maman reste une maman, et je me suis sentie redevenir une petite fille devant la mienne. Une toute petite fille avouant une grosse bêtise...

— Je crois que je suis tombée amoureuse de Ben. Je ne le veux pas, mais j'ai peur de l'être quand même.

— Tu as peur ? Tu ne trouves pas cela un peu excessif, Gemma ?

Je secouai la tête avec désespoir.

— Oh non, je meurs de peur, si tu savais...

— À cause... de Cash ?

Mon Dieu ! ce seul nom me déchirait le cœur. J'ai bu une autre gorgée avant d'avouer :

— Oui, mais pas seulement.

— Pour quelle autre raison, alors ?

— Eh bien, par exemple... je connais à peine Ben. Et je me débrouille toujours pour me comporter comme une gourde en sa présence, pourtant je t'assure que je ne le fais pas exprès ! Et puis, à Florence...

Je me suis arrêtée, incapable d'évoquer devant ma mère ma nuit torride.

— De toute façon, il a une autre femme dans sa vie. Je les ai trouvés ensemble, à la villa, alors tu vois ! Pour couronner le tout, il imagine que c'est moi qui ai manigancé ces fameux sabotages.

— Oh ! Ma pauvre chérie... Comment peut-il croire ça ?

J'ai fini mon verre d'une traite avant de braquer sur ma trop compatissante maman un regard soupçonneux.

— Tu n'as pas la moindre idée du coupable, n'est-ce pas ?

— Oh, j'aurais bien un vague soupçon, mais si vague...

Elle appela notre serveur et commanda d'office deux assiettes gourmandes et un pichet de rosé de pays bien frais.

— Maman, tu sais quelque chose que tu ne me dis pas !

— Qu'est-ce que tu vas imaginer, toi aussi ? Peut-être

Rocco en sait-il plus... Après tout, c'est une affaire locale, ajouta-t-elle avec une belle insouciance.

— Hum. Et tu n'as rien à voir là-dedans ?

— Eh bien... pour être franche... si, un petit peu. Mais alors vraiment un tout petit peu !

Je me suis accoudée sur la table, prenant ma tête à deux mains. Maggie m'avait pourtant prévenue : le loup était dans la bergerie... sous la forme de la louve Nonna !

— Maman ! Qu'est-ce que tu as encore fait ?

— Tu es drôle, toi ! J'ai seulement exprimé le désir de récupérer ma villa, se défendit-elle en s'animant. Et si les braves gens du village ont décidé de me donner un coup de main, c'est...

— La moindre des choses ?

Mon ironie la laissa de marbre.

— ... c'est normal, Gemma. Après tout, je suis des leurs. Bella Piacere est une grande famille.

— Ouais, et Ben est l'Américain, l'horrible envahisseur qu'il faut bouter hors de la villa Piacere. Je te signale qu'il était parfaitement accepté, jusqu'à ce que tu débarques !

Nonna se pencha en avant pour me regarder dans le blanc des yeux.

— Tu oublies que je suis l'héritière. Que ton chevalier blanc veut me dépouiller !

— Non, maman, je ne l'oublie pas. Mais... les sabotages ?

— D'accord, soupira-t-elle. Je vais appeler Rocco pour arranger ça.

— Rocco ! J'aurais dû m'en douter !

— Mais sache que c'est pour toi que je fais cela. Parce que tu as eu un grand malheur dans ta vie et que je crois que tu as aujourd'hui une chance de remonter la pente. Je donnerais cent fois ma propriété en Toscane pour que tu connaisses enfin des jours meilleurs, Gemma.

Elle étendit le bras et me pressa très fort la main, les yeux humides.

— Je te jure que c'est vrai. Il n'y a que ton bonheur qui compte.

J'ai pris sa main et je l'ai embrassée. Son visage s'est éclairé de ce sourire rayonnant qui n'appartenait qu'à elle. Ce sourire qui avait dû séduire mon père dès leur première rencontre, le même qui charmait maintenant Rocco Cesani. Avec cette botte secrète, Nonna obtenait tout ce qu'elle voulait, de lui, de moi. Difficile de lui résister, impossible de lui en vouloir.

— Ne t'en fais pas, ma fille, je veille ! affirma-t-elle en levant son verre de rosé à ma santé.

Je ne savais pas trop si je devais trouver cela rassurant, mais le cœur y était.

Les *antipasti* qu'on nous servit portaient bien leur nom d'« assiettes gourmandes ». Nous les avons attaqués en nous découvrant un bel appétit.

Sitôt son dernier beignet de calmar avalé, Nonna monta dans sa chambre.

— Pour appeler qui tu sais au sujet de ce que tu sais…, chuchota-t-elle comme si les murs avaient eu des oreilles.

Une fois seule, je pris un livre et allai m'asseoir sur un des moelleux divans blancs de l'accueil pour attendre Livvie. Il n'était que dix heures, mais je comptais déjà les minutes.

57

NONNA ET ROCCO

Nonna était sur le point de raccrocher quand elle entendit un déclic, suivi d'une voix bourrue :

— *Pronto ?*

— Ce n'est pas trop tôt ! Tu dormais ou quoi ? attaqua-t-elle d'un ton de reproche.

— Sophia Maria... J'essayais de dormir. Il est vingt-deux heures quinze, et je dois me lever aux aurores.

— Tu travailles trop dur, Rocco, je te l'ai déjà dit. Tu devrais déléguer davantage à tes employés et te concentrer sur la gestion financière de tes affaires.

Rocco tira le fil du téléphone pour s'asseoir à la table de la salle à manger. Il écarta d'une main son bol de soupe en soupirant.

La pauvre Sophia Maria était encore persuadée qu'il roulait sur l'or et qu'il avait des bataillons d'ouvriers sous ses ordres. Évidemment, elle était riche, elle, et loin de supposer qu'il n'avait que lui pour faire tourner son seul et unique pressoir.

La malheureuse ! Dire qu'elle imaginait que *l'huile d'olive vierge extra des Moulins de Cesani* (ce qu'il ne fallait pas

289

entendre ! il avait été un peu fort en improvisant pour elle cette étiquette) inondait le marché et allait bientôt s'exporter. Et il l'avait laissée s'enfoncer dans son erreur, de peur de trop la décevoir en la détrompant.

— ... tu ne trouves pas que j'ai raison, Rocco ?

Il acquiesça, sans savoir à quoi – l'important était de retrouver sa concentration. Lâchement, il changea vite de sujet.

— J'ai deux bonnes nouvelles pour toi. Demain, la route qui conduit à la villa Piacere sera mise en chantier. Décision du conseil municipal : des travaux d'entretien s'imposent. M'est avis qu'ils risquent de traîner un petit bout de temps ! Et d'une !

— Rocco...

— Attends, tu ne sais pas la meilleure ! Les permis de construire de l'Américain, tu sais, pour son projet d'hôtel dans ta villa...

— Eh bien ? demanda Nonna, intéressée malgré elle.

— Pouf ! Disparus ! C'est trop bête, non ? Impossible de remettre la main dessus, à la préfecture... Et de deux ! Pas mal, hein ?

Mieux que ça, c'était génial, songea Nonna. Ben Raphael allait piquer une de ces crises ! Il comprendrait qu'il avait trouvé plus fort que lui et finirait par laisser tomber. Victoire des Jericho par abandon au dernier round !

Un instant tentée de laisser se dérouler le match, elle se fit violence pour tenir sa parole.

— Rocco, écoute-moi. C'est important.

— Oui ?

— Annule les travaux de voirie, ressuscite les permis de construire. On renonce à notre plan.

— Hé ? *Ma...* et tes droits sur la villa Piacere ?

— Oublie ma villa. C'est important pour ma fille. Elle a une histoire de cœur avec l'Américain, il faut que nous les rabibochions vite fait, bien fait !

— Ah ! évidemment, s'il y a de *l'amore* dans l'air..., émit Rocco, philosophe.

290

Hercule sauta sur ses genoux et lui lécha le visage d'un grand coup de langue râpeuse. Langue qu'il plongea ensuite au fond du bol de son maître pour laper consciencieusement le reste de sa soupe à l'ail.

Ce brave toutou adore l'ail, observa Rocco en fondant. Malheureusement, force était de constater qu'il appréciait beaucoup moins la divine Sophia Maria – et cela le minait, le navrait, le consternait.

— *Si, è amore*, confirma la divine avec une bonne dose d'attendrissement dans la voix. *Alorra...*

— *Alorra* il n'y a rien à ajouter. J'ai comme l'impression que la vie à la villa Piacere va retrouver son cours normal. *La dolce vita.*

— Merci, Rocco, mais ce n'est pas tout.

— Oh.

— Demain matin, à la première heure, tu iras trouver Ben Raphael pour lui parler en tête à tête. Il faut que tu lui expliques que Gemma n'a rien à voir avec le sabotage. Avoue-lui que c'était toi et moi, avec la complicité du maire et des gens du village. Demande-lui pardon, Rocco. Dis-lui que c'était une grossière erreur, voilà tout.

Rocco se massa la nuque en ébauchant une grimace. Demander pardon n'était pas trop dans ses habitudes. Mais si Sophia Maria l'exigeait...

— Bon, comme tu voudras.

— Surtout, débrouille-toi pour lui révéler où se cache Gemma. Incidemment, tu t'en doutes !

— Je m'en doute, répéta Rocco en se grattant la tête. Et.. euh... comment je fais ?

— Tu places Positano dans la conversation, comme par hasard. Et tu t'arranges pour préciser en passant que nous sommes à l'hôtel San Pietro.

— Bon.

— Parfait. Après, je ne devrais plus tarder à rentrer au bercail.

Rocco retrouva le sourire.

— Je t'y attends, Sophia Maria.

58

LIVVIE

Flirter avec un Italien, c'est presque un pléonasme. Mais flirter *en italien* relevait de l'exploit pour Livvie. Jamais elle n'avait autant regretté de ne pas parler la langue de ses ancêtres. Comme Tomaso ne maniait guère mieux l'anglais, leur dialogue se limitait à un échange de banalités. Par bonheur, il s'exprimait merveilleusement bien avec les yeux. Et aussi avec les mains quand ils dansaient un slow, bercés par la voix sirupeuse d'un crooner napolitain.

Pour le rock et le hip-hop, Livvie avait fait sensation sur la piste. Elle avait hérité du don de sa mère – ce qui compensait un peu sa tendance à piquer un fard dès que Tomaso la frôlait (autre héritage maternel, plutôt handicapant celui-là).

— Tomaso…, commença Livvie lorsqu'il l'eut emmenée prendre le frais à l'entrée de la discothèque.

— *Si, carina ?*

— Tu as quel âge ?

— *Cosa ?*

Elle pointa un doigt sur sa poitrine en articulant :

— *Quanti anni hai… ?*

— Ah, *parli italiano*, commenta-t-il en la récompensant d'un sourire éblouissant. *Ho sedici anni.*

— *Sedici ?*

Ça ressemblait plus à *seduce* qu'à un chiffre. Pardi, tout en lui était séduisant ! Elle resta bouche bée en voyant le nombre qu'il affichait avec ses doigts. *Seize ?* Elle aurait juré qu'il avait au moins dix-neuf ans. Il faisait si... adulte.

— *E tu*, Livvie ?

Impossible de lui avouer qu'elle n'en avait que quatorze. Il l'aurait reconduite chez elle immédiatement.

— Quinze, improvisa-t-elle en le mimant.

Il pencha la tête de côté.

— *Più o meno ?*

— Plus ! *Più, più !*

Au même instant, l'horloge d'une église égrena l'heure dans le lointain. Livvie blêmit en entendant le douzième coup. Les images de sa mère paniquée et de Nonna fâchée se bousculèrent dans sa tête.

— Je dois rentrer. On m'attend.

Tomaso lui prit le bras pour la raccompagner.

— *Si, carina.*

Il lança un *ciao* sonore à ses copains, suivi d'une phrase que Livvie ne comprit pas mais qui eut le don de les faire se plier en deux. Elle aurait parié pour un commentaire du genre « les filles des States font cou-couche-panier de bonne heure », mais c'était le cadet de ses soucis. Dans cinq minutes, elle allait se faire tuer et on lui interdirait toute sortie jusqu'à la fin des temps (ou sa majorité, ce qui revenait au même). Et elle ne reverrait jamais plus Tomaso.

GEMMA

Minuit cinq ! J'avais le tournis à force de marcher de long en large dans le hall du San Pietro. Pourquoi, mais pourquoi avais-je laissé une gamine de quatorze ans sortir avec un inconnu ? Il fallait que j'aie perdu la tête !

Profitant de sa jeunesse et de son inexpérience, ce don Juan des mers l'avait prise dans ses filets ! Dieu sait quelles étaient ses intentions ! J'avais bien vu sur ce hors-bord de malheur qu'il agissait sur ses nerfs comme une pile électrique.

Mon pauvre bébé ! On aurait dit... tout bonnement moi face à Ben..., me suis-je avisée dans un éclair de lucidité : une faible femme obligée de contrôler ses réactions en sa présence comme on surveille un soufflé !

Minuit dix... Évidemment, Tomaso était suprêmement appétissant pour une adolescente – ça, difficile de le nier. Mais qu'il soit à croquer ou pas, Livvie était au régime strict ! Pas question d'y toucher. Il fallait qu'elle garde la ligne de conduite qu'elle s'était tracée, ou plutôt que sa grand-mère et moi lui avions tracée.

Minuit un quart ! Blanche comme un linge, je tentai de me rassurer en me répétant que ma fille n'avait pas été : 1) séduite, 2) enivrée, 3) enlevée, 4) victime d'un accident de voiture (pitié, mon Dieu, pas ça !), 5)...

La porte de l'hôtel s'ouvrit à toute volée, livrant passage à une Livvie échevelée, essoufflée, mais *vivante*. Elle s'avança vers moi avec appréhension, comme si j'allais la massacrer, et s'immobilisa à deux pas, toute godiche avec ses sandalettes à la main – elle les avait ôtées pour courir.

— Je suis désolée, m'man. Il ne m'est rien arrivé, tu vois. C'est juste que... j'ai pas vu le temps passer. Tu... tu m'en veux pas trop ?

— Viens vite, gros bêta.

Livvie se jeta dans mes bras ouverts. Elle me raconta sa soirée, puis me chuchota à l'oreille :

— Maman, il m'a embrassée... Oh ! tu ne peux pas savoir comme j'ai eu peur. Je tremblais de tous mes membres... Et après, j'étais pivoine, comme toi !

Nous avons ri toutes les deux et je me suis senti le cœur léger. Notre complicité me ravissait. C'était ainsi que les choses devaient se passer entre une mère et sa fille. Je me suis remémoré ce que j'avais expliqué une fois à Ben. Qu'une adolescente avait son cap Horn à franchir. Jusqu'ici, Livvie s'en sortait plutôt bien.

Moi, je stagnais dans une zone de turbulences depuis que ma vie s'était fracassée trois ans plus tôt contre le cap de Bonne-Espérance.

59

BEN ET ROCCO

Les mains sur les hanches, Ben regardait la fine équipe remonter l'allée de la villa Piacere.

— *Ciao*, Rocco. *Ciao*, Hercule.

— *Signor, ciao*.

Du 1ᵉʳ janvier au 31 décembre, Rocco ne se séparait pas de son feutre fétiche. Aujourd'hui tout particulièrement, il en avait grand besoin pour accomplir la mission dont l'avait chargé Sophia Maria. Mission délicate et de la plus haute importance.

— Quel bon vent vous amène ? ironisa Ben qui le soupçonnait fort d'être derrière ses ennuis.

Il s'adossa au mur, croisa les bras, et se prépara à encaisser la nouvelle tuile qui allait lui tomber sur la tête.

Rocco tenait son couvre-chef devant sa poitrine, le triturant entre ses doigts comme un soldat sur le point de passer à l'inspection.

— *Signor* Raphael, j'apporte d'excellentes nouvelles ! attaqua-t-il en arborant un large sourire. Pour commencer, on vient de retrouver vos permis de construire.

L'Américain leva un sourcil.

— C'est vrai ce mensonge ?

— On ne peut plus *veridico*. Ensuite, le conseil municipal a finalement décidé qu'il n'y avait pas besoin de mettre en chantier la route de la villa.

L'Américain leva son second sourcil.

— Oh oh ! Qu'est-ce qui me vaut ces divines surprises ?

Rocco eut un haussement d'épaules expressif.

— Les voies du Seigneur sont impénétrables.

— C'est bien dit, *amico mio*. Je laisse donc au Tout-Puissant le soin de rétablir ma ligne téléphonique et mon électricité – si tel est Son bon vouloir, naturellement.

Le visage de Rocco s'illumina.

— Je ne voudrais pas parler au nom de la Providence, mais je crois que tout sera rentré dans l'ordre *domani* ! En fait, j'en suis même certain.

— C'est beau d'avoir la foi, Rocco, persifla Ben. Je vous envie.

— La foi déplace les montagnes. Ah ! à propos...

Là, il hésita, recommença à malmener son chapeau ; Ben vint à son secours.

— À propos... de foi ou de montagnes, Rocco ?

— Euh... de déplacements, plutôt. C'est-à-dire... enfin, moi, je vous dis ça..., je veux parler de la fuite de la *cara dottoressa*.

Ben en eut presque un haut-le-corps. Fonçant sur Rocco, il déclencha chez Hercule un grognement dans le plus pur style « Pas touche à mon maître ! »

— *Attenzione pericolo !* résuma le maître, attendri.

Ben se figea et scruta alternativement les deux paires d'yeux noirs qui le fixaient.

— Parlons-en de la *dottoressa*. Vous ne sauriez pas où elle se trouve ?

— Si, je le sais ! Comme je sais, appuya lourdement Rocco, qu'elle n'a pas saboté votre villa. Elle est innocente de toutes vos accusations.

— Ttt, je ne l'ai jamais accusée de quoi que ce soit.

— Ce n'est pas la version que j'ai entendue, *signor*.

— Dites donc, mon vieux, vous qui êtes au courant de tout...

— *Prego*, n'exagérons rien.

— Si la *dottoressa* est blanche comme neige, alors qui est le vrai coupable ? J'aimerais bien entendre son nom, par curiosité.

Un ineffable sourire aux lèvres, Rocco pointa un index vers le ciel.

— Dieu seul le sait.

— Naturellement ! railla Ben avant d'éclater de rire.

Rocco rayonnait. Il était tiré d'affaire et sans avoir eu besoin de s'humilier en demandant pardon. Ouf ! Tout allait s'arranger à présent. Ben Raphael allait se mettre en ménage avec sa chérie... et Sophia Maria resterait au pays. Ce n'était pas plus compliqué que ça.

— La *dottoressa* Jericho est à Positano.

Comme Ben jetait un coup d'œil à sa montre, il ajouta :

— Elle est descendue à l'hôtel San Pietro, avec sa fille et sa mère. Ce n'est pas tellement loin, vous pourriez y être dans... mettons sept petites heures si vous roulez bien.

Là, ça y était : mission accomplie ! Sophia Maria serait fière de lui.

L'Américain approuva du chef.

— Merci, Rocco.

— Oh ! de rien.

— Mon bon vieux Rocco ! Je croyais que tu m'avais laissé tomber...

Un tutoiement, à présent ? Ce jour de gloire restera dans les annales, se félicita Rocco qui enchaîna d'une voix émue :

— La saison prochaine, Hercule trouvera pour vous la plus belle, la plus grosse truffe de toute la Toscane et je vous la mettrai de côté.

— J'ai hâte de voir ça, mon ami.

Ben lui serra chaleureusement la main et cria à Muffie de se préparer ; ils partaient en excursion.

60

BEN

Pendant tout leur voyage jusqu'à Rome puis Naples, Ben se répéta qu'il était complètement fou de se jeter ainsi aux pieds d'une femme dont, au fond, il ignorait presque tout. Sauf qu'elle était complètement tordue !

Des images éloquentes défilaient dans sa tête. Gemma à quatre pattes dans l'ascenseur... en petite tenue dans un couloir d'hôtel avec le masque de Belphégor sur le visage... se prenant les pieds dans le tapis... renversant son cornet de glace... défonçant une porte... C'était à se demander comment sa maladresse ne faisait pas monter le taux de mortalité aux urgences de son hôpital !

Mais elle était... attachante. Et tellement plus que cela !

Plus il l'avait approchée, plus il s'était senti attiré par elle. Aucune femme ne lui avait fait un tel effet... D'autres images, plus pimentées, se pressèrent dans son cerveau.

Il dut émettre un soupir, car Muffie, allongée sur la banquette arrière, accablée de chaleur et d'ennui, sortit de sa torpeur.

— Ça ne va pas ?

— Mmm ? C'est ce bouchon, pardi ! On n'avance plus. Pas étonnant que cc patelin s'appelle Piano !

Mais sa fille adorée n'était pas tombée de la dernière pluie.

— Ce n'est pas plutôt à cause du Dr Jericho ?

— Comment ça, le docteur ?

Il lui lança un coup d'œil prudent dans le rétroviseur et constata qu'il s'habituait finalement à ses cheveux verts.

— Oh, papa, tu sais bien.

Muffie partit d'un rire mi-apitoyé, mi-indulgent.

— Ah, les hommes ! assena-t-elle du haut de ses treize ans.

Ben sourit. On avait raison de dire que les voyages forment la jeunesse. Ces vacances toscanes auront au moins été profitables à sa fille ! Muffie grandissait à vue d'œil. C'était bien simple : elle avait l'air de saisir des choses qui le plongeaient lui-même dans un abîme d'incompréhension.

Par exemple *pourquoi* il pourchassait à travers l'Italie une créature si bizarre, compliquée, imprévisible, fuyante ?... Gemma s'était volatilisée ? Et après ? Une de perdue...

Ben se redressa sur son siège comme un boxeur réagit après avoir encaissé un méchant direct au cœur. La laisser s'envoler ? Cela voulait dire qu'il ne la verrait plus... et ça, il n'y était pas prêt.

À la vérité, il n'avait jamais rencontré quelqu'un comme Gemma, qui s'occupait si bien des autres dans son travail ô combien difficile, et aussi peu d'elle-même. Contrairement à la collection complète de petits lots qu'il avait fréquentés jusqu'ici, elle ne cherchait pas à se mettre en valeur. Pourtant, quand elle plantait ses yeux bleu nuit dans les siens et que sa bouche lui souriait, elle était plus merveilleusement belle que toutes ses conquêtes passées. Elle faisait vibrer en lui une corde que nulle autre n'avait su toucher.

Ben avait toujours aimé les femmes. Il les traitait avec générosité, douceur et courtoisie. Mais papillonnait sans s'attacher à aucune. Trop occupé. Bref, rien de sérieux ni de durable. Il s'arrangeait en général pour rompre le premier, le plus élégamment possible, et ces séparations le laissaient sans regret. Soulagé même. L'échec cuisant de son mariage avec

Bunty l'avait échaudé. La seule fois de sa vie où il était tombé dans le piège de l'amour...

Ben donna un grand coup de frein pour ne pas emboutir le camion de fruits et légumes qui lui bouchait l'horizon. Ça ne roulait plus du tout. Bon sang, ils n'étaient pas près d'arriver à Positano !

Il avait été follement épris de la mère de Muffie, du moins l'avait-il cru jusqu'ici. Pourtant, même alors, il n'avait pas éprouvé ce qu'il ressentait aujourd'hui pour Gemma. Mais que ressentait-il, au juste ? Difficile à dire. Il savait seulement qu'il avait envie d'être avec elle. Envie de la tenir dans ses bras, de lui faire l'amour, de la protéger de toutes ces minicatastrophes qu'elle semblait provoquer...

Gemma avait un cœur gros comme ça, mais elle l'avait mis au congélateur. Et lui ne rêvait que d'ouvrir la porte pour le faire fondre.

Cette femme était un mystère – et un problème. S'il perçait le premier, peut-être pourrait-il résoudre le second. Il aurait mieux valu, parce qu'il y allait de leur bonheur à tous les deux.

61

GEMMA

Des coups énergiques à ma porte me tirèrent de ma sieste réparatrice. À peine réveillée, je vis débouler dans ma chambre une Nonna sur le pied de guerre.

— Ce soir, champagne et dîner habillé ! décréta-t-elle en ouvrant en grand mes rideaux. Tu pourras étrenner ta nouvelle robe rouge.

— Attends une minute, marmonnai-je en me frottant les yeux. Puis-je savoir ce que nous fêtons ?

D'humeur primesautière, maman s'assit à côté de moi sur le lit, me donna un coup de coude dans le ventre et agita les sourcils à la façon de Groucho Marx.

— La fin du sabotage, si ça te chante. Mais pourquoi faudrait-il une occasion spéciale pour bien s'habiller ?

Les Italiens s'y connaissent en vêtements ! ai-je songé en me découvrant dans le grand miroir en pied de la salle de bains. C'était fou comme un simple bout de tissu pouvait métamorphoser une femme.

Je valais deux sous de plus, comme aurait dit Nonna. Le

fait est que j'étais un peu plus sortable. Dommage que ce soit probablement la première et la dernière fois que je porterais cette petite merveille. Nous serions bientôt de retour à New York, et j'allais retrouver mon travail et mon très prosaïque quotidien.

Comme je n'avais pas le rouge à lèvres assorti à ma robe, j'ai mis ma couleur habituelle, ce qui n'était guère une réussite. Une touche de blush, un peu de mascara, un coup de peigne, un nuage de *Violetta di Parma.* Là, j'étais prête. Mais pour qui ? pour quoi ? Pour fêter la fin du sabotage de la villa Piacere et – à quoi bon se voiler la face ? – la fin du beau rêve de Nonna ? Elle renonçait pour moi à défendre son héritage. Drôle de célébration...

Livvie passa la tête par ma porte.

— M'man, tu me prêtes ta jupe blanche ? La neuve ?

Ouh là ! Voilà maintenant que ma fille m'empruntait mes vêtements ! À ce rythme, mon enfant n'en serait plus une avant même que j'aie eu le temps de m'en rendre compte.

— Je veux bien, mais elle sera trop longue pour toi.

— Non, justement. En court, j'ai l'air trop jeune. J'ai décidé de complètement changer de look, figure-toi.

Ayant lancé ce scoop qui, je le soupçonnais (allez savoir pourquoi !), avait un rapport avec un certain Tomaso, elle disparut avec ma nouvelle jupe.

J'allai retrouver Nonna au bar. Très à l'aise – et très en beauté –, elle grignotait des olives en devisant avec le barman. Je me juchai sur le tabouret à côté d'elle et la complimentai sur sa toilette, en espérant qu'elle me rendrait la pareille. On peut toujours rêver... Elle prit le temps de m'examiner des pieds à la tête avec son air d'inspectrice des travaux finis.

— Tu aurais pu te dispenser de ce rouge à lèvres.

— Flûte, maman ! Si tu me parlais plutôt de...

— Martini-vodka ?

— C'est indigne. Si tu me prends par les sentiments...

Elle se tourna vers le barman pour commander ce qui était en passe de devenir notre boisson attitrée.

— Et ma robe ? insistai-je.

Nonna feignit de réfléchir quelques secondes, puis me secoua le menton entre deux doigts en riant.

— La robe est parfaite. Et tes souliers aussi. Tu vaux deux sous de plus ! Tu vois que quand tu veux…

Elle me fit grâce de la chute et m'embrassa sur la joue.

Livvie nous rejoignit à son tour, en tee-shirt noir à encolure ronde et sobres sandalettes. Ma jupe blanche lui arrivait juste au-dessus du genou et lui allait comme un gant. Si l'on oubliait ses cheveux jaune guimauve et ses tatouages aux bras (en voie d'effacement, Dieu merci), elle avait l'air d'une jeune fille normale.

— C'est bien la première fois que tu ne montres pas tes jambes, ai-je remarqué en souriant.

— Oh, maman, ne commence pas !

Nonna prit le relais avec son lyrisme des grands jours, au désespoir de Livvie, peu ravie de s'entendre proclamer « sur le chemin de devenir enfin une vraie petite lady ». Au terme de son laïus, Nonna lui commanda un super-maxi-coca-géant avec une paille et des glaçons.

— Un appel téléphonique pour la *signorina*, intervint le barman en passant à Livvie un téléphone portable.

— *Per me ?*

Étonnée, elle prit l'appareil et murmura « *Prego* » avant de s'illuminer.

— C'est Tomaso, nous chuchota-t-elle comme si nous n'avions pas deviné.

Suivit alors une série de monosyllabes qu'elle aligna d'un air béat, puis de plus en plus morose. Nonna et moi avions cessé d'exister.

— Oui. Bien. Oh ! Sûr. Ah ! Non ? P't-être. Ouais. *Ciao*.

Sur quoi, elle posa le téléphone sur le comptoir pour tirer mollement sur sa paille pendant que nous restions suspendues à ses lèvres.

— Eh bien ? ai-je finalement murmuré, n'y tenant plus.

— Oh, rien. C'était juste Tomaso. Il n'est pas sûr de pouvoir se libérer. On verra bien.

Privée de notre tête-à-tête mère-fille de cette nuit, Nonna

ignorait tout des détails de la soirée et de leur premier baiser. Inconsciente que le bonheur de sa petite-fille dépendait de la venue ou non de son prince charmant, elle se frotta les mains.

— Parfait. Tu es donc réquisitionnée pour notre grand soir. Je n'aurais pas voulu que tu manques ça.

— Qu'est-ce qu'on fête ? marmonna Livvie en essayant de faire bonne figure.

— La fin du sabotage et l'avènement d'un âge meilleur, prophétisa Nonna en levant son verre.

Livvie trinqua, mais commenta :

— J'ai dû rater un épisode.

— C'est simple, ta mère n'est plus en guerre avec Ben, résuma Nonna.

— Attends une minute, objectai-je, ce n'est pas parce que...

Pas le temps d'objecter davantage : Nonna nous poussa vers le restaurant en décrétant qu'elle mourait de faim. Nous venions à peine de prendre place à « notre » table, face au golfe, sous un ciel orangé digne des *Mille et Une Nuits*, que son visage s'illumina d'un sourire gourmand qui ne devait rien à la lecture du menu.

— *Bene. Grazie*, Rocco, murmura-t-elle en fixant un point devant elle.

Je suivis la direction de son regard. Muffie se tenait à l'entrée de l'*osteria*.

62

Livvie poussa un cri de joie et se précipita vers elle.

— C'est génial de te revoir !

— Idem ! répliqua Muffie, aux anges.

Je les regardai s'embrasser en écarquillant les yeux : Muffie en short Lycra orange avec une ceinture à paillettes aussi discrète que ses cheveux vert pomme ; et ma fille, toute classique en jupe blanche. L'inversion des rôles m'inspira un « J'hallucine ! » intérieur livviesque. *Livvie se métamorphosait en Muffie et Muffie avait muté en Livvie.* C'est son père qui devait être content !

J'ai subitement compris que, si Muffie se trouvait ici, il ne devait pas être loin. Et je l'ai vu, débraillé, l'air éreinté. Juste le jour où je valais deux sous de plus dans ma belle robe rouge. Avions-nous inversé les rôles, nous aussi ?

Tout ça n'avait duré qu'une demi-douzaine de secondes, ou, si vous préférez, une grosse douzaine de battements de cœur, tant il cognait fort et vite dans ma poitrine. Je ne bougeais pas, incapable de réagir, ne sachant que faire. J'ai juste porté nerveusement une main à mes cheveux en murmurant pour moi-même :

— Que vient-il faire ici ?

Une petite voix me commandait de prendre mes jambes à mon cou. Je ne l'ai pas écoutée. Moins par courage que par peur de trébucher ou de rentrer dans une porte en m'enfuyant ! Alors je suis restée assise en attendant la suite.

Les serveurs regardaient Ben et Muffie avec méfiance, comme deux touristes américains excentriques, négligés, et manifestement égarés dans un établissement chic. On pouvait lire le même reproche sur le visage des élégants clients de la terrasse. De mon côté, je trouvai qu'être débraillé n'enlevait pas à Ben une miette de son charme... Et lorsqu'il planta ses yeux dans les miens, j'en oubliai sa Solène Lohengrin.

Un trio de musiciens se mit à jouer une mélodie romantique très douce, très sensuelle, très italienne.

— Gemma, dit seulement Ben en m'offrant sa main.

J'ai dû ordonner à mes jambes de se lever. Nous avons traversé la terrasse sous tous les regards. Il était tôt, nous étions le seul couple sur la piste.

Ben m'a attirée à lui dans un slow. Une flamme d'or dansait dans ses yeux gris. Ses mains sur ma taille étaient fermes, chaudes, possessives. Je connaissais son corps comme le mien, et chacun de ses mouvements me signifiait qu'il avait envie de moi. Moi aussi, je brûlais de désir. Je savais que j'aurais dû décliner son invitation, mais que voulez-vous ? J'en étais tout bonnement incapable.

Ben percevait-il mon tourment ? Il colla sa joue contre la mienne.

— Je suis venu vous demander pardon, Gemma, pour...

— Les sabotages ? C'est à moi de m'excuser.

— Au diable les sabotages, ce n'était pas votre faute. Non, je voulais parler de Solène Lohengrin.

— Oh ! fis-je en me raidissant à ce seul nom.

— Solène est une vieille amie, une amie d'enfance de mon ex-femme, pour être exact. Je la connais depuis des lustres et il n'y a rien entre nous. Il n'y a jamais rien eu. Je suis désolé que vous ayez pu croire...

— Alors... vous n'avez pas à me demander pardon. C'est moi qui ai eu tort.

— Je vous adore en rouge.

Il chuchotait, ses lèvres planant au-dessus des miennes.

— J'ai sauté dans ma voiture dès que j'ai appris où vous vous étiez réfugiée. Tout au long de la route, je me suis demandé pourquoi je vous courais après. Et quand je vous ai vue tout en rouge dans ce restaurant, avec vos drôles de lunettes et vos mèches à la Botticelli, j'ai su pourquoi. J'ai compris...

J'ai regardé sa bouche, ses yeux, et je m'y suis définitivement noyée. J'ai répliqué n'importe quoi, ce qui m'est passé par la tête :

— Dites plutôt que c'est la robe qui vous fait de l'effet. Vous n'avez pas dû me reconnaître.

— Pourquoi faut-il que vous m'interrompiez toujours ? soupira-t-il.

— Désolée. Vous... vous disiez ?

— Que j'ai compris combien votre brusque départ, votre absence avaient créé en moi un vide insupportable. Vous voyez un peu où j'en suis arrivé. Une farfelue comme vous me manque et tout est dépeuplé ! Muffie n'a pas tort de me trouver dingue ! Je crois bien que je craque pour vous, Gemma Jericho.

Chacun de ses mots me touchait profondément, mais je n'ai jamais su entendre un compliment.

— Quelle idée ! fis-je en souriant comme une sotte. Vous me connaissez à peine...

Ben me serra contre lui à m'en étouffer. Il posa son menton contre mon front, et je l'entendis grommeler :

— Bon sang, qui m'a donné une femme pareille ?

La musique cessa et nous nous écartâmes à regret l'un de l'autre.

Il m'entraîna loin des regards curieux. Loin de Nonna et de Livvie qui devaient fêter avec Muffie la fin d'un âge et l'avènement... à moins que ce ne soit le contraire. Les idées s'embrouillaient dans ma tête.

Main dans la main, nous nous sommes glissés comme des ombres muettes hors de l'*osteria*. La nuit était tombée, entrouvrant l'heure exquise « qui fait rêver les oiseaux dans les arbres et sangloter d'extase les jets d'eau… ». C'était par un clair de lune aussi poétique que Ben m'avait embrassée la première fois.

Sans un mot, il m'ouvrit la portière de sa Land Rover couverte de poussière. Je le regardai droit dans les yeux en luttant pour retrouver le contrôle de moi-même.

— Où comptez-vous m'emmener ?

— Chez moi. Enfin, dans ce qui me sert de chez-moi à l'hôtel Siraneuse, juste en bas de la route. Il ne restait aucune chambre libre au San Pietro.

Il me caressa la joue d'un seul doigt avec une infinie douceur.

— Gemma, si vous voulez bien venir, je serai le plus heureux des hommes.

L'émotion dans sa voix semblait authentique, je sentis mes dernières certitudes vaciller.

C'était mon ultime chance de dire non. Je n'avais qu'à secouer la tête, claquer la portière ou tourner les talons. Cette fois, j'en étais sûre, Ben ne m'aurait pas pourchassée.

Mais que croyez-vous que j'aie fait ? Je lui ai offert mes lèvres dans un élan de merveilleux abandon.

63

Nous sommes entrés dans une chambre dominant la mer et le port de Positano. Indifférent au fabuleux panorama de clair de lune sur le golfe, Ben tira aussitôt les rideaux, comme à Florence.

Le monde extérieur cessa d'exister.

Il se retourna vers moi, scrutant mes yeux où se lisait l'appréhension. Au bout d'un moment, il m'ôta mes lunettes et murmura tristement :

— *Pourquoi*, Gemma ? Pourquoi ne me laisses-tu pas une chance d'entrer dans ton cœur ?

C'était la première fois qu'il me disait *tu*, et ce simple petit mot me troubla plus que de raison.

— Je... je vais le faire, ai-je balbutié en piquant du nez. Je l'ai fait...

Mais je mentais, et il le savait.

Ben me souleva le menton d'un doigt, puis me caressa la nuque, lissant délicatement mes cheveux. Dernier bastion défensif de ma part ? Je me surpris à me prendre pour... le chien Hercule ! Quelle drôle d'idée ! Ce n'était pas celle de Ben en tout cas qui, la voix émue, me répétait que j'étais belle.

Tout à coup, il parut jeter le romantisme aux orties. Il recula d'un pas, commença à se déshabiller à toute vitesse. J'en restai médusée. Un peu abrupt, non ?

— Je ne supporte plus ces vêtements, m'expliqua-t-il en riant de ma stupeur. Je file sous la douche. N'en profite pas pour te sauver !

Nu comme un ver, il me tourna le dos pour gagner la salle de bains, m'offrant un trop bref aperçu de son corps sexy en diable.

— Promis ? insista-t-il en se retournant à la porte. Tu ne joueras pas la fille de l'air ?

Je n'en avais pas la moindre envie.

Dès qu'il eut disparu, mes escarpins volèrent, ma belle robe rouge tomba à mes pieds, suivie par mes jolis sous-vêtements de dentelle.

L'instant d'après, je me glissais sous la douche aux côtés de Ben.

BEN

Les yeux grands ouverts dans le noir, Ben écoutait la douce respiration de Gemma endormie contre son épaule. Il songea que c'était l'une des rares fois où il la sentait calme et détendue. Il eut un sourire satisfait. De lui et d'elle.

Ils avaient fait l'amour toute la nuit. Gemma était la femme la plus ardente qu'il ait jamais connue. Elle avait une sensualité naturelle, instinctive, qui ne devait rien à la pratique du Kama Sutra. Si son cœur lui restait fermé, elle lui donnait son corps sans retenue – et Dieu sait qu'il l'adorait, ce corps, et qu'elle le rendait dingue avec ses caresses ! Mais *elle* tout entière lui plaisait au point de lui faire perdre la tête...

Le sourire de Ben s'effaça. Est-ce qu'il l'aimait d'amour ?

Gemma avait apporté quelque chose de neuf dans sa vie, un plus infiniment précieux. Cette femme unique possédait une merveilleuse fraîcheur. D'autant plus étonnante qu'elle côtoyait tous les jours de sa vie la souffrance et la mort à l'hôpital. La fraîcheur de son âme généreuse survivait à tout, triomphait de tout. Comme un lotus blanc flottant au-dessus d'un marécage.

Le jour naissait.

Ben caressa la hanche de Gemma qui se lova contre lui en gémissant dans son sommeil. Emprisonné sous elle, son bras frôlait la crampe, mais il n'aurait bougé pour rien au monde. Le contact de sa peau était si délicieux, et puis il ne voulait pas la réveiller. Elle dort si bien, songea-t-il en la contemplant tendrement.

Là, au moins, elle ne risquait pas de se prendre les pieds dans le tapis... ou d'envoyer valdinguer ses lunettes en se cognant dans une porte ! Ben se retint de pouffer, mais ne put réprimer les tressaillements de sa poitrine.

— Qu'est-ce qu'il y a de si dôle ? marmonna Gemma, la tête secouée par ce rire silencieux.

— Toi, ma bien-aimée. Dors, mon amour, il est tôt.

Elle se rendormit, un sourire aux lèvres, sans voir le regard subitement figé de son amant.

Ben suspendit sa respiration. Il venait de trouver la réponse à la question qui le hantait.

64

GEMMA

Ben et moi ne sommes retournés au San Pietro que tard dans la matinée. Je ne savais pas ce qu'il en était pour lui, mais moi j'appréhendais un peu de revoir les filles après notre escapade. Je craignais moins leurs questions que leurs regards.

Heureusement, maman veillait au grain. Elle leur avait loué des matelas pneumatiques et nous les avons trouvées s'éclaboussant et riant comme des petites folles dans la piscine de l'hôtel. Nonna bronzait sur un transat entre une citronnade et un magazine ouvert aux pages cuisine. Tout ce petit monde avait l'air très heureux. Ben a loué deux autres matelas et nous avons pagayé paresseusement dans l'eau turquoise.

Je me suis dit que c'était excellent pour Livvie d'avoir la compagnie de Muffie. Tomaso n'avait pas montré le bout de son nez (Nonna me l'avait confirmé) et elle devait déjà se demander pourquoi elle l'avait laissé l'embrasser. Quand je me suis retrouvée à flotter juste à côté d'elle, je lui ai soufflé le plus gentiment possible :

— Ça va, mon petit cœur ? Si tu es triste, dis-toi qu'il n'y a pas qu'un poisson dans la mer.

Livvie laissa tomber son masque insouciant pour me répondre par un regard qui signifiait : « Peut-être, mais pour moi il n'y aura jamais plus d'autre poisson. » Je connaissais bien ce regard pour l'avoir souvent rencontré dans mon miroir.

Comme pour faire diversion, un hélicoptère a surgi dans le ciel, tournoyant au-dessus de nos têtes. J'ai retenu mon souffle pendant qu'il fonçait sur la paroi de la falaise pour finalement réussir un atterrissage parfait sur la piste voisine de la roseraie.

— Ouaaahhh ! s'exclamèrent d'une même voix Livvie et Muffie.

— À part moi, personne ne devine qui nous rend visite ? demanda Ben avec un sourire.

À nous ? Je n'en avais pas la moindre idée. J'étais apparemment la seule car Livvie et Muffie se sont frappé le front en éclatant de rire.

— C'est Maggie ! hurlèrent-elles en pagayant à toute vitesse pour aller l'accueillir.

Comme Nonna partait elle aussi à la rencontre de la comtesse, Ben s'empara d'un coin de mon radeau et le fit tourner jusqu'à ce que je me retrouve face à lui. Allongés à plat ventre, en maillot de bain, nez à nez, nous échangeâmes un de ces longs sourires profonds et intimement complices qui trahissent les amants.

— *Ouh ouh !*

Maggie s'avançait déjà vers nous en frétillant dans sa djellaba rose.

— Alors, les tourtereaux ! On ne salue pas les copines ?

— ... quand j'ai appris que la partie continuait sans moi à Positano, j'ai rappliqué dare-dare pour jouer les arbitres !

Nous avions regagné tous les six le bar de la piscine, où nous grignotions des fruits frais, un verre de frascati à la main. Les adultes, s'entend. Les filles, elles, buvaient un coca en mangeant des frites et des paninis.

Je louchais sur leurs frites (Ben et moi n'avions pas dîné

hier soir, trop occupés à nous aimer), mais je me souciais de ma ligne depuis que je me savais désirée.

— Vous nous proposez votre arbitrage ? releva Nonna, très intéressée.

— Oui, sur la villa Piacere, bien sûr.

D'un coup, on aurait entendu une mouche voler. Chacun sembla se concentrer sur ses orteils.

Je me suis penchée sur la coupe de fruits pour y pêcher un morceau de melon, en risquant un œil vers Ben. Il buvait lentement son vin en regardant la mer en contrebas.

— Nous connaissons tous les données du problème, pas besoin de revenir là-dessus, reprit Maggie. Ce qu'il faut maintenant, c'est découvrir à qui appartient réellement la villa. J'ai pris sur moi d'engager un détective privé pour pister Donati.

Livvie en mordit d'enthousiasme dans son panini.

— Waouh ! tu entends ça, Muffie ? Un privé ! Comme dans les films policiers !

Je lui ai dit de ne pas parler la bouche pleine, et elle et Muffie partirent d'un même fou rire.

Maggie consulta son énorme montre sertie de diamants.

— Mon détective m'a promis son rapport pour dix-huit heures. Vous aurez ainsi les renseignements qui vous manquent pour localiser Donati. Ensuite... ce sera à vous de jouer.

— Comment ? ai-je demandé en chipant une frite.

— Vous et Ben remonterez la piste en vous aidant des indices. Je parierais deux de mes paons que vous mettrez la main sur ce filou !

— Waouh, une chasse à l'homme ! Comme dans *Termi nator* ! intervint Muffie, très excitée.

— Muffie, ne parle pas la bouche pleine, surtout pour dire des bêtises. Merci, Maggie, ajouta Ben d'un ton sec. J'avais peur de m'ennuyer pendant ces vacances... Grâce à vous, il n'en sera rien !

Elle chercha du renfort de mon côté.

— Il vous faut découvrir le pot aux roses, les enfants. Il n'y a pas d'alternative.

— Bien dit, comtesse ! À la guerre comme à la guerre ! s'enflamma Nonna. Cette chasse à l'homme est une chasse au trésor. Il en va de la villa Piacere.

Je l'avais oubliée le temps d'une trop courte nuit. Hélas ! la réalité se chargeait de nous rejeter, Ben et moi, dans les deux camps opposés.

— L'homme d'affaires et le médecin urgentiste traquant un voleur à travers l'Italie, ai-je soupiré. Curieux scénario, non ?

Ma douce mère eut un geste de dénégation péremptoire.

— C'est le défi à relever. Main dans la main, je sens que vous allez faire un malheur ! La fine équipe !

Pliée en deux, Livvie donna un coup de coude à Muffie.

— Elle confond avec Rocco et Hercule lancés sur la piste d'une truffe...

— Olivia, gronda Nonna. On parle sérieusement !

Maggie sonna la fin de la récréation en agitant un bras en l'air, ce qui eut pour effet de faire s'entrechoquer tous ses bracelets. Elle en avait autant qu'une femme-girafe a d'anneaux autour du cou.

— Il reste un point important... Écoutez-moi bien, tous, puisque c'est l'arbitre qui fixe la règle du jeu.

Un silence attentif se fit instantanément dans notre petit groupe.

— Si Gemma et Ben mettent la main sur le testament du comte, énonça solennellement Maggie, et que la famille de Sophia Maria y est bien désignée comme légataire, la villa ira sans discussion aux Jericho. Faute de testament, les Raphael en resteront sans plus de discussion les seuls propriétaires. *Vae victis*, disaient les Romains : « Malheur aux vaincus. »

Sur ce joyeux dicton, nous échangeâmes tous un regard circonspect. La règle du jeu avait le mérite d'être claire et nette, pensai-je. Ce serait à quitte ou double.

Je pris la parole :

— Moi, ça me va, mais qu'en penses-tu, maman ?

Les yeux de Nonna couraient de Ben à moi.

— Le vainqueur prend tout ? Bon. Je marche aussi, décida-t-elle.

Tout le monde se tourna alors vers Ben qui n'avait pas pipé mot.

— Maggie, ce n'est pas un cadeau que vous leur faites, soupira-t-il.

— Le vainqueur prend tout ? répétai-je en le fixant dans les yeux.

Il céda à contrecœur.

— D'accord. Mais ne vous faites pas trop d'illusions. Personne ne trouvera ce testament parce qu'il n'existe pas.

65

Après un déjeuner composé de poissons grillés au feu de bois, nous nous sommes confortablement allongés sur des transats face au golfe. Chacun se perdit dans ses pensées, l'œil plus ou moins vif, plus ou moins ouvert sur la mer Tyrrhénienne. Pour ma part, les paupières mi-closes, puis complètement closes, je ne tardai pas à m'assoupir (peut-être parce que je n'avais pas vraiment dormi la nuit précédente).

Deux heures plus tard, je me réveillai en pleine forme et d'humeur positive. Grâce à Maggie, le problème de la villa serait réglé dans un sens ou dans un autre. Et grâce à Ben, je me sentais femme. *Carpe diem*, avait dit un poète romain et il avait raison : il fallait cueillir aujourd'hui les roses de la vie et en jouir avant qu'elles se fanent. La vie n'était pas chaque jour une vallée de larmes.

Demain, il en irait tout autrement. Le temps passait à une telle vitesse... Nos vacances en Italie toucheraient bientôt à leur fin. Je retrouverais New York et l'hôpital Bellevue... Il faudrait dire adieu aux enchantements de la Toscane, à Maggie, à tous nos amis. Livvie devrait quitter Muffie et son Tomaso. Nonna, Bella Piacere et son Rocco. Et moi...

Mais je refusai énergiquement de gâcher cette douce parenthèse en me lamentant sur l'avenir.

Ben raisonnait-il comme moi ? Depuis notre pacte au sujet de l'attribution de la villa Piacere, il était sombre – inquiet ou triste, je n'aurais su dire – et parlait peu.

Alors que nous rassemblions nos affaires pour regagner l'hôtel, Maggie et lui partirent à la réception vérifier si le détective avait transmis son rapport.

Je m'apprêtais à les imiter afin de réserver une table pour six en vue du dîner quand Nonna me toucha du coude en marmonnant :

— Tiens, tiens, regarde qui voilà...

Je me suis retournée pour voir Tomaso avancer dans notre direction.

J'ai résisté à l'envie ridicule de prendre la main de Livvie pour la soutenir. Elle avait immédiatement repéré son dieu de la mer qu'elle accueillit avec l'amabilité d'une porte de prison.

— Qu'est ce que tu veux ?

— Te demander pardon pour hier soir, *carina*. J'ai dû travailler avec mon père.

— Hier soir... hier soir... ? feignit-elle de chercher en en faisant des tonnes.

— *Si. Scusi, carina*...

— Ah oui ! aucune importance, lâcha Livvie dont le menton relevé disait le contraire. De toute façon, je n'étais pas libre.

Muffie rôdait non loin d'eux, hypnotisée par le bronzage doré du bel Italien. Livvie lui fit signe de s'approcher et la prit par l'épaule.

— Tomaso, voici Muffie, ma meilleure amie. Elle va où je vais. Ça pose un problème ?

— *No... No problema.*

— Alors, d'accord pour vingt et une heures.

— Je viendrai. *Ciao.*

— C'est ça, *ciao.*

Avec un drôle de petit signe à notre intention, à Nonna et à moi, le dieu déchu s'en repartit humblement.

— J'hallucine ! souffla Muffie, les yeux brillants. On a un rancard ! Dis, si tu en as d'autres comme lui... C'est qu'il est mignon !

— Il est trop, confirma sobrement Livvie. Je vais voir ce que peux faire pour toi...

Les deux filles s'enlacèrent par la taille pour s'empresser d'aller discuter à l'écart des derniers développements de l'Affaire et mettre au point leur stratégie.

Je me suis tournée en souriant vers Nonna, qui, comme moi, n'avait pas perdu une miette de la scène.

— Je crois que nous n'avons plus à nous inquiéter pour Livvie. Elle doit tenir de toi : elle sait s'y prendre avec les garçons.

66

Ben et moi avions décidé de former un duo de détectives privés – et pas une équipe familiale, au grand dam de nos filles qui se voyaient déjà en James Bond girls. Nous les avons donc laissées à Positano, indignées, aux bons soins de Nonna et Maggie, promues chaperons.

Il était convenu que toutes les quatre remonteraient à Bella Piacere dans ma Lancia, en prenant le chemin des écoliers, tandis que nous deux rallierions au plus vite la Toscane à bord de l'increvable Land Rover de Ben. Elle était à bout de souffle, mais il ne voulait pas s'en séparer. J'y vis une illustration des incohérences de l'existence : pourquoi un milliardaire comme lui se plaisait-il au volant de cette vieille carcasse qui menaçait de rendre l'âme à chaque virage en côte, alors que je louais une décapotable largement au-dessus de mes moyens ?

Le détective de Maggie nous avait livré une adresse où Donati *aurait été* récemment aperçu. « De source sûre », affirmait le rapport. Le miracle de l'Apparition du notaire félon s'était produit près de Pise, à Lucca…

— … pittoresque cité médiévale fortifiée, autrefois célèbre pour sa production de soie. Sa belle ceinture de remparts…

Je lisais le guide touristique tandis que Ben roulait le long du mur d'enceinte en brique rouge à la recherche de la piazza Napoleone. Mais, à l'adresse indiquée, nous sommes tombés sur un magasin d'antiquités où nul n'avait entendu parler de Donati.

Ça commençait bien !

Prochain indice, prochaine étape : Gali…

— … petite localité toscane perdue au pays du chianti. Spécialité : le sanglier en sauce.

Cette fois, la prétendue adresse « de source très sûre » (!) de l'Insaisissable se révéla être un magasin de… farces et attrapes. Un gag !

Après l'escale suivante – un simple point de vente de fruits et légumes sur la route de Montepulciano où aucun Donati, jamais, n'avait pointé le bout de son nez –, nous fîmes une ultime halte au pied d'un moulin délabré qui n'avait même plus de toit. Cette ruine était censée avoir abrité ce cher notaire ces derniers jours.

Nous avons contemplé cet amas de pierres avec un certain abattement ; de toute évidence, nul être humain n'avait mis les pieds là-dedans depuis un ou deux siècles.

Les poings serrés dans ses poches, Ben donna un coup de pied dans une motte de terre.

— Bon sang ! Nous aurons inspecté la Toscane de fond en comble, grommela-t-il. Conclusion…

— Chou blanc sur toute la ligne.

— Où diable ce détective pêche-t-il ses informations ?

— Et où Maggie l'a-t-elle pêché, lui ? ai-je ajouté en me posant sur une borne kilométrique pour ôter un caillou qui s'était logé dans ma sandale.

— J'en ai assez de jouer à cache-cache avec ce type ! J'ai faim de jeux plus excitants…

À son ton, il n'était pas difficile de deviner à quoi il pensait. J'ai relevé la tête et vu qu'il fixait effectivement mes jambes avec la voracité d'un fauve affamé. Une demi-seconde après, il s'était emparé de mes lèvres sans que je bouge un petit doigt pour l'en empêcher.

322

— J'ai envie de toi, articula-t-il d'une voix rauque. Si tu savais, Gemma, comme j'ai envie de toi...

Je l'imaginais facilement pendant que ses mains habiles s'égaraient un peu partout sur mon corps. Les genoux flageolants, je tremblais de plaisir contre lui. En même temps, je me demandais pourquoi il ne me disait pas qu'il m'aimait, comme le font tous les amants du monde dans le feu de l'action.

N'en tirez pas de conclusions erronées : je m'étonnais, rien d'autre. Je ne tenais pas du tout à entendre Ben prononcer ces mots. Ils auraient en quelque sorte officialisé notre aventure (je n'osais même pas penser « liaison »...), or je ne pouvais m'engager avec personne – je ne le ferais jamais.

Non, tout allait bien ainsi : Ben et moi n'étions que des amis, ou un peu plus, des amants. Ce qui n'était déjà pas si mal, et j'étais soulagée qu'il s'en contente, car je n'avais rien de mieux à lui offrir.

Après lui avoir rendu son baiser avec la même flamme, je l'ai regardé en me mordillant une lèvre encore brûlante. Il faisait si chaud qu'un halo diffus enveloppait les oliviers autour de nous. Un coup de tonnerre éclata dans le lointain. Par une curieuse association d'idées, ce flou et ce grondement m'évoquèrent nos relations, et me poussèrent à mettre les choses au point. Juste au cas où...

— Je ne sais pas ce que tu éprouves pour moi, mais je ne voudrais pas que tu te méprennes sur mes sentiments à ton égard...

— Gemma...

— Je ne peux pas tomber amoureuse, voilà tout.

La façon dont je lui avais lancé cela, d'un ton mécanique, parut le blesser. Dans le ciel aussi, le temps se gâtait.

— Gemma, dis-moi ce qu'il y a de mal à être amoureux.

— Oh, rien. C'est juste que je n'en suis pas capable.

Ses yeux plongèrent au fond des miens, comme s'ils cherchaient à percer la part d'ombre enfouie dans le secret de mon âme.

— Tu es *très* folle, déclara-t-il après un long moment. *Comment peut-on aimer une femme pareille ?*

— Je ne sais pas…, fis-je d'une toute petite voix. C'est pour ça qu'il vaut mieux ne pas trop s'attacher à moi.

L'orage menaçait. J'ai senti que tôt ou tard la vérité éclaterait aussi. Il faudrait que j'explique à Ben pourquoi j'étais devenue cette femme très folle qui le désolait. Et j'en mourais de peur à l'avance.

67

— Pure supposition, mais que ferais-tu de la villa si tu gagnais la partie ? me demanda Ben en franchissant le portail de la villa Piacere.

Je répondis du tac au tac :

— Je te la revendrais très cher.

Il éclata de rire.

— Oyez, oyez bonnes gens ! Doc Jericho, la ci-devant madone des cas désespérés, va troquer son stéthoscope pour une calculette et sa blouse blanche pour un tailleur de femme d'affaires ! Mais permets-moi de t'avertir, ma chère collègue : à ce petit jeu-là, je suis meilleur que toi. Question de pratique.

— Qui sait ? La fortune sourit aux audacieux. Question d'éthique, ai-je répliqué avec défi.

Il parut apprécier ma riposte, ce qui ne l'empêcha pas de me gratifier d'une petite moue indulgente.

— Mon pauvre agneau qui croit aux miracles...

— Pourquoi pas ? En voici déjà un, regarde.

Une moue candide aux lèvres, je désignais la fontaine où une eau claire et vive jaillissait à nouveau de la bouche hilare des faunes et des sirènes.

— Hum, rappelle-moi de mettre un cierge à saint Rocco, marmonna Ben en se garant juste à côté. Maintenant, je voudrais vérifier si une intervention divine a aussi rétabli l'électricité.

— Tu en doutes ?

— J'ai besoin de le voir pour le croire.

Il ouvrit la porte de la villa, s'effaça pour me laisser passer mais tint à poser le premier le doigt sur le commutateur.

— Que la lumière soit ! dit-il en pressant le bouton.

Et la lumière fut. Les ampoules torsadées du lustre de l'entrée s'éclairèrent comme les cierges d'un chandelier mystique.

— Saint Thomas ne vérifie pas aussi son téléphone ? lui demandai-je avec un sourire satisfait.

— Inutile. J'ai foi en Rocco et Sophia Maria. Mais... tu trembles ?

— J'ai froid.

Je ne mentais pas. Depuis que le ciel s'était couvert, on avait enregistré une baisse de température sensible.

Ben eut une mimique intéressée. Mes frissons lui donnaient visiblement une idée.

— J'ai la solution. Viens vite.

Il m'attira à l'étage, dans une salle de bains vieillotte au carrelage réfrigérant et à la plomberie préhistorique, où je pris dans ses bras la douche la plus vivifiante de ma vie.

À présent, je n'avais plus du tout froid, mais très faim. Ben m'emmitoufla néanmoins dans une de ses robes de chambre avant de m'enfiler une grosse paire de chaussettes de sport blanches. Il passa la même tenue et nous sommes descendus main dans la main à la cuisine nous improviser une dînette.

Grâce aux bons offices de Fiametta, le réfrigérateur regorgeait de bonnes choses. Ben me laissa composer le menu à mon idée, tandis qu'il cherchait dans sa cave une bouteille d'*Antinori Chianti Classico Riserva*, un bon cru qui provenait de l'un des vignobles que nous avions traversés en remontant la piste de Donati.

S'il faisait de plus en plus sombre dehors – la Toscane avait le secret de ces orages d'été brefs, mais impressionnants –, à l'intérieur, le temps était résolument au beau fixe.

En deux temps, trois mouvements, je préparai deux assiettes gourmandes : tomates cerises croquantes, dés de poivron jaune, fines tranches de San Daniele, lamelles de parmesan et petites olives noires. Quelques feuilles de basilic, un filet de citron et d'huile d'olive – et le tour était joué.

Ben disposa le tout sur un grand plateau – avec le vin, des gressins et une motte de beurre frais qui sentait bon – et le transporta dans la salle octogonale, ma préférée.

— Bonjour, Luchay. Comment vas-tu, mon vieux ?

Probablement dérangé en pleine séance de méditation transcendantale, le perroquet émit un borborygme offusqué en secouant une patte sertie de bagues.

Ben déposa notre festin sur une table basse entre les deux fauteuils de la cheminée et s'activa pour faire du feu. Pendant qu'il enflammait de petits morceaux de papier journal pour les glisser sous les bûches, je contemplais ce tableau du bonheur domestique avec l'impression de vivre une scène de film sentimental.

J'ai poussé un petit cri en sentant quelque chose me frôler les jambes. C'était un chat, noir comme la nuit, avec des yeux étoilés et une fourrure qui semblait capter les flammes. Il planta ses griffes dans ma robe de chambre et s'étira pour me renifler la main avant de la lécher d'un coup de sa langue rose et râpeuse.

— On dirait qu'Orfeo t'a adoptée, apprécia Ben. Muffie ne va pas en revenir. Généralement, il est plus sauvage.

Sauvage, cette adorable boule de poils ? Il se laissait plus facilement caresser que Sindbad.

— Je ne savais pas que vous aviez un chat.

— Pas nous, Fiametta.

Ben déboucha la bouteille et nous servit. Je goûtai un véritable nectar, aussi doux et soyeux qu'Orfeo, avec un délicieux parfum de baies sauvages.

Il alluma les bougies des deux candélabres en verre de

Murano qui trônaient sur le vieux guéridon à côté de nous et, sa coupe à la main, s'assit au pied du fauteuil, sur le tapis.

— Je me suis toujours demandé comment elle avait osé faire cohabiter un chaton et un perroquet.

— Parce que Luchay aussi est à Fiametta ?

— Pas exactement. Elle en a la garde pendant que son maître est à l'étranger. Oh ! c'est une longue histoire.

— J'aimerais bien la connaître.

Je m'assis en tailleur à côté de lui, juste devant la cheminée, et posai nos deux assiettes devant nous. Orfeo vint se lover à mes pieds. Les flammes crépitaient doucement, nous n'avions qu'à tendre la main pour grignoter – tout était parfait.

— S'il te plaît, Ben, raconte-moi l'histoire de Luchay.

— Tu sais que les perroquets peuvent vivre jusqu'à un âge avancé. Luchay est très, très vieux. Il y a bien longtemps donc, notre ami quitta son Amazonie natale pour débarquer en Europe dans les bagages d'un rude marin. Une brute qui, n'arrivant pas à le vendre, était sur le point de lui tordre le cou. Bébé Luchay – qui n'avait pas encore de nom – fut sauvé par une pauvre gosse aussi perdue et vulnérable que lui. Cette toute jeune fille s'appelait Poppy Mallory, et ce perroquet allait devenir son seul ami, son unique compagnon.

» C'est elle qui le baptisa Luchay – de l'italien *luce* qui veut dire « lumière » – parce qu'il avait apporté un rayon de soleil dans sa vie. Elle trouva en lui un petit être à aimer, avec qui partager ses joies et, plus souvent, ses peines. Le temps passa…

Il but une gorgée de chianti et poursuivit son récit.

— Il advint que Poppy Mallory connut la gloire et la fortune. Quand son étoile brilla et qu'elle gagna beaucoup d'argent, tout ce qu'elle s'offrait en beaux bijoux et en richesses, elle l'achetait aussi pour Luchay. Sa cage est en or pur, les anneaux que tu vois à ses pattes ont été commandés tout exprès en Bulgarie et sertis d'émeraudes, de rubis et de diamants véritables.

— La pauvre petite avait donc épousé un nabab ?

— Gemma, tu es trop mignonne.

Il croqua une tomate cerise roulée dans une tranche de jambon en me dévisageant avec une sorte d'incrédulité émerveillée.

Qu'est-ce que j'avais dit de si touchant ?

— J'adore ton côté fleur bleue. Ta « pauvre petite » était en réalité la tenancière d'une célèbre maison close parisienne et la maîtresse d'un caïd du milieu. On raconte que « Madame Poppy » savait tous les secrets de tout le monde – mais seul Luchay connaissait les siens.

J'écoutais l'histoire, bouche bée et le menton sur mes genoux, comme Livvie petite, quand je lui lisais un conte de fées avant de la mettre au lit.

— Mais après, que s'est-il passé ? Comment Luchay a-t-il atterri à la villa Piacere ? Qui a peint son portrait sur ce mur ?

— Quand Poppy quitta ce monde, il y a bien des années, la presse internationale publia un avis de recherche de ses héritiers. Comme elle avait laissé une grosse fortune, les réponses affluèrent du monde entier. Peu importait que ce soit de l'argent sale : tous les prétendus légataires réclamaient leur part du magot. L'une des candidates était une jeune Vénitienne, Aria Rinaldi, qui habitait un palais en piteux état sur le Grand Canal. La mère de Fiametta avait autrefois travaillé pour la famille Rinaldi.

— Ah, voilà le lien !

Ben mit une autre bûche dans le feu et agita un tison, faisant voltiger des flammèches sous l'œil fasciné d'Orfeo.

— Ne me demande pas les détails, mais toujours est-il que c'est Aria qui recueillit le trésor le plus précieux de Poppy Mallory : son perroquet. Elle chérit le petit orphelin comme l'avait chéri Poppy et, à bien des égards, les deux femmes se ressemblaient. Toutes deux étaient au départ de belles jeunes filles solitaires et sans argent. Aria, elle, descendait d'un noble lignage, mais les Rinaldi étaient ruinés, et elle s'était résignée à faire un mariage de raison avec un vieux grigou pour assurer au moins la survie du *palazzo* de ses ancêtres. Quand la mère de Fiametta lui parla de l'avis de recherche d'un héritier Mallory et de ses liens de sang avec une branche de cette famille, Aria y vit un signe du destin. Si elle héritait de cette fortune providentielle, elle serait libre, sauvée.

— Et alors ? Alors ? répétai-je en croquant un gressin.

— La suite est racontée par le menu dans un ouvrage intitulé *L'Affaire Mallory, ou la véridique histoire d'un héritage très convoité.* Comme le titre le laisse entendre, on y trouve racontées la vie de Poppy Mallory, celle d'Aria Rinaldi et des autres prétendants, dont un meurtrier sans scrupule. Et, bien sûr, l'histoire de notre Luchay. Je te donnerai le livre, et tu sauras tout.

— Oui, mais... dis-moi au moins, pour le portrait !

Nos regards se levèrent vers la toile accrochée à la place d'honneur. Fier comme Artaban, Luchay ouvrait un bec insolent, son plumage hérissé dans une débauche de vert, d'écarlate et de bleu électrique.

— La mère de Fiametta, toujours elle, était native de Bella Piacere. Elle apprit de la bouche même du comte de Piacere qu'il avait connu la bellissime Madame Poppy quand elle s'était installée en Italie. Elle n'avait plus vingt ans depuis longtemps, et lui-même n'était déjà plus tout jeune, mais ça ne l'empêcha pas de tomber amoureux d'elle. Comme il la pressait d'avoir son portrait et qu'elle s'y refusait, il obtint au moins de garder un souvenir de ce qu'elle avait de plus cher au monde. C'est ainsi que le comte ajouta Luchay à la petite ménagerie familiale immortalisée dans cette salle.

Aujourd'hui, tous les personnages de l'histoire étaient morts, Poppy, le comte, Aria... Non, pas tout le monde, me suis-je reprise en me retournant vers le seul survivant.

Immobile sur son perchoir, le dernier témoin me fixait de ses yeux perçants. J'essayai d'imaginer tout ce que ses prunelles avaient vu au fil de sa longue vie. Dieu sait quels secrets recelait ce petit crâne duveteux. Avait-il oublié sa maîtresse qui l'avait tant aimé ?

— Pauvre Luchay, pauvre Poppy, murmurai-je, émue

— *Poppy cara*, fit-il en écho.

Le perroquet pencha la tête de côté et agita les ailes en jasant de plus belle :

— *Poppy cara, Poppy darling, Poppy chérie.*

— Tu vois, il ne l'a pas oubliée, déclara doucement Ben. *L'amour est plus fort que le temps.*

Ce n'était pas la première fois qu'il semblait lire en moi comme à livre ouvert. J'ai répondu :

— Je sais.

L'orage passait, un timide rayon de soleil filtrait par les carreaux de la fenêtre. Orfeo posa sa patte sur mon genou, comme pour me demander la permission de se blottir contre moi. Habituée aux façons cavalières de ce rustre de Sindbad, j'ai légèrement bougé mes jambes pour qu'il s'y installe plus confortablement. Il tourna en rond sur mes cuisses jusqu'à trouver la position idéale, le nez dans la queue et ronronnant comme un moteur.

J'ai regardé Ben remplir nos verres. Il était nu comme moi sous son peignoir, et cette idée me troublait. J'aimais ses mains viriles, ses mouvements fluides, ses avant-bras bronzés qui sortaient des manches blanches comme neige. Il se taisait et, pour la première fois depuis un bon moment, un silence plana entre nous.

Je sentais que la minute approchait où j'allais devoir lui raconter ma propre histoire.

— Maintenant, parle-moi de toi, ai-je lancé, en sachant que je ne faisais que repousser cet instant fatidique.

Il m'a regardée d'un air de reproche, mais ne s'est pas dérobé.

— Tu connais déjà l'essentiel. J'ai une petite Muffie dans ma vie, je suis divorcé. Le reste n'a guère d'intérêt. Je suis le prototype du rêve américain, tu sais : le-pauvre-gars-du-Bronx-qui-s'en-est-sorti-à-la-force-du-poignet, mais qui n'a jamais arrêté de travailler comme un forçat. Voilà Ben Raphael.

— C'est un peu court comme CV ! Tu ne me parles pas de tes parents, de ta famille ?

— Je suis fils unique. Mon père est mort quand j'avais

trois ans. Maman s'est éreintée toute sa vie pour gagner trois francs six sous comme serveuse dans un restaurant minable. Elle était belle et, comme toi, très mince parce qu'elle passait son temps à courir d'un client à un autre – comme toi d'un patient à un autre.

Ben regarda son verre et but pensivement une gorgée. Quand il reprit la parole, sa voix avait baissé d'une octave.

— Le plus grand regret de ma vie, c'est que maman soit morte avant d'avoir vu ma « réussite ». J'aurais tellement aimé la gâter comme elle le méritait, m'occuper d'elle, la tirer de son quartier sordide pour commencer, lui offrir la maison de ses rêves, la couvrir de bijoux – comme Poppy avec Luchay.

— Ben...

Il haussa les épaules.

— Mais le sort en a décidé autrement. C'est comme ça. Il nous est rarement donné de pouvoir rembourser ce genre de dette affective.

J'ai hoché la tête, ne le sachant que trop.

— Tu as évoqué une fois ton mariage désastreux avec le père de Livvie, reprit-il après s'être éclairci la gorge. Mon propre mariage avec Bunty, la mère de Muffie, n'a pas été plus heureux. Depuis notre divorce, je collectionne les aventures sans lendemain avec des gravures de mode. Mais ce petit jeu ne me suffit plus.

Nos yeux se rencontrèrent.

— À présent, j'éprouve le besoin d'avoir auprès de moi une vraie femme, à qui je puisse dire bonne nuit avant de m'endormir.

— Une vraie femme... ?

J'ai cillé, incapable de soutenir son regard.

— Une femme comme toi, Gemma.

Il saisit le verre de vin que je tournais bêtement entre mes doigts et le reposa sur la table. Puis il me prit la main et porta doucement ma paume à ses lèvres.

— Je t'aime, Gemma.

Il l'avait dit.

Il avait prononcé ces trois petits mots qui me glaçaient. Le sang se retira de mon visage. Ben attendait que je lui dise que, moi aussi, je l'aimais. Impossible. L'amour m'était interdit. Je *ne pouvais pas* briser mon vœu.

— Je t'aime, Gemma, répéta-t-il douloureusement. Je veux seulement que tu le saches.

Je gardai un silence terrifié, pressentant la suite.

— Je t'ai raconté l'histoire de Luchay et la mienne. Maintenant c'est ton tour.

J'ai secoué farouchement la tête, à deux doigts de fondre en larmes, comme une gamine.

— Pourquoi, Gemma ?

— Parce que, si je te la raconte, tu ne voudras plus de moi...

Son visage s'est empreint de stupeur. Il me prit la tête entre ses deux mains pour planter ses yeux dans les miens.

— Bien sûr que je voudrai encore de toi. Pour l'amour du Ciel, Gemma, confie-moi ton secret. Que t'est-il arrivé ? Tu dois me le dire.

68

— Tu vois, ce qu'il y a de plus pénible dans mon métier, c'est d'annoncer une mauvaise nouvelle à la famille de la victime, ai-je commencé d'une voix calme et lointaine que je reconnaissais à peine. Eh bien, ce que tu me demandes est aussi difficile. Si difficile que je ne l'ai jamais avoué à personne, pas même à ma mère ou à Patty, ma meilleure amie. J'avais peur qu'elles ne me jugent. Mais à présent, à cause de ce qui s'est passé entre toi et moi, je te dois une explication.

Les yeux rivés sur la cheminée, j'ai serré sa main pour y puiser le courage de me lancer.

— Cash et moi nous sommes rencontrés par hasard, dans une cafétéria, un soir où j'allais prendre mon poste à l'hôpital. Il avait six ans de moins que moi. Oh ! ce n'est pas dramatique, je sais, et cela ne se voyait pas à l'époque, mais, au début de notre liaison, je m'étais mis en tête qu'un jour il me plaquerait pour une plus jeune, une fille de vingt ans, sans enfant ni passif sentimental. Quand je l'ai mieux connu, j'ai su qu'il n'était pas comme ça. Cash était… unique.

Je regardai les bûches flamber, et, soudain, je me suis

retrouvée ailleurs, en un autre temps, un autre lieu, avec Cash.

J'ai tout raconté. Les détails de notre première rencontre, comment j'avais donné à Cash mon sac et avec lui, symboliquement, ma vie entière. Cette journée féerique à la petite auberge de Nouvelle-Angleterre. Tous ces jours heureux. Sa tendresse pour Livvie, qui l'adorait et laissa alors échapper ses premiers, et derniers, « Papa ». Notre voyage à Dallas et l'accueil chaleureux des parents de mon « futur ». Nos beaux rêves d'avenir. Un triomphe à Broadway pour Cash. Un bon gros terre-neuve pour Livvie. Et pour moi un poste de médecin de campagne...

Comme Ben tressaillait, j'eus un sourire triste.

— Oui, je désirais un meilleur cadre de vie pour ma petite famille : une chaumière loin de la ville. Quand on est jeune et amoureux, tout est possible. C'était la première fois que je rencontrais véritablement l'Amour. Celui qui rime avec Toujours. L'existence ne m'avait pas encore appris que « toujours » n'existe pas.

Je continuai mon récit par cette « grande nouvelle » que Cash m'avait annoncée, les yeux brillants : il partait tourner un film à Hollywood ! Mais il ne fallait surtout pas que je m'inquiète : il serait vite de retour. Je lui avais sauté au cou en dissimulant mes craintes pour ne pas gâcher sa joie. Je me doutais que ce film ne serait que le premier d'une longue série. Il était évident qu'avec son charisme et son talent, Cash était promis à une grande carrière. Il avait tout pour être une star, et rien ne pourrait l'en empêcher. Mais je savais aussi qu'il m'aimait très fort, et que, ça non plus, rien ne pourrait y mettre fin.

— ... Voilà ce que je me disais, poursuivis-je d'une voix sourde. Les trois mois du tournage furent les plus longs de ma vie. Pire que lorsque je préparais mon concours à l'école de médecine, seule et enceinte. Depuis que j'avais goûté le bonheur d'être deux, mon « célibat » me pesait, malgré Livvie et Nonna.

» Je multipliais mes gardes aux urgences : cela m'occupait

l'esprit et, en même temps, je mettais de côté des jours de congé à partager avec lui. Enfin, Cash est revenu « à la maison », et avec lui le soleil dans ma vie. Même si c'était déjà l'hiver. Ce soir-là...

Ben me tenait toujours la main, le visage grave, écoutant en silence. Attendant que je continue.

J'ai continué.

— C'était un samedi, je devais quitter mon service à minuit. La soirée aux urgences avait été mouvementée, comme tous les week-ends, mais pour une fois je me sentais encore en forme. Cash dînait en ville, dans un grand restaurant, avec son nouvel agent venu spécialement de Hollywood pour le voir.

» Un rendez-vous capital, m'avait-il fait comprendre. « Peut-être la chance de ma vie ! Après celle de t'avoir rencontrée, mon cœur. » Je revois encore son expression enthousiaste mêlée de cette sourde appréhension qui précède un profond bouleversement dans notre existence. Si la carrière de Cash démarrait comme il l'espérait, tant de choses allaient forcément changer. En bien... et peut-être aussi en beaucoup moins bien, je le craignais malgré moi. La célébrité gâche si souvent tout...

» Même si je redoutais que plus rien ne soit comme avant, je lui souhaitai bonne chance. Sur quoi il prit un air horrifié. « Ne dis jamais ça à un acteur, ça porte malheur ! Tu veux que je me casse une jambe ? » Je l'ai embrassé en rétorquant que s'il se cassait, je saurais le réparer.

» Dès que mes patients m'ont laissée souffler une minute, je l'ai appelé sur son portable en croisant les doigts. Il venait à peine de quitter le restaurant. Il était tellement excité, il parlait si vite que je n'ai pas tout compris. Mais l'entretien avait dépassé ses espérances. Sa carrière était plus que lancée : Hollywood lui offrait un pont d'or. « C'est merveilleux, non ? » Je le félicitai et lui dis combien j'étais heureuse...

Je sentis les doigts de Ben se crisper sur les miens. Il voyait venir le plus dur. J'ai porté ma main libre à ma tempe où

336

palpitait follement une petite veine. Et j'ai poursuivi ma confcssion.

— L'enthousiasme de Cash m'avait donné envie d'être à ses côtés, là, tout de suite. « Tu ne veux pas passer me prendre à l'hôpital ? Nous pourrions boire un verre dans *notre* cafétéria, et tu me raconterais tout en détail. J'ai tellement envie de te voir ! » J'entendis son rire inimitable – ce grand rire de cow-boy qui m'avait tant intriguée au début. « Bon, je serai là à minuit pile. À tout de suite, mon amour ! » Ravie, je l'ai supplié de se dépêcher parce que je ne pouvais plus attendre.

» À minuit moins dix, j'ai passé le relais à un collègue. Le temps de me refaire une beauté dans mon vestiaire, d'enfiler mon manteau, et j'étais dehors à guetter un coupé sport rouge. Il pleuvait à verse. Heureusement, j'avais demandé à Cash de venir me chercher, sinon je me serais trempée en courant jusqu'à la station de métro. Cinq, dix minutes passèrent. Il était en retard. Pas étonnant, avec cette pluie les voitures roulaient au pas. Je frissonnais en l'attendant. J'avais remonté le col de mon manteau pour y enfouir mon pauvre nez gelé tout en battant la semelle.

» À minuit et quart, j'ai rappelé Cash. Il ne répondit pas, mais ça ne voulait rien dire : il oubliait souvent de brancher son téléphone. Je continuais à faire le pied de grue devant les urgences en scrutant tout ce qui bougeait en rouge. Je vis un camion de pompiers tourner au coin de la rue, toutes sirènes hurlantes. J'entendis celles de police secours, mais ici cela n'avait rien d'inhabituel. Encore un accident, ai-je songé, mais de là, je ne pouvais rien voir. Une tape sur l'épaule me fit sursauter. « Tu es encore là ? s'étonna Patty, sortie griller une cigarette. Je te croyais au chaud depuis longtemps. » Je lui ai expliqué que Cash était en retard. « Attends-le au moins à l'intérieur, m'a-t-elle recommandé. Ici, tu vas attraper la mort. » Je venais de rentrer avec elle quand le standard a annoncé l'arrivée d'un accidenté de la route dans un état désespéré. Fracture du crâne, cage thoracique défoncée. Au même instant, la sirène de l'ambulance a retenti et... *j'ai su* qu'il s'agissait de Cash.

» Comme un automate, j'ai remis ma blouse de médecin et me suis dirigée vers le brancard que les ambulanciers poussaient à toute allure. Le corps sanglant qu'ils transportaient était celui de Cash.

» Son bras pendait dans le vide et ses beaux cheveux blonds... Seigneur ! ils n'étaient plus qu'une masse de sang noir coagulé. Tout se mit à tournoyer dans ma tête. *Oh, mon Dieu ! ce n'est pas vrai... ça ne peut pas être vrai... je fais un cauchemar !*

» Cramponnée au brancard, livide, j'ai vu Cash soulever les paupières. Son regard hagard se posa sur moi et le Ciel m'est témoin qu'il m'a souri. Ses lèvres remuèrent faiblement. Je me suis penchée pour l'entendre me chuchoter : « Désolé... mon cœur... je suis en retard... » Et ce fut tout. Il avait refermé les yeux.

» J'ai aidé à l'installer sur la table d'opération. Pendant que les infirmières découpaient ses vêtements, je vérifiai ses signes vitaux en essayant d'oublier qu'il s'agissait de l'homme que j'aimais. Patty et toute l'équipe s'activaient déjà autour de lui, silencieux pour une fois, donnant le meilleur d'eux-mêmes, tout en coulant vers moi des regards anxieux.

» D'une oreille, j'entendis un policier ou un ambulancier, je ne sais plus, donner les détails de l'accident. Il roulait trop vite, il avait dérapé sur la route glissante et perdu le contrôle de son véhicule pour aller percuter de plein fouet un camion-citerne. Sa voiture de sport, un ancien modèle sans airbag, s'était encastrée littéralement sous le monstre d'acier qui arrivait en sens inverse.

» Le crâne de Cash avait heurté le pare-brise avec une violence inimaginable pendant que le volant lui défonçait la poitrine. Je l'ai intubé moi-même. Patty n'arrivait pas à stopper l'hémorragie. Il avait un poumon perforé, toutes ses constantes étaient en chute libre sur les moniteurs. J'ai pensé que la princesse Diana était morte exactement de cette façon.

Les médecins avaient tenté l'impossible, mais elle n'avait pas survécu.

» Malgré tous nos efforts, Cash s'enfonçait. Mes lèvres s'agitaient sans prononcer les mots que je hurlais en moi-même. *Non ! Ne meurs pas ! Pitié, ne me laisse pas seule !* Mais Cash s'étouffait dans son propre sang. C'était la fin. C'était fini.

Je me suis tue un instant pour regarder douloureusement Ben.

— Je l'avais quitté le matin sur une boutade : si tu te casses, je te réparerai ! Mais toute mon expérience, tout mon savoir médical ne m'ont servi à rien. Moi qui passais ma vie à essayer de sauver des inconnus, j'ai été incapable d'épargner celle de l'homme que j'aimais.

Un silence de plomb s'installa dans la pièce. Le feu mourait dans la cheminée, mais ni Ben ni moi ne bougions, les yeux dans le vide. Quand il ne resta plus qu'un lit de braises, j'ai caressé Orleo, et Ben est sorti de sa sombre méditation. Il s'éclaircit la gorge.

— Gemma, je ne sais pas quoi dire... Je ne trouve pas les mots pour exprimer ce que je ressens. Je comprends tellement ta douleur, ton impuissance, ta...

— Culpabilité. Non seulement je n'ai pas sauvé Cash, mais je l'ai tué. Ne cherche pas à me dire le contraire, il vivrait encore aujourd'hui si je ne l'avais pas tant pressé de me rejoindre. Cash n'aurait pas pris cette route, ni dérapé sous la pluie, ni rencontré de camion-citerne. Sans mon appel, il serait rentré m'attendre tranquillement à la maison.

Ben ouvrit la bouche pour me consoler, la referma. Je lui sus gré de son silence. Il avait tout compris et ne cherchait pas à me bercer de vaines paroles – « Ce n'était pas ta faute, tu ne pouvais pas savoir, cette tragédie aurait pu arriver n'importe où, n'importe quand, tu n'es pas responsable... » – et autres banalités d'usage.

— Après, repris-je en entendant ma voix trembler un peu, j'ai décidé de me consacrer à mon travail. Je n'avais pas pu sauver Cash, mais je me dévouerais pour tous ceux qui franchiraient les portes de cet hôpital. Je travaillerais autant d'heures que je pourrais, aussi dur que je pourrais. Je m'infligeai une sorte de pénitence. J'avais tué mon amant et je n'en aurais plus jamais. Il n'y aurait rien d'autre dans ma vie que ma famille et mon travail. Ainsi, peut-être Dieu me pardonnerait-il...

— Et il t'a pardonné ?

J'ai secoué la tête.

— Je ne sais pas.

— En tout cas, toi, tu ne t'es pas pardonné, ça c'est sûr. Tu as dû te sentir atrocement seule, ajouta Ben en caressant ma main.

— Seule ? Je m'abrutissais bien trop au travail pour me sentir seule. Le vrai problème...

J'ai levé les yeux vers lui pour chuchoter :

— ... le problème, Ben, c'est que je n'ai jamais cessé de l'aimer. *J'aime toujours Cash.*

69

Cette nuit-là, j'ai dormi dans les bras de Ben. Près de lui, j'avais l'impression merveilleuse d'être quelqu'un de rare et de précieux. J'adorais cette sensation, mais...

Mais Cash restait et resterait néanmoins le seul amour de ma vie. Sa mort n'y changeait rien. Son souvenir flottait autour de moi, présence invisible et silencieuse. Depuis son départ, il n'y avait de place pour rien d'autre dans ma vie – pour rien et pour personne.

Quand j'ouvris les yeux, Ben avait disparu.

Ma gorge s'est serrée. Et s'il était parti pour de bon ? Il fallait pourtant que je sois logique : pourquoi serait-il resté ? Je venais de lui avouer que j'en aimais toujours un autre.

J'ai quitté le grand lit que nous avions partagé si innocemment cette fois, me suis approchée de la fenêtre et l'ai ouverte en grand.

Il faisait un temps magnifique. La pluie avait réveillé les parfums de la nature ; un chèvrefeuille s'agrippait au mur, mêlant son arôme à celui de ces minuscules roses de Toscane que j'avais appris à aimer. Avec ce ciel azuré d'une pureté infinie et ce silence paisible, on se serait cru à l'aube du premier jour. Pourtant, c'était l'inverse.

J'ai pris une douche froide pour me ressaisir, et je me suis habillée en essayant de me convaincre que ma relation avec Ben n'avait aucun avenir. Ce qui s'était passé entre nous était purement physique. Je n'avais personne dans ma vie depuis trois ans, nous nous étions rencontrés à un moment où j'étais particulièrement vulnérable. Quelle femme n'aurait pas succombé ?

Seulement voilà : je devais bien avouer que je ne pouvais plus me passer de lui et que je n'avais aucune envie que notre relation s'arrête. Je secouai la tête en soupirant. Ben n'avait pas tort : j'étais très folle. Comment supporter une femme pareille, qui change d'avis toutes les deux secondes !

Il faut que ça cesse, décidai-je en dégringolant les marches pour partir à sa recherche. *Je vais lui annoncer que je pars, que je renonce à mes droits sur la villa.*

Mon été en Toscane touchait à sa fin, de toute façon. Bientôt, je rentrerais à New York où je retrouverais ma vie d'avant – l'hôpital, le lycée de Livvie, les déjeuners dominicaux chez Nonna... Mon cœur se serrait à l'idée de quitter l'Italie, mais cette existence de rêve n'était définitivement pas faite pour moi.

Ben se trouvait du côté de l'ancienne *limonaia*, occupé à contempler la progression des travaux, ou plutôt leur stagnation. Nos regards se croisèrent, mais il n'esquissa pas le moindre sourire en me voyant.

— Bonjour, Gemma.

— Bonjour, Ben.

Je me sentais aussi nerveuse qu'une gamine le jour de la rentrée des classes. J'avais brusquement l'impression de me trouver en face d'un inconnu. Je me demandais comment rompre le silence quand la sonnerie de son téléphone portable retentit. Ben échangea quelques mots laconiques avec son correspondant, puis griffonna un renseignement au dos d'une enveloppe avant d'ajouter :

— Compris. Espérons que cette fois, ce sera la bonne... À plus tard.

Il coupa la communication et me regarda.

— Je pars pour Rome. Tu m'accompagnes ?

— Tu y tiens ?

J'ai retenu mon souffle, suspendue à sa réponse.

Il haussa les épaules.

— C'est dans ton intérêt, après tout, autant que dans le mien.

J'ai cillé. Notre relation avait changé, aucun doute là-dessus.

— Ce n'est pas ce que je voulais dire, Ben.

Il hocha la tête.

— Tu sais bien que je tiens à ta présence.

Nous n'avons pas échangé plus de dix mots pendant tout le trajet. Par une sorte d'accord tacite, ni lui ni moi n'avons rien évoqué de ce qui s'était dit la veille au soir. J'avais calé ma nuque contre l'appui-tête et je faisais mine de sommeiller. Cela me paraissait la façon la plus simple d'échapper à une confrontation.

La saison touristique battant son plein, l'hôtel Hassler affichait complet. Nous sommes donc descendus au Crowne Plaza Minerva, un ancien palais entièrement rénové.

Notre suite, somptueuse, donnait sur une magnifique place où trônait une statue de Bernin représentant un éléphant supportant un obélisque. À droite se dressait la belle église gothique Santa Maria sopra Minerva (ainsi nommée parce qu'elle est bâtie sur les ruines d'un temple païen dédié à la déesse Minerve), et, à l'angle, je pouvais apercevoir les glorieux vestiges du panthéon de Marcus Agrippa, qui m'avait inspiré mon premier coup de foudre pour la Ville éternelle.

En promenant mon regard sur notre chambre luxueuse, je songeai que je m'habituais un peu trop à la vie de palais et que je ferais mieux de revenir sur terre et de me remettre à penser à la salle de trauma, parce que le compte à rebours avait commencé.

Je voulais vider mon petit sac de voyage, mais Ben insista pour que nous partions tout de suite. En un rien de temps, nous avons sauté dans un taxi à destination du Transtévère.

Le Transtévère se situe de l'autre côté du Tibre, le fleuve qui coupe Rome en deux. Jadis, ce quartier aux rues étroites était celui des ouvriers, des artisans, des déshérités (c'est là qu'habitait Lygie dans *Quo Vadis*, me suis-je souvenue), mais aujourd'hui il y a des trattorias à tous les coins, des cafés ont poussé sur chaque place comme des champignons, tandis qu'une population de chats léthargiques a pris possession des allées.

Le taxi nous déposa à l'entrée d'une impasse vraiment sinistre, jonchée de détritus, de sacs en plastique et de journaux. Les maisons décrépies s'y entassaient les unes contre les autres, tellement serrées qu'elles ne laissaient entrevoir du ciel qu'une triste forêt d'antennes de télévision.

En me frayant avec effarement un chemin au milieu des immondices, je tirai la manche de Ben.

— C'est certainement une erreur. Donati ne peut pas habiter dans un endroit pareil. Il est riche à millions. Il t'a volé tout cet argent, sans parler de ses autres escroqueries.

Une ombre grise a détalé devant mes pieds. J'ai poussé un cri d'horreur et je me suis jetée dans les bras de Ben.

— Ne me dis pas que tu as peur des rats ?

Ben desserra les mains que j'agrippais à son cou.

— Je n'ai jamais pu supporter ces sales bêtes, avouai-je en frissonnant. Même au labo. C'est leur queue, je crois. En plus, ils transmettent des maladies mortelles, comme la peste bubonique.

— À quand remonte le dernier cas de peste bubonique dont tu as entendu parler ?

— Euh… c'était vers 1480, admis-je à regret. Mais ça ne change rien à l'affaire. Je les déteste !

Nous étions parvenus devant une affreuse bâtisse de cinq étages. Le revêtement de la façade, d'un jaune maladif, s'effritait par plaques, comme balafré. Une porte en bois vermoulu donnait accès à une entrée minuscule, d'où partait un escalier en colimaçon. Le vasistas recouvert de crasse ne laissait filtrer aucune lumière, de sorte que lorsque la porte se referma derrière nous on se serait cru dans un tunnel.

Ma vieille peur du noir resurgit, me nouant la gorge, jusqu'à ce que Ben trouve l'interrupteur, me prenne par la main et m'entraîne malgré ma réticence dans l'escalier délabré.

— Il s'agit forcément d'une erreur ! insistai-je.

Au même instant, la lumière s'éteignit à nouveau et Ben disparut. L'obscurité se pressa sur mes paupières, se glissa dans mes cheveux et coula dans mon dos où elle prit la forme d'un frisson glacé.

— Ben ? Où es-tu ? fis-je d'une voix affolée.

La lumière se ralluma au même instant. Je le vis penché par-dessus la rampe, à l'étage au-dessus.

— C'est une minuterie. Il va falloir que tu accélères.

Je montai quatre à quatre ces maudites marches vermoulues et atteignis le palier à la seconde où le noir nous happa à nouveau.

— Je déteste cet endroit ! Je le déteste ! sifflai-je.

— Ne sois pas snob.

Son sourire étincela dans l'ombre et je compris qu'il se moquait de moi.

Nous étions face à une porte en bois où était clouée une plaque métallique numérotée. Ben avait déjà la main sur la poignée.

— Euh, on ne devrait pas frapper d'abord ? chuchotai-je nerveusement.

— Si, répondit Ben en tournant la poignée.

Le battant s'ouvrit sans résistance.

Je le suivis prudemment dans une petite pièce mansardée. Deux lucarnes donnaient sur la rue. Un lit défait occupait l'angle. De l'autre côté, un lavabo carrelé où s'empilaient des assiettes et des verres sales. Au milieu, une table branlante et un canapé miteux en velours brun. Un tapis rouge élimé recouvrait le sol. Nulle trace de Donati dans ce taudis.

— Allons-nous-en, dis-je en reculant vers la sortie.

— Chut !

Ben m'arrêta d'un geste et me fit signe de garder le silence. Médusée, je le regardai s'avancer sur la pointe des pieds vers l'unique placard. Croyait-il vraiment que le notaire véreux ₅ cachait là-dedans ? Il ouvrit la porte brusquement.

Personne. Rien qu'une veste en lin blanc qui se balançait mollement sur un cintre en métal.

— Mmm. Félicitations, inspecteur Labavure, pouffai-je.

— Il y a des moments où tu es pénible, doc, répliqua calmement Ben.

Il fouilla méthodiquement les poches de la veste.

— Rappelle-toi ce que nous a dit don Vincenzo. Donati ne porte que des costumes en lin blanc. Ma main au feu que cette veste lui appartient.

Il se dirigea vers la table pour examiner des papiers oubliés par le locataire des lieux.

— Là, qu'est-ce que je disais ! clama-t-il d'un ton triomphal.

Il me brandit sous le nez une feuille à moitié déchirée où figuraient trois lettres : DON.

— Tu appelles ça une preuve ?

— Il était là, s'entêta-t-il. Et il est parti précipitamment. Une fois de plus, nous arrivons trop tard.

— Une fois de plus ?

Je m'élançai sur ses talons dans l'escalier.

— Que je sache, nous n'avons jamais approché Donati.

La lourde porte d'entrée claqua derrière nous. J'aperçus alors un homme immobile au bout de la rue. Il était petit, mince, avec une fine moustache, un panama… et un complet en lin blanc. Pendant un bref instant, nos regards se croisèrent. Puis l'inconnu se jeta dans une ruelle et disparut.

Je m'élançai à sa poursuite en criant son nom, mais Ben me dépassa. Il atteignit la ruelle quelques secondes avant moi. Je mis une main en visière devant mes yeux, scrutant le passage désert. Il débouchait sur une piazza qui s'ouvrait sur une multitude de directions. Je m'adossai contre le mur pour reprendre mon souffle, et vis Ben revenir vers moi.

— C'était Donati ? haletai-je.

— J'en suis convaincu.

Dépités, nous parcourûmes plusieurs rues à tout hasard,

avant d'admettre notre défaite et de héler un taxi pour regagner notre havre de l'autre côté du Tibre.

Je pris une longue douche chaude pour effacer jusqu'au souvenir des rats, de l'escalier sordide, de cette chambre miteuse, et de ce bout de papier censé porter le nom d'un notaire prospère. Quand je ressortis de la salle de bains, Ben avait disparu.

Je me laissai tomber sur le lit, enveloppée d'une seule serviette, et contemplai les moulures du plafond. Je n'avais pas bougé d'un millimètre quand la porte se rouvrit sur Ben.

Il serrait dans ses bras un gigantesque bouquet de roses. Il y en avait des dizaines, des centaines peut-être, de toutes les couleurs – du violet le plus pâle à l'orangé le plus pur en passant par le jaune, le cuivre, le rouge incarnat...

Il les déposa sur le lit et je me redressai, stupéfaite. J'effleurai les pétales veloutés, respirai leur parfum enivrant.

— C'est de la folie, soufflai-je, bouleversée.

— Normal : je suis fou de toi.

— Et fou de l'être !

Il s'agenouilla à mes pieds et rétorqua simplement :

— Je t'aime, Gemma.

Je me suis sentie fondre. Je ne m'attendais pas à une telle déclaration, pas après ce que je lui avais dit.

— Comment peux-tu être sûr que c'est de l'amour ? osai-je d'une voix incertaine.

— Gemma ! Je sais ce que je ressens !

Il était tellement beau, tellement adorable, agenouillé ainsi devant moi que – malgré la promesse que je m'étais faite – je n'ai pu m'empêcher de craquer. On se serait cru dans une tragédie : le héros est amoureux d'une dame qui en aime un autre...

— Quand nous avons fait l'amour et que tu m'as dit que tu m'aimais, tu étais sincère ? murmura-t-il.

Je le dévisageai, et je ne pus m'empêcher de penser à Cash, à la force de mes sentiments pour lui...

— Non, avouai-je.

Ben accusa le coup, puis, sans un mot, prit mes mains dans les siennes. Nous restâmes immobiles, les yeux dans les yeux.

— Bon. Si je comprends bien, soupira-t-il, l'air accablé, je vais être obligé de sortir le grand jeu pour te conquérir.

— Tu veux dire que... que tu n'as pas l'intention de renoncer ?

J'étais abasourdie – et ravie, je l'avoue.

Il esquissa un sourire espiègle.

— Je suis un gamin du Bronx. Il en faut plus que ça pour me décourager.

Je me jetai à son cou avec une telle impétuosité qu'il en perdit l'équilibre et tomba sur la table de nuit. J'entendis le choc du meuble sur le sol et un puissant grognement de douleur.

L'instant d'après, j'étais penchée sur Ben, affolée, frictionnant énergiquement son crâne afin d'éviter un hématome. Il laissait ballotter sa tête sans réagir. Lui qui venait d'évoquer le Bronx et ses coups durs...

— Ben ? Ben ! réponds-moi, je t'en prie !

Silence.

— Ben, dis-moi quelque chose... Ça va ?

— Dieu du ciel, Gemma ! gémit-il en m'enlaçant. Même dans le plus simple appareil, tu es une catastrophe ambulante. Que vais-je faire de toi ?

Je me mordillai piteusement la lèvre.

— Je ne sais pas, avouai-je en baissant la tête comme une enfant punie.

Un rire secoua sa poitrine, puis il me souleva dans ses bras et me déposa sur le lit, au milieu des roses.

— Je suis en train d'écraser mes fleurs ! protestai-je faiblement.

— Pas grave.

Il m'embrassait déjà.

— Ben, tu oublies que je ne peux pas... tu sais bien... t'aimer...

Il couvrait maintenant tout mon corps de baisers.

— C'est toi qui sembles oublier que je gagne toujours.

70

Au crépuscule, nous sortîmes tel un couple de chauves-souris à la recherche de sa pitance.

Nous étions à Rome, Ben me tenait par la main, et je me sentais en accord parfait avec moi-même, sensuelle, merveilleusement féminine. Une brise tiède faisait ondoyer ma robe coquelicot autour de mes jambes, mon nouveau rouge à lèvres avait une teinte délicieuse et mes escarpins ne me faisaient absolument pas mal aux pieds. Bref, je me trouvais l'allure altière d'une authentique Romaine, affrontant avec assurance les pavés meurtriers sans me tordre une seule fois la cheville malgré mes hauts talons. Nonna et Livvie auraient été fières de moi.

Nous avons remonté la via della Gatta (ainsi baptisée à cause de la statuette en marbre représentant un chat, sur la corniche d'une maison), puis la via del Gesu, où les vitrines des magasins exposaient le *nec plus ultra* de la mode... ecclésiastique : capes de cardinal cerise, robes d'évêque pourpres, chasubles en soie rehaussées de broderies d'or. Apparemment, le clergé romain brillait par son élégance.

Nos pas nous conduisirent sur la via Borgognona, et de là dans un restaurant appelé Chez Nino. Je me félicitai intérieurement de porter ma jolie robe neuve car l'endroit était chic, tout en murs crème et boiseries sombres.

Ben m'informa que les artichauts à la romaine étaient une spécialité maison, l'escalope *alla fiorentina* un pur joyau, et le thon grillé et sa cour de tomates confites à se pâmer.

Je l'observai tandis qu'il me détaillait la carte tout en dégustant un verre de frascati frappé. Il était incroyablement beau et séduisant avec sa veste noire en agneau et sa chemise lavande. Le sourire qu'il m'adressa me fit fondre de bonheur. Malgré le fiasco de cette nouvelle équipée pour retrouver l'insaisissable Donati et le fait qu'il me faudrait bientôt reprendre ma vraie vie, mon moral était au zénith.

J'étais à Rome avec mon amant, je savourais un vin délicatement fruité et nous allions partager un délicieux dîner en tête à tête. Ensuite… ensuite, on verrait bien. Je ne voulais pas songer maintenant à la façon dont s'achèverait cette nouvelle nuit. Mais mon cœur s'affolait rien que d'y penser.

J'avais déjà choisi mon menu – les fameux artichauts, suivis de *tortellini* nappés d'une sauce aux champignons – et je promenais en souriant mon regard dans la salle quand une silhouette vêtue de rouge franchit la porte du restaurant. Ma bulle de bonheur éclata à sa vue.

C'était la splendide Solène Lohengrin, enroulée au bras d'un homme beaucoup plus âgé qu'elle et infiniment moins séduisant. Un de ces messieurs bedonnants et suffisants qui ont l'étiquette « nabab » scotchée sur le front, et dont le regard hautain vous glisse dessus comme pour signifier qu'ils pourraient acheter l'établissement tout entier – et vous aussi dans la foulée – si seulement il leur en prenait l'envie.

Mais le plus grave à mes yeux, c'était que cette vamp aux allures de pieuvre portait *ma* robe. Pire encore : elle lui allait beaucoup mieux qu'à moi, comme si elle avait été créée tout exprès pour mettre en valeur ses interminables jambes bronzées, sa poitrine généreuse et sa taille de guêpe.

Naturellement, ce fléau repéra Ben au premier coup d'œil et traversa toute la salle pour se précipiter sur lui, le gratifiant d'un baiser miauleur sur les deux joues.

Pour ma part, j'eus droit à un sourire froid, qui devint glacé dès l'instant où elle remarqua ma tenue.

— Par ces nuits chaudes, c'est un bonheur de sortir en décolleté, minauda-t-elle, sachant fort bien que je n'étais pas de taille à rivaliser avec elle sur ce point.

Son compagnon ne s'était même pas donné la peine de nous saluer. Il s'était installé à l'une des tables les plus en vue de la salle et affichait une expression de profond ennui.

Solène tint à nous informer qu'il s'agissait d'un producteur de films extrêmement connu, puis elle embrassa à nouveau Ben, cette fois au coin de la bouche, pendant que j'affectais de regarder ailleurs.

— *Arrivederci*, susurra-t-elle d'une voix de gorge.

Elle s'éloigna d'une démarche chaloupée pendant que je me demandais avec désolation ce qu'il était advenu de notre merveilleuse soirée en tête à tête.

— Gemma, tu sais garder un secret ?

Les yeux de Ben pétillaient d'humour.

— Son véritable nom est Irma Popov.

Je le regardai fixement, puis nous éclatâmes de rire et j'aurais pu jurer que le regard luisant de jalousie d'Irma Popov était rivé sur ma robe coquelicot.

S'il était plus d'une heure du matin quand nous sommes sortis de Chez Nino, les rues étaient toujours aussi bondées.

Une foule hétéroclite flânait dans les ruelles, savourant la tiédeur de la nuit. Rome était un immense salon en plein air. Sur la piazza Navona, des forains se livraient à des tours de magie ; des cracheurs de feu faisaient la démonstration de leur talent ; des peintres proposaient aux passants de réaliser leur portrait ou leur caricature. Les splendides fontaines de Bernin (encore lui) bouillonnaient d'écume.

Ben et moi marchions sans but, comme des amoureux, juste pour le plaisir de nous promener en nous tenant par la main, quittant les monuments illuminés pour des ruelles plus sombres et moins fréquentées.

Nos pas nous conduisirent jusqu'à une petite place où se

351

blottissait une minuscule église. Son portail ouvert laissait entrevoir un autel blanc et or où scintillaient des cierges. Nous nous sommes assis côte à côte sur les marches de marbre, et j'en profitai pour ôter mes jolis escarpins qui s'étaient finalement métamorphosés en instruments de torture. J'étendis les jambes avec un soupir de soulagement, remuant mes orteils dans l'espoir de rétablir ma circulation sanguine.

J'eus conscience que Ben tournait la tête vers moi et je lui rendis son regard. Un silence complice nous enveloppa. Ce fut un moment d'une telle tendresse que je faillis fondre en larmes. Bientôt, il n'y aurait plus dans ma vie d'instants magiques comme celui-là, assis l'un près de l'autre sur le parvis d'une église... par une belle nuit d'été italienne... sous le regard des étoiles...

— Ben, je vais devoir rentrer.

Je n'eus pas besoin de préciser que je parlais de New York. Je détournai les yeux, et le silence se referma à nouveau sur nous.

— On ne peut pas continuer comme ça, murmura-t-il au bout d'un moment.

— Il n'y a pas de solution, répondis-je calmement. Je ne parviendrai jamais à me défaire du sentiment de culpabilité qui m'étouffe et je ne cesserai jamais d'aimer Cash.

En même temps, j'entendais une petite voix qui me disait : Cash ne sera plus jamais là, mais Ben est là, lui, et il t'aime.

Dans le regard qu'il posa sur moi, je lus une douceur et une compréhension infinies.

— Bien sûr. L'amour est plus fort que la mort.

— Pourquoi ai-je l'impression qu'il y a un « mais » ?

— La vie continue, Gemma, voilà le « mais ».

— Cash est mort par ma faute. Si je ne lui avais pas demandé de venir me chercher, si j'étais rentrée chez moi par mes propres moyens comme d'habitude...

— Dans ton métier, tu dois savoir que les accidents pourraient tous être évités grâce à un « si ». Ce qui doit arriver arrive, voilà tout. Ce n'est la faute de personne.

Il m'ouvrit ses bras et je m'y blottis, si avide de cet amour qu'il m'offrait et que je refusais d'accepter.

— Les sentiments que nous éprouvons l'un pour l'autre n'effaceront jamais le souvenir de Cash, Gemma, chuchota-t-il. Au contraire, il revivra à travers nous. Il fera partie de notre existence pour toujours, comme Livvie, Nonna et Muffie. Ne le garde pas enfoui au fond de ton cœur, laisse-le revenir parmi nous. Libère-toi de ce poids qui t'étouffe.

Je me mordillai la lèvre, suffoquée par l'émotion. Peut-être avait-il raison... Peut-être l'heure était-elle venue pour moi de tourner les yeux vers l'avenir.

— Parle-lui, murmura Ben en me serrant contre lui. Dis-lui ce que tu ressens pour lui.

Et là, sur les marches de cette humble église, au centre de cette petite place silencieuse, j'ai renversé la tête en arrière pour crier d'une voix éperdue de douleur :

— *Je t'aime, Cash ! Je t'aimerai toujours !*

Les larmes jaillirent de mes yeux et je sanglotai longuement contre l'épaule de Ben.

Le passé ne cesserait de projeter son ombre funeste sur ma vie, mais pour la première fois j'éprouvais un sentiment de liberté. Peut-être l'espoir d'un nouveau départ...

71

ROCCO ET NONNA

Perché sur le mur de pierre qui entourait son oliveraie, Rocco décapita d'un coup de dents le croûton de son gros sandwich au saucisson de sanglier et à l'oignon frais. Tout en mastiquant avec une belle énergie, il tapota de la main la branche d'un arbre qui avait été planté par son arrière-arrière-grand-père. Cet olivier ne donnerait plus jamais, mais il ne le couperait pour rien au monde. Est-ce qu'on abat un symbole ? Les Cesani avaient cultivé des oliviers de père en fils depuis des siècles et il en serait ainsi jusqu'à la fin des temps. C'est-à-dire sa fin à lui, Rocco, puisqu'il n'avait pas d'enfants. La petite propriété familiale passerait un jour en des mains étrangères, à moins que...

Évidemment, s'il avait épousé Sophia Maria, il aurait pu léguer son patrimoine à sa petite-fille, Olivia. La ferme, le moulin et l'oliveraie seraient restés dans la famille. Mais la gamine habitait New York. Quant à Sophia Maria, elle le prenait pour Crésus...

Une chose était claire : il allait falloir jouer cartes sur table et lui avouer la vérité avant que tout ne devienne trop compliqué, s'il n'était pas déjà trop tard...

— Ça ne marchera pas, Hercule, murmura Rocco. Elle ne voudra plus de moi quand elle saura...

Assis au pied du mur, Hercule prit une tête de circonstance. Son maître avait des soucis. La preuve : il ne pensait même pas à partager son sandwich avec lui comme d'habitude. L'heure était grave !

L'heure est grave, songea aussi Rocco. En temps normal, il était heureux de manger son casse-croûte en écoutant les oiseaux. Il les identifiait tous à leur chant, et reconnaissait d'ailleurs les moindres bruits de la nature. Comme les petits cris des mulots disputant aux lézards les meilleurs trous du mur d'enceinte... au grand effroi d'Hercule. Ça, Rocco ne l'aurait jamais admis devant quiconque, mais le fait était que, en dépit de ses exploits à la chasse aux truffes, Hercule était un poltron. Une souris le faisait fuir, la queue entre les pattes. Quelle honte pour eux si cela s'apprenait !

Pauvre Hercule ! Il serait la risée du village. Apitoyé, Rocco lui lança trois rondelles de saucisson qu'il attrapa au vol et engloutit d'un seul coup. Le chien agita une patte en signe de remerciement, quémandant l'approbation de son bienfaiteur. Mais aujourd'hui, son maître avait la tête ailleurs.

Rocco regardait la route de la vallée qui conduisait à Bella Piacere. D'après ses calculs, Sophia Maria ne devrait plus tarder. Elle l'avait appelé la veille au soir pour l'informer qu'elle rentrait à la maison.

À la *maison*. Sur le coup, ce mot magique lui avait fait chaud au cœur. Ainsi donc, en dépit de son statut de riche veuve américaine, la divine Sophia Maria comptait résider ici pour de bon, pour... *toujours* ? Minute, papillon ! ne nous emballons pas, lui avait aussitôt soufflé la petite voix de la raison. Que se passerait-il si elle n'héritait pas de la villa ? Voudrait-elle tout de même s'installer au village, en ayant chaque jour sous les yeux cette propriété qui avait failli lui revenir ? Et surtout, surtout, est-ce que la Divine aurait encore envie de rester *avec lui* quand elle saurait ?

Il capta au loin le scintillement argenté d'une voiture décapotable. Une Lancia. Son moral descendit d'un cran. Sophia Maria devait rouler sur l'or pour louer tout l'été un pareil bijou.

Écœuré, Rocco abandonna le reste de son sandwich à Hercule, épousseta les miettes de pain collées à sa chemise et rectifia la position de son chapeau porte-bonheur. Il lui faudrait bien ça pour ce qui l'attendait.

— Quand faut y aller, faut y aller, vieux camarade ! déclara-t-il avec l'enthousiasme d'un condamné à mort marchant au gibet.

— Wouafff ! Wouafff ! opina Hercule.

— Tu as raison. Ça passe ou ça casse !

Maggie conduisait la Lancia, Nonna à côté d'elle, les filles papotant à voix basse sur la banquette arrière en émettant toutes les trente secondes ces rires et ces cris aigus dont les adolescentes ont le secret.

Livvie et Muffie parlaient de Tomaso, devinait sans mal Nonna. Le pauvre garçon et son copain Antonio étaient vite tombés en disgrâce aux yeux des deux petites pestes qui les avaient menés en bateau avant de leur poser un lapin. Elle avait eu raison de ne pas s'inquiéter : Muffie était le meilleur chaperon que Livvie pourrait jamais avoir, et réciproquement. Leurs soupirants avaient renoncé à leur quête « romantique » d'une aventure d'été, et les filles étaient redevenues des gamines occupées à flotter des heures durant sur leurs matelas pneumatiques entre deux pizzas.

Comme Bella Piacere était en vue, Maggie claqua la langue et se tourna vers Sophia Maria en arborant une mine de conspiratrice.

— L'autre jour, j'ai tiré les cartes pour votre fille...

— Oui, il paraît que vous vous y connaissez.

— Moi ? Pas le moins du monde, mais j'adore me mêler de la vie des gens – pour leur bien ! précisa dignement la comtesse. Toujours est-il que j'ai raconté à Gemma que, si elle se jetait à l'eau, elle rencontrerait son héros sur l'autre rive...

Les deux filles devaient avoir l'oreille qui traînait parce qu'elles suspendirent comme par enchantement leurs messes basses.

— *Alorra ?* sourit Nonna.

— *Alorra*, à l'heure qu'il est, je me demande si le héros s'est décidé à lui demander sa main.

— Pauvre Ben, il court au désastre. Ma fille est trop obsédée par son travail pour se remarier.

— Il va se faire jeter, confirma Livvie. Maman ne se remariera jamais. Pas après Cash.

— Quel crash ? s'enquit Muffie, très intéressée.

Livvie lui répondit qu'elle lui expliquerait une autre fois.

Tandis qu'elles entraient dans le village, Nonna reconnut la vieille camionnette garée devant la taverne Galileo. Son visage s'éclaira. Rocco lui avait manqué.

Maggie s'arrêta devant l'Albergo d'Olivia pour déposer ses passagères. Il était convenu qu'elle gardait la Lancia pour rallier la villa Marcessi. Son chauffeur-chambellan-majordome la rapporterait dans l'après-midi. Affamées, les filles sortirent les bagages entassés dans le coffre, dirent au revoir à la-plus-chouette-comtesse-de-tous-les temps et foncèrent réclamer un repas à Amalia.

— Tu ne viens pas ? lança Livvie en se retournant vers sa grand-mère.

— Si, si, j'arrive..., répondit distraitement Nonna.

Elle regardait Rocco traverser la place à sa rencontre. Il avait remis les oripeaux qu'il s'obstinait à porter pour son travail. Ce bermuda qui n'en pouvait plus et ce tee-shirt informe... C'est sûrement pour faire comme ses ouvriers, songea-t-elle. Avec la petite fortune que devait lui rapporter sa production d'huile d'olive, comme il avait su rester modeste ! D'autres se seraient pavanés d'une telle réussite, mais lui n'était pas fier...

— Sophia Maria...

— Rocco...

Il souriait en la saluant, mais elle n'en devina pas moins à son regard qu'il n'était pas dans son assiette. Par un curieux mimétisme, son affreux cabot tirait lui aussi une tête de six pieds de long. Quel mauvais vent avait soufflé sur la « fine équipe » ?

Rocco respira un grand coup.

— J'aimerais te parler, Sophia Maria.

— Naturellement, Rocco.

Elle lui prit le bras et ils allèrent s'asseoir sur le vieux banc public, à l'ombre de la fontaine. Hercule se coucha au pied de son maître, posant un museau de martyr sur une de ses chaussures.

— Qu'est-ce qui ne va pas avec ton chien ? Il est tout triste.

— Peut-être lui as-tu manqué..., répondit gravement Rocco.

Elle lui jeta un regard de côté. Il ne plaisantait pas. Compris : il parlait pour lui-même.

— Il m'a beaucoup manqué aussi..., fit-elle sur le même ton lourd de sous-entendus.

De contentement, Rocco en lissa sa moustache. Grâce à son chien, il venait enfin de trouver l'angle d'attaque. Ce brave Hercule !

— Peut-être Hercule pense-t-il qu'il ne devrait pas se trouver ici, en compagnie d'une belle et riche Américaine. Peut-être a-t-il peur de ne pas être digne d'une dame de la haute.

Sophia Maria se trémoussa sur le banc, mal à l'aise. Puis décida de jouer franc jeu.

— Ou peut-être Hercule pense-t-il qu'il est trop riche pour se commettre avec une veuve modeste qui risque de voir son héritage lui filer sous le nez, mais qui a tout de même décidé de dépenser l'argent qu'elle n'a pas pour profiter de la vie. Pendant qu'elle le peut.

Elle observa Rocco, épiant anxieusement sa réaction.

Il ne broncha pas, paraissant digérer ce qu'elle venait de dire, puis déclara avec lenteur :

— Hercule devrait s'estimer heureux de la compagnie

d'une veuve modeste qui a décidé de tout dépenser pour profiter de la vie, alors que lui n'est que le chien d'un modeste fermier qui n'a aucun ouvrier à son service, juste une vache et quelques oliviers pour le faire vivre.

Sophia Maria le couvrit d'un regard interrogateur, puis haussa les épaules.

— Hercule devrait aussi s'estimer heureux d'avoir un maître en bonne santé, qui n'est pas obligé de se dépêcher de profiter de l'existence avant qu'il ne soit trop tard.

Elle vit Rocco se figer, se troubler au fur et à mesure qu'il se pénétrait de ses paroles. Son visage revêtit une expression de vulnérabilité presque enfantine.

— Qu'est-ce... qu'est-ce que tu racontes ? bredouilla-t-il.

Alors, avec des mots très doux, elle lui parla de son cœur et de ce que le médecin avait diagnostiqué.

— Et ta fille ? insista Rocco d'une voix blanche. Qu'en pense-t-elle en tant que médecin ?

— Elle n'en pense rien du tout pour la bonne raison que je ne lui ai rien dit. Ni à elle ni à personne d'autre. Tu es le seul à savoir, Rocco. Et je compte sur toi pour que cela ne change pas.

Il hocha la tête en déglutissant difficilement. Il avait l'air si malheureux qu'elle lui prit les mains.

— Bien sûr, j'ai répondu à ce cardiologue qu'il se trompait et que je vivrai jusqu'à cent ans. Et tu sais quoi, Rocco ? Je compte bien y arriver – rien que pour lui prouver que c'est un âne, comme tous les médecins ! Alors, ne fais pas cette tête-là, voyons ! *Avanti !*

— *Avanti.*

Il embrassa les mains de Sophia Maria.

— Grrr ! intervint le troisième élément du trio.

Hercule retroussait les babines dans un rictus de réprobation.

Rocco écarquilla les yeux. Il ouvrait la bouche pour le gronder quand la Divine posa un doigt sur ses lèvres.

— Chut, ne le dispute pas. Il est jaloux, le pauvre.

Hercule cessa subitement de grogner. Il pencha la tête de

côté, agita une oreille rose guimauve – signe qu'il cogitait dur – puis bondit sur sa rivale qui ouvrit les bras pour l'attraper au vol. Hercule se mit à lui débarbouiller consciencieusement le visage tout en remuant la queue à une vitesse frénétique.

Extasié, Rocco contempla ce spectacle en se retenant d'écraser une larme. Les deux êtres qui lui étaient le plus chers au monde en train de faire ami-ami !

— Tu sais… je crois que… ton chien veut… que je reste, réussit à articuler Nonna entre deux coups de langue baveuse.

— C'est vrai, Sophia Maria, c'est vrai…

Ils échangèrent un regard si intense que Rocco n'eut pas besoin de formuler la question qui lui brûlait les lèvres.

— Oui, Rocco, dit-elle fermement.

Elle poussa un grand soupir de soulagement et ajouta :

— Maintenant, je suis vraiment revenue à la maison !

72

GEMMA

— Alors ? *Alors ?* Donati ? Le testament ? s'exclamèrent d'une seule voix Nonna, Maggie, Livvie et Muffie, réunies sur la terrasse de la villa Piacere.

Rocco et Hercule étaient là, eux aussi, ce qui faisait au total douze oreilles en alerte – dont deux roses – et autant d'yeux ronds fixés sur Ben et moi.

J'ai secoué la tête et Ben a fait le signe de se trancher la gorge du **pouce**. Quatre nez piquèrent aussitôt vers le sol. Restèrent en l'air une truffe rose et le nez impassible de la comtesse.

Remontée à bloc, elle frappa du poing sur la table.

— Haut les cœurs, les enfants ! Demain est un autre jour. Nous aurons de meilleures nouvelles, je le sais, je le sens. D'ailleurs, il me vient une idée...

Elle la garda pour elle, mais, à la vérité, je ne tenais pas tant que ça à la connaître. Dieu sait où sa nouvelle idée allait cette fois nous expédier ! Dans un trou perdu où il n'y aurait même pas un café et où nous finirions par passer la nuit dans une étable avec les vaches… non merci ! Quoique rouler dans le foin avec Ben ne manquerait pas de piquant…

Ttt, assez de ces pensées érotiques, me suis-je dit. Mais il suffisait que je regarde cet homme pour en être envahie ! Le médecin en moi s'est demandé si c'était bien normal.

Nous buvions tous ensemble un thé glacé en dégustant les petits-fours de Fiametta, quand, à ma vive surprise, le chien de Rocco vint poser sa tête sur les genoux de Nonna en exhalant un soupir de volupté.

— Eh bien, maman, je crois que tu as fait une touche, plaisantai-je.

Elle m'enveloppa d'un regard étrange.

— Tu ne crois pas si bien dire. Hercule et moi, nous nous entendons à merveille à présent. Il est même d'avis que nous devrions nous marier.

— Tu vas épouser Hercule ? s'esclaffa Livvie.

Nonna se contenta d'un haussement d'épaules d'un dédain souverain, sans y aller de son sermon sur la politesse qu'on doit aux grandes personnes, etc.

— C'est ça, fiche-toi de moi, Olivia ! N'empêche que ce brave Hercule a donné son accord pour que Rocco et moi nous nous mariions. Ha ! Qu'est-ce que vous dites de ça ?

Je lui rendis son regard, pétrifiée.

— Waouh ! glapit Livvie.

Sur le coup, c'est à peu près tout ce que je trouvai à dire moi aussi.

— *Un mariage !*

Le cri perçant de Maggie déchira le silence sidéré qui avait suivi l'annonce de Nonna.

— Comment ? Mais c'est merveilleux ! Félicitations ! Maintenant, j'aurai Sophia Maria pour voisine. Rocco, vous avez beaucoup de chance, espèce de séducteur ! Oh, je ne pourrai jamais attendre jusqu'à… jusqu'à quand, à propos ? La noce est pour bientôt, au moins ?

Le séducteur esquissa un sourire de triomphe modeste.

— Nous avons pensé… enfin… le mois prochain.

Livvie sauta au cou de sa grand-mère.

— Nonna ! Je suis si heureuse pour toi et Rocco !

Sur quoi elle me jeta un regard plein d'espoir.

— Ça veut dire que nous allons prolonger nos vacances ?

— Félicitations, maman, articulai-je en me remettant à peine du choc. Mais... tu oublies que nous rentrons dans une semaine. Tu as pensé à ton pavillon, à ta vie là-bas ?

Nonna m'ignora pour répondre à Livvie.

— Bien sûr que tu restes pour la noce. Ta mère téléphonera à ses chères urgences pour prévenir qu'elle prend les jours de congés qui lui restent. Elle n'aura qu'à dire que c'est pour une urgence, ajouta-t-elle en riant, ils sont bien placés pour comprendre...

J'entendais le rire du bonheur, et mon cœur se serra. Nonna allait s'installer ici. Sans elle, ma vie étriquée à New York allait encore se réduire, pensai-je égoïstement. Je n'aurais même plus droit à nos dimanches en famille...

— Je vais appeler l'hôpital, ai-je seulement dit en me levant pour aller l'embrasser.

Comme je la pressais contre moi de toutes mes forces, Hercule m'a averti d'un grognement qu'il veillait au grain. Rocco serra mes mains glacées dans ses grands battoirs.

— Je prendrai bien soin d'elle, *dottoressa*.

J'ai hoché la tête en me retenant de pleurer. Je savais qu'il le ferait. Nulle part au monde maman ne serait mieux qu'ici. Mais Dieu qu'elle allait me manquer !

Ce même soir, nous avons célébré l'engagement de Sophia Maria et de Rocco dans une trattoria de Montepulciano, face à la belle église San Biagio.

Rocco offrit à sa promise un vieil anneau d'or serti d'un petit rubis.

— Cette bague appartenait à mon arrière-grand-mère. C'est le bien le plus précieux que je possède. Sophia Maria mérite plus que je ne pourrai jamais lui donner.

Nonna rougit comme une adolescente, et j'en conclus que piquer un fard était décidément une marque de fabrique familiale.

Feignant de ne pas remarquer les coups de coude qu'échangeaient nos deux filles, Ben tenta dès l'apéritif de s'emparer de ma main sous la table. Après deux verres du délicieux *Vino Nobile di Montepulciano*, je la lui abandonnai.

Au dessert, Nonna se leva pour le discours réclamé sur l'air des lampions par une Maggie déchaînée – et c'est alors que je la vis chanceler.

Rocco la rattrapa immédiatement, et la fit se rasseoir. Ils étaient aussi pâles l'un que l'autre.

Je me suis précipitée.

— Maman ! Qu'est-ce qui t'arrive ?

Mes doigts prenaient déjà son pouls. Nonna avait une crise de palpitations et des cernes sous les yeux que je n'avais pas remarqués auparavant.

— Ce n'est rien, juste un petit coup de fatigue, assura-t-elle d'une voix éteinte. Je vais me reposer un instant et il n'y paraîtra plus.

Mais je voyais à ses lèvres tremblantes, à sa main crispée sur sa poitrine qu'elle était mal.

— Je vais bien, Gemma. Avec toutes ces émotions... j'ai simplement oublié de prendre mes bêtabloquants.

— Des bêtabloquants ?

Le souffle court, le teint grisâtre, Nonna avait fermé les yeux.

— *Dottoressa.*

Les doigts de Rocco se refermèrent sur mon épaule. Il était livide. Vite, il cacha derrière son dos ses mains qui s'agitaient telles des lignes à haute tension dans la tourmente.

— Elle ne voulait pas vous le dire mais elle est malade, me glissa-t-il à l'oreille. Son cardiologue de New York lui a trouvé une insuffisance cardiaque congénitale.

Seigneur ! ma propre mère souffre du cœur et je ne l'ai pas détecté ? Mais quel genre de médecin suis-je ? Et une fille indigne par-dessus le marché !

— Maggie, appelez une ambulance ! Il faut l'hospitaliser immédiatement. Ben, Rocco, aidez-moi à l'allonger sur le canapé du salon.

Je retrouvai mes réflexes pour lui donner les premiers soins. Quand l'ambulance de la Croix-Rouge arriva, j'y montai avec elle sans cesser de lui tenir la main. Nous partîmes en trombe pour l'hôpital, j'eus juste le temps de crier à une Livvie en larmes de ne pas s'inquiéter.

Ils étaient tous dans la grande salle d'attente vide et glaciale avec son carrelage blanc et son air conditionné mal réglé. Le chapeau à la main et les bras croisés dans le dos, Rocco tournait en rond comme un fauve en cage. Effondrée sur une banquette, Livvie pleurnichait sur l'épaule de Maggie. Tétanisée, Muffie se tenait au côté de son père dans l'embrasure de la fenêtre. Un tableau de la désolation.

Je suis sortie un instant de l'unité de cardiologie pour leur dire que Nonna était en de bonnes mains.

— Elle va pas mourir ? T'es *sûre*, hein ? balbutia Livvie.

— On ne l'est jamais, bébé, mais je ne la quitte pas, répondis-je en l'embrassant tendrement.

— Alors si tu veilles sur elle, elle va s'en tirer, moi je le sais.

— Moi aussi, *bambina*, déclara Rocco. Sophia Maria nous étonnera toujours.

J'aurais donné cher pour partager leur belle confiance. Moi, j'avais dans l'esprit l'image du fantôme grisâtre que je venais de laisser sous électrodes. Mais j'ai hoché la tête en souriant bravement.

Ben me raccompagna jusqu'à la porte capitonnée du service. Son bras était ferme sous le mien, je m'y appuyai avec lassitude.

— Toi, comment te sens-tu ? s'inquiéta-t-il.

— J'essaie de me concentrer sur le cas médical en évitant de penser qu'il s'agit de ma mère.

Il m'effleura la tempe d'un baiser et me chuchota :

— Je suis avec toi, Gemma. Tu n'es pas seule.

Une heure plus tard, je me tenais au chevet d'une Nonna en voie de résurrection. Les tracés de l'électrocardiogramme montraient des pulsations ralenties et régulières. Son visage avait repris des couleurs, ses yeux, leur éclat, et elle-même, du poil de la bête. C'est bien simple, madame râlait déjà d'être immobilisée sur ce lit aussi confortable qu'une planche à clous !

— Si ce n'est pas malheureux... Se retrouver à l'hôpital pour un bobo de rien du tout !

— Un bobo ? Tu as une insuffisance cardiaque !

— Pfft ! Penses-tu ! C'est ce qu'ils racontent !

En même temps que le soulagement, l'indignation montait en moi.

— Pourquoi me l'as-tu caché ? Je suis ta fille. Je suis *médecin*, bon sang !

— Justement parce que tu es ma fille, voilà pourquoi. Je n'ai pas à te raconter ma vie privée, grommela-t-elle en tirant les draps sur sa poitrine.

— Tu l'as bien dit à Rocco !

— Je vais me marier avec lui.

— Maman, comment peux-tu même envisager de t'installer dans un village quand ton état réclame...

— Ne sois pas ridicule, Gemma.

Après m'avoir coupée, elle poursuivit plus doucement, en me couvrant d'un regard incrédule.

— Bien sûr que je vais rester. Je suis heureuse ici. En plus, tu fais un drame de tout, comme toujours. Je n'ai eu qu'une petite alerte, rien de bien méchant.

Le médecin de garde, une copie conforme de Pavarotti (le mouchoir en moins, le stéthoscope en plus) entra sur ces entrefaites.

— *Bene.* Je vois que vous vous sentez déjà mieux.

Nonna l'inspecta, décida qu'il lui plaisait, et dit que, oui, elle se sentait nettement mieux...

— ... et je serai même en pleine forme dès qu'on m'aura servi une tasse de café.

— Très mauvaise idée ! Vous savez bien que le café est un excit...

— Taratata. Je sais surtout que les médecins sont des ânes et je veux mon espresso !

Pavarotti croisa mon regard et leva les bras au ciel avec fatalisme.

— Ah ! les mamans... J'ai la même à la maison !

Il se pencha alors sur sa patiente.

— *Signora* Jericho, je ne peux rien faire de plus pour vous. Sinon vous dire de profiter de l'existence... avec modération. La vie nous grignote chaque jour un peu plus...

— C'est gai ! Vous n'avez rien de plus réjouissant en magasin ?

Il éclata de rire.

— Si : il va falloir des années pour abattre une femme comme vous !

— Ça prendra au moins vingt ans ! prophétisa une Nonna rayonnante.

Et vous savez le plus beau ? J'ai pensé qu'elle avait certainement raison.

73

Campés devant la *limonaia*, Ben et moi assistions au retour en fanfare de la pelleteuse et de la bétonnière mystérieusement disparues. Comme Nonna l'avait voulu, comme Rocco l'avait promis, les travaux allaient reprendre.

— *Ciao, caro signor Raphael. Ciao, dottoressa Jericho*, nous lancèrent les ouvriers, aussi décontractés que s'ils n'avaient jamais laissé tomber Ben.

Lequel eut la sagesse de ne faire aucun commentaire. De toute façon, l'arrivée inopinée de la comtesse l'en aurait empêché. Toute de rose vêtue (un mélange détonant avec ses cheveux rouges – imaginez une fraise flottant dans un lait grenadine), elle fonçait vers nous en agitant quelque chose.

— Ouh ouh ! Ouh ouh ! Bonne nouvelle ! lança-t-elle à la cantonade.

— Maggie, à cette heure ? s'étonna Ben. Par quel prodige...

Il était près de midi. Autant dire les premières lueurs de l'aube pour la comtesse. Il fallait effectivement un miracle pour l'avoir tirée de son lit si tôt !

— Je l'ai, les enfants ! Je l'ai ! C'est pas beau, ça ?

Elle brandissait triomphalement une petite clé que je saisis avec méfiance.

— C'est la clé de nos problèmes ?

— Voui : la clé du bureau de Donati, à Florence.

Ben émit un sifflement admiratif et s'inclina devant la comtesse.

— Maggie, vous êtes un génie.

— Évidemment ! Vous en doutiez ? Mon détective la tient du propriétaire de Donati.

Bonne nouvelle ou pas, c'était louche.

— Le propriétaire la lui a *donnée* ? m'étonnai-je.

— Pas exactement. Disons qu'il s'est laissé convaincre.

— Comment ?

Les yeux mi-clos, elle me gratifia de sa moue sibylline de grande prêtresse du tarot, rompue à sonder les reins et les cœurs. À côté, le sourire énigmatique de la Joconde devenait une aimable plaisanterie.

— Trésor, réservez vos questions à votre notaire préféré Moi, je garde mes petits secrets.

Elle passa à Ben un morceau de papier.

— Maintenant, à vous de jouer. À votre place, je filerais faire un petit tour dans ce bureau...

— Ni vu ni connu

— Histoire de jeter un œil à ses papiers...

— Au cas où s'y trouverait un testament..

Mes yeux couraient nerveusement de Maggie à Ben, qui étaient sur la même longueur d'onde.

— Attendez une minute ! intervins-je. Ce n'est pas ce qu'on appelle une violation de domicile ?

— Pourquoi pas un casse tant que vous y êtes ! m'opposa Maggie, hilare. S'il y avait effraction, je ne dis pas...

— Mais puisque nous avons la clé, acheva Ben en riant, cela s'appelle une simple visite de courtoisie. Qu'est-ce qu'on attend, Gemma ? On y va ?

— Oui, oui, on y va, marmonnai-je sans conviction.

— Hi hi, un casse ! répétait Maggie qui, de rire, s'en tenait les côtes. Quand je raconterai ça à Livvie ! Sa mère en as de la cambriole...

— Il n'y aura pas de rats, si c'est ce qui te fait peur, sourit Ben.

— Qui a dit que j'avais peur ?

— Un tantinet d'appréhension, tout de même, non ?

— Pas du tout. Vous avez simplement omis un détail, tous les deux.

— Par exemple. Et lequel ?

— Si je vois la face de rat de Donati, ça ne finira pas en visite de courtoisie ! Il y aura bel et bien de la casse !

Maggie lâcha un gloussement.

— Je prévois une ambulance ! Ou des chrysanthèmes ?

Le bureau de Donati se trouvait dans une petite rue près de la gare, entre une entreprise de nettoyage à sec et un entrepreneur de pompes funèbres... Tout un programme !

Oh ! comme j'aurais aimé être ailleurs ! Je n'arrêtais pas de regarder autour de nous pour vérifier que personne ne nous épiait.

— Tu vas finir par nous faire repérer, pouffa Ben.

Avec un naturel confondant, il glissa la clé dans la serrure et ouvrit en sifflotant – à croire qu'il avait joué les Arsène Lupin toute sa vie.

Je me suis faufilée derrière lui dans la pièce plongée dans l'obscurité totale.

— Doux Jésus ! On fait juste un petit tour et on s'en va.

Il me tira par la manche et referma la porte derrière moi. J'ai sursauté en entendant le bruit d'une respiration rauque, puis j'ai réalisé que... c'était la mienne.

— Cette fois, nous sommes à pied d'œuvre, murmura Ben. Au travail !

Il tira une torche électrique de sa poche et en promena le faisceau autour de nous. J'aperçus un fauteuil en cuir et un bureau ministre en bois avec une lampe de banquier, le tout couvert de poussière. La moquette était même parsemée de moutons. On pouvait en déduire que Donati n'avait pas mis

370

les pieds ici depuis un bout de temps. Tant mieux : nous risquions moins de le voir jaillir de l'ombre pour nous bondir dessus !

Pendant que je me rassurais comme je pouvais, Ben vidait les tiroirs, triait les classeurs, explorait les dossiers. Je le regardais opérer sans l'aider, totalement inefficace, mais tellement admirative. Tout ce mal afin de trouver un document désastreux pour lui ! Le moins que l'on puisse dire, c'est qu'il jouait le jeu.

Cette fouille en règle semblait lui donner raison. Pas la moindre trace du testament du comte de Piacere. Rien, nulle part, j'en étais témoin. Cette fois, les espoirs de ma pauvre Nonna devaient bel et bien être rangés au rayon des illusions perdues.

— Si on filait ? suggérai-je quand il en eut fini avec l'armoire à rideaux.

Le rayon de la lampe de Ben s'immobilisa soudain sur un petit coffre scellé dans un angle. Il était juste assez grand pour entreposer des bijoux quand on part en vacances.

— Gemma, tu sais ouvrir un coffre-fort ?

J'ai dégluti difficilement. Je n'avais jamais rien commis d'illicite de toute ma vie (à moins que faire l'amour avec son mari à l'arrière d'une voiture tombe sous le coup de la loi... dans ce cas, Livvie était le fruit de l'illégalité).

— Non, et toi non plus – heureusement !

Pour toute réponse, il se dirigea avec détermination vers le coffre.

— Ben ! On ne peut pas faire ça ! Oh, s'il te plaît, allons-nous-en.

J'ai retenu mon souffle pendant qu'il collait son oreille contre la paroi pour tâcher d'entendre un déclic, comme dans les films de gangsters. J'étais mal !

— Bon sang ! Où as-tu appris des trucs pareils ?

— Je suis un gosse du Bronx, tu l'as oublié ? Pour ça, on est à bonne école.

— Tu as tout de même dû rater les cours de travaux

pratiques, ai-je commenté en le voyant bientôt renoncer. Bon, à présent on y va !

— Minute, papillon. Je n'ai pas dit mon dernier mot.

— Mais... mais qu'est-ce que tu fais ?

J'écarquillai les yeux en le voyant tirer de sa poche un couteau suisse dont il sortit la lame tournevis. Sur quoi, il entreprit très posément de s'attaquer aux vis des gonds. Cette fois, j'ai paniqué. Nous venions de franchir une étape de plus dans la délinquance !

— Ben, arrête ! Là, il y a vraiment effraction ! Et un vol avec effraction, ça va chercher dans les...

— Rien du tout. Si jamais le testament se trouve là-dedans, nous ne faisons que récupérer notre bien. Le vrai voleur, c'est Donati.

— Oui, eh bien, tu expliqueras ça à la pol...

Les mots restèrent dans ma gorge : la porte du coffre venait de céder.

— Tu... tu as réussi, bégayai-je, médusée.

— Peuh ! n'importe quel gosse aurait pu ouvrir ce jouet, grogna Ben en forçant l'ouverture avec son couteau. Viens, tu as les doigts plus fins.

Je m'approchai docilement et réussis à glisser la main à l'intérieur. Je tâtonnai à l'aveuglette quand je rencontrai ce qui ressemblait drôlement à une liasse de papiers – aïe ! agrafés ensemble.

— Je tiens quelque chose. Un gros document...

— Ne le déchire pas en tirant, me recommanda-t-il d'une voix tendue.

Comme si je n'étais pas assez nerveuse comme ça ! Le papier que j'extirpai tant bien que mal par la fente était scellé par un ruban adhésif aussi rose que la truffe de ce brave Hercule. Mon Dieu ! était-il possible qu'il s'agisse du...

— Le testament du comte ! s'exclama Ben quand il eut braqué sa torche sur l'en-tête.

Au même instant, le glapissement invraisemblable des sirènes de la police italienne m'arracha un haut-le-corps. Juste au moment où... c'était trop bête !

Pétrifiée, j'entendis des voitures s'arrêter en faisant crisser leurs pneus juste devant notre immeuble. Pas de doute, « ils » étaient là pour nous... Puis ce fut un bruit de cavalcade, suivi des sommations d'usage.

Ben et moi nous sommes regardés, bouche bée. Derrière nous, la porte du bureau s'ouvrit à la volée, et une nuée de policiers armés jusqu'aux dents fit irruption dans la pièce. Quatre ou cinq revolvers nous mirent en joue.

Nous étions pris la main dans le sac. En flagrant délit de violation de domicile et vol aggravé.

74

Je vrillai un regard furibond sur Ben, enfermé en face de moi dans une cellule en tout point identique à la mienne. Il ne me prêtait même pas attention, trop occupé à scruter le couloir chichement éclairé où croupissait le Cerbère de service.

— Hé ! vous là-bas ! Faites un peu attention ! lui lança-t-il. Il n'y a rien de plus gras que la mortadelle !

Je n'en croyais pas mes oreilles. Dans le pétrin où nous étions, il se souciait du régime de notre geôlier ? Je me suis tordu le cou pour apercevoir ce malabar affreux qui avait pouffé de rire quand j'avais demandé la permission de télé-phoner à ma mère. Accoudé à une table couverte de papiers gras froissés, il mastiquait un énorme sandwich à la morta-delle juste au-dessus de notre précieux testament.

— C'est quand même rageant ! fulminai-je. Dire qu'ils ne nous ont même pas laissés regarder si le comte avait légué la villa à Nonna.

Ben haussa les épaules.

— On a le testament, c'est déjà ça.

— Oui, mais à présent on a intérêt à retrouver Donati pour prouver que l'escroc c'est lui, et pas nous !

Il me regarda d'un air apitoyé.

— Ne te fais pas trop d'illusions... Il y a belle lurette que Donati a compris qu'il valait mieux plier bagage. Je ne reverrais probablement jamais la couleur de mon argent. Quant à lui, je ne serais guère étonné qu'il soit allé se mettre au vert à l'étranger.

— Et c'est maintenant que tu me le dis ?

Je me laissai tomber sur mon méchant banc en bois et me plongeai dans la contemplation de mes orteils en ruminant. Mes ongles auraient eu grand besoin d'être revernis.

Maggie était en route pour venir nous délivrer. Comme on nous avait laissé la possibilité de passer un coup de fil – un, pas deux ! –, Ben lui avait téléphoné pour l'informer de notre mésaventure. Elle avait, paraît-il, commencé par s'étrangler de rire avant d'affirmer qu'il n'y avait pas lieu de s'inquiéter : elle serait là en un rien de temps, escortée de son avocat.

« Le meilleur du pays... il vous faudra bien ça ! » avait-elle précisé avant de raccrocher en se gondolant de plus belle.

Je croisais les doigts pour conjurer le mauvais sort... et l'éventualité qu'elle ait vu notre libération éclair dans son jeu de tarot !

— Gemma ? Dis-moi...

— Quoi ?

— Euh... ce n'est peut-être pas le bon moment pour te demander ça, mais... as-tu finalement décidé de m'aimer ? soupira Ben.

Je relevai le nez, stupéfaite.

— Pardon ?

— La situation ne peut pas être pire, alors, au point où j'en suis, autant apprendre la mauvaise nouvelle maintenant.

Il était appuyé contre les barreaux de sa cellule, une lueur de désespoir au fond des yeux.

— Gemma, je ne te demande pas d'oublier Cash ou de le renier, mais il appartient au passé... Il faudrait que tu comprennes que tu n'es pas morte avec lui.

La carapace de glace qui emprisonnait mon cœur était en

train de dégeler à grosses gouttes. Cash..., songeai-je. Oh !
Cash, mon amour...

— Épouse-moi, Gemma, murmura Ben.

Ce fut du moins ce que je crus entendre. J'étais tellement
abasourdie que je lui demandai de répéter.

— J'ai dit : épouse-moi, Gemma.

J'en restais toujours bouche bée.

— Pourquoi ? Pourquoi voudrais-tu m'épouser ?

— Parce que tu es folle et que tu me fais rire, parce que
tu es tendre et que tu me fais fondre, parce que tu es merveilleuse et que j'adore tes cheveux.

— Mes *cheveux* ?

Je passai une main tremblante dans ce fouillis blond que je
détestais.

— J'ai toujours rêvé d'épouser un ange de Botticelli.

— Je n'ai rien d'un ange...

Ben agrippa les barreaux de sa cellule, son regard rivé sur
moi.

— Bon sang, Gemma, pourquoi es-tu si compliquée !
gronda-t-il. Je t'aime ! Tout ce que je te demande, c'est de
m'épouser !

— Dans ce trou à rats ?

J'empoignai rageusement mes propres barreaux.

— Tu ne pouvais pas me faire ta demande dans un lieu
plus romantique ? Je ne sais pas, moi : sur les marches de
l'église, à Rome. À une terrasse de café, en buvant du champagne. Dans le jardin de la villa, sous le clair de lune !

— J'aurais pu, oui, mais je te la fais maintenant.

Je l'observai, éperdue. Je voulais l'aimer. Je voulais être
capable de prononcer les mots qu'il attendait, être libre de lui
ouvrir mon cœur, de l'entendre battre à nouveau.

— Je connais tes secrets, poursuivit-il. Je te *connais*,
Gemma, et je t'aime comme tu es – mieux : je t'aime pour ce
que tu es.

Je me mis alors à sangloter.

C'était tout moi ! Me transformer en fontaine au moment
où l'homme que j'aimais de toute mon âme – j'en avais

maintenant l'absolue certitude – venait de me demander en mariage.

Je pleurais sans parvenir à me contrôler, le mascara dégoulinant sur mes joues. Ben me regardait sans un mot. Il ne me consola pas d'un : « Là, là, ça va aller, ce n'est rien. » Il se contenta d'attendre que mes larmes cessent de couler. Ce qui finit par arriver.

— Bon, reprit-il calmement. Alors, tu ne veux pas m'épouser, c'est non ?

— Non, reniflai-je, le cerveau en déroute.

Il eut une expression tellement hallucinée que je me suis demandé si j'avais bien compris la question.

— Excuse-moi, tu peux répéter ?

— Répéter quoi ? riposta-t-il d'un air exaspéré. Je suis au bord de la crise cardiaque !

Mes jambes me trahirent. Glissant à genoux sur le sol, je tendis la main vers lui à travers les barreaux.

— Ben Raphael, je t'aime, chuchotai-je. Alors, tu veux bien m'épouser, s'il te plaît ?

Il lâcha un grand rire de soulagement.

— Oui, oui et oui, Gemma Jericho.

Je venais de demander à cet homme de devenir mon époux et il avait accepté. J'étais la plus heureuse des femmes. Je pensais à Cash. Jamais je ne cesserais de l'aimer, mais le moment était venu pour moi de renouer avec la vie.

Et Ben – mon sauveur, mon meilleur ami, mon amant, mon confident, mon complice devant la justice, mon codétenu, le maître de mon cœur et de mon corps – allait devenir mon mari.

Il sortit une petite pochette en velours de sa poche et la poussa du pied dans l'étroit couloir qui séparait nos deux cellules.

De mon côté, j'étirai le bras au maximum à travers les barreaux pour tenter de l'attraper. Il s'en fallait d'un cheveu que je l'atteigne .

— Flûte, soufflai-je.

À force de contorsions et en passant mes deux bras hors de ma cage, je réussis à effleurer le sachet du bout des doigts.

— Essaie de l'ouvrir, dit Ben en s'agenouillant en face de moi dans sa cellule.

Les barreaux me cisaillaient les épaules tandis que je me tortillais pour gagner ces quelques petits millimètres qui me séparaient encore de ma surprise. Enfin j'y parvins. Le cœur battant, j'entrouvris la pochette : à l'intérieur, il y avait... *ma* bague ! Oui, ce bijou ancien que j'avais tant admiré dans cette échoppe du ponte Vecchio, cet anneau torsadé où brillait un cristal serti de diamants. Celui qu'une jeune et belle aristocrate florentine avait jadis reçu de son bien-aimé (enfin, c'est l'histoire que je m'étais racontée).

— Ben ! Comment as-tu su pour la bague ? balbutiai-je.

— Ne jamais sous-estimer le pouvoir des filles !

— C'est Livvie qui... ?

Il acquiesça du menton.

— J'aimerais tant pouvoir te la glisser moi-même au doigt et t'embrasser, gémit-il.

Nous étions accroupis dans nos cages respectives, nous mangeant des yeux, dévorés de frustration et d'amour.

J'ai regardé ma sublime bague de fiançailles, toujours à moitié enfouie dans son enveloppe de velours. Je l'ai tirée vers moi à m'en déboîter l'épaule jusqu'à ce que je puisse enfin la passer à mon annulaire.

J'ai tendu la main vers mon fiancé pour lui permettre de l'admirer. Les diamants scintillaient doucement dans la pénombre du couloir.

— Ben chéri, je t'ai vraiment demandé de m'épouser ?

Il hocha la tête.

— Et je te préviens, si tu veux te rétracter, c'est trop tard : j'ai déjà répondu oui.

— Alors, normalement, ce serait à moi de t'offrir une bague, non ?

Il sourit.

— Ne t'inquiète pas. J'ai confiance. Tu tiendras ton engagement.

Je soupirai joyeusement et décidai de retrouver le banc de ma cellule.

Mon mouvement fut stoppé net.

— Aïe ! Mais... qu'est-ce que... ? Ouille ! ouille ! ouille !

J'étais à genoux sur le sol, les deux bras immobilisés au niveau des coudes entre les barreaux trop étroits. Impossible de me dégager.

Ben se frappa le front de la paume.

— Ne dis rien : tu as trouvé le moyen de te coincer !

— Eh, ç'aurait pu arriver à n'importe qui ! protestai-je dignement. On ne se méfie pas, on glisse le bras à l'extérieur et ensuite, plus moyen de le rentrer.

— Dommage que tu n'y aies pas pensé avant.

— Peut-être, mais alors je n'aurais pas pu passer ta bague.

— Exact.

— Et maintenant, euh... qu'est-ce que je vais devenir ? soufflai-je piteusement.

Lorsque Maggie arriva enfin, la bouche en cœur, avec son avocat, mes geôliers avaient fini par me délivrer à l'aide d'une énorme paire de cisailles et au terme d'une lutte qui m'avait fait craindre un moment de me retrouver amputée des deux bras.

Naturellement, le coût de l'« intervention » serait entièrement à ma charge, m'avait signifié le commissaire d'une voix sinistre.

Au bout du compte, il s'avéra que Maggie connaissait ce monsieur pour l'avoir convié avec son épouse à l'un de ses quarante-neuvièmes anniversaires. Sans laisser à notre avocat le loisir d'en placer une, elle expliqua elle-même au *caro signor capitano*, dans son savoureux cocktail anglo-italien, que nous avions simplement voulu récupérer un document qui m'appartenait le plus légalement du monde, et que le vrai criminel était Donati, un abominable escroc qui avait volé l'argent de l'*Americano* et pris la fuite.

Si, capitano, nous étions *molto* désolés d'avoir fait perdre à la *grande polizia* de Florence un temps si *prezioso*. Nous leur étions infiniment reconnaissants, *realmente*, pour le zèle *splendido* dont ils avaient fait preuve et, *naturalmente*, nous les dédommagerions *molto molto* pour *tutti* les frais occasionnés par cet *orribile* malentendu...

Après un tel préambule, elle réussit à nous faire sortir en un temps record. Chargeant l'avocat d'aller récupérer la Land Rover de Ben à la fourrière, elle nous poussa dans la *best car in the world* : une interminable Rolls jaune canari datant des années cinquante, qui cahotait sur les routes défoncées avec le moelleux d'une poussette de bébé.

Son chauffeur-majordome-jardinier-chambellan-garde du corps était au volant. Maggie trônait à côté, les dernières volontés du comte de Piacere soigneusement posées sur ses genoux.

Je mourais d'impatience d'en connaître la teneur, mais ne voulais pas afficher une précipitation déplacée. Après tout, je venais juste d'accepter d'épouser un propriétaire que j'allais – peut-être – déposséder de son bien.

— Vous savez quoi, Maggie ? Ben et moi venons de nous fiancer, annonçai-je simplement.

— Bonté divine ! Dans une geôle ?

Le ton était si *british* que j'éclatai de rire.

— Alors, comme ça, vous vous êtes enfin décidé à la demander en mariage ? demanda-t-elle à Ben.

— Et elle en a fait autant, compléta-t-il. Nous avons dit « oui » tous les deux.

— Splendide. Oh ! je ne suis pas surprise, les cartes me l'avaient annoncé. Mais toutes mes félicitations ! Nous fêterons ce soir l'événement avec des petites bulles de dom·pérignon ! Et du caviar. Vous aimez le béluga, j'espère ?

Je louchais toujours sur le document.

— Maggie ?

— Oui, mon petit ?

— Vous ne pensez pas que... eh bien, que vous pourriez jeter un coup d'œil au testament et nous dire...

— Bien entendu.

Elle décolla le ruban adhésif et parcourut les feuillets parcheminés recouverts d'une écriture ressemblant aux pattes d'une araignée famélique

— Mmm… Ce vieux Piacere l'a rédigé de sa main. Et il l'a signé. Devant témoins.

Ben et moi ne bougions pas, tétanisés. Maggie se tourna vers nous.

— Vous n'avez pas oublié la règle du jeu, les enfants ?

— Le gagnant prend tout, dis-je en m'humectant les lèvres.

— Sans contestation, ajouta Ben.

Satisfaite, Maggie déchiffra le document, page après page, puis releva la tête, les yeux brillants.

— Magnifique ! Tout est là, écrit noir sur blanc. L'identité du propriétaire légal ne fait aucun doute.

— Maggie, souffla Ben d'un ton crispé, pourriez-vous, s'il vous plaît, nous dire *qui* est l'heureux élu ?

— Mais… Sophia Maria, naturellement.

75

Nonna avait décidé qu'elle aurait un vrai mariage italien à l'ancienne, sur la grand-place de Bella Piacere. Ainsi, nous expliqua-t-elle, tout le village pourrait venir au banquet. Il arriva des invités de beaucoup plus loin : Patty et Jeff firent le voyage, tout heureux pour Nonna, et mourant d'envie de connaître Ben par la même occasion.

— Hé, hé ! tu as l'air en grande forme. Inutile de demander pourquoi, me glissa Patty en désignant mon futur.

Après la noce, les mariés partiraient en lune de miel au Forte dei Marmi, une charmante station balnéaire. Il était convenu que Guido Verdi, le maire et aussi le meilleur ami de Rocco, veillerait sur sa ferme et s'occuperait avec amour de Chianana, la vache. Quant à Hercule – les chiens n'étant pas admis à l'hôtel (au grand désarroi de Rocco) –, il resterait avec Maggie.

Pourquoi pas avec Livvie et moi ? Simplement parce que nous ne serions plus là. Nous devions quitter le paradis le lendemain même de la noce. Les billets étaient pris, les valises bouclées.

Livvie en faisait une maladie. Bien sûr, elle allait revoir son Sindbad à New York et y retrouverait sa... sœur quand

Muffie habiterait chez nous. Mais dire adieu aux vacances, à l'Italie et surtout à sa grand-mère, cela faisait beaucoup d'un coup. Moi ? J'avais Ben. Seulement, la perspective de troquer Bella Piacere pour l'hôpital Bellevue, notre villa de rêve pour les urgences, et mettre un océan entre Nonna et nous n'avait rien de réjouissant. Si je m'écoutais, ce serait les grandes eaux... mais je n'avais pas le droit de gâcher le bonheur de maman en ce jour de liesse.

Le jour J est arrivé. Clair, bleu et chaud, sans l'ombre d'un nuage à l'horizon. Le ciel n'aurait pas osé faire grise mine pour le mariage de Sophia Maria.

La place tout entière avait été transformée en salle de banquet. Plusieurs rangées de tréteaux nappés de blanc et de rouge couraient sous les arbres ou sous des parasols, de la *gelateria* à la station-service, de la taverne Galileo à la charcuterie-fromagerie et de l'Albergo d'Olivia aux marches de l'église.

Livvie et Muffie avaient cueilli elles-mêmes les fleurs sauvages qui ornaient joliment les vases en poterie jaune disposés sur les tables. La mairie avait fait installer des haut-parleurs vieux comme Mathusalem aux quatre coins de la place, et des lampions multicolores un peu partout. Une estrade avait été aménagée devant la coopérative pour les musiciens et les danseurs. À l'autre bout, Rocco avait attaché Chianana au pied d'un arbre avec une triple ration de foin parce qu'il n'y avait « pas de raison » pour qu'elle n'assiste pas au bonheur de son maître en festoyant elle-même.

Les vieilles dames en robe et châle noirs – assez âgées pour avoir bien connu les mères de Nonna et de Rocco – s'étaient emparées de leurs sièges habituels aux premiers rangs de l'église. Derrière se groupaient les amis d'enfance des « jeunes mariés », tous tirés à quatre épingles, les femmes en voilette, les hommes l'œillet à la boutonnière. Deux œillets pour Guido Verdi qui bombait le torse, tout imbu de son importance : ne venait-il pas de marier *son* copain dans *sa* mairie ?

Illuminée par une forêt de cierges, l'église aux pierres

couleur miel embaumait la cire, l'encens et les fleurs. L'organiste-bibliothécaire-catéchiste, une vieille demoiselle pleine de vie, pas grenouille de bénitier pour un sou, avait préparé un somptueux décor dans les tons rose et lavande.

Je rejoignis ma place réservée au premier rang, aussi nerveuse que s'il s'agissait de mon propre mariage. Sur la demande de Nonna, je portais ma robe coquelicot, bien pâlichonne à côté de la tenue extravagante de Maggie : fourreau bleu paon, ors et paillettes, assorti d'une tiare turquoise pyramidale. Elle vint s'asseoir à ma droite et n'attendit même pas que la cérémonie commence pour se tamponner les yeux avec un immense mouchoir de dentelle.

— C'est plus fort que moi, me confia-t-elle en s'égosillant pour couvrir le déchaînement de la toccata. Je pleure toujours aux mariages... sauf aux miens ! C'est curieux, non ?

Rocco m'adressa un sourire ému. Campé devant l'autel, il était superbe dans son costume noir, avec la cravate en soie bleu nuit que Nonna lui avait offerte. Pas un poil de ses cheveux et de sa moustache ne dépassait. Très droit, fier comme Artaban, il attendait sa femme entre don Vincenzo, qui étrennait une soutane flambant neuve, et... Hercule, qui avait bénéficié d'une dispense spéciale du curé.

L'orgue s'apaisa. J'entendis un bruissement de soie et le bruit de pas sur les dalles. L'œil humide, je me retournai pour regarder la mariée s'avancer au bras de son futur gendre.

Ben était égal à lui-même, éblouissant. Livvie et Muffie avaient suffisamment pris au sérieux leur rôle de jeunes filles d'honneur pour renoncer à leurs extravagances. Pas de cheveux vert pomme ou orange fluo coiffés en pétard, ni d'ongles sang séché, mais un bustier en coton vert céladon qui s'harmonisait avec leur coiffure d'un blond starlette. Pieds nus, et tenant chacune un tournesol, elles ressemblaient moins à Vampirella qu'aux anges *made in Hollywood*.

Sophia Maria resplendissait comme l'étoile de la fête. Dans sa robe de soie pâle piquée de fleurs pastel, un délicat foulard jeté sur ses épaules nues pour l'église, et son petit chapeau à voilette assorti à ses yeux violets, on ne pouvait que la trouver irrésistiblement charmante. Elle tenait à la main un bouquet composé de petites roses de Toscane, d'hortensias blancs et de lis ivoire cueillis dans les jardins de la villa. Elle marchait sur un nuage en adressant à l'assistance le sourire le plus heureux du monde.

Dès le début de la cérémonie religieuse, très sobre et de toute beauté, la chorale des petits chanteurs du village, dirigée par un don Vincenzo en état de grâce, imprima une touchante couleur locale à la célébration.

Lorsque les mariés eurent échangé les serments et les alliances, Rocco planta un grand baiser sur la bouche de la *signora* Cesani. Maggie me prêta un coin de son mouchoir. L'orgue attaqua *prestissimo* un hymne d'allégresse et les mariés illuminés retraversèrent l'église au son du carillon.

Dans le tumulte qui accompagna la sortie de l'église, je me jetai dans les bras de Nonna en l'embrassant si fort qu'elle protesta : j'allais froisser sa robe. Mais le long regard aimant qu'elle eut pour moi démentit ses paroles.

— Beaucoup de bonheur, maman, articulai-je d'une voix étranglée par l'émotion.

— J'ai tout ce dont je rêvais, ma petite fille.

Pendant que je félicitais Rocco, Livvie se pendit au cou de sa grand-mère.

— Qu'est-ce qu'on va devenir le dimanche, sans notre Nonna ?

— On verra, *ragazza*, on verra...

On verra quoi ? C'était tout vu, me suis-je dit. Livvie devait penser comme moi, car elle essuya discrètement une larme et se pencha sur Hercule pour donner le change. Hercule lui tendit la patte, signe d'une faveur exceptionnelle. Livvie lui piqua un baiser sur la truffe – ce qui arracha un éternuement au chien à la fois sidéré et ravi d'une telle familiarité.

— Que la fête commence ! lança Rocco à tue-tête.

Ben fit un signe au bataillon d'extras qu'il avait engagés, et l'on entendit sauter les bouchons de champagne. Tout le monde se rua vers les tables pour faire honneur au festin.

— *Amici, mia famiglia de Bella Piacere…*

Nonna avait attendu que chacun ait trouvé sa place pour monter sur l'estrade et s'emparer du micro.

— Vous et mon cher village, vous êtes toujours restés dans mon cœur. Bien que je sois partie il y a fort longtemps, je ne vous ai jamais oubliés. Je rêvais de revenir au pays, quand le comte de Piacere et don Vincenzo m'en offrirent l'opportunité, à l'occasion d'un héritage… un peu compliqué, il faut l'avouer.

Il y eut quelques applaudissements mêlés de rires, et elle sourit.

— Pour m'aider à faire triompher mes droits, ma fille, la *dottoressa*, s'est même retrouvée sous les verrous, comme une criminelle…

Tous les visages se tournèrent vers moi et il n'y eut plus de plaisanteries, rien que des expressions admiratives ou compatissantes. C'en était gênant !

— À présent que tout va bien dans ma vie et que je nage en plein bonheur avec mon mari, poursuivit Nonna en envoyant un baiser à Rocco, je voudrais remercier ma fille qui s'est donné tant de mal pour moi… et pour m'offrir un gendre et une seconde petite-fille, Muffie. En attendant – qui sait ? – d'autres petits-enfants.

À ma propre table, le regard de Ben, les coups de coude de Livvie et Muffie, le gloussement de Maggie, le sourire de Jeff et de Patty se combinèrent pour enrichir la collection de mes plus beaux fards.

— Je n'ai qu'un chagrin, continuait Nonna. C'est de voir tout mon petit monde me quitter demain pour s'en retourner en Amérique. *Alorra, bambini,* j'ai bien réfléchi…

Elle s'interrompit un instant et me fixa avec une mystérieuse insistance. Puis son regard glissa sur Ben et les filles. On aurait entendu voler une mouche.

— *Bambini…,* la villa Piacere m'appartient légitimement. Je peux donc en faire ce que je veux – et ce que je veux, Gemma, Ben, c'est vous la donner aujourd'hui. Oui, mes enfants, elle est à vous. Acceptez-la comme mon cadeau de mariage. Mais attention ! un cadeau intéressé...

Sidérée, je me tournai vers Ben pendant que ma mère déclarait fermement :

— ... parce que, maintenant, vous n'avez plus d'excuse pour ne pas rester. Gemma, tu peux ouvrir ici même un cabinet médical. Belle Piacere a grand besoin d'un médecin. Ben peut réaliser son rêve, transformer la villa en hôtel de luxe tout en s'adonnant à son amour de la peinture. Livvie et Muffie peuvent poursuivre leurs études à l'école américaine de Florence. Eh bien, que dites-vous de mon idée ?

Entraînée par un Rocco et une Maggie au comble de l'enthousiasme, toute l'assistance éclata en applaudissements. De chaleureux encouragements fusèrent de partout.

Mes yeux cherchèrent ceux de Ben. Tout allait si vite ! C'était si tentant, et si grave à la fois. Serions-nous capables, tous les deux, de tirer un trait sur nos vies passées, de prendre un tel virage, de tenter une telle aventure ? Notre avenir dépendait de notre décision, tout se jouait en cette minute. Les images se bousculaient dans ma tête. Les urgences et leur suite sans fin de tragédies. Ma fille qui grandissait dans un environnement agressif, violent, dangereux. Dans le regard de Ben, je lisais la tentation d'échapper à l'univers du fric roi, l'envie d'arracher Muffie à l'emprise de sa famille maternelle qui finirait par en faire une snob gâtée-pourrie comme sa mère.

Nonna avait bien préparé son coup. Comment préférer notre jungle urbaine complexe à ce monde de douce simplicité ? Une vie pure où les fruits et les fleurs, les semailles et les moissons, les couleurs et la lumière du ciel rythmaient les saisons. Une vie paisible où l'on reconnaissait chaque année à ses vendanges, à sa récolte plus ou moins riche de châtaignes et de champignons, où les olives vertes étaient plus précieuses que les perles noires et la découverte de truffes par un chien rose plus cotée que le cours du pétrole à Wall Street...

Un monde où le bonheur tenait à un cappuccino savouré chez Gilli, à la croûte dorée d'un pain de campagne à peine sorti du four, à l'achat d'un sachet de cerises au coin d'une rue. Un monde où, le soir venu, au terme d'une journée de travail utile à mes semblables, je prendrais un verre avec l'homme que j'aime sous le regard des étoiles, avec pour témoins le chant insistant des grillons et la profondeur du ciel de la Toscane.

Ben plissa doucement les yeux et acquiesça d'un sourire serein et déterminé. Oui, nous pouvions choisir de renaître ici à la vraie vie.

Épilogue

Trois mois ont passé. Après avoir réglé sans regret mes affaires à New York, je suis de retour à la villa, ma nouvelle maison, couchée dans mon lit, au creux des bras de mon mari endormi.

Nous nous sommes mariés une semaine après Nonna et Rocco, mais à Florence et dans la plus stricte intimité. Ben et moi nous sommes promis amour et fidélité tout au long de notre vie. Je fais exprès de ne pas dire « jusqu'à ce que la mort nous sépare », parce que je sais que l'amour survit à la mort. Comme je *sais* que Cash m'aurait approuvée.

Livvie et Muffie dorment, chacune dans sa chambre, au rez-de-chaussée, la première avec Sindbad, en boule sur son oreiller, la seconde avec Luchay, qui vit avec nous. Je n'ai toujours pas trouvé le temps de lire *L'Affaire Mallory* qui raconte toute l'histoire du perroquet de Poppy. Chaque soir, je prends le livre sur ma table de nuit, mais Ben a d'autres idées en tête...

L'automne est venu – encore plus beau ici que l'été, et pas triste du tout. Bientôt l'hiver pointera le bout de son nez. Aujourd'hui, au dîner, nous avons allumé la cheminée pour nous réchauffer. Nous en avons profité pour faire griller les châtaignes que nous a apportées Maggie. Elle prépare déjà son « menu royal » pour les fêtes de Noël ! Quant à Nonna et Rocco, ils filent le parfait amour dans leur ferme, avec Hercule.

Demain, réveil de bonne heure. Ben ne va pas pouvoir mettre la dernière touche à ses *Grands jets d'eau sveltes parmi les marbres* (une commande du conseil municipal pour la future salle des fêtes et, croyez-moi, une splendeur !) : il a rendez-vous avec son architecte à Florence et en profitera pour déposer les filles à leur lycée.

Pendant qu'ils se disputeront tous les trois la salle de bains, j'irai choisir quelques grappes de raisin dans notre petit vignoble : il accompagne à merveille le fromage de Fiametta pour un petit déjeuner campagnard placé sous le signe du bon lait de Chianana et des confitures de Nonna. Ensuite, la *dottoressa* Raphael s'en ira visiter ses premiers malades. Mes amis d'ici m'ont fait une publicité d'enfer : je n'aurai pas grand mérite à séduire une clientèle qui m'est déjà acquise.

Un rai de lumière passe à travers la fente du rideau. Il vient caresser le front de Ben qui grogne et se pelotonne volup-tueusement dans mes bras. Je regarde le visage de mon prince charmant. Je l'aime si fort que j'ai du mal à ne pas le réveiller à coups de bisous dans le cou. Dans une minute, je ne pourrai plus résister.

Le jour se lève sur Bella Piacere. Un jour nouveau de partage et de bonheur. Merci, le destin ! Venue à contrecœur en Toscane pour aider ma mère à renouer avec son passé, j'y ai reçu l'avenir en cadeau.

Impression réalisée sur CAMERON par

BUSSIÈRE CAMEDAN IMPRIMERIES

GROUPE CPI

à Saint-Amand-Montrond (Cher)
en mai 2004
pour les Éditions Belfond
12, avenue d'Italie
75013 Paris

Composition : Facompo, Lisieux

N° d'édition : 3970. — N° d'impression : 042074/1.
Dépôt légal : juin 2004.

Imprimé en France